Jonas Wolf
Alles über Hobbits

PIPER

Zu diesem Buch

In Tolkiens Land Mittelerde wimmelt es von Elben, Zwergen und Orks, doch seine wahren Helden sind die Hobbits. Zum Fantasy-Film-Ereignis des Jahres präsentiert Genre-Kenner Jonas Wolf das ultimative Buch über das »kleine Volk«. Umfassend, tiefgründig und humorvoll widmet sich der Autor den Ursprüngen der Hobbits, ihrer Rolle in Tolkiens Welt und ihren größten Abenteuern. Dabei werden nicht nur die wichtigsten Filme, Bücher und Spiele vorgestellt, sondern auch die letzten Geheimnisse der scheinbar friedvollen Gesellen gelüftet – denn in einem Hobbit steckt mehr, als wir ahnen ...

Jonas Wolf wurde in den 1970er Jahren geboren. Seine Helden waren Aragorn, Conan und Han Solo, auf dem Computerbildschirm befreite er holde Maiden aus den Klauen garstiger Orks, am Spieltisch ließ er das Glück in Form zwanzigseitiger Würfel über sein Schicksal entscheiden und nahmen dabei so manch kritische Treffer hin. Schließlich arbeitete er für Rollenspielverlage und lehrte an der Universität Hamburg, um kommende Studentengenerationen mit dem Fantasy-Virus zu infizieren. Er lebt umzingelt von Büchern, Comics, Videospielen und Actionfiguren in Hamburg.

Jonas Wolf

ALLES ÜBER
HOBBITS

Piper München Zürich

Mehr über unsere Autoren und Bücher:
www.piper.de

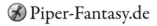 Piper-Fantasy.de

Von Jonas Wolf liegen bei Piper vor:
Heldenzorn
Heldenwinter
Alles über Hobbits

*Gewidmet J. R. R. Tolkien,
der die Hobbitkunde in die Welt brachte*

 MIX
Papier aus verantwor-
tungsvollen Quellen
FSC® C083411

Originalausgabe
Oktober 2012
© 2012 Piper Verlag GmbH, München
Umschlaggestaltung: Guter Punkt, München/www.guter-punkt.de
Umschlagabbildung: Alan Lathwell, London
Satz: Kösel, Krugzell
Papier: Munken Print von Arctic Paper Munkedals AB, Schweden
Druck und Bindung: CPI – Clausen & Bosse, Leck
Printed in Germany   ISBN 978-3-492-26865-3

Inhalt

Über die Tücken der Hobbitkunde   9

Alles über Hobbits oder:
Wohin geht die Reise?   13

Die Hobbits und ihr Entdecker   17
Schlank geht anders: Das körperliche
Erscheinungsbild des Hobbits   17
Aus drei mach eins: Die Hobbitstämme nach Tolkien   25
Mit 33 Jahren, da fängt das Leben an:
Hobbits und das Alter   31
Geteilte Ängste: Wovor Hobbits sich fürchten   34
In einer Höhle in der Erde …   36
Das bekannteste Siedlungsgebiet der Hobbits:
Das Auenland   44
Ein Modell für ein freundliches Miteinander:
Das Breeland   47
Klein, aber nicht zu unterschätzen:
Die besonderen Talente der Hobbits   49
Essen, Trinken, Rauchen, Feiern:
Der Hedonismus der Hobbits   57
Alles möge wachsen und gedeihen:
Hobbits und die Gartenbaukunst   67
Grün, gelb, grün sind alle meine Kleider?
Hobbits und Mode   70
Feierlaune als Lebensgefühl: Hobbits und ihre Feste   73

Keine Melodien für schlimme Zeiten:
Hobbits und ihre Lieder 79
Und was ist mit Sex? 83
Die lieben ganz Kleinen: Hobbits und Erziehung 84
Die andere Seite der Medaille:
Die konservative Ader der Hobbits 86
Gleiche unter Gleichen?
Hobbits und ihre Gesellschaftsordnung 104
Die Gretchenfrage: Wie halten es Hobbits mit
der Religion? 111
Stillstand oder Weiterentwicklung? Die Hobbits heute 113
Der egomane Zwangsreformer:
Lotho Sackheim-Beutlin 117
Ein dunkles Zerrbild namens Gollum 120

Der Hobbit und seine Wurzeln 127
Warum Hobbits keine Kaninchen sein können 128
Hobbits unter anderem Namen? Die Snergs 131
Was die Urururgroßmutter noch wusste:
Die erste schriftliche Erwähnung der Hobbits 135
Die Kleinen Völker 137
Der lange kurze Schatten des Hobbits in Sitten
und Gebräuchen 207

Das Heldentum der Hobbits 215
Lass den Kleinen in Ruhe! Der Hobbit und
unser Beschützerinstinkt 215
Klein, aber oho! Der Hobbit als Sand im Getriebe
finsterer Machenschaften 219
Die vier Grundsätze des hobbitschen Heldentums 221
Helden mit vielen Gesichtern 234
Was würde ein Hobbit tun? 257

Die Hobbits und unsere Welt 271
Verliese & Drachen & Hobbits 272
Zwischen Buchseiten getarnte Hobbits 282
Hobbits auf der großen Leinwand 288
Hobbits aus dem Rechner 299
Hobbits im Keksregal 304
Hobbits in freier Wildbahn 305
Prominente Hobbits 308
Ausgestorbene Hobbits 311

Der kleine Hobbitpartyalmanach 315
Der Termin 315
Speisen 316
Getränke 319
Lungenfutter 321
Geschenke 323
Musik 325
Spiele 328
Kleidung 329
Gepflegte Konversation 330
Übernachtungsmöglichkeiten 340

Der Hobbittest 341
Auswertung 363

Nachwort 365

Vorwort

Über die Tücken der Hobbitkunde

Hobbits sind bekanntermaßen scheue Geschöpfe. Sie meiden uns Große Leute, wann immer es ihnen möglich ist (und wer würde es ihnen verdenken wollen, so laut und trampelig, wie wir uns in der Regel anstellen). Hobbitkundler haben zudem mit einer insgesamt ziemlich dürftigen Quellenlage zu kämpfen. Erfahrungsberichte aus erster Hand über das Aufeinandertreffen mit Hobbits sind sehr selten. Obwohl man in schöner Regelmäßigkeit Menschen begegnet, die behaupten, einen leibhaftigen Hobbit mit eigenen Augen gesehen zu haben, stellt sich bei näheren Nachforschungen recht schnell Ernüchterung ein. Die Betroffenen sind nämlich üblicherweise geradezu tragischen Verwechslungen aufgesessen. Merke: Nur weil jemand etwas untersetzt ist und im Sommer gern barfuß läuft, ist er noch lange kein Hobbit – selbst dann nicht, wenn seine Füße gar prächtig behaart sein sollten! Nichts ist peinlicher, als auf einen solchen Menschen einzustürmen und ihn mit Fragen über sein Dasein als Hobbit zu bedrängen. Mit etwas Glück erntet man dann nur verständnisloses Kopfschütteln, mit etwas Pech ein paar saftige Ohrfeigen. Ich spreche da aus leidvoller Erfahrung.

Doch auf wessen Aussagen kann sich ein Hobbitkundler dann verlassen? Nun, es ist ein herausragender Experte gewesen, der uns allen die Existenz von Hobbits erst ins Bewusstsein gerufen hat. Die Rede ist natürlich von J. R. R. Tolkien, doch selbst er hat uns beileibe nicht alles über diese faszinierenden Geschöpfe verraten (vermutlich aus freundlicher Rücksicht auf und Respekt vor der eher zurückgezogenen Lebensweise der Hobbits). Nichtsdestotrotz sind sowohl *Der kleine Hobbit* als auch *Der Herr der Ringe* unverzichtbare Hilfen bei dem Versuch, das Verhalten und die Kultur der Hobbits näher zu ergründen. Selbiges gilt natürlich auch für die filmischen Umsetzungen von Tolkiens Werken durch den neuseeländischen Regisseur Peter Jackson (der bis zu einem drastischen Gewichtsverlust vor einigen Jahren sicherlich selbst für die eine oder andere vermeintliche Hobbitsichtung gesorgt hat). Oder anders gesagt: Ohne diese beiden Vorreiter gäbe es das Forschungsfeld der modernen Hobbitkunde gar nicht!

Zu den größten Herausforderungen dieser Disziplin zählt es, sich keine Scheuklappen aufzusetzen, die das Blickfeld auf den Forschungsgegenstand zu sehr verengen. Selbstverständlich beharren viele Puristen auf der simplen Regel: »Nur wo Hobbit draufsteht, ist auch Hobbit drin.« Damit wird man dem Hobbit allerdings nicht wirklich gerecht. Schließlich versteht er sich von Natur aus ausgezeichnet darauf, sich zu verbergen. Nur allzu oft versteckt er sich vor uns, indem er andere Namen und Bezeichnungen für sich annimmt. »Halbling« ist nur eine dieser Tarnidentitäten, wenn auch die wahrscheinlich bekannteste und am weitesten verbreitete. Um den Hobbit in seiner Gänze zu verstehen, muss man lernen, diese Masken und Verkleidungen zu durchschauen. Dabei sollte man allerdings penibel darauf achten, dass sich nicht plötzlich andere klein gewachsene Kreaturen und Völker – wie etwa Zwerge – ins Rampenlicht zu schummeln versuchen. So etwas geschieht häufiger, als man meinen könnte: Mehr als ein aufmerksamkeitssüchtiger Zwerg hat sich schon den Bart geschoren, um einem unerfahrenen oder leichtgläubigen Hobbitkundler allerlei Unfug in die Feder zu diktieren. Ein kleiner Tipp zur Vermeidung derartiger Frustrationen: Bittet ein angeblicher Hobbit um ein Treffen (was einen an und für sich bereits misstrauisch stimmen sollte), setzt man den Termin am besten am späten Vormittag an und dehnt das Gespräch bis in die frühen Abendstunden hinein aus. Erkennt man dann auf den Wangen seines Gegenübers einen dräuenden Bartschatten, hat man es mit an Sicherheit grenzender Wahrscheinlichkeit mit einem rasierten Zwerg – oder eventuell auch einer rasierten *Zwergin* – zu tun. Aber Vorsicht: Es ist nicht immer risikofrei, diesen Mummenschanz auffliegen zu lassen. Ertappte Hobbitimitatoren reagieren ab und zu mit cholerischen Anfällen, gegen die Rumpelstilzchens Auftritte als Paradebeispiele für makellose Selbstbeherrschung durchgehen könnten.

Hat ein Hobbitkundler all diese Recherchehürden einigermaßen elegant genommen und tatsächlich mitteilungswürdige Erkenntnisse gesammelt, wartet bereits die nächste Schwierigkeit auf ihn: Wie bringt er diese Erkenntnisse denn nun unters Volk? Hobbitkunde ist immerhin ein ausgemachtes Orchideenfach. Wer sich aus seinem Gewächshaus wagt, ist gut damit beraten, Worte zu finden, die auch dem interessierten Laien geläufig sind. Zu viel Fachsprache schreckt nur ab. »Mythopoetisch« ist zum Beispiel ein Wort, für das man in Kennerkreisen womöglich Applaus und Anerkennung erntet, denn es klingt ernst, schwer und zungenbrecherisch. Folglich ist es konsequent zu vermeiden. Das sage ich nicht, weil ich die lieben Kollegen ärgern oder diskreditieren möchte. Ich sage das, da ich der festen Überzeugung bin, dass die Hobbits – und um die geht es uns ja – es weitaus lieber sehen, wenn man beim Sprechen und Schreiben über sie einen heiteren, fröhlichen Ton anschlägt. Sie mögen traditionell keine überkandidelten Reden.

Doch genug der Vorrede. Die Hobbits warten schon…

Alles über Hobbits oder: Wohin geht die Reise?

Hin und zurück. Das wäre die hobbittauglichste Antwort auf diese Frage. So leicht wollen wir es uns aber nicht machen. Bei der Reise in die Welt der Hobbits, auf die ich Sie gerne mitnehmen möchte, sollen Sie zumindest eine grobe Vorstellung von der ungefähren Route haben. Alles andere wäre höchst unhöflich. Da Hobbits bei wichtigen Dingen großen Wert auf einen höflichen Umgang miteinander legen, will ich es genauso halten. Das hier soll außerdem eine Vergnügungsfahrt und keine Entführung werden. Wir können also alles hübsch gemächlich angehen, anstatt überhastet aufzubrechen. Glücklicherweise sind uns ja keine Schwarzen Reiter auf den Fersen.

Wir legen unsere Reise in insgesamt fünf Etappen zurück. Dabei bewegen wir uns zunächst auf vertrautem Terrain: Im Kapitel *Die Hobbits und ihr Entdecker* beschäftigen wir uns mit jenem Wissen, das uns Tolkien über die Hobbits an die Hand gegeben hat – und das ist dann doch eine ganze Menge. Tolkiens Pionierarbeit erlaubt uns die Beantwortung einer ganzen Reihe äußerst spannender Fragen zur Biologie, Psychologie und Kultur des gemeinen Hobbits: Welchen Body-Mass-Index hat er? Wie behaart ist er an welchen Stellen seines Körpers? Wovor zeigt er Furcht? Woran hat er Freude? Ist Polizist unter jungen Hobbits ein realistischer Berufswunsch?

Auf der zweiten Etappe – *Der Hobbit und seine Wurzeln* – ähnelt unser gemeinsamer Ausflug dann einer kleinen Zeitreise beziehungsweise einer archäologischen Expedition. Wir spüren den Ursprüngen des Hobbits nach und forschen nach seinen Urahnen und Verwandten in Märchen und Legenden. Welche geheimnisvolle Verbindung besteht zwischen Hobbits und Kaninchen? Was hat er mit Gnomen, Kobolden und Heinzelmännchen gemein? In welchen Gebräuchen ist die Erinnerung an diese kleinen Völker rund um die Welt erhalten geblieben?

Das Heldentum der Hobbits ist der Name unseres dritten Reiseabschnitts. Hier wollen wir uns die Zeit nehmen, die Verdienste des Hobbits einmal umfassend zu würdigen. Dafür, wie er uns immer wieder aufzeigt, dass Größe eben nicht alles ist und selbst die Kleinsten über sich selbst hinauswachsen und über das Schicksal ganzer Reiche entscheiden können. Wie schafft er das? Und was können wir für unser eigenes Leben von den Hobbits lernen?

In *Die Hobbits und unsere Welt* nehmen wir genau unter die Lupe, wo und wie die Hobbits bis heute in unserem Alltag urplötzlich immer wieder in Erscheinung treten – oft an Orten, wo wir sie nie vermutet hätten. Dass man ihnen unter falschem Namen in so manchem Buch, Film oder Spiel begegnen kann, ist keine Überraschung. Aber was haben Hobbits in der Backwarenabteilung im Supermarkt verloren? Warum gewinnen sie internationale Gesangswettbewerbe? Was hat sie anscheinend vor Urzeiten nach Indonesien verschlagen? Und wie kommen Langzungenflughunde, Laufkäfer und Schnecken zu waschechten Hobbitnamen?

Das Ende unserer Reise – *Der kleine Hobbitpartyalmanach* – führt uns schließlich wieder dorthin zurück, von wo aus wir losgegangen sind: mitten hinein ins pralle Hobbitleben. Dort, wo Hobbitkunde ihren praktischen Nutzen findet. Was kocht man am besten, wenn sich ein Hobbit zum Essen eingeladen hat? Wie kleidet man sich passend, wenn man zu einem Hobbitgeburtstag muss? Wie spreche ich das peinliche Thema Schuhe an (von Socken ganz zu schweigen)?

So, und jetzt noch eine kurze Information vor dem Start: Eine Reise wie die unsere braucht unterstützendes Personal. Ein Reiseleiter allein genügt da nicht. Daher habe ich mir zwei erfahrene Kollegen gesucht, die uns begleiten werden – die Herren Christiansen & Plischke. Ich habe sie unlängst bei einer Hobbitkunde-Tagung zum Thema *Wie viel Hobbit braucht der Mensch?* kennengelernt, und seitdem folgen sie meinen eigenen Unternehmungen auf Schritt und Tritt. Bitte gewöhnen Sie sich daran, dass die beiden meine Ausführungen von Zeit zu Zeit unterbrechen werden. Vor allem dann, wenn ich ins Fabulieren zu geraten drohe.[1] Wie Sie sehen, werden wir schon zum Aufbruch gedrängt, und so bleibt mir nichts weiter zu sagen als: Viel Vergnügen auf unserem Streifzug durch die Welt der Hobbits!

---

[1] Christiansen: So wie jetzt. Könnten wir dann bitte endlich loslegen? Nur weil der Hobbit an sich zu einer gewissen Gemütlichkeit neigt, müssen wir hier ja nicht unnötig Zeit verplempern, oder?

Die Hobbits und ihr Entdecker

J. R. R. Tolkien gebührt unser immerwährender Dank. Ohne ihn wäre der Hobbit gewiss ein völlig unbekanntes Wesen geblieben. Insofern ist es nur recht und billig, dass wir uns erst einmal all dem zuwenden, was uns Tolkien in seinen Schriften über das Aussehen, den Charakter und die Kultur des Hobbits verraten hat. Und gerade weil zweifelsfrei belegte Hobbitsichtungen in unserer Zeit so überaus selten geworden sind, ist es ratsam, sich zuallererst mit der Physiognomie des Hobbits auseinanderzusetzen. Nicht, dass Sie am Ende tatsächlich einmal einem Hobbit begegnen und sich hinterher darüber ärgern, ihn nicht gleich erkannt zu haben!

Schlank geht anders:
Das körperliche Erscheinungsbild des Hobbits

Mit einer Körpergröße zwischen nur drei und vier Fuß (also circa 90 bis 120 Zentimetern) wäre es buchstäblich vermessen, den Hobbits eine imposante Erscheinung zuzuschreiben.[2] Selbst vom größten Vertreter ihrer Art, dem

---

[2] Plischke: Als ob Imposanz einzig und allein von der Körpergröße abhienge! Ein Rottweiler beispielsweise hat doch auch nur eine Widerristhöhe von knapp 70 Zentimetern. Und wer würde behaupten, ein zähnefletschender Rottweiler wäre nicht imposant?
Christiansen: Schon richtig. Andererseits ist ein zähnefletschender Rottweiler generell furchteinflößender als ein zähnefletschender Hobbit.

legendären Bandrobas Tuk (genannt der Bullenrassler bzw. der Stierbrüller), heißt es, er habe von Sohle bis Scheitel lediglich 1,35 Meter gemessen. Weiter sagt man sich, dieser Hüne unter den Hobbits hätte aufgrund seiner Länge ohne fremde Hilfe auf ein gewöhnliches Pferd steigen können. Sicherlich keine Heldentat für einen Menschen, für einen Hobbit jedoch eine geradezu überragende Leistung! (Und ein Hinweis für Sie, falls Sie planen, selbst auf Hobbitsafari zu gehen: In Reitställen, in denen es keine Shetlandponys gibt, brauchen Sie also nicht besonders aufmerksam Ausschau nach Hobbits zu halten.)

Aus ihrer Körpergröße leitet sich auch der bekannteste Zweitname ab, mit dem Hobbits unter Großen Leuten häufig belegt werden: *Halblinge*.

Die Idee dahinter ist, dass Hobbits eben wohlweislich nur halb so groß sind wie Menschen. Zur Ehrenrettung der Hobbits: Diese Bezeichnung für sie ist recht unpräzise. Viele von ihnen erreichen ja immerhin die vier Fuß (120 cm), wohingegen nur die allerwenigsten Menschen auf 2,40 Meter heranwachsen. Machen wir doch ein kleines Rechenbeispiel:

Nehmen wir an, der durchschnittliche Hobbit misst 105 cm. Für den durchschnittlichen Menschen sind wir sehr großzügig und gehen von einer Körpergröße von 180 cm aus. Bilden wir daraus einen Quotienten, kommen wir gerundet auf 0,6. Deutlich mehr als die 0,5, die erforderlich wären, um die Bezeichnung »Halbling« wirklich zu rechtfertigen.

Warum ist »Halbling« dann aber derart geläufig? Es ist Zeit für ein wenig Selbstkritik: Der Mensch neigt dazu, seine eigene Bedeutung für das Universum maßlos zu überschätzen. Unter Umständen etablierte sich »Halbling« unter uns Großen Leuten also in dem ehrgeizigen Bestreben, unsere eigenen Ausmaße im Vergleich zu denen der Hobbits als noch beeindruckender darzustellen.[3]

Dem derzeit herrschenden, fragwürdigen Schönheitsideal unter uns Menschen werden die Hobbits auch hinsichtlich ihrer Ausdehnung in die Breite nicht gerecht: Ihr Stoffwechsel begünstigt offensichtlich die rasche Anlagerung von Fett, insbesondere um die Leibesmitte herum.[4] Dies hat allerdings auch Vorteile: Die rundlichen Gesichter der meisten Hobbits wirken freundlich und oft auch bis ins hohe Alter hinein jugendlich frisch. Fett wirft nun einmal schlecht Falten. Dieser Umstand ist auch eine mögliche Erklärung, weshalb selbst erwachsene Hobbits von Großen Leuten oft mit pummeligen Menschenkindern verwechselt werden. Es ist nicht auszuschließen, dass es sich hierbei um eine für die Hobbits sehr nützliche Form von Mimikry handelt: Ihr harmloses Aussehen schützt sie bis zu einem gewissen Grad sicher vor allzu grober Behandlung, falls sie doch einmal von einem Großen Menschen aufgegriffen werden.[5]

Die Verwechslungsgefahr mit Kindern steigt des Weiteren auch dadurch, dass die Hobbits größtenteils bartlos sind. Im Gegensatz zu Menschenmännern müssen sie keine besonderen Anstrengungen mit Rasierschaum und Rasierklinge unternehmen, damit ihre Gesichtshaut glatt wie ein Babypopo ist.

---

[3] Christiansen: Vielleicht geht einem »Halbling« ja aber nur leichter von der Zunge als »Sechszehntelling«. Schon mal darüber nachgedacht, Herr Kollege?

[4] Christiansen: Zusätzlich gilt: Je älter der Hobbit, desto wahrscheinlicher ein insgesamt stattlicher Gesamteindruck.
Plischke: Das haben Sie aber sehr schön gesagt…

[5] Plischke: Orks bilden da eine Ausnahme, aber grobe Umgangsformen sind leider fester Bestandteil der orkischen Kultur.

Erstaunlicherweise lassen sich Hobbits durchaus in Kategorien von Körperbautypen einordnen, die ursprünglich für Menschen entwickelt wurden. Der deutsche Psychiater Ernst Kretschmer (übrigens ein Zeitgenosse Tolkiens) hätte sie zu den Pyknikern gezählt. Pykniker zeichnen sich nämlich durch folgende Eigenschaften aus: Sie sind mittelgroß (gut, da müssen wir ein Auge zudrücken) und von gedrungenem Körperbau. Ihr Brustkorb ist unten breiter als oben, und sie haben kurze Hälse und breite Gesichter. Viele Hobbits dürften sich in dieser Beschreibung – wenn auch widerwillig – wiederfinden.

Da Psychiater offenbar nicht anders können, verband Kretschmer mit dem Körperbau auch gleich bestimmte charakterliche Qualitäten. In dieser Hinsicht muss dann auch der letzte Hobbit zugeben, dass sein Volk ohne ernst zu nehmende Quetschungen in Kretschmers Schublade passt: Ein Hang zu heiterer Geselligkeit, ein tendenziell behäbiges Temperament, ein gutmütiges Herz – die Deckungsgleichheiten zwischen Hobbits und Pyknikern sind verblüffend.

Auch William Sheldon, ein angelsächsischer Mitstreiter Kretschmers auf dem Feld der Konstitutionspsychologie, hat in seinem Modell einen Platz für den Hobbit gefunden. Dort entspricht der Hobbit dem endomorphen Typus. Aus der Sicht von sport- und athletikbegeisterten Menschen ist auch diese Beschreibung wenig schmeichelhaft. Auf Hobbits bezogen trifft sie in vielen Punkten genau ins Schwarze: Wer endomorph ist, hat unter anderem kurze Gliedmaßen, ein rundes Gesicht, einen kurzen Hals, glatte und weiche Haut sowie eine Neigung, rasch Fett anzusetzen. In anderen Punkten erfüllt der Hobbit das Bild des Endomorphen jedoch eher weniger: Weder besitzen Hobbits nun ausgesprochen weiche Muskeln und breite Hüften, noch wären ihre Haare auffällig dünn. Ich würde mich also immer davor hüten, einem gebildeten Hobbit geradewegs ins pausbäckige Antlitz zu sagen, er wäre so herrlich endomorph. Trotz aller Gemütlichkeit lassen sich Hobbits nicht alles gefallen, und wenn sie erst einmal in Rage geraten sind, schrecken sie auch vor dem Einsatz körperlicher Gewalt zur Verteidigung ihrer persönlichen Ehre nicht zurück.[6]

Kretschmer und Sheldon sind zugegebenermaßen alte Hüte. Wie lässt sich der Körperbau des Hobbits mit weniger antiquierten Methoden beschreiben? Heutzutage ist es Mode, den Body-Mass-Index (oder kurz BMI) heranzuziehen, um zu entscheiden, ob eine Person das aufweist, was man gemeinhin Normalgewicht nennt. Der BMI setzt dafür Körpergewicht und Körpergröße zueinander in Relation.[7] Nun ist es bisher niemandem gelungen, einen Hobbit auf eine Waage zu stellen, weshalb wir in diesem Zusammenhang von Schätzungen ausgehen müssen. Ich will mich nicht auf das Gebiet dreister Unterstellungen wagen, sondern ziehe für den Vergleich den Deutschen Schäferhund heran.[8] Ein Rüde dieser Rasse wiegt zwischen 30 und 40 Kilogramm. Sagen wir also, ein Hobbit brächte im Schnitt 35 Kilo auf die Waage, falls man ihn denn tat-

---

[6] Christiansen: Der Philosoph Hegel hat einen viel schöneren Begriff für eine endomorphe oder pyknische Konstitution parat: Bierwirtsphysiognomie. Und das würde kaum ein Hobbit auch nur ansatzweise als Beleidigung empfinden.

[7] Plischke: Und die ihm zugrunde liegende Formel – Körpermasse in Kilogramm durch die quadrierte Körpergröße in Metern – ist zu Recht alles andere als unumstritten.

[8] Christiansen: Du hast auf ihn abgefärbt, Plischke. Herr Wolf fängt jetzt plötzlich auch damit an, Hobbits mit Hunden zu vergleichen.
Plischke: Mit welchen Tieren denn sonst? Sagen Sie jetzt bitte nicht Katzen oder Kaninchen!

sächlich auf eine selbige zerren könnte. Das ergäbe dann – bei einer angenommenen Durchschnittsgröße von 1,05 Metern – einen BMI von 31,7. Unser Beispielhobbit würde damit, aus menschlicher Perspektive betrachtet, auf dem schmalen Grat zwischen Übergewicht und Fettleibigkeit balancieren. Er hingegen würde wohl beteuern, er habe exakt das richtige Wohlfühlgewicht.

Wir leben in einer Zeit, in der viele Vorurteile gegen Übergewichtige kursieren. Man sollte sich stets davor hüten, solche Klischees auf Hobbits zu übertragen. Wer etwa mit Rundlichkeit automatisch Wurstfinger verbindet, ist bei den Hobbits völlig auf dem Holzweg: Tolkien zufolge sind ihre Finger nämlich lang, geschickt und braun. Die »braunen Finger« sorgen für eine Menge Diskussionsstoff unter Hobbitkundlern. Viele sind der Auffassung, Tolkien müsse es wohl vermehrt mit zwei bestimmten Sorten von Hobbits zu tun gehabt haben: solchen, die sich besonders viel in der Sonne aufgehalten haben, und solchen, die es mit dem Händewaschen nach der Gartenarbeit nicht sehr genau nahmen. Wie dem auch sei, Hobbits weisen im Allgemeinen keine plumpen Stummelfinger auf. Sonst wäre Gandalf mit seinem Trick, Bilbo Beutlin der Zwergengesellschaft um Thorin Eichenschild gegenüber als Meisterdieb auszugeben, niemals durchgekommen. An kurzen, dicken Fingern hätte unter den Zwergen schließlich gewiss kein Mangel geherrscht.

Wo wir gerade bei den Schilderungen der Abenteuer diverser Hobbits sind, die uns Tolkien hinterlassen hat: An den schneebedeckten Hängen des Caradhras leiden die Hobbits aus der Gemeinschaft des Rings heftiger unter den Strapazen und Entbehrungen des Anstiegs als ihre Gefährten. Oft wird daraus abgeleitet, Hobbits seien weniger ausdauernd und kälteempfindlicher als gewöhnliche Menschen. Hierzu möchte ich zwei Dinge zu bedenken geben: Erstens sind die Begleiter von Frodo, Samweis, Pippin und Merry allesamt keine gewöhnlichen Menschen.[9] Zweitens möchte ich nicht wissen, wie viele meiner Mitmenschen bei diesem Unterfangen ins Jammern geraten wären. Unter uns ist ja inzwischen bereits bei normalen winterlichen Witterungsbedingungen die Schlagzeile »SCHNEEKATASTROPHE« vorprogrammiert, und das Matterhorn oder einen vergleichbaren Gipfel bezwingen wir nun auch nicht gerade jedes zweite Wochenende. Ich behaupte demnach: Hobbits besitzen keine außerordentlich schwache Konstitution, und einige von ihnen dürften es da sogar locker mit dem Durchschnittsmenschen aufnehmen. Oder wann haben Sie das letzte Mal Ihren besten Kumpel einen Berg hinaufgeschleppt, so wie Samweis es mit Frodo getan hat?

Oft übersehen: Die Ohren des Hobbits

Bei der Beschreibung von Hobbits wird gelegentlich ein bestimmtes Detail vernachlässigt, obwohl man anhand dieses Details Verwechslungen verhältnismäßig leicht vorbeugen und beispielsweise Zwerge sehr gut von Halblingen unterscheiden kann: Sie haben leicht spitz zulaufende Ohren. Warum aber fällt diese Spitzohrigkeit so häufig unter den Tisch? Böse Zungen meinen, die Elben und Elfen hätten es dank fieser Marketingkniffe geschafft, spitze Ohren zu ihrer

---

[9] Plischke: Was Herr Wolf meint, ist: Legolas als Elb ist per Eigenverständnis sowieso allen anderen in allem überlegen; Gimli ist ein Zwerg, und Zwerge sind bekanntlich echt zähe Brocken; Aragorn wäre ein mieser Waldläufer, wenn er sich von ein bisschen Schnee und Marschiererei schrecken ließe; Boromir ist ein Recke in voll austrainierter körperlicher Verfassung; und wenn Gandalf sich nicht klammheimlich ein bisschen die Füße warm gezaubert hat, fresse ich einen Besen.

ureigenen Marke zu machen, gegen die das Hobbitöhrchen nicht anstinken kann.

Ich schließe mich da eher einer Erklärung an, die ohne Ressentiments gegen andere Völker auskommt: Die Hobbits tragen ihr lockig-krauses Haupthaar üblicherweise so lang, dass es ihre Ohren weitestgehend bedeckt. Damit die Tatsache, dass Hobbits spitze Ohren haben, wieder bekannter wird, müsste die Frisurenmode der Hobbits sich vermutlich entscheidend ändern: vom zeitlosen »Just-out-of-bed-Look« hin zu noch praktischeren Stoppelschnitten.[10]

Erschwerend kommt hinzu, dass die Blicke des Betrachters nahezu unweigerlich auf ein ganz bestimmtes Körperteil des Hobbits gelenkt werden...

Lassen Sie uns über Füße reden
Sie entschuldigen hoffentlich, dass wir uns eines der charakteristischsten Merkmale des Hobbits bislang aufgespart haben: seine Füße. Groß und haarig sind sie, mit einer dicken, lederartigen Sohle versehen, die Schuhwerk weitgehend überflüssig macht.[11] Aber der Reihe nach...

Wenn ich sage, Hobbits haben große Füße, meine ich damit zwar auch die Länge, aber die Breite ist auch recht

---

[10] Christiansen: Für die, die es noch nicht wussten: Kollege Wolf schreibt unter Pseudonym Kolumnen für fachfremde Publikationen wie *Fantasy-Frisuren heute*.

[11] Plischke: Hobbits wissen übrigens sehr wohl, was Schuhe sind, aber sie spielen in ihrer Kultur eine absolut vernachlässigbare Rolle, denn sie brauchen sie schlicht und ergreifend nicht. Sie würden doch auch nicht das ganze Jahr über mit Skiern an den Füßen rumlaufen, nur weil sie zweimal im Jahr Skifahren gehen...
Christiansen: Dass Hobbitfüße durch ihre Größe auffallen, beruht auf deren Darstellung in Peter Jacksons Filmen. Wir gehen mal davon aus, dass er da auf Insiderinformationen zurückgegriffen hat.

erstaunlich. Sie sorgt für einen guten Stand, und wenn man die Statur des typischen Hobbits bedenkt, ist sie nicht weiter verwunderlich: So viel Gewicht auf so wenigen Zentimetern muss auf entsprechenden Stützen ruhen.

Der erwähnte Haarwuchs erstreckt sich dicht vom Spann bis hinunter zu den Zehen. Fußhaarpflege ist unter den Hobbits Ehrensache und das Bürsten der Zehen fester Bestandteil der Morgentoilette. Auch wenn unter uns Menschen Körperbehaarung mehr und mehr als störend und unerotisch empfunden wird, käme kein geistig gesunder Hobbit je auf den Gedanken, sich die Füße zu enthaaren. Wieso auch? Das Fußhaar wärmt schließlich ganz ausgezeichnet. Nichts ist unbehaglicher als kalte Füße, und die Hobbits sind begeisterte Anhänger der Behaglichkeit.

Nun würde es den Hobbits nichts nutzen, wenn nur ihr Fußrücken gegen allerlei Bedrängnisse des Alltagslebens gewappnet wäre. Zum Glück haben sie aber auch ihre ledrigen Sohlen, und in Tolkiens Berichten taucht keine einzige Gelegenheit auf, bei der sich ein Hobbit einen Holzsplitter eingetreten hätte. Im Gegenteil: Fast gewinnt man den Eindruck, die Füße der Hobbits wären selbst modernen Wanderschuhen überlegen. Trotzdem gibt es vereinzelt immer wieder Hobbits, die Schuhen nicht ganz abgeneigt sind. Um diesen Sachverhalt zu ergründen, tauchen wir nun für einen Moment in die Geschichte der Hobbits ein.

Aus drei mach eins:
Die Hobbitstämme nach Tolkien

Tolkien nennt drei Urstämme der Hobbits, die sich im Lauf der Zeit mehr und mehr miteinander vermischt haben:

- die Harfüße,
- die Starren
- und die Falb- oder Fahlhäute.

Bei einigen der heute lebenden Hobbits schlägt das jeweilige Erbgut nach wie vor erkennbar durch, weshalb es sich lohnt, die drei Stämme und ihre Eigenheiten jeweils kurz vorzustellen.

Die Harfüße waren zahlenmäßig der größte der drei Stämme. Vieles von dem, was man mittlerweile für »typisch Hobbit« hält, geht auf sie zurück. Hierzu zählt unter anderem die Ansicht, sämtliche Hobbits würden in Höhlen und vergleichbaren Wohnstätten leben. Stößt man also auf einen unterirdisch lebenden Hobbit, stehen die Chancen recht gut, dass er viele Harfüße in seiner Ahnenreihe hat. Auch die gesunde, leicht bräunliche Gesichtsfarbe vieler Hobbits ist ein Harfuß-Erbe.[12] Es heißt weiter oft, Harfüße hätten relativ kleine Hände und Füße besessen. Das entscheidende Wörtchen hier ist allerdings *relativ*. Es bezieht sich auf den allgemeinen Körperbau der Hobbits und nicht etwa auf den von Menschen. Will meinen: Was für einen Hobbit kleine Füße sind, kann einem Menschen immer noch erstaunlich groß vorkommen. Apropos Größe und Statur: Hier bewegten sich die Harfüße im unteren Bereich des für Hobbits beobachteten Spektrums. Anders formuliert: Sie waren tatsächlich klein genug, um die Bezeichnung »Halbling« beinahe zu rechtfertigen. Des Weiteren nährt ihr Eigenname seit jeher den Verdacht, sie könnten auch besonders behaarte Füße gehabt haben – eine Vermutung,

---

[12] Christiansen: Dass sich viele Große Leute Hobbits eher blass vorstellen, dürfte damit zusammenhängen, wie bleich und bleicher Frodo Beutlin auf seiner Reise mit dem Ring wurde – was aber nichts weiter als ein Zeichen des schädlichen Einflusses des bösartigen Kleinods war.

die sich durch keinerlei stichhaltige Beweise untermauern lässt.

Die Starren geben uns hingegen keine Rätsel über ihre Fußbehaarung auf: Von ihnen weiß man, dass die Haare auf ihren Füßen eher spärlich sprossen. Dafür waren sie der einzige Hobbitstamm mit wahrnehmbarer *Gesichts*behaarung. Aber dass hier keine Missverständnisse aufkommen: Sie waren weit davon entfernt, sich buschige Schnauzer oder wallende Rauschebärte stehen lassen zu können. Die vorhandenen Darstellungen von Starren, auf denen derlei beeindruckende Gesichtszierden zu sehen sind, entspringen einer überbordenden Fantasie. Oder die jeweiligen Künstler haben lediglich eine besonders auffällige Eigenschaft ihrer Modelle dramatisch hervorgehoben und überbetont (was in der Porträtmalerei ja nichts Ungewöhnliches ist). In aller Deutlichkeit: Starre hatten *Flaum* auf den Wangen, keine dicht wuchernden Borsten.[13] Rein körperlich betrachtet waren die Starren von etwas höherem Wuchs als die anderen Stämme, und sie wiesen auch größere Hände und Füße auf (erneut gilt: diese Angaben beziehen sich stets auf die Hobbitperspektive). Doch kurz zurück zu den Füßen der Starren:[14] Ob es nun auf einen verstärkten Kontakt zu anderen Völkern oder auf ihre relative Glatz-

---

[13] Christiansen: Es ist Zeit für eine gewagte These: Hat die Natur den Hobbits ein begrenztes Behaarungspotenzial mitgegeben? Hatten die Starren deshalb verhältnismäßig nackte Füße, weil die Haare von dort gewissermaßen auf ihr Gesicht umverteilt wurden?
Plischke: Warum setzen Sie nicht gleich eine Verschwörungstheorie in die Welt, Herr Kollege? Was, wenn die Starren sich ihre Füße geschoren und sich daraus falsche Bärte gebastelt haben, um die anderen Hobbitstämme zu foppen?
Christiansen: Faszinierend!

[14] Plischke: Fußfetischismus ist ein erhebliches Berufsrisiko für jeden eingefleischten Hobbitkundler!

füßigkeit zurückzuführen ist – für die Starren ist nachgewiesen, dass sie bei regnerischem Wetter und den daraus resultierenden matschigen Bodenbedingungen Stiefel getragen haben. Interessanterweise wird in den Quellen die Art ihres Schuhwerks sogar noch weiter präzisiert: Sie trugen angeblich *Zwergenstiefel.* Dies wiederum verleitet zu der Annahme, dass selbst die Starren sich nie die Mühe gemacht haben, das Handwerk der Schusterei zu erlernen. Eine andere Kunst hatten sie sich jedoch wahrscheinlich von den Menschen abgeschaut, denen gegenüber sie weitaus weniger Scheu zeigten, als es Hobbits sonst so gerne tun. Die Starren konnten nämlich mehrheitlich schwimmen und fuhren sogar mit selbst gebauten Booten aufs Wasser hinaus.

Bei aller Abenteuerlust dicht an der Grenze zur Tollkühnheit, die ihnen nachgesagt wird, ließen sich *die Falbhäute* nicht in größerer Zahl zu derlei nautischen Experimenten hinreißen. Zum Stichwort »größere Zahl«: Die Falbhäute sind der kleinste der ursprünglichen Hobbitstämme. Wo ihre Verwandten in mehr oder minder regelmäßigem Kontakt zu Zwergen und Menschen standen, suchten sie die Nähe zu den Elben. Unter Umständen haben die Elben ihnen auch ihre aus Hobbitsicht verwegenen Träume von großen Abenteuern und Heldentaten in die Köpfe gepflanzt. In den Adern all jener Hobbits, die von Wanderlust getrieben irgendwann in die weite Welt hinauszogen, floss sicherlich ein gehöriger Anteil Falbhautblut. Andererseits waren sie vielleicht auch nur auf der Suche nach Inspiration für Lieder und Gedichte. Denn die Falbhäute haben dem Vernehmen nach viele begnadete Dichter hervorgebracht, die hoffnungslos dem Gesang und dem Reimen verfallen waren (ein weiteres Virus, mit dem sie sich wohl bei den Elben angesteckt haben). Dass auch die helle Haut und das helle Haar dieses Stammes darauf hindeuten, wie nah sich manche Elben und Hobbits einst standen,[15] halte ich für die Fantasien erotisch aufgewühlter Geister. Nichtsdestominder kennen die Hobbits dank der Falbhäute ein Gegenstück zu unserem Prinzip der noblen Blässe: Auch heute noch besitzen viele Hobbits, die in die wenigen vorhandenen Führungspositionen ihrer Gesellschaft aufsteigen, einen auffällig bleichen Teint und blondes Haar. Dies kennzeichnet sie eindeutig als Falbhaut-Abkömmlinge, in denen die absonderlichen Ambitionen ihrer Ahnen voll durchschlagen.

Wie nah steht uns der Hobbit evolutionär?
Ich spreche dieses Thema nur höchst vorsichtig und auf Drängen meiner Kollegen an. Sie haben mich darauf hingewiesen, dass Tolkien die Hobbits als eine Untergattung des Menschen begriff, als einen kleinen, unbeachteten Ast am Stammbaum unserer eigenen Art. Wenn dem tatsächlich so ist, erwachsen daraus einige ... nun ja, interessante ... Möglichkeiten. Zum Beispiel diese: Hobbits sind in unseren Tagen nur deshalb so selten geworden, weil sich viele von ihren Ahnen im Lauf der Zeit und über viele Generationen hinweg mit unseren eigenen Ahnen vermischt haben. Die Vertreter dieser Vermischungshypothese führen allerlei Indizien ins Feld, die ihre Behauptung stützen sollen, von denen ich an dieser Stelle nur drei ausgesuchte nennen möchte:

- Viele Menschen erinnern von ihrer Grundstatur her an zu groß geratene Hobbits (wir erinnern uns an

---

[15] Christiansen: Herzlichen Glückwunsch zu einer der prüdesten Formulierungen der Welt, Herr Wolf!

die Ausführungen zum Pykniker und zum Endomorphen). Zufall? Entscheiden Sie selbst.¹⁶
- Trotz großangelegter Aufklärungskampagnen über die gesundheitsschädlichen Folgen des Rauchens in den letzten Jahrzehnten ist der Tabakkonsum unter uns Menschen zwar zurückgegangen, aber keineswegs auf null gesunken. Gibt es also ein unerkanntes Hobbitgen, das es manchen von uns unmöglich macht, auf das Rauchen zu verzichten?¹⁷
- Die durchschnittliche Schuhgröße sowie die durchschnittliche Lebenserwartung steigen global unaufhaltsam an. Hängt dies direkt mit einer zunehmenden Verbreitung von Hobbiterbgut unter der Weltbevölkerung zusammen?

Meines Erachtens sind diese Indizien allesamt leicht zu entkräften und keiner längeren Debatte würdig. Wenden wir uns also lieber wieder Dingen zu, die nicht im Reich der wissenschaftlichen Fabel anzusiedeln sind. Im Gegensatz zu dem eines Hobbits ist mein Leben letztlich viel zu kurz, um es mit unausgegorenem Firlefanz zu vergeuden!

---

[16] Christiansen: Aber gehen Sie vorher bitte im Internet kurz auf die Suche nach Bildern der folgenden Persönlichkeiten öffentlichen Interesses: Jack Black, Sigmar Gabriel, Winston Churchill.
Plischke: Oder schauen Sie sich einfach nur mit wachen Augen in Ihrem eigenen Bekanntenkreis um ...

[17] Plischke: Hobbits rauchen nämlich wie die Schlote, aber dazu später mehr.

Mit 33 Jahren, da fängt das Leben an: Hobbits und das Alter

Es ist keine Legende, dass Hobbits in der Regel ein wesentlich höheres Lebensalter erreichen als wir Menschen. Laut Tolkien ist es beileibe keine Seltenheit, dass es einem Hobbit vergönnt ist, seinen hundertsten Geburtstag zu feiern. Lange Zeit war der nicht umsonst sogenannte Alte Tuk der Methusalem unter seinesgleichen. Er starb im beachtlichen Alter von 130 Jahren, und er wurde erst durch Bilbo Beutlin seiner Stellung als Rekordhalter beraubt: Zum Zeitpunkt seiner letzten historisch belegten Sichtung zählte Bilbo stolze 131 Jahre und sieben Tage! Noch dazu bewahrte er sich bis ins hohe Alter eine Rüstigkeit, die den Zeitgenossen Anlass zu vielen Spekulationen gab.[18] Tatsächlich steht zu befürchten, dass Bilbo seinen Rekord gewissermaßen nur unter Einsatz unerlaubter Hilfsmittel erzielen konnte. In seinem Fall war das Doping allem Anschein nach der Eine Ring, den er über mehrere Jahrzehnte hinweg verwahrte. Schweren Herzens möchte ich mich also dafür einsetzen, den Alten Tuk zu rehabilitieren. Sieht man über den Einfluss des Rings hinweg, müsste man nämlich einem gewissen Sméagol[19] zugestehen, der bislang älteste Hobbit gewesen zu sein – und angesichts der Vernichtung des Einen Rings könnte niemand mehr Sméagol diesen Titel je streitig machen. Mehr als fünf Jahrhunderte Lebensdauer – da können selbst normale Hobbits nicht mithalten.

Andererseits sind hundert Jahre auch eine ganz schön lange Zeit, und die will sinnvoll eingeteilt werden. Bei die-

---

[18] Plischke: Und das ganz ohne Nordic Walking und Aufenthalte in Wellnesshotels für Senioren! Respekt!

[19] Christiansen: Besser bekannt als Gollum.

ser sinnvollen Einteilung sollte man jedoch nichts überstürzen. Während es bei uns Menschen Bestrebungen gibt, die Volljährigkeitsgrenze von 18 Jahren noch weiter herabzusetzen, ist man bei den Hobbits noch wesentlich länger minderjährig: Bis ein junger Hobbit endlich tun und lassen kann, was er möchte, ohne dass ihm seine Alten dabei hineinreden,[20] muss er satte 33 Jahre warten. Zuvor durchlebt er eine Phase, die ungefähr dem entspricht, was man unter uns Menschen früher einmal die Halbstarkenzeit nannte: Zwischen dem zwanzigsten und dreiunddreißigsten Lebensjahr ist ein Hobbit ein sogenannter *Zwien*. Zwiens haben – selbstverständlich aus dem Blickwinkel der älteren Generationen – weitaus mehr Flausen als vernünftige Gedanken im Kopf. So wird auch Peregrin »Pippin« Tuks teils unvorsichtiges Verhalten bei seinen von Tolkien niedergeschriebenen Abenteuern etwas nachvollziehbarer: Pippin ist beim Aufbruch aus dem Auenland 28 Jahre alt und damit im besten Zwien-Alter. Im *Tänzelnden Pony* versehentlich beinahe die Existenz des Einen Rings in die Welt hinausposaunen, einfach mal in Moria einen Stein in einen Brunnenschaft schnicken und so die Orks auf sich aufmerksam machen, ungefragt in eine magische Zauberkugel schauen und dann von Sauron ausgespäht werden – Pippin treibt so einiges, worüber man den Kopf schütteln könnte (am besten seinen, und zwar kräftig!). Der Groll auf ihn sollte sich aber schnell legen, wenn man sich die eigenen Jugendsünden in schonungsloser Ehrlichkeit vor Augen führt.[21] Oder wenn man sich fragt, wie gewissenhaft

---

[20] Plischke: Bitte nicht die Volljährigkeit romantisieren! Nur weil man volljährig ist, verzichten die Alten ja nicht plötzlich auf ihre gut gemeinten Ratschläge. Man ist nur nicht länger von Rechts wegen gezwungen, sich daran zu halten.

[21] Plischke: Wer sich nie auf einer Klassenfahrt vollkommen danebenbe-

es von Frodo gewesen ist, einen Teenager in der Pubertät mit auf die gefährlichste Reise zu nehmen, die je von Hobbits unternommen wurde.

An Frodo Beutlin lässt sich sehr gut erläutern, wie schwierig es für uns Menschen sein kann, das Alter eines Hobbits richtig einzuschätzen. Obwohl Tolkien Frodos Alter beim Aufbruch von Beutelsend sehr unmissverständlich mit 50 Jahren angibt, haben viele von uns das Bild eines durch und durch jugendlichen Helden im Kopf, wenn wir an Frodo denken. Anders bei seinem Onkel Bilbo: Der kommt uns oft etwas reifer und gesetzter vor, als Gandalf nebst Zwergenschar bei ihm auftaucht, um ihn aus seinem bis dahin geruhsamen Leben zu reißen. Dabei ist Bilbo da beinahe exakt genauso alt wie Frodo, als dieser den Ruf des Abenteuers vernimmt. Mehr noch: Beide – Frodo und Bilbo – sind mit 50 noch Junggesellen, was für ihre Altersklasse alles andere als üblich ist und ihnen deshalb den Ruf einbringt, Sonderlinge zu sein. Oder auf menschliche Begriffe übertragen: Das Gegenstück eines männlichen 50-jährigen Hobbits hat eigentlich gefälligst verheiratet zu sein und mit Frau, Kindern und Hund in einem eigenen Reihenhäuschen zu leben. Die Reisen, die Frodo und Bilbo unternehmen, hat man da schon längst hinter sich gebracht (beispielsweise indem man als Rucksacktourist ein paar Monate durch Asien wandert).

In diesem Punkt sind sich Hobbits und wir also nicht ganz unähnlich. Warum sollte man sich irgendwo in der Fremde unberechenbaren Gefahren stellen, wenn man es sich zu Hause gemütlich machen kann? Nun, weil jede Gesellschaft Personen braucht, die dazu bereit sind, es mit

---

nommen hat, der werfe den ersten Stein – nur bitte eben nicht in einen Brunnenschacht in Moria, wenn's recht ist.

kollektiven Ängsten aufzunehmen – und sei es nur, um hinterher darüber zu berichten, wie recht die anderen damit haben, sich vor ganz bestimmten Dingen zu fürchten. Die Hobbits pflegen dabei ihre ganz eigenen Phobien.

Geteilte Ängste: Wovor Hobbits sich fürchten

Aus den Hobbits wird nie eine Nation von Seefahrern werden. Abgesehen von jenen, die nach den Starren kommen, können die allermeisten Hobbits nicht einmal schwimmen. Komplett wasserscheu sind sie nicht: An einem heißen Sommertag die Füße in einen kühlen Bach strecken ist selbstverständlich eine willkommene Erfrischung. Aber deshalb besteht für sie noch lange kein Grund, Schwimmen zu lernen, und viele Hobbits teilen sicherlich die Auffassung des alten Hamfast Gamdschie, der Boote für äußerst heimtückische Beförderungsmittel hielt, welche nur darauf warteten, ihre Benutzer abschütteln zu können und sie ertrinken zu sehen. Als grundsätzlich sehr vorsichtige Kreaturen glauben die Hobbits an den einfachen Grundsatz »Wer sich in Gefahr begibt, kommt darin um«. Und Wasser, das einem bis zum Hals reicht, ist nun einmal gefährlich. Angeln kann man übrigens auch bequem vom Ufer aus, wenn man mal Appetit auf Fisch haben sollte. Niemand zwingt einen, zu den Fischen in den Fluss, Teich oder See zu steigen. Außerdem kann man ja auch Geflügel mögen, ohne dass man dafür fliegen können müsste, nicht wahr? Man mag das als typische Rechtfertigungsversuche von Angsthasen abtun. Ein zu harsches Urteil, wie ich finde. Schließlich ist mir kein Hobbit bekannt, der die athletische Figur eines Leistungsschwimmers hätte.[22]

---

[22] Christiansen: Für mich bleiben das alles trotzdem Ausreden. Was Wasser

Weniger Verständnis habe ich für die Beklemmungen, die viele Hobbits beschleichen, wenn sie nur an Höhen denken. Vielleicht spricht da die Arroganz des Großen Menschen aus mir, aber bei den Hobbits reicht diese Abneigung sogar so weit, dass sie in mehrstöckigen Häusern prinzipiell im Erdgeschoss schlafen – notfalls auf dem Boden, falls dort kein Gästezimmer zur Verfügung steht. Es mag zwar mutige Ausnahmen wie die Hüttingers gegeben haben, die sogar in ihrem eigenen Hofhaus auch Schlafzimmer im Obergeschoss hatten, aber den meisten Hobbits erscheint eine solche Raumaufteilung als zu riskant und eine Einladung zu tragischen Unglücken. Dies ist insbesondere daher verwunderlich, da sie in der Regel äußerst trittsicher sind und eigentlich nicht befürchten müssten, zwangsläufig in den Tod zu stürzen, wenn sie auf einem steilen Gebirgspfad unterwegs sind oder in einen Baum hinaufklettern.[23] Es gibt die These, wonach die Höhenangst der Hobbits auch mit ihrer Leibesfülle in Verbindung steht. Ich selbst bin noch zu keinem abschließenden Urteil darüber gelangt, wie ich zu der Annahme »Je schwerer etwas ist, desto leichter fällt es« stehe.[24]

So oder so sind Tolkiens Schilderungen der Abenteuer, die Frodo und Bilbo durchleben, an vielen Stellen explizit als Darstellungen von Bewährungsproben zu sehen, die

---

angeht, sind Hobbits Schisser. Völlig grundlos. Fett schwimmt doch eigentlich immer oben.
Plischke: Tut mir leid. Da bin ich ganz bei den Hobbits. Vernünftige Vorsicht hat mit Schissertum nichts zu tun. Es sind schon Menschen im Planschbecken ertrunken.

[23] Christiansen: Diese Angst wiederum kann ich ganz wunderbar verstehen. Trittsicher hin, trittsicher her – ein Wimpernschlag der Unachtsamkeit reicht doch schon, um in die Tiefe zu fallen.

[24] Christiansen: Ich schon. Das ist keine Annahme. Das ist nichts als die Wahrheit. Da kann man jeden Hobbit fragen.

für Hobbits mit einem besonderen Schrecken verbunden sind. Bilbos Ritt auf einem Fass den Waldfluss hinunter ist dabei sicher noch grauenhafter als Frodos Reise auf dem Anduín – immerhin unternimmt Frodo diese in einem Elbenboot. Ob nun der Flug in den Klauen eines Adlers schlimmer ist, als eine Nacht in schwindelnder Höhe auf einer Plattform in den Bäumen Lothlóriens zu verbringen, ist eine Entscheidung, die nur ein Hobbit treffen könnte. Woran jedoch kein Zweifel besteht, ist die Tatsache, dass diese Passagen in Tolkiens Erzählungen von den Hobbits gewiss als extrem beunruhigende Gruselgeschichten wahrgenommen werden.

Warum die Hobbits sich nun ausgerechnet davor fürchten, im Wasser zu ertrinken oder hoch in die Luft gehoben zu werden, lässt sich auch auf einer symbolischen Ebene ausdeuten. Die Hobbits sind von ihrer Natur her schlicht und ergreifend sehr bodenständige Wesen. Sie gehören auf beziehungsweise unter die Erde, nicht ins Wasser und erst recht nicht in die Luft. Entfernt man sie zu weit von ihrem gewohnten Element, geraten sie in Angst. Dies könnte auch der Grund für eine ihrer berühmtesten Eigenarten sein, die wir nun näher unter die Lupe nehmen wollen: ihre Vorliebe für gemütlich eingerichtete Höhlen.

In einer Höhle in der Erde …

Gleich eine Bemerkung vorneweg: Es stimmt zwar, dass Hobbits Höhlen mögen, aber nicht jede x-beliebige Höhle entspricht ihren hohen Ansprüchen. In klammen Tropfsteinhöhlen oder riesigen Kavernen, von deren Decken gewaltige Fledermausschwärme hängen, sucht man sie jedenfalls vergebens. Um genau zu sein, sind natürlich entstandene Höhlen jeder Art keine sonderlich vielversprechenden Orte, um auf Hobbitpirsch zu gehen. Die Hobbits bauen sich ihre Höhlen, die sie *Smials* nennen, vielmehr in aller Regel selbst.[25]

Nun sollte man sich bitte auf keinen Fall vorstellen, dass Hobbits sich einfach mit einem schäbigen Loch begnügen: Die Wände von Smials sind holzgetäfelt – wahrscheinlich auch aus Gründen der Statik, aber natürlich sorgt diese Maßnahme zusätzlich dafür, dass einem nicht alle naselang Erde auf den Kopf rieselt oder man unerwünschten Besuch von vorlauten Wühlmäusen, Dachsen, Karnickeln und ähnlichem Getier erhält. Der Boden ist für gewöhnlich gefliest oder mit Teppichen ausgelegt, vermutlich je nachdem, ob es der Bewohner morgens beim Aufstehen lieber hübsch warm oder schön kühl an den Füßen hat.

Eine Eigenart der Smial-Architektur verdient besonderes Augenmerk: Alle Eingänge und Öffnungen in einem Smial – sowohl Türen als auch Fenster – sind rund. Man wagt sich gewiss nicht zu weit aufs Feld wüster Spekulationen, wenn man daraus ableitet, dass Hobbits im Allgemeinen weichen, fließenden Formen den Vorzug vor harten und kantigen geben.[26]

Hobbits graben ihre Smials mit Vorliebe in die Hänge von Hügeln hinein, und bisweilen passiert es, dass sie beim Bau ihrer Wohnstätten eine solche Erhebung nahezu völlig aushöhlen. Ungeachtet ihrer geringen Körpergröße haben Hobbits nämlich gern unverhältnismäßig viel Platz zur

---

[25] Plischke: Weshalb ich ja finde, dass Hobbits streng genommen eben gerade nicht in Höhlen, sondern in Bauen wohnen.
Christiansen: Wie Kaninchen?
Plischke: Wenn Sie diesen Vergleich unbedingt ziehen wollen …

[26] Plischke: Oder sie finden schlicht alles schön, was so ist, wie sie selbst: weich und rund.

Entfaltung ihrer Bedürfnisse. Ein-Zimmer-Smials dürften daher eine echte Seltenheit sein.

Umgekehrt sollte man sich nicht von Beutelsend, dem berühmten Zuhause von Bilbo Beutlin, täuschen lassen. Hierbei handelt es sich nämlich Tolkien zufolge um den kostspieligsten Smial, der je gebaut wurde. Das heißt also, dass nicht jeder andere Smial automatisch gleich über mehrere Schlafzimmer, Bäder, begehbare Kleiderschränke, Speisekammern und Küchen verfügt.[27] Überhaupt lebten schon zu jenen sehr lange zurückliegenden Zeiten, über die Tolkien uns Auskunft gibt, beileibe nicht mehr alle Hobbits in Höhlen. Sie waren schon damals mehrheitlich dazu übergegangen, Häuser zu errichten, wobei sie sich dieses Verhalten offenbar von den Menschen und den einen oder anderen technischen Kniff zusätzlich von den Zwergen abgeschaut haben.[28] In Steinbüttel im Auenland ging man hierbei schon sehr früh so weit, Stein als Baumaterial zu verwenden – was den Rest der Hobbitgesellschaft einige Überwindung gekostet haben dürfte, da Stein a) bekanntlich schwerer durch die Gegend zu bewegen ist als Holz und b) kein nachwachsender Rohstoff ist, den man nach Lust und Liebe verbauen kann.

Nur zwei Gesellschaftsschichten hielten noch an der Tradition fest, sich Smials zu bauen: die Ärmsten und die Reichsten. Für die Armen ist es vermutlich die kostengünstigste Variante gewesen, sich Wohnraum zu verschaffen (und wenn es nur ein fensterloses Loch im Boden war); für die Reichen stellte ein ordentliches Anwesen nach alter

---

[27] Christiansen: Bei den Speisekammern und den Küchen wäre ich mir da nicht so sicher.

[28] Plischke: Auf runde Türen und Fenster wurde aber auch nach dieser architektonischen Zeitenwende nicht verzichtet.

Gepflogenheit gewiss ein schönes Statussymbol dar (vergleichbar mit einem netten Schlösschen an der Loire, wie sie unter uns Menschen häufiger einmal von extrem wohlhabenden Prominenten gekauft werden). Ansonsten wurde damals die Höhlenliebe anscheinend auch vermehrt in repräsentativen Bauen zum Ausdruck gebracht. So traf sich der Bürgermeister von Michelbinge – der einzige per Wahl in sein Amt gelangte Würdenträger bei den Hobbits des Auenlands – mit seinen Honoratioren in der örtlichen Stadthöhle. Und wenn ein Bau schon Stadthöhle heißt, ist es schwer, sich darunter etwas anderes als eine Höhle auszumalen.

Wie sich diese Situation in der derzeitigen Hobbitgesellschaft darstellt, bleibt ein gewisses Mysterium. Unter Umständen leben heute nur noch ganz exzentrische Anhänger alter Sitten und Gebräuche in Smials, während alle anderen erkannt haben, dass man unter Menschen mehr oder weniger unauffällig leben kann, solange man in einem Haus wohnt.[29] Kennen Sie denn nicht auch ein sonderbares Haus in Ihrer Nachbarschaft, in dem immer nur mopsige Kinder im Garten herumtollen, ohne dass je eine erwachsene Aufsichtsperson zu sehen wäre? Es ist allerdings genauso gut denkbar, dass die Hobbits aufgrund der rasant wachsenden Zahl von uns Großen Leuten zu ihrer ursprünglichen Lebensweise zurückgefunden haben. Nur so viel ist sicher: Hochhäuser oder gar Wolkenkratzer werden die höhenängstlichen Hobbits sicher nicht bauen, und sie ziehen Souterrainwohnungen gegenüber Penthouses jederzeit vor.

---

[29] Plischke: Und in der Öffentlichkeit Schuhe trägt und nie vergisst, sich das Haar über die Ohrspitzen zu kämmen, wenn man die eigenen vier Wände verlässt.

Eine weitere Tradition, die schon zu Bilbos und Frodos Lebtagen nicht mehr sonderlich hochgehalten wurde, ist die der Clan-Smials.

Clan-Smials waren Wohnanlagen, in denen mehrere Generationen einer ganzen Hobbitsippe gemeinsam unter einem Dach lebten, wie beispielsweise das Brandygut, in dem Frodo aufwuchs, oder die Groß-Smials der Tuks. Beide der genannten Clan-Smials standen bei Außenstehenden in keinem sonderlich guten Ruf: Im Brandygut war es dem Vernehmen nach zu chaotisch, in den Groß-Smials zu düster. Fest steht, dass solche Mehrgenerationenhäuser definitiv aus der Mode gekommen waren.

Ganz gleich, ob sie nun in Einfamilien- oder Clan-Smials wohnen, Hobbits sind keine Stubenhocker, und bei gutem Wetter trifft man sie eher *vor* als *in* ihren Behausungen an. Bei Regen ist es aber natürlich famos, einen trockenen, kuscheligen Rückzugsort zu haben. Ein solches Heim ist aus Hobbitsicht jedoch erst dann richtig gemütlich, wenn man darin viel Mathom angehäuft hat.

Nur eine vollgestopfte Höhle ist eine schöne Höhle: Mathom

Mathom ist ein uraltes Wort aus der Hobbitsprache, das Dinge bezeichnet, für die man zwar gerade keinen direkten Verwendungszweck sieht, von denen man sich dennoch nicht trennen möchte. Ein gewöhnlicher Gegenstand verwandelt sich in Mathom, sobald ihn sich ein Hobbit ansieht und denkt: »Das ist viel zu schade zum Wegwerfen. Das hebe ich mir für irgendwann später auf. Damit kann man bestimmt noch irgendetwas Nützliches anfangen.«[30]

---

[30] Christiansen: Das denkt sich meine Oma auch öfter bei allem möglichen Kram ...

Nun wäre dies an sich noch nicht bemerkenswert. Der gemeine Hobbit denkt sich derlei jedoch bei sehr, sehr vielen Dingen, die in seinen Besitz gelangen. Im Laufe eines Hobbitlebens – und man sollte nicht vergessen, wie lange so ein Hobbitleben ist – häuft sich so eine beachtliche Menge an Mathom an. Mathom sind dabei keine Sammlungen im eigentlichen Sinn; so wissen wir beispielsweise von Bilbo, dass er unter anderem ein großes Faible für Karten besaß, und doch hätte er seine Kartensammlung sicherlich nie als Mathom erachtet. Deren Zweck lag ja nun auf der Hand, und er benutzte sie regelmäßig. Naheliegende Beispiele für Mathom hingegen wären etwa: ein abgesprungener Westenknopf, der unter das Sofa gerollt ist und den man erst wiederfindet, nachdem einem die dazugehörige Weste gar nicht mehr über den Bauch passt; ein interessant geformter und/oder gefärbter Kiesel, auf den man beim Umgraben eines Gartenbeets stößt; die große Kiste, in der man sich Obst hat anliefern lassen; Urgroßmutters Spinnrad, das nur ein ganz kleines bisschen quietscht, wenn man das Pedal betätigt; ein Satz Spielkarten, bei dem einem zwei oder drei irgendwie abhandengekommen sind; der alte Spaten, den man eigentlich durch einen neuen ersetzt hat; und so weiter und so fort ...

»Aber wo bewahren die Hobbits diesen ganzen Kram denn überhaupt auf?«, fragen Sie sich jetzt vielleicht. Nun, auch wenn Tolkien in seinen Schriften mehrfach Situationen schildert, in denen Hobbits versuchen, Ordnung in ihrer Wohnung zu halten, vermute ich, dass so manche Hobbitbehausung vor Mathom schier überzuquellen droht. Damit nicht alle Höhlen aus den Nähten platzen, haben die Hobbits zwei kulturelle Strategien entwickelt, mit Mathom umzugehen.

Die erste besteht darin, Mathom an andere zu verschenken. Hobbits sind ja sehr gesellig und feiern oft und ausgiebig, sobald sich auch nur die kleinste Gelegenheit dafür bietet.[31] Bei solchen größeren und kleineren Feiern ist es ohnehin üblich, dass man einander beschenkt.[32] Das reicht so weit, dass beispielsweise nicht nur Gäste Gastgeschenke für den Gastgeber mitbringen, sondern auch der Gastgeber selbst Geschenke für seine Gäste bereithält. Dies stellt eine ideale Möglichkeit dar, sich von Mathom zu trennen, ohne es wegwerfen zu müssen. Ein Mathom zu einem Geschenk zu machen, ist also eine völlig akzeptierte Form, einen angemessenen Verwendungszweck dafür zu finden. Dies führt durchaus zu der uns skurril erscheinenden Situation, dass einzelne Mathoms einmal durch jedes Hobbitzuhause einer bestimmten Siedlung oder gar Region wandern, bis sie schließlich wieder bei dem Hobbit ankommen, der sie ursprünglich zum Mathom erklärt hat.[33] Ob dies mit irgendwelchen Peinlichkeiten für den Beschenkten bzw. den Schenkenden verbunden ist, ist leider nicht bekannt.

Die zweite Strategie zur Reduktion von angehäuftem Mathom wurde vermutlich entwickelt, um einen sozial verträglichen Ausweg aus dem eben geschilderten Kreislauf zu finden. Irgendwann begannen die Hobbits, sogenannte

---

[31] Plischke: Und notfalls schaffen sie sich diese Gelegenheit selbst, indem sie einfach irgendein Ereignis als feierwürdig deklarieren.

[32] Christiansen: Oder das Mathomsammeln und die damit verbundene Herausforderung, überschüssiges Mathom loszuwerden, hat diese Tradition erst ins Leben gerufen. Letzten Endes ist das wie die Frage nach der Henne und dem Ei …

[33] Plischke: Ich habe mir aus verlässlichen Quellen versichern lassen, dass solche Geschenkzirkulationen auch heute noch in menschlichen Ansiedlungen zu beobachten sind, vor allem dann, wenn es sich um kleinere Dorfgemeinschaften und Dekogegenstände von fragwürdigem ästhetischem Reiz handelt.

Mathom-Häuser zu gründen. Diesen öffentlichen Institutionen können Privatpersonen Mathoms spenden, die anschließend dort ausgestellt werden (es steht allerdings zu befürchten, dass die Depots dieser Museen ständig erweitert werden müssen, um Platz für die Neuzugänge zu schaffen). Das größte Mathom-Haus im Auenland, von dem wir dank Tolkien wissen, stand in der Regionalhauptstadt Michelbinge. Einige seiner Exponate mögen uns Menschen besonders ungewöhnlich erscheinen. Nicht weil wir uns ihre Funktion nicht erschließen könnten, sondern da sie unter uns auch nicht im Entferntesten als Mathom verstanden würden: Waffen. Dies ist ein klarer Beleg, wie friedlich sich das Leben der Hobbits im Auenland des Dritten Zeitalters gestaltet haben muss. Denn man darf sich dieses Mathom-Haus unter gar keinen Umständen so vorstellen wie eines unserer Technikmuseen. Die Hobbits gaben die Waffen, die sie als Erbstücke ihrer Ahnen besaßen, nicht ins Mathom-Haus ab, weil es sich bei diesen Waffen um technologisch überholte Antiquitäten handelte. Die meisten wären wohl nach wie vor voll einsatzfähig gewesen, und sie hätten auch noch dem allgemeinen Technologieniveau entsprochen. Nein, die Hobbits trennten sich von diesen Mordwerkzeugen, weil sie keine Verwendung mehr dafür sahen. Sie lebten zwar in keinem wahren Garten Eden oder Schlaraffenland,[34] aber nichtsdestominder in einer Umwelt, die die Bezeichnung »Idyll« allemal verdient hatte.

---

[34] Plischke: Mir erscheint das Schlaraffenland übrigens wie eine Hobbitphantasie, die sich auf leisen, ledrigen Sohlen in das menschliche kollektive Unbewusste geschlichen hat – ein Land, in dem einem gebratene Tauben in den Mund fliegen, Häuser aus Kuchen gebaut sind, Bäche von Milch und Honig fließen und in dem statt Steinen Käse herumliegt, kann eigentlich nur ein extrem ausgehungerter Hobbit ersonnen haben.

Das bekannteste Siedlungsgebiet der Hobbits: Das Auenland

Den Schilderungen Tolkiens zufolge handelte es sich beim Auenland um ein leicht bewaldetes, von kleinen Bächen und Flüssen durchzogenes Hügelgebiet, das den dorthin vor Urzeiten einwandernden Hobbits ideale Lebensbedingungen bot. Die Hügel waren für den Bau von Smials hervorragend geeignet, die Böden waren fruchtbar, und der Wald stand nicht zu dicht, als dass die Urbarmachung eine nicht zu bewältigende Herausforderung dargestellt hätte.

Darüber hinaus war das Klima im Auenland derart mild, dass ernst zu nehmende Schneefälle außer in den Hochmooren des Nordviertels so gut wie unbekannt waren. Wenn doch einmal Schnee liegen blieb, war das für die Hobbits eher ein Anlass, die weiße Pracht ausgiebig zur eigenen Bespaßung zu nutzen. Dann baute man vermutlich Schneehobbits, lieferte sich Schneeballschlachten und nutzte Schaukelstühle als Schlittenersatz beim Rodeln. Nur von einem einzigen Winter ist überliefert, dass er hart genug war, um den Brandywein zum Zufrieren zu bringen. Die Konsequenzen waren damals verheerend – weiße Wölfe drangen über den östlichen Grenzfluss ins Auenland vor und forderten zahlreiche Opfer unter den Hobbits. Gut, dass solche Kälteeinbrüche die absolute Ausnahme blieben.

Halten wir also fest: Das Auenland war insgesamt eine Region, in der es sich als Hobbit ausgezeichnet wachsen und gedeihen ließ.[35] Noch dazu bot jedes seiner vier nach den Himmelsrichtungen benannten Vierteln auf geradezu wundersame Weise eine regionale Besonderheit, die genau einem der wichtigsten Bedürfnisse der Hobbits entsprach: Im Ost-

---

[35] Christiansen: Gedeihen ja, wachsen … tja, eben bis auf Hobbitgröße.

viertel wuchsen massenweise leckere Pilze, im Südviertel herrschten ideale Anbaubedingungen für Wein und Pfeifenkraut, im Nordviertel wuchs die beste Gerste für Bier, und im Westviertel konnten die Feinschmecker unter den Halblingen sich an den Fischen laben, die man aus dem Wasserauer See angelte. Für die Verhältnisse des Dritten Zeitalters war das Auenland den vorhandenen Quellen nach auch dementsprechend dicht besiedelt. Was bedeutet das genau?

Um die Frage der Bevölkerungsdichte zu klären, müssen wir uns zunächst kurz damit befassen, wie groß das Auenland flächenmäßig war. Tolkien gibt seine Ausdehnung in Nord-Süd-Richtung mit fünfzig Wegstunden, in Ost-West-Richtung mit vierzig Wegstunden an. Eine Wegstunde klingt harmlos, ist aber eine nicht zu unterschätzende Strecke: rund 4,8 Kilometer, wenn man die in England gebräuchliche Entfernung annimmt, die diese Maßeinheit beschreibt. Das heißt also, das Auenland ist etwa 240 Kilometer lang und etwas mehr als 190 Kilometer breit (um es mal ganz ungeografisch auszudrücken).[36] Zum Vergleich: Berlin und Hamburg liegen Luftlinie circa 255 Kilometer auseinander.

Für das Auenland ergibt sich somit eine Gesamtfläche von 47 500 Quadratkilometern. Da sich darunter auch wieder nur geschulte Erdkundler konkret etwas vorstellen können: Das ist ein Tickchen größer als die Schweiz.

Eine Fläche haben wir jetzt, aber wir brauchen noch eine Bevölkerungszahl. Ich denke, wir tun Mittelerde im Dritten

---

[36] Plischke: Und auf Reibungsverluste durch seine Rundungen pfeift Kollege Wolf hier auch ganz offensichtlich. Ganz abgesehen davon, dass er Bockland ignoriert. Als ob dort keine Hobbits gewohnt hätten …
Christiansen: Aber das Bockland lag ja auch schon außerhalb des eigentlichen Auenlands. Ich finde, man sollte hier nicht päpstlicher sein als der Papst.

Zeitalter kein Unrecht an, wenn wir die Zahl der Einwohner pro Quadratkilometer in Europa um das Jahr 650 herum als Vergleichsgröße missbrauchen.[37] Damals lebten auf Basis allergröbster Schätzungen ungefähr 18 Millionen Menschen auf einer Fläche von 10,2 Millionen Quadratkilometern. Das entspricht etwa 1,76 Einwohnern pro Quadratkilometer.

Auf das Auenland übertragen ergibt sich daraus folgendes Bild: Zwischen den Fernen Höhen und der Brandyweinbrücke respektive den Mooren im Norden und den Marschen im Süden leben insgesamt über den dicken Daumen 83 600 Hobbits. Wer nun meint, das seien aber verdammt viele Hobbits und damit würden die sich im Auenland doch förmlich auf den Füßen stehen, dem sei entgegnet: Denken Sie bitte daran, dass wir über eine Fläche sprechen, die alles in allem etwa der der Schweiz entspricht. Waren Sie schon mal in der Schweiz? Also auf dem Land und nicht in Zürich oder Bern. Da wirkt die Landschaft nun nicht gerade mit Schweizern und Häusern zugestellt. Mehr noch: In der Schweiz leben beinahe 8 Millionen Menschen. Daneben nehmen sich doch die 80 000 Hobbits geradezu putzig aus, oder?[38]

Anhand dieser Berechnungen lässt sich ein kleines Gedankenexperiment anstellen: Wo könnten wir heute noch größere Hobbitpopulationen finden? Nun, die möglichen

---

[37] Christiansen: Gerade angesichts der Tatsache, dass Tolkien in seinen Schriften nicht müde wird, immer wieder zu betonen, wie wild, menschenleer und gefährlich die Landstriche zwischen den größeren Ballungszentren sind.

[38] Plischke: Wo wir gerade bei Beispielen zur Veranschaulichung sind: Sämtliche Hobbits des Auenlands fänden in Städten wie Detmold oder Gießen locker Platz, selbst wenn diese Ansiedlungen dann ausschließlich von Halblingen bevölkert wären.

Standorte dieser Hobbitsiedlungsgebiete müssten einige Voraussetzungen erfüllen. Als da wären:

- eine eher abgeschiedene Lage (denn allein die bloße Existenz des Auenlands war dem durchschnittlichen Bewohner Mittelerdes schon nicht bekannt),
- ein freundliches Klima (damit man nicht am Ende doch fast immer Schuhe tragen muss),
- sanfte Hügel (zwecks Höhlenbau),
- ausreichend kleine Gewässer (aber nicht zu tief!),
- fruchtbare Böden sowie
- ein Fehlen natürlicher Fressfeinde der Hobbits (wie etwa weiße Wölfe).

Es gibt einige angedachte Exkursionen meinerseits zu einer kleinen Reihe von Gegenden, in denen ich inständig hoffe, auf gesprächsbereite Hobbits zu stoßen. Hierzu zählen unter anderem die südliche Pfalz, die Toskana, die britischen Kanalinseln sowie der Westen Irlands. Und jeder der behauptet, ich täte dies nur wegen der landschaftlichen Reize, des guten Essens und der entspannten Natur der Einheimischen, hat nicht verstanden, wie ein Hobbit denkt und fühlt![39]

Ein Modell für ein freundliches Miteinander: Das Breeland

Tolkien nennt neben dem Auenland eine zweite Region im dritten Zeitalter Mittelerdes, in der Hobbits beheimatet sind: das Breeland. Östlich vom eigentlichen Kerngebiet

---

[39] Plischke: Denken Sie, er meint damit uns, Herr Kollege?
Christiansen: Das wollen wir mal großzügig überlesen haben!

der Hobbits gelegen, ist dieser Landstrich allein deshalb von Interesse, da hier Hobbits und Große Leute – sprich: Menschen – in friedlicher Eintracht miteinander lebten. So schreibt Tolkien über das Dörfchen Bree, dass dort die Hobbits ihre Smials in die Hänge oberhalb der menschlichen Behausungen gegraben hätten. Zudem beteiligte die örtliche Gastronomie sich offenbar mit einiger Begeisterung[40] an diesem multikulturellen Experiment: Im Gasthaus *Zum Tänzelnden Pony* etwa findet der Hobbit auf der Durchreise Räumlichkeiten vor, die eigens an seine Körpergröße angepasst sind.

Die Verfechter der oben bereits erwähnten Vermischungshypothese weisen das Breeland gerne nachdrücklich als ein wichtiges Indiz dafür aus, dass sie mit ihren Vermutungen richtigliegen. Was spricht dagegen, so argumentieren sie, dass aus diesem Nebeneinanderwohnen nach und nach ein Miteinanderwohnen und daraus wiederum ein Verschmelzen von Mensch und Hobbit wurde? Das Breeland ist für sie die Keimzelle einer neuen Art, die das Beste von Großen und Kleinen Leuten in sich vereint.

Derlei evolutionstheoretische Spielchen liegen mir eigentlich fern. Doch wenn man sich unbedingt darauf einlassen möchte, lassen sich daraus viel gewinnbringendere Fragestellungen entwickeln als »Sind Hobbits und Menschen zeugungskompatibel?«.

Zum Beispiel diese: »Begreift man das Auenland als eine einzige ökologische Nische, in die die Hobbits durch Fügung oder Zufall hineingestoßen wurden, wie haben sie dann dort ihr genetisches Potenzial entfaltet?« Etwas weniger sperrig, aber umso wildromantischer könnte man auch einfach fragen: »Was hat Mutter Natur diesen ihrer

---

[40] Christiansen: Und auch einiger Geschäftstüchtigkeit…

Kinder mit auf den Weg gegeben, um sich im Überlebenskampf aus Fressen und Gefressenwerden zu behaupten?«

Klein, aber nicht zu unterschätzen: Die besonderen Talente der Hobbits

Beginnen wir doch mit einer Begabung der Hobbits, die oft übersehen wird, weil wir Menschen uns mit Vorliebe auf der Erde statt unter ihr bewegen und uns zudem schon wesentlich länger als die Hobbits von Höhlen als Wohnstätten abgewandt haben: Hobbits haben einen ausgezeichneten Orientierungssinn, wenn sie unterirdisch aktiv sind. Damit sind nicht nur ihre eigenen Smials gemeint. Wenn ein Hobbit sich beispielsweise in einem System von Zwergenstollen verläuft, muss er schon ausgesprochen verängstigt sein oder anderweitig unter hohem Stress stehen, der seine Wahrnehmung beeinträchtigt.[41]

Einige Hobbitkundler zeigen sich angesichts dieses unterirdischen Spürsinns etwas verwundert: Andere Säugetiere, die vornehmlich unter der Erde leben und weit verzweigte Baue und Tunnels anlegen, sind von Natur aus nämlich häufig mit irgendeiner Form von Tasthaaren ausgestattet (üblicherweise irgendwo um die Schnauze herum).[42] Hobbits sind hingegen nicht für ihre üppige Gesichtsbehaarung bekannt. Wie sehen die Lösungsansätze für dieses Rätsel aus? Manche meiner Kollegen sind der Auffassung, die Haare auf dem Fußrücken des Hobbits

---

[41] Plischke: Was leider nur allzu häufig der Fall zu sein scheint, wenn man einen Hobbit aus seiner vertrauten Umgebung reißt.
[42] Plischke: Es kann ja nicht gleich jeder wie der Nacktmull überall am ansonsten nackigen Leib Tasthaare ausbilden.

erfüllten genau jene Funktion, wie sie bei anderen Kreaturen von Tasthaaren übernommen würde. Diese Theorie hat den eindeutigen Schwachpunkt, dass sich Hobbits nun einmal nicht mit den Füßen voran durch unterirdische Anlagen bewegen. Daher tendiere ich zur vorsichtigen Unterstützung einer anderen These: Vielleicht haben Hobbits kleine magnetische Teilchen in der Nasenspitze (oder meinetwegen auch in den Zehenspitzen), mit denen sie das elektromagnetische Feld der Erde abtasten, vergleichbar mit jenem Prozess, mit dem sich Zugvögel auf ihren langen Flugreisen orientieren.[43]

In die gleiche Kategorie übersehener Eigenschaften fällt die Tatsache, dass Hobbits im Dunkeln wesentlich besser sehen können als wir Menschen und dem Vernehmen nach sogar Zwerge. Für ein Geschöpf, das sich regelmäßig unter Tage aufhält, ist dies natürlich ausgesprochen praktisch. Die mit Dunkelheit prima zurechtkommenden Augen der Hobbits lassen zudem weitere Rückschlüsse zu. Erinnern wir uns: Tolkien sah die Hobbits als eine Unterart des Menschen. Demzufolge muss unser gemeinsamer Urahn jedoch vor sehr vielen Generationen gelebt haben, um dem Hobbit überhaupt die Möglichkeit zu geben, sich so eindrucksvoll an seine ökologische Nische anzupassen. Diejenigen unter uns Hobbitkundlern, die nichts von der Vermischungshypothese halten, glauben sogar, dieser Ur-Hobbit sei vor viel zu langer Zeit über die Welt gewandelt, als dass ein späteres Aufgehen seiner Nachkommenschaft in uns Menschen überhaupt möglich wäre. Eine Vermischung von Hobbit und Mensch ist ihrer Meinung nach ungefähr so wahr-

---

[43] Christiansen: Ich muss Sie enttäuschen, Herr Kollege. Diese These ist mittlerweile stark umstritten. Also vorrangig in Bezug auf Vögel, aber damit eben auch hinsichtlich Hobbits.

scheinlich wie eine Vermischung von Mensch und Schimpanse.

Vermischung hin, Vermischung her: Hobbits besitzen die Fähigkeit, sich nahezu geräuschlos zu bewegen – und zwar selbst über Oberflächen, auf denen dies extrem schwierig ist, wie etwa auf Waldboden. Ihre nackten Sohlen sind daher wahrscheinlich trotz ihrer robusten, ledrigen Beschaffenheit alles andere als abgestumpft, was die Weiterleitung von Nervenreizen angeht. Dies erlaubt es den Hobbits, ihre Schritte so zu setzen, dass sie möglichen Lärmquellen, die sie verraten könnten, nahezu instinktiv ausweichen oder im allerletzten Moment noch das Gewicht verlagern, um einen Ast vom Knacken, Kies vom Knirschen oder trockenes Laub vom Rascheln abzuhalten. Darüber hinaus besitzen Hobbits ein schier übernatürliches Gespür dafür, an beinahe jedem beliebigen Ort genau die Versteckmöglichkeiten zu finden, denen Große Leute die geringste Beachtung schenken. Ein kurzes Umsehen, ein lautloses Huschen – und schon ist der Hobbit verschwunden! Was nun den Hobbits selbst sehr nützt, um unerwünschten Begegnungen aller Art aus dem Weg zu gehen,[44] ist für den Hobbitkundler selbstverständlich ein großes Ärgernis. Das beeindruckende Talent der Hobbits fürs Schleichen und Verstecken – gepaart mit einem ausgezeichneten Gehör, das sie lange im Voraus vor herannahenden Großen Leuten warnt – erschwert es umso mehr, sie überhaupt je längere Zeit beobachten zu können. Umgekehrt weiß man nie, wann man gerade selbst von einem Hobbit heimlich, still und leise beobachtet wird. Im Grunde könnte einer neben

---

[44] Plischke: Von Peter Jackson sehr eindrucksvoll – ja fast schon dokumentarisch! – in der Szene in *Die Gefährten* umgesetzt, in der Frodo & Co. sich abseits eines Waldwegs vor einem der Nazgûl verstecken.

mir sitzen, während ich diese Zeilen schreibe – oder neben Ihnen, während Sie sie lesen! –, und wir würden es mit hoher Wahrscheinlichkeit nicht einmal bemerken.

Eine weitere Eigenart, die Hobbits möglicherweise bei der Wahrung ihrer Tarnung unterstützt, ist laut Tolkien nur in manchen Legenden belegt, wie man sie sich in Rohan erzählt hat. Als Merry und Pippin nach der Flutung Isengarts auf König Théoden treffen, erwähnt der Herrscher von Rohan, Hobbits könnten angeblich ihre Stimmen so verändern, dass sie wie das Zirpen von Vögeln klingen. Ich finde es schwierig, Hobbits irgendwie auch nur ansatzweise mit Vögeln in Verbindung zu bringen.[45] Ich vermute eher, die von Théoden in Legendenform überlieferten Informationen beziehen sich auf eine lange zurückliegende Zeit, in der die Hobbits noch als Jäger und Sammler lebten. Damals – so meine Überzeugung – verständigten sich die Hobbits auf der Jagd über das Imitieren von bestimmten Tierlauten, um ihre jeweilige Beute nicht zu verscheuchen. Dieser Trick ist unter uns Menschen ja auch hinlänglich bekannt und nicht gerade einzigartig. Andererseits: Die Hobbits könnten sich Teile dieser besonderen Jagdsprache bis zu König Théodens Regentschaft und sogar bis in unsere Tage hinein bewahrt haben. Dies wiederum würde es zu einer noch größeren Herausforderung machen, sie in freier Natur zu beobachten, vor allem dann, wenn sie in Paaren oder Gruppen unterwegs sind. Dann würde es genügen, wenn nur einer der Hobbits den auf der Lauer liegenden Forscher bemerkt, um dessen Bemühungen mit nur einem kurzen Pfiff, Zwitschern oder eben Zirpen völlig zunichtezumachen.

---

[45] Plischke: Danke für dieses ehrliche, zweideutige Geständnis! Christiansen: Abgesehen davon vergisst der Kollege, dass es nicht nur zierliche, grazile Vögel gibt bzw. gab. Ich sage nur: der Dodo!

Radikale Kollegen fordern deshalb immer wieder lautstark, endlich den Einsatz von Lebendfallen bei der Hobbitpirsch zu entstigmatisieren. Bei allem Verständnis für so viel wissenschaftlichen Eifer – so weit würde ich nicht einmal gehen, wenn mir selbst über Jahre hinweg keine einzige Hobbitsichtung mehr gelänge.

Zugegeben, über die körperliche Unversehrtheit der Hobbits müsste man sich beim Einsatz von Lebendfallen tatsächlich wenig Sorgen machen. Hobbits sind ohnehin erstaunlich zähe Geschöpfe. Schon Tolkien lehrt uns, dass sie sich von Stürzen und Verletzungen sehr leicht erholen.[46] Ihr Speck, den sie sich anfuttern, wirkt offenbar als Dämpfung gegen Schläge und Stiche wahre Wunder. Anders ist kaum zu erklären, wie die Hobbits, von deren Abenteuern Tolkien berichtet, ihre Reisen weitgehend unbeschadet überstehen. Mehr noch: Wer hätte wohl beim Aufbruch aus Bruchtal darauf gewettet, dass das einzige Todesopfer aus der Gemeinschaft des Rings kein Hobbit, sondern der wackere Recke Boromir werden würde? Und dabei ist es nicht so, dass die Hobbits durchgängig mit Samthandschuhen angefasst würden. So werden die einen etwa von Orks verschleppt, während die anderen sich mit einer Riesenspinne herumschlagen müssen. Auch dass Frodo den Speerstoß des großen Orkführers in Moria so gut wegsteckt, hat er wohl nicht nur seinem Panzerhemd aus Mithril zu verdanken.[47] Wo wir gerade bei zaubermächtigen Dingen sind: Greift man auf magische Mittel zurück, hat man offenbar bessere Chancen, einem Hobbit

---

[46] Plischke: Wie man das für Stürze endgültig beweisen kann, wo die Hobbits doch Höhen scheuen, sei mal dahingestellt.
[47] Plischke: Bei Peter Jackson mutiert dieser Ork zu einem noch viel größeren Hügeltroll, was die Attacke gleich noch viel brutaler aussehen lässt.

spürbar zuzusetzen. Zumindest leidet Frodo ganz erheblich unter dem Schwertstich, den ihm einer der Ringgeister auf der Wetterspitze zufügt, und Merry wird von der üblen Aura eines Nazgûl derart krank, dass Aragorn schon das nicht minder magisch wirkende Heilkraut Athelas braucht, um ihm zu helfen. Aber Vorsicht ist dennoch geboten, diese Annahme zu verallgemeinern: An einigen anderen Stellen bei Tolkien wird angedeutet, dass selbst der Effekt magischer Waffen bei Hobbits merklich gedämpft ist – allein schon die Tatsache, dass Frodo nach seiner Verletzung so lange durchhält, wie er durchhält, ist aus menschlicher Sicht sehr beachtlich. Selbst für den Fall, dass ein heutiger Hobbitkundler skrupellos genug wäre, aus reiner Ruhmessucht eines seiner Forschungsobjekte mit einer magischen Waffe zur Strecke bringen zu wollen, stünde er selbstredend vor einem gewissen Problem: Solche Hilfsmittel sind heutzutage extrem schwer aufzutreiben, das können Sie mir glauben.[48]

Einen Fehler sollte man auf gar keinen Fall machen. Auch wenn wir bisher nur einen Blick auf die passiven, defensiven Talente der Hobbits geworfen haben, sind Hobbits keine wehrlosen Kreaturen. Nur ein Narr denkt sich nun: »Warum sollte ich mich vor einem Geschöpf hüten, das kaum eine Handbreit höher ist als ein Hausschwein? Wie will es mir denn wehtun? Beißen? Kratzen? Spucken?«

Als kulturschaffendes Volk müssen sich Hobbits keineswegs nur auf ihre natürliche Bewaffnung verlassen. Zwar mögen sie manche ihrer Waffen schon vor langer Zeit in Mathom-Häuser gegeben haben, doch das ändert nichts

---

[48] Christiansen: Na, Kollege Wolf, auch bei eBay einem Betrüger auf den Leim gegangen, hm?

daran, dass sie sehr wohl in der Lage sind, in Kriegszeiten oder ähnlich bedrohlichen Gesamtsituationen Waffen zu bauen. So waren die Hobbits einst beispielsweise gefürchtete Bogenschützen, was für den Laien überraschend sein könnte, da er diese Waffe traditionell eher in den Händen eines Elben sieht.

In den Hobbits schlummert ein sehr wohl vorhandenes Potenzial für Grausamkeiten oder wenigstens für einen zynisch-sarkastischen Umgang mit Gewalt, der wahre Pazifisten erschrecken dürfte.[49] Dazu reicht ein kleiner Blick in ihre Geschichte. Erinnern Sie sich noch an Bandrobas Tuk, den größten Hobbit, von dessen Existenz wir wissen? Nun, der Stierbrüller ist nicht aus Spaß auf sein Pferd gestiegen. Er führte die Auenländer in die erste Schlacht, die auf ihrem Grund und Boden stattfand. Der Feind, gegen den es ging, waren von Norden her vordringende Orks. Na schön, mag man jetzt sagen, da haben die Hobbits eben von ihrem Recht auf Selbstverteidigung Gebrauch gemacht, weil sie – nicht ganz zu Unrecht – passiven Widerstand in diesem Fall nicht als valide Option betrachtet haben. Aber was hat das mit absichtlicher Grausamkeit zu tun? Das kann ich Ihnen sagen: Bandrobas entschied die Schlacht, indem er dem Orkanführer mit einem geschickten Keulenhieb den Kopf von den Schultern schlug. »Aber es war doch Krieg«, höre ich einige unter Ihnen murren, »und im Krieg geschehen die fürchterlichsten Dinge.« Völlig richtig. Zum Beispiel, dass ein Orkkopf knapp hundert Meter durch die Luft fliegt, um dann in einen Kaninchenbau zu rollen. Wozu man allerdings wirklich eine Portion tiefschwarzen Humor mit-

---

[49] Plischke: Jetzt tut er ja fast so, als wäre zu befürchten, dass man irgendwann unvermittelt so was wie einem Dunkelhobbit gegenüberstehen könnte, der einen in schwarzer Lederkluft mit einer neunschwänzigen Katze auf dem Altar seiner finsteren Kaninchengottheit treibt!

bringen muss, ist, aus diesem Vorfall heraus den Golfsport zu entwickeln – und genau das haben die Hobbits getan. Sympathisch, nicht wahr?

Ohne der Hobbitgesellschaft eine militaristische Grundstruktur unterstellen zu wollen, ist die Verquickung von Kriegshandwerk und Spielkultur in ihr dennoch auffällig. Wie Tolkiens Schriften belegen, erwehren die Hobbits sich böswilliger Feinde traditionell durch gut gezielte Steinwürfe. Den Gegner bereits aus größerer Entfernung heraus anzugreifen, ist immer eine sinnvolle Taktik, da man so verhindern kann, in potenziell tödliche Nahkämpfe verwickelt zu werden. Auf kurze Distanz sind die Hobbits vielen Widersachern eher unterlegen. Ganz gleich, wie geschickt man auch trotz seiner behäbig wirkenden Statur diversen Hieben und Stichen ausweichen mag, und völlig egal, wie zäh man auch ist, ein Schwertstreich oder Prankenschlag gegen den Kopf bedeutet meist das unrühmliche Ende eines jeden Kampfes.

Ich will gar nicht bestreiten, dass die Hobbits aller Wahrscheinlichkeit nach die Kunst des Steinewerfens ursprünglich nicht im Zuge eines irgendwie gearteten militärischen Drills, sondern als Jagdmethode perfektioniert haben. So heißt es bei Tolkien, dass viele kleine Tiere wie Vögel und Eichhörnchen[50] gelernt hatten, schleunigst die Flucht anzutreten, sobald ein Hobbit sich nach einem Stein bückte. Bemerkenswert bleibt trotzdem, dass die Hobbits sich auch und gerade in allerlei Spielen üben, die die Hand-Auge-Koordination verbessern. Abgesehen von einer Variante des Kegelns (von der ich schwer hoffe, dass sie nicht zur

---

50 Christiansen: Die Hobbits haben früher Eichhörnchen gegessen?!
Plischke: Wir Menschen auch. Noch Mitte des letzten Jahrhunderts fanden sich im deutschsprachigen Raum vereinzelt Rezepte für die schmackhafte Zubereitung von Eichhörnchenfleisch.

selben Gelegenheit erfunden wurde wie Golf) zählen dazu vielfältige Formen von Wurfwettkämpfen – mit Pfeilen, Ringen, Bällen und vermutlich auch Hufeisen[51] und eben Steinen. Wer also je in die Verlegenheit kommen sollte, von einem Hobbit zu einer Partie Boccia oder Darts aufgefordert zu werden, ist gut beraten, sich dabei auf keinerlei Wetten einzulassen.

Wie Sie vielleicht bemerkt haben, sind wir in unseren Betrachtungen an jenem entscheidenden Punkt angelangt, an dem sich Biologie und Kulturwissenschaft nicht mehr sauber voneinander trennen lassen. Ist die Zielsicherheit der Hobbits von vornherein angeboren, oder ist sie letzten Endes nur ein Ergebnis spielerischer, aber keineswegs laxer Übungen, die fester Bestandteil von Sitten und Gebräuchen sind? Liegt die Wahrheit – wie so oft – irgendwo in der Mitte?

Ich möchte diese günstige Gelegenheit jedenfalls nutzen, um mir gemeinsam mit Ihnen näher anzusehen, wie sich das Leben der Hobbits eigentlich so gestaltet.

Essen, Trinken, Rauchen, Feiern: Der Hedonismus der Hobbits

Wenn ich kurz flapsig werden dürfte: Die Hobbits wissen einfach, wie man es sich gut gehen lässt. Innerhalb ihrer Kultur besitzen Aktivitäten, die der Entspannung oder der Befriedigung körperlicher Bedürfnisse dienen, einen auffallend hohen Stellenwert.[52] Abgesandte der Weltge-

---

[51] Plischke: In Ponygröße wohlgemerkt.
[52] Christiansen: Seien wir doch mal ehrlich – der von Tolkien aufgearbeitete Einfall Sarumans ins Auenland war doch eindeutig so etwas wie das Ende einer Spaßgesellschaft.

sundheitsbehörde hätten im Auenland sicher graue Haare bekommen, denn einem Hobbit zu erklären, er müsse dringend seinen Nahrungs-, Alkohol- und Tabakkonsum reduzieren, wäre ein von vornherein zum Scheitern verurteiltes Unterfangen gewesen. Dass sich die Gepflogenheiten der Hobbits in Genussfragen zwischenzeitlich grundlegend oder auch nur ansatzweise geändert haben könnten, ist im Übrigen nicht wirklich zu erwarten.

Diät? Nein, danke! Der unstillbare Hunger der Hobbits
Hobbits vertilgen enorme Nahrungsmengen – irgendwie wollen die Fettpölsterchen ja aufgebaut und ausgebaut werden. Die Bedeutsamkeit des Essens innerhalb ihrer Kultur lässt sich zudem leicht an der Zahl fester Mahlzeiten ablesen, die unter Hobbits bekannt sind. Dabei besteht eine gewisse Diskrepanz zwischen den Angaben aus der Feder Tolkiens und der Darstellung in Peter Jacksons Filmen. Wo bei Tolkien die Rede von sechs Mahlzeiten am Tag ist, zählt Merry im Film gleich sieben auf:

- erstes Frühstück,
- zweites Frühstück,
- 11-Uhr-Imbiss,
- Mittagessen,
- 4-Uhr-Tee,
- Abendessen und
- Nachtmahl.

Hierzu sehe ich zwei Erklärungsmöglichkeiten: Entweder verfügte Jackson in diesem Themenbereich über aktuellere bzw. umfassendere Informationen als Tolkien, oder er nahm sich die Freiheit, eine von Tolkiens größeren Mahlzeiten in zwei kleinere aufzuspalten – Hobbits dürften weiteren Snacks zwischendurch ohnehin nicht abgeneigt sein.[53]

Halten wir uns an Tolkien, und gehen wir davon aus, dass ein Hobbit sechs Mahlzeiten am Tag benötigt, um sich rundum wohlzufühlen. Verbannen wir außerdem die törichte Idee aus unseren Köpfen, es handle sich dabei um sechs *kleine* Mahlzeiten, vergleichbar den fünfen, den viele Diätratgeber für die gesunde Ernährung eines Menschen vorschlagen. Darüber hinaus ist zu bedenken, dass die traditionelle Hobbitküche ungefähr dem entspricht, was man bei uns als »rustikal« oder »gehaltvoll« bezeichnet.[54] In ihr finden Fleisch und Kartoffeln – bei den Hobbits Tüften oder Knullen genannt – reichlich Verwendung. Zwar kommen vielerlei Kräuter als feine Würzmittel zum Einsatz, doch das bedeutet nicht, dass auf Salz verzichtet würde. Der Umstand, dass Samweis in der Fremde Mordors seinen letzten Salzvorrat als kostbaren Schatz erachtet, hat wahrscheinlich weniger mit einer vermeintlichen Seltenheit von Salz zu tun. Sein Wert ergibt sich in der genannten Situation vermutlich eher daraus, dass es ein Stück Heimat darstellt. Dies wiederum zeigt erneut, wie bedeutsam Essen für die Hobbits insgesamt ist: Der Geschmack von Salz wird hier symbolisch mit dem Gefühl von vertrauter Geborgenheit verknüpft.

Die einzige klassische Zutat in vielen Hobbitgerichten, die einen Ernährungsberater moderner Prägung nicht vor Entsetzen und Verzweiflung die Hände über dem Kopf zu-

---

[53] Plischke: Möglichkeit 3 ist, dass Jacksons damalige Essgewohnheiten in seinen Film eingeflossen sind.

[54] Plischke: Ich persönlich bezeichne das als »Futtern wie bei Muttern«. Christiansen: Der Grat zwischen Gourmet und Gourmand, zwischen Feinschmecker und Vielfraß, ist ja auch ein wahrlich schmaler – nicht nur bei Hobbits.

sammenschlagen lässt, sind Pilze. Hobbits sind regelrecht vernarrt in Pilze und betätigen sich zur passenden Saison als passionierte Sammler, die sich dann selbst in die dichtesten Wälder vorwagen. Ich kenne einige Kollegen, die sich deshalb Jahr für Jahr Tarnsitze an Stellen im Wald errichten, an denen die Pilze nur so aus dem Boden schießen – alles in der Hoffnung, einen Hobbit zu Gesicht zu bekommen, und alles bislang vergebens ...

Um herauszufinden, wie viel Kalorien ein Hobbit täglich zu sich nimmt, können wir uns als Ausgangslage erneut auf Tolkien respektive Jackson stützen. Bei dem Aufbruch aus Bruchtal erhält die Gemeinschaft des Rings als Proviant *lembas*. Dieses elbische Wegbrot, das man sich am besten als eine Art köstlichen Zwieback vorstellt, ist so nahrhaft, dass ein Wanderer selbst an einem anstrengenden Tag nur einen dieser Kekse essen muss, um keinen Hunger zu leiden.

Aus diesen Angaben können wir den ungefähren Nährwert von *lembas* ableiten. Grob gesprochen hat ein Mann zwischen 25 und 50 Jahren, der schwerer körperlicher Arbeit nachgeht – und darunter würde ich Wanderungen durch die Wildnis in jedem Fall zählen –, einen Bedarf von etwa 3500 Kilokalorien (kcal) pro Tag.

Hobbits können nun mühelos vier *lembas* auf einmal verspeisen – ohne anschließend den Eindruck zu erwecken, zu pappsatt zu sein, um sich noch zu rühren. Sie zeigen nicht einmal Anzeichen von Ermattung oder mit einsetzender Verdauung zu erwartender Müdigkeit. Oder anders gesagt: Sie können sich nebenbei mal eben so 14 000 kcal reinpfeifen. Was das über ihre tägliche Gesamtaufnahme an Kalorien aussagt? Ich weigere mich, diese Zahlen niederzuschreiben, da sie in Zeiten von Coke Zero und anderen Light-Produkten schlicht zu schockierend sind.⁵⁵ Vielleicht nur so viel: Verglichen mit uns Menschen müssen Hobbits einen Stoffwechsel aufweisen, der es ihnen irgendwie gestattet, nicht binnen kürzester Zeit zu kugelrunden Klopsen aufzuquellen.

Wie immer dem auch sei, vor dem Essen kommt das Kochen, sofern man sich nicht ausschließlich von Rohkost ernährt, und davon sind die Hobbits weit entfernt. Sie haben das Kochen vielmehr zur Kunst erhoben, und es ist bei ihnen sogar fester Bestandteil der Kindererziehung: Sobald ein Hobbit laufen gelernt hat, lernt er anschließend gleich kochen. Deutlicher kann man nicht machen, wie sehr einem Essen am Herzen liegt.

Auf ein Maß! Hobbits und ihre Trinkgewohnheiten
Das ganze Zeug, das ein Hobbit in sich hineinfuttert, muss selbstverständlich auch irgendwie hinuntergespült werden. Am besten mit einem Getränk, das neben seiner Funktion als Durstlöscher auch eine berauschende Wirkung hat. Nun schütten die Hobbits aber nicht jedes alkoholische Getränk, dessen sie habhaft werden können, planlos in ihre Kehlen. Die Hobbits sind ganz klar ein Volk von Biertrinkern. Tendenziell ist davon auszugehen, dass sie dunkles Bier hellem vorziehen. So wird in der ersten Strophe eines berühmten Trinklieds – »Der Mann im Mond trank gutes Bier« – der Mond dadurch von seinem Platz am Nachthimmel heruntergelockt, dass in einem Wirtshaus ein besonders braunes

---

⁵⁵ Christiansen: Kollege Wolf ist und bleibt ein Feigling. Was ist so schlimm daran, dass Hobbits anscheinend schlappe 80 000 bis 100 000 kcal zu sich nehmen können, ohne tot umzufallen?
Plischke: Das sind ja nur 750 Bifis, 150 Liter Milch, 100 Tüten Gummibärchen oder 200 Kilo Mandarinen ...
Christiansen: Das Problem ist nur, dass diese Mengen rein volumenmäßig nie in einen Hobbit hineinpassen würden.

Bier gebraut wird. Ob damit tatsächlich Braunbier gemeint ist, wie wir es kennen,[56] ist nicht zweifelsfrei zu klären. Grundsätzlich scheint aber zu gelten: Je kräftiger die Farbe eines Biers, desto mehr Anklang findet es unter Hobbits. Und Hobbits wissen stets, in welchem Gasthaus welches Bier von welcher Qualität ausgeschenkt wird. Sie haben zudem einen festen Ausdruck, mit dem sie ein gutes Bier bezeichnen: Sie sprechen dann von einem »Vierzehnzwanziger«, in Anlehnung an ein Jahr mit einer Malzernte, deren Qualität schier unvergleichlich gewesen war.

Bei aller Liebe zum Bier, auch was Wein angeht, sind Hobbits sicher keine Kostverächter. Frodos Erzeuger Drogo zum Beispiel entschied sich unter anderem deshalb, so viel Zeit im Smial seines Schwiegervaters zu verbringen, weil es in Brandygut immer feinen Wein zu trinken gab. Ob er zum Zeitpunkt des Bootsunglücks, das ihn und seine Gattin das Leben kostete, alkoholisiert gewesen war, ist eine Frage, mit der sich nur kaltherzige historische Forensiker unter uns Hobbitkundlern befassen. So oder so war Wein im Auenland jedenfalls keine exotische Luxusware, die man aus fernen Regionen importieren musste. Der Wein, der im Auenland getrunken wurde, war ein heimisches Produkt aus dem Südviertel, dessen günstiges Klima noch einer ganz anderen Leidenschaft der Hobbits entgegenkommt.

Paffen, Schmauchen, Qualmen:
Hobbits und das Rauchen
Fürsprecher einer gesunden Lebensweise müssen jetzt noch einmal ganz, ganz stark sein. Ohne Propaganda für eine Genussform zu machen, deren schädliche Auswirkungen

---

[56] Plischke: Ein stark gehopftes Bier, dessen Bernsteinschimmer einen deutlichen Stich ins Rötliche aufweisen kann.

hinlänglich bekannt sind, kommt man nicht darum herum, das Thema Rauchen anzusprechen, wenn man sich intensiv mit Hobbits beschäftigt.[57] Machen wir es kurz und schmerzlos: Hobbits rauchen. Wie die Schlote. Ihr Äquivalent zu unseren Jugendschutzbestimmungen scheint in diesem Zusammenhang auch deutlich laxer als bei uns: Das Recht, öffentlich zu rauchen, ist bei ihnen nicht an die Volljährigkeit gekoppelt, denn selbst ein Zwien wie Pippin raucht allerorts völlig unbefangen. Geraucht wird zudem überall, auch und gerade in Gaststätten. Es steht also zu befürchten, dass Nichtraucherschutz in der Hobbitgesellschaft ein komplett abwegiges Konzept ist.

Zum Rauchen verwendeten die Hobbits früher Pfeifen, von denen einige fast so lang waren wie sie selbst, und diese Rauchwerkzeuge waren sehr geschätzte Alltagsgegenstände, denen kaum je das Schicksal drohte, sich in Mathom zu verwandeln. Darüber hinaus können wir mit Sicherheit davon ausgehen, dass der Beruf des Pfeifenschnitzers hochangesehen war und die geschicktesten dieser Kunsthandwerker für ihre Erzeugnisse ausgesprochen gute Preise erzielen konnten.[58] Ob die Hobbits heute auf Zigaretten umgestiegen sind, entzieht sich meiner Kenntnis. Für sehr wahrscheinlich erachte ich es allerdings nicht, da Hobbits zum einen sehr traditionsbewusste Wesen sind und zum anderen einen dünnen, mit wenigen

---

[57] Plischke: Das wäre ungefähr so, als spräche man über Engländer und würde dabei versuchen, die englische Teekultur auszublenden.

[58] Christiansen: Man kann sich in vielen der Museen für uns Menschen davon überzeugen, wie viel Sorgfalt und Schaffenskraft sich in die Gestaltung eines Pfeifenkopfs stecken lassen.
Plischke: Einer unserer Kollegen glaubt sogar, einige originale Hobbit-Pfeifenköpfe hätten sich in die eine oder andere der dortigen Sammlungen verirrt – insbesondere jene, die in Form von Miniaturreliefen idyllische Szenen von faulenzenden Schäfern zeigen.

Zügen zu rauchenden Glimmstengel als verachtenswerten Ausdruck einer hektischen Schnelllebigkeit verschmähen würden.

Viel interessanter als die Frage »Wie rauchen Hobbits?« ist ohnehin die Frage »Was rauchen Hobbits?«. Es ist kein Geheimnis, dass sich Tolkiens Schriften – oftmals in der Form von Raubdrucken – unter jenen Angehörigen der amerikanischen Gegenkultur der ausgehenden Sechzigerjahre großer Beliebtheit erfreuten, die üblicherweise unter dem Begriff »Hippies« zusammengefasst werden. Ein Grund für diese Popularität bestand darin, dass die Hippies in der entspannten Pafferei der Hobbits einen Spiegel ihres eigenen Marihuanakonsums zu entdecken geglaubt hatten. Aus ihrer speziellen Perspektive stellte es sich so dar, dass die Hobbits gewissermaßen einen »Kopf« nach dem nächsten durchzogen.

Die Hippies lagen mit ihrer Einschätzung leider völlig daneben. Die Hobbits rauchen Pfeifenkraut, und in Tolkiens Abhandlungen wird dafür einige Male gleichbedeutend das Wort »Tabak« verwendet. Die Hobbits nehmen des Weiteren für sich in Anspruch, diejenigen zu sein, die als Erste auf die Idee gekommen sind, die Blätter dieser Pflanze geerntet, getrocknet, klein gehackt und in Pfeifen gestopft zu haben, um sie anschließend anzuzünden und den bei der Verbrennung entstehenden Rauch einzuatmen. Genauer gesagt soll ein Hobbit aus dem Breeland dafür verantwortlich sein. Der Name dieses Pioniers der Rauchkunst ist in den Schwaden der Geschichte verloren gegangen. Ganz im Gegensatz zum Namen des Hobbits, der das Pfeifenkraut schließlich ins Auenland holte. Woher Tobold Hornbläser die Pflanze hatte, darüber schwieg sich der erste historisch belegte Pfeifenkrautzüchter bis zu seinem Ableben aus. Unsterblich wurde er letztlich dadurch, dass das beste Kraut, das im Südviertel gezogen wurde, seinen Namen trug: Alter Tobi.[59]

Alter Tobi ist dabei nur eine von vielen Sorten, die eifrig geschmaucht wurden. Bei aller Abgrenzung zu Marihuana, ist Nikotin ein starkes Nervengift mit einem enorm hohen Suchtpotenzial. Tabakgewächse produzieren es eigentlich, um gierige Schädlinge davon abzuhalten, ihre Blätter zu fressen – je nach Art in unterschiedlich hohen Konzentrationen. Dem Pfeifenkraut am nächsten kommt wahrscheinlich der Bauern-Tabak (bzw. die *Nicotiana rustica* für alle Hobbybotaniker unter uns).[60] Wie komme ich zu dieser Einschätzung? Nun, dazu müssen wir uns erst veranschaulichen, welche Wirkung Nikotin zeigt.

Nikotin führt zur Ausschüttung von Botenstoffen im Gehirn, die ein Glücksgefühl auslösen – daher das eben erwähnte Suchtpotenzial. Nebenbei wird auch Adrenalin im Körper freigesetzt, was insgesamt in einen belebenden oder anregenden Effekt mündet. Nachgewiesen ist auch, dass Nikotin einen zu besseren Gedächtnis- und Konzentrationsleistungen befähigt, wenn auch nur für sehr kurze Zeit. Betrachtet man nun die Wirkung des Rauchens von Pfeifenkraut, wie sie sowohl bei Tolkien als auch bei Jackson geschildert wird, ist verständlich, warum Pfeifenkraut unmöglich gewöhnlicher Tabak sein kann. Mal wirken die Feiernden zu ausgelassen, mal die Denker zu versonnen und kontemplativ – vor allem dann, wenn

---

[59] Plischke: Das ist aber auch nur eine Theorie. Gut möglich, dass sich »Tobi« auf »Tobacco« – also schlichten Tabak – bezieht.
Christiansen: So oder so ist und bleibt Pfeifenkraut Tabak. Hätten die Hippies auch nur ansatzweise recht, müsste Torbold doch wohl eher Haschbold oder Grasbold geheißen haben.

[60] Plischke: Dann wollen wir Ihnen aber den poetischen Namen Veilchentabak (wegen des angenehmen Dufts) nicht vorenthalten.

man selbst ein wenig Erfahrung im Umgang mit Rauchern hat.

Hier kommt der Bauern-Tabak ins Spiel. Seine Blätter sind derart mit Nikotin gesättigt, dass der Verkauf von Produkten, die aus dieser Pflanze gewonnen werden, innerhalb der EU verboten ist. Das ungewöhnliche Verhalten der Pfeifenkrautraucher lässt sich also durchaus auf Tabakgenuss zurückführen – nur dass wir es da offenkundig mit einer Tabaksorte zu tun haben, wie sie in unserem gewohnten Umfeld nicht konsumiert wird.

Was die negativen Auswirkungen des Rauchens anbelangt, so genießen die Hobbits scheinbar einen besonderen Schutz. Weder altert ihre Haut vorzeitig, noch würde je erwähnt, dass sie Lungen- oder Herzleiden dadurch davontrügen. Bei näherem Hinsehen wird diese Immunität noch mysteriöser: Bei Menschen beeinträchtigt das Rauchen die Heilung von Wunden und Knochenbrüchen, und es kann Schädigungen an der Netzhaut auslösen, die bis hin zur Blindheit führen. Hobbits hingegen erholen sich schneller von Verletzungen und besitzen sehr scharfe Augen! Darüber hinaus hat Nikotin eigentlich einen appetitzügelnden Effekt bei gleichzeitiger Erhöhung der Magensaftproduktion und Steigerung der Darmtätigkeit. Hobbits sind nun alles, aber keine schlechten Esser! Oder wird genau andersherum ein Schuh daraus? Fanden die Hobbits solchen Gefallen am Rauchen, weil es ihnen dabei hilft, ihren unbändigen Hunger im Zaum zu halten? Wir wissen es nicht…

Was wir jedoch wissen, ist, dass Hobbits dem Rauchen sogar sportliche Züge abgewinnen. Unter ihnen sind zahlreiche Spiele verbreitet, bei denen es um das Ausstoßen von Rauchringen geht.[61] Dies reicht von simplen Varianten –

---

[61] Plischke: Auf den Einwand, dass solche Spiele zu Zeiten des Ringkrieges

Wer kriegt den größten hin? – bis zu recht komplex anmutenden Formen. So findet man bei Tolkien Hinweise auf einen Wettstreit, bei dem zwei Kontrahenten versuchen, ihre eigenen Ringe durch die des jeweils anderen zu pusten. Wem es Spaß macht …

Alles möge wachsen und gedeihen: Hobbits und die Gartenbaukunst

Die Hobbits mögen zwar kein Marihuana rauchen, aber eines haben sie dennoch mit den Hippies gemeinsam: Die Hobbits sind gewissermaßen auch Blumenkinder. Beutelsend ist beileibe nicht der einzige Smial mit einem ausgedehnten Garten, der fachkundiger Hege und Pflege bedarf.

In der Wahrnehmung vieler Großer Leute bleibt dieser Aspekt der Hobbitkultur oft unberücksichtigt. Fragt man sie, welche im Verborgenen lebenden, märchenhaften Geschöpfe aus alten Sagen und Legenden eine besondere Beziehung zu Blumen aufweisen, antworten sie üblicherweise: »Die Elben.«[62]

Dabei empfinden die Hobbits mindestens genauso viel Zuneigung und Liebe gegenüber allem, was wächst und gedeiht. Für Kreaturen, die auf symbolischer Ebene so eng mit dem Element Erde verknüpft sind, ist es eigentlich nicht weiter überraschend, dass sie alles zu schätzen wissen, was

---

auch bei anderen Völkern verbreitet waren, würden die Hobbits wohl nur entgegnen: »Kein Wunder. Wir haben ja allen anderen das Rauchen überhaupt erst beigebracht.«

[62] Christiansen: Beziehungsweise: »Die Elfen.«
Plischke: So ist das nun mal, wenn man sich so rar macht wie die Hobbits. Wer sich absichtlich übersehen lässt, muss damit rechnen, dass in der Außenwahrnehmung Reibungsverluste entstehen.

fruchtbarer Boden hervorzubringen vermag. Dabei scheinen sie zudem weitaus weniger wählerisch als die Elben zu sein. Diese werden seit jeher eher mit imposanten oder ästhetischen Gewächsen in Verbindung gebracht – mit Baumriesen, in deren Kronen sie ganze Städte errichten, oder mit Blumen, die so schön sind und so wunderbar duften, als entstammten sie den angenehmsten Träumen in einer lauen Sommernacht.

Hobbits sind da ... nun, sagen wir mal ... pragmatischer. Natürlich mögen sie Blumen. Wer würde das nicht tun? Doch darüber hinaus finden sich in ihren Gärten auch immer Nutzpflanzen. Das mag in erster Linie mit ihrem gesunden Appetit zusammenhängen, doch es zeigt zugleich, dass ihre Idee von Fruchtbarkeit eine sehr egalitäre ist.

Ungeachtet dessen legen sie gesteigerten Respekt gegenüber all jenen ihres Volkes an den Tag, die sich besonders gut darauf verstehen, Pflanzen einen idealen Nährboden zu schaffen.[63] So räumt etwa Frodo unumwunden ein, dass das Auenland nicht in allen Belangen ein paradiesischer Ort ist, betont aber zugleich, welch hohes Ansehen Gärtner dort genießen.

Diese Wertschätzung hat in Tolkiens Überlieferungen durch Samweis Gamdschie sogar eine sehr prominente Verkörperung. Begreift man Frodo als eine Art Erlösergestalt für ganz Mittelerde, so fällt Sam die – vor allem aus der Perspektive der Hobbits – vielleicht sogar noch gewichtigere Rolle zu, das Auenland von den Wunden zu heilen, die der Ringkrieg geschlagen hat. Das Werkzeug hierfür gibt ihm wiederum eine Vertreterin des Schönen Volks an die Hand: Galadriel schenkt Sam erst ein Kästchen mit Erde aus ihrem

---

[63] Plischke: Etwas anders gesagt: Wer als Hobbit einen grünen Daumen hat, hat immer Freunde.

Obstgarten,[64] später dann eine Nuss des Mallornbaums. Beide nutzt Sam, um das Auenland nach der Besatzung durch Saruman und seine Schergen wieder zum Blühen zu bringen.

An dieser Stelle ist es Zeit für einen kleinen Exkurs. Wie sehr die Hobbits Blumen mögen, sieht man unter anderem an der Namensgebung. Weibliche Hobbits sind oft nach Blumen und blühenden oder fruchttragenden Gewächsen benannt: Rose, Belladonna, Pimpernell, Petunia, Margerite, Mirabella – alles keine ungewöhnlichen Namen für Hobbitfrauen (und nicht nur unter solchen, die als Töchter von Gärtnern geboren wurden).[65] Ähnlich populär sind allerdings auch solche Namen, die sich von Edelsteinen und anderen Formen des Geschmeides herleiten lassen: Rubinie, Berylla, Saphinia oder Perle.

Und wo wir gerade bei Namen sind: Aus mir völlig unverständlichen Gründen lösen manche Nachnamen, wie sie unter Hobbits verbreitet sind, bei Außenstehenden große Erheiterung aus. Sackheim, Brandybock und Hornbläser sind nur einige Beispiele für Namen, die Zeitgenossen erheitern, deren Denken ohnehin zum Zotenhaften neigt. Vermutlich können die sich aber auch über Mitmenschen amüsieren, die Fleischhauer oder Fickeisen heißen. Dabei scheint mir generell der Anteil klar spre-

---

[64] Christiansen: Und dass Frau Galadriel einen *Obstgarten* hat, bedeutet, dass auch die Elben gewisse Probleme haben, sich gegen ein klischeebehaftetes Image zur Wehr zu setzen. Der Laie hätte doch eher damit gerechnet, dass Sam einen Sack Blumenerde mit auf den Weg bekommt ...

[65] Plischke: Inwiefern diese Tradition auch heute noch fortgesetzt wird, ist nicht zweifelsfrei zu klären, wobei ich es für die romantischere Vorstellung halte, die Hobbits hätten sie sich bewahrt und gleichzeitig die exotischen Pflanzen, die inzwischen zu größerer Bekanntheit gelangt sind, darin integriert. Denn sowohl Papaya als auch Orchidella und Magnolia wären doch wohl zauberhafte Namen, oder etwa nicht?

chender Namen innerhalb der Hobbitkultur nicht größer als der bei uns. In beiden Kulturen ist lediglich – wie es geradezu zwangsläufig sein mag – die Bedeutung vieler Namen nicht mehr Teil der Allgemeinbildung, weil beispielsweise die entsprechenden Berufe, aus denen sich die Nachnamen herleiten, mehr oder minder ausgestorben sind oder sich die Bezeichnungen für diese Berufe verändert haben. Wer würde heute noch bei Pfeiffer an einen Musikanten denken, der ein Blasinstrument spielt? Oder beim Knaufmacher an jemanden, der Knöpfe für Kleidungsstücke fertigt?

Grün, gelb, grün sind alle meine Kleider?
Hobbits und Mode

Nutzen wir die Gelegenheit, einen Moment darüber zu sprechen, wie sich der gemeine Hobbit kleidet. Der wichtigste Anspruch, den er an ein Kleidungsstück erhebt, ist, dass es möglichst bequem zu tragen sein muss. Damit fallen schon einmal alle hauteng geschnittenen Teile völlig aus der Hobbitmode heraus. Da Hobbits vorrangig Regionen mit mildem Klima bewohnen, kann auch der Aspekt der Wind- und Wetterfestigkeit getrost hintangestellt werden. Folglich wird man kaum einem Hobbit in Radlerhosen oder einem Regenmantel[66] begegnen. Gummi oder Leder haben zusätzlich den Nachteil, dass sie unter gewissen Umständen recht auffällige Geräusche von sich geben, und ein solches Quietschen und Knarzen wäre dem scheuen Lebenswandel des Hobbits abträglich.

---

[66] Plischke: Bei den Abkömmlingen der Starren, die sich unter Umständen auch in niederschlagsreichen Gebieten ansiedeln, wäre ich mir da nicht so sicher.

Welche Stoffe sind ihnen dann aber genehm? Vermutlich die weichen, anschmiegsamen wie Baumwolle und feines Leinen. Es schadet selbstverständlich nicht, wenn die Kleidungsstücke dennoch eine gewisse Grundrobustheit aufweisen, da man sich als Hobbit ja oft und gerne in der freien Natur aufhält – nicht nur zu süßem Müßiggang, sondern auch zur Garten- und Feldarbeit.

Ein Grundsatz in Sachen Schnittmuster ist übrigens, dass die Hobbits bei ihren Beinkleidern auf eine gewisse Fußfreiheit achten – sprich, Dreiviertelhosen sind der absolute Standard. Wie Ihnen jeder einigermaßen beleibte Mensch sicher bezeugen könnte, rutschen Hosen leider sehr viel leichter, wenn man ein Bäuchlein vor sich herschiebt. Dieses Problem ist unter den Hobbits ebenfalls virulent. Schlankere Leute haben häufig den simplen Ratschlag »Da muss man eben den Gürtel enger schnallen« parat. So einfach ist die Sache nicht. Enge Gürtel sind ab einem gewissen Bauchumfang ausgesprochen unbequem. Zum Vergleich für alle Schmaltaillierten: Ein enger Gürtel um die Wampe ist ungefähr so beengend, wie an einem heißen Sommertag den obersten Hemdknopf geschlossen zu halten und sich gleichzeitig eine Krawatte als Henkersschlingenersatz um den Hals zu ziehen. Langer Rede kurzer Sinn: Enge Gürtel kommen für Hobbits nicht infrage. Sie schaffen der Hosenrutscherei Abhilfe durch ein Accessoire, das in Menschenkreisen ein wenig aus der Mode gekommen ist: Hosenträger. Die sind praktisch, und man sieht in den passenden Situationen auch noch richtig verwegen aus, wenn man die Daumen unter sie hakt. Achten Sie doch einmal in Peter Jacksons Filmen darauf, wie kleidsam so ein Hosenträger an einem Hobbit aussehen kann.

Bei all dem, was hier nach reiner Zweckmäßigkeit klingen mag, sollte nicht vergessen werden, dass Hobbits sehr wohl modebewusst sind. Von Bilbo beispielsweise ist bekannt, dass er gleich mehrere, gut gefüllte begehbare Kleiderschränke in Beutelsend sein Eigen nannte.[67] Dass er darin nur die immergleichen Modelle von Jacke, Hemd und Hose in mehrfacher Ausführung aufbewahrte, darf stark bezweifelt werden. Wesentlich wahrscheinlicher ist, dass Bilbo – und damit auch andere wohlhabende Hobbits – für jede Gelegenheit aus einer großen Auswahl an Ensembles wählen konnte. Es besteht kein Grund, weshalb dies heute anders sein sollte.

Jede Kultur kennt Kleidungsstücke, die in besonderem Maß Auskunft über Geschmack- und Stilsicherheit ihres Trägers geben.[68] Bei den Hobbits ist das nicht anders, und für die männlichen Vertreter ihres Volkes stellt offenbar die Weste diesen sichtbaren Ausweis von Kultiviertheit dar. Noch wichtiger als der gute Sitz – nicht zu locker (Modell Tüftensack) und nicht zu straff (Modell Wurstpelle) – und die Wahl des Stoffes sind Zahl und Material der Knöpfe. Hier gilt grob: Metall jedweder Art ist Horn oder Holz vorzuziehen, und je mehr, desto besser (zumindest bis zu jenem Punkt, an dem die Weste zu schwer würde, um sie noch mit Genuss präsentieren zu können). Welches Kleidungsstück bei den Hobbitdamen diese wichtige soziale Funktion erfüllt, ist eines der großen Rätsel der Hobbitkunde. Wenn Sie meine persönliche Einschätzung hören wollen: Ich tippe auf das Mieder.

Tolkien schreibt, die Hobbits schätzten vor allem die

---

[67] Christiansen: Dieser Herr Beutlin war ja aber auch ein eingefleischter Junggeselle, wenn Sie verstehen, was ich meine…

[68] Plischke: Man denke nur an die vom Kollegen bereits ins Spiel gebrachte Krawatte. Wie ernst nehmen Sie zum Beispiel einen Bankberater, der Ihnen mit einer Mickymaus auf dem Schlips Empfehlungen ausspricht, wie Sie Ihr sauer Erspartes am besten anlegen?

Farben Grün und Gelb in ihren leuchtenden Varianten.[69] Wäre dies nach wie vor so, müssten Hobbits allerdings um einiges leichter zu beobachten sein. Ich neige eher zu der Vermutung, dass Grün und Gelb die vorherrschenden Farben waren, wenn Hobbits sich für große Feiern besonders fein herausputzen wollten – und da Hobbits oft und gerne feiern und zu diesen Gelegenheiten auch unverhältnismäßig viel Lärm machen, steigt natürlich die Wahrscheinlichkeit, dass ein Hobbit genau diese knalligen Farben trägt, wenn man ihn sichtet.

Feierlaune als Lebensgefühl: Hobbits und ihre Feste

Ein alter Sinnspruch besagt, man solle die Feste feiern, wie sie fallen. Dagegen haben die Hobbits nicht das Geringste einzuwenden. Mehr noch: Ihrer Ansicht nach spricht nichts dagegen, die Feste zum Fallen zu zwingen, wenn sie das nicht von alleine tun. Anders ausgedrückt: Die Hobbits feiern bei jeder sich bietenden Gelegenheit und helfen kräftig dabei nach, dass möglichst viele solcher Gelegenheiten eintreten.

Diese Feierwut ist zunächst Ausdruck der angeborenen Geselligkeit der Hobbits. Sie manifestiert sich unter anderem im regelmäßigen Besuch von Gasthäusern. »Wer nichts wird, wird Wirt«, wie es unter uns Menschen oft heißt, zeugt von einer pessimistischen Abschätzigkeit gegenüber Gastronomen, die den Hobbits fremd ist. Der Wirt erfüllt

---

[69] Christiansen: Die perfekte Tarnung, wenn man in einem blühenden Rapsfeld umherstreift...
Plischke: Oder sich unter die Spieler der brasilianischen Fußballnationalmannschaft mischen will...

vielmehr eine äußerst wichtige Aufgabe: Er stellt einen Ort bereit, an dem es sich mehr oder minder jederzeit munter feiern lässt.[70] Und zwar nicht allein, sondern es ist eben viel schöner, die eigene Lebenslust mit Gleichgesinnten auszutoben, an denen unter Hobbits vermutlich nie ein ernsthafter Mangel besteht.

Darüber hinaus bieten Feste eine exzellente Möglichkeit, Mathom loszuwerden. Ein Hobbitfest ohne Geschenke ist absolut undenkbar. Aus menschlicher Sicht etwas ungewöhnlich ist vielleicht, dass unter Hobbits Geschenkvergaben gewissermaßen bilaterale Angelegenheiten sind, da bei ihren Festen immer Geschenktausche stattfinden. Ein Beispiel: Bei Geburtstagsfeiern erhält nicht nur das eigentliche Geburtstagskind Geschenke. Von diesem wird nämlich erwartet, dass es umgekehrt auch seine Gäste beschenkt.[71] Im Übrigen gilt diese Regelung für alle Feste, die man ausrichtet, von Hochzeiten bis zu Leichenschmausen – »Gastgeschenk« ist dem Verständnis der Hobbits nach ein Wort, das in beide denkbare Richtungen funktioniert. Nur als Randnotiz: Abgesehen von dieser Sitte ähneln viele Feste der Hobbits auffällig denen, wie sie unter uns Menschen begangen werden. Um noch einmal den Geburtstag zu bemühen: Selbstverständlich gibt es auf einem Hobbitgeburtstag eine Torte mit Kerzen. Wobei man eines dringend im Hinterkopf behalten sollte: Bei Hobbitfeiern

---

[70] Plischke: Und er stellt Bier sowie andere alkoholische Getränke zur Verfügung.
Christiansen: Wobei es mich nicht wundern würde, wenn man in einer zünftigen Hobbitwirtschaft auch Pfeifenkraut kaufen könnte.

[71] Christiansen: Und wer jetzt meint, dass dadurch ein Geburtstagsfest eine teure Angelegenheit für den Ausrichter wird und dieser am Ende Verlust statt Gewinn macht, denkt wie ein typischer Mensch und kein bisschen wie ein Hobbit.

nimmt Essen und Trinken einen wesentlich größeren Raum ein als bei uns. Wo wir ein Fünf-Gänge-Menü anlässlich einer Hochzeitsfeier für vollkommen angemessen, wenn nicht gar schon für eine recht umfangreiche Verköstigung halten würden, sähe ein Hobbit darin kaum etwas anderes als eine Veranstaltung, »bei der es eigentlich nichts zu essen gab«.

In Feiern, die mit einiger terminlicher Vorlaufzeit stattfinden, investieren Hobbits viel Zeit und Mühe – vom Erstellen der Gästeliste über die Auswahl der Gastgeschenke und die Festlegung eines genauen Speiseplans bis hin zur Entscheidung, welche Unterhaltungshighlights man seinen Gästen bieten möchte. Beim letzten Punkt bestehen einige Grundregeln:

- Feuerwerke sind immer gut.
- Reden sind gnädig kurz zu halten.
- Gedichtvorträge nur, wenn das Gedicht ausreichend heiter und komisch ist.
- Ein umfangreiches Reservoir an möglichst innovativen Trinksprüchen kann nie schaden.
- Eine gute Feier beginnt damit, so oft es geht das Glas zu erheben, um durch Schwipse der Anwesenden etwaige Schwächen im Amüsantheitsgrad der späteren Programmpunkte auszugleichen.
- Folgerichtig sind Programmpunkte, über deren Amüsantheitsgrad man sich als Gastgeber nicht ganz sicher ist, tendenziell eher nach hinten zu verlegen.

Man ist als Hobbit auch wirklich sehr gut beraten, im Vorfeld einer größeren Feier umfangreiche Überlegungen darüber anzustellen, wie man sein Fest in ein echtes Event verwandelt, das die Gäste rundum zufriedenstellt. Soziales

Ansehen ist in der Hobbitgesellschaft sehr eng mit dem Talent verknüpft, ein guter Gastgeber zu sein.[72]

Neben den spontan anberaumten Feiern und denen, die sich aus festen Terminen individueller Natur wie eben Geburtstags-, Verlobungs-, Hochzeits- oder Erstes-Zehenhaar-Feiern ergeben, waren im Auenland auch einige offizielle Feiertage bekannt.[73]

Wie in vielen Kulturen üblich kennen auch die Hobbits zwei Feste, um die Sonnwenden gebührend zu feiern. Das Julfest liegt dabei im Winter und bringt im übertragenen Sinn die Freude darüber zum Ausdruck, dass die Tage von nun an wieder länger werden (ich erinnere gern daran, dass die Hobbits echte Sonnenanbeter und viele von ihnen daher auch stets gut gebräunt sind). Bei diesem Jahresendzeitfest geben sich die Hobbits allerdings nicht mit zweieinhalb schnöden Feiertagen zufrieden. Das Julfest dauert vielmehr volle sechs Tage und erinnert von seiner Länge her eher an das jüdische Chanukka als an das christliche Weihnachten. Ob es jeden Tag Geschenke gibt, weiß ich nicht. Ich könnte es mir aber sehr gut vorstellen.

Die Lithetage wiederum liegen in der Jahresmitte. Dieses Sommerfest währt drei beziehungsweise vier Tage, je nachdem, ob wir ein Schaltjahr haben oder nicht. Seine variable Dauer hängt damit zusammen, dass die Lithetage gemäß dem ursprünglichen Hobbitkalender außerhalb der regulären Monate liegen. Tolkien zufolge wurde an den Lithetagen auch der Bürgermeister des Auenlands gewählt, doch

---

[72] Plischke: Wobei dieses »gut« sich auf das leibliche Wohl der Gäste und weniger auf eine hübsche Tischdeko oder Girlanden über der Eingangstür bezieht, wenn ich mich nicht irre.

[73] Christiansen: Die heute definitiv überall dort begangen werden, wo Hobbits leben. Einen Partyanlass auszulassen, käme doch absolutem Irrsinn gleich!

dazu später mehr.[74] Zur gleichen Zeit wurde auch auf den Weißen Höhen der sogenannte Freimarkt abgehalten. Gemäß einer alten Sitte, die jedem Wirtschaftsliberalen unter Ihnen Tränen der Rührung in die Augen treiben könnte, stand es jedem Hobbit frei, zu den Weißen Höhen zu ziehen und dort eine Verkaufsbude zu errichten – ohne jede Standgebühr oder ähnliche Hemmnisse. Ich möchte nicht abstreiten, dass hier für kundige Händler ein hübsches Sümmchen zu verdienen war – vor allem, wenn man bedenkt, dass alkoholisierte Kunden beim Feilschen mit gewissen Nachteilen zu kämpfen haben. Dennoch kann ich mich auch in Bezug auf den Freimarkt nicht ganz des Eindrucks erwehren, dass er auch dazu diente, das eine oder andere Mathom unter die Leute zu bringen – nur eben nicht als Geschenk, sondern sogar noch gegen einen kleinen Gegenwert.[75]

Zwei andere Feiertage der Hobbits gehen auf bedeutende historische Ereignisse zurück. Im vierten Zeitalter Mittelerdes – also nach den Irrungen und Wirrungen des Ringkriegs – wurde jedes Jahr im Bockland am 2. November dem ersten Blasen des Horns der Mark gedacht. Das Bockland ist eine östlich des Auenlands gelegene, aber ebenfalls von Hobbits besiedelte Pufferzone zwischen dem eigentlichen Hauptsiedlungsgebiet der Halblinge und dem von allerlei unheimlichen Kreaturen bewohnten Alten Wald. Die Bockländer waren sich ihrer verhältnismäßig prekären

---

[74] Plischke: Recht so. Wir sind ja auch schließlich beim Thema Feiern, das wir uns nicht durch Politik kaputt machen wollen.

[75] Christiansen: Demzufolge wäre der Freimarkt der größte *Floh*markt des Auenlands gewesen.
Plischke: Vielleicht heißt das, dass man sich als Hobbitkundler auf Flohmärkten im Allgemeinen sehr genau umschauen sollte, um endlich mal einem Hobbit von Angesicht zu Angesicht gegenüberzustehen.

Lage durchaus bewusst, und vorsichtig – wie die allermeisten Hobbits nun einmal sind – vereinbarten sie bereits lange vor dem Ringkrieg ein Alarmsignal, das vor drohenden Gefahren warnen sollte. Jenes Ereignis, dem der Feiertag zugeordnet ist, spielte sich indes in einer Situation ab, in der das Unglück längst geschehen war: Saruman – unter dem Alias »Scharrer« – hielt mit seinen Strolchen das Auenland besetzt, dessen Bevölkerung schwer unter dieser Knechtschaft zu leiden hatte. Glücklicherweise hatte Meriadoc Brandybock als Lohn für seine Dienste als Knappe König Théodens das Horn der Mark zum Geschenk erhalten. Dieses von Zwergen geschaffene Artefakt verfügte wohlweislich über eine magische Kraft: Alle, die seinen Klang vernahmen, fühlten sich aufgewühlt und dazu angehalten, sich seinem Ursprung rasch zu nähern. Merry blies das Horn, um alle rechtschaffenen Hobbits zur Verteidigung ihrer Heimat zu den Waffen zu rufen, und somit ertönte zum ersten Mal jenes Signal, das im Bockland seit Langem bekannt war, auch im Auenland. Die Erhebung gegen Saruman verlief glücklicherweise erfolgreich, sodass ihr in den folgenden Jahren stets mit einem Fest und Freudenfeuern gedacht werden konnte.[76]

Ein weiteres großes Fest fand alljährlich am 6. April statt. Dabei wurden gleich zwei Anlässe aus der Hobbitgeschichte gefeiert: Zum einen ist der 6. April der Geburtstag von Samweis Gamdschie, der nach seinen Abenteuertagen zum beliebtesten Bürgermeister avancierte, den das Auenland je gesehen hatte. Zum anderen soll genau an jenem Tag der

---

[76] Plischke: Feiernde Hobbits und Freudenfeuer? Ich will gar nicht wissen, wie viele Brandwunden aus angetrunkener Unachtsamkeit da jedes Mal zusammenkommen.
Christiansen: Bestimmt auch nicht mehr als bei einem durchschnittlichen Osterfeuer irgendwo in der norddeutschen Tiefebene.

Mallornbaum auf der großen Festwiese, der den zuvor während der Besatzung gefällten alten Festbaum ersetzte, zum allerersten Mal erblüht sein – der Baum, den die Hobbits nur dank Galadriels Geschenk an Samweis überhaupt bestaunen durften.[77] Dieses Aprilfest zeigt nicht nur die tiefe Naturverbundenheit der Hobbits – immerhin steht im Mittelpunkt der Feierlichkeiten ein Baum –, es erinnert auch an vergleichbare Frühlingsriten bei anderen Kulturen wie etwa den bei uns abgehaltenen Tanz in den Mai.

Tanzen ist ohnehin ein fester Bestandteil jeder Hobbitfeier, und da es sich bekanntlich besser tanzen lässt, wenn eine zünftige Weise gespielt wird, ist es Zeit, sich einmal den Liedern der Hobbits zuzuwenden.

Keine Melodien für schlimme Zeiten: Hobbits und ihre Lieder

Einmal mehr ist es Tolkien, der uns Hinweise darauf liefert, wie es um das Liedgut der Hobbits bestellt ist. Pippin zufolge kennen die Hobbits keine Lieder, die sich für große – im Sinne herrschaftlicher – Hallen oder schlimme Zeiten eignen. Die größten Schrecken, die in Hobbitliedern besungen werden, sind Wind und Regen.

Doch wovon handeln Hobbitlieder dann?

In den wenigen bis heute überlieferten Texten – sei es nun im bereits erwähnten »Der Mann im Mond trank gutes Bier« oder in »He! He! He! An die Buddel geh!« – ist ein deutlicher Hang zu dem zu erkennen, was man mit einer gewissen Freundlichkeit als »Stimmungsmacher« bezeich-

---

[77] Plischke: Und nebenbei ist der 6. April noch der Beginn des neuen Jahres nach dem Kalender der Elben von Bruchtal – wie gesagt, die Hobbits finden schon ihre Gründe, um sich jederzeit in Feierlaune versetzen zu können.

nen könnte.[78] Sie dienen klar dem Zweck, gute Laune zu verbreiten, anzustoßen und aufrechtzuerhalten. Traurige Balladen wären sicherlich auch der heiteren Geselligkeit abträglich, die die Hobbits so gerne pflegen, auch wenn ihre Geschichte eigentlich ausreichend Stoff für Melancholisches bietet. Doch wer weiß! Vielleicht gibt es ja Lieder, die den Bootsunfall von Frodo Beutlins Eltern, das Einfallen der weißen Wölfe über den zugefrorenen Brandywein oder den tragischen Treppensturz der alten Lalia Tuk künstlerisch verarbeiten, und sie wurden uns Menschen nie überliefert. Aber stellen wir uns lieber dem, was wir belegen können: Selbst wenn es mich schmerzt, muss ich gestehen, dass mich vieles vom bekannten Liedgut der Hobbits an jene Stücke erinnert, wie sie etwa in den Etablissements entlang zahlreichen mallorquinischen Promenaden allabendlich gespielt werden.[79] Die wichtigsten Charakteristika sind:

- eine schmissige Melodie, die man nach dem ersten oder spätestens zweiten Hören einigermaßen mitsummen kann,
- ein einprägsamer Refrain, in den sich auch noch dann einstimmen lässt, wenn man den einen oder anderen Humpen Bier intus hat,
- Stellen, die auf irgendeine Weise zum Mitmachen animieren (Klatschen, Pfeifen, Minichoreografien von überschaubarer Komplexität), sowie

---

[78] Christiansen: Und mit einer gewissen Unfreundlichkeit – sprich: offenen Ehrlichkeit – als »Sauflieder«.

[79] Plischke: Gute Laune ist kein Verbrechen, Kollege Wolf! Nur weil die heute lebenden Hobbits vermutlich mehr mit »Ein Bett im Kornfeld« oder »Schatzi, schenk mir ein Foto« anzufangen wissen als mit Reinhard Mey und Konstantin Wecker, muss man ja nicht gleich das Heulen kriegen, oder?

- ein Text, der den Genuss von Alkohol/Pfeifenkraut oder die Anbahnung einer zwanglosen Liebelei oder beides zum Inhalt hat.

Allerdings gibt es da noch thematisch durchaus anders gelagerte Lieder, die uns erhalten geblieben sind – wie etwa das Alte Wanderlied, das sowohl Bilbo als auch Frodo Beutlin singen. In ihm schwingt ein wehmütiges Fernweh mit, das jedoch angesichts der Heimatliebe der meisten Hobbits vermutlich nicht als typische Herzensregung verstanden werden kann.[80]

Mir sei eine winzige Abschweifung gestattet: In der Dichtkunst der Hobbits ist Jux und Unfug augenscheinlich nicht ganz so dominant, wie wenn es um Zeilen geht, die zum Singen verfasst wurden. Allein die Sorgfalt, mit der Bilbo Beutlin daran arbeitete, die epische Geschichte des Seefahrers Earendil und ihr anrührendes Ende in Verse zu schmieden, gibt mir Hoffnung. Er kann nicht der einzige Hobbit gewesen sein, der gebildet, empfindsam und talentiert genug war, derlei beeindruckende und anspruchsvolle Lyrik zu schaffen.[81]

Womöglich trete ich auch mit völlig übersteigerten Erwartungen an die Hobbits heran und habe im Gegensatz zu ihnen nur verlernt, mich am Alltäglichen zu erfreuen. Denn ist es nicht eigentlich eine überaus reizende Eigenart, seine Gefühle über die kleinen Annehmlichkeiten des Lebens in ein munteres Lied fließen zu lassen? Die Hobbits kennen nachweislich sogenannte Abendessen-Lieder, was

---

[80] Christiansen: Und selbst wenn! Im deutschen Schlager gibt es doch auch diese sonderbare Exotikfixierung. »Fiesta Mexicana« und »Anita« lassen grüßen. Trotzdem fand deshalb ja nie eine größere Auswanderungswelle Richtung Mittelamerika statt.
[81] Plischke: Snob!

nahelegt, dass es auch Lieder gibt, die zu den anderen Mahlzeiten gesungen werden, vom Frühstück bis zum Nachtmahl.[82] Ein weiteres sehr schönes Beispiel für diese positive Grundeinstellung ist die Tatsache, dass es unter den Hobbits auch eine feste Tradition der Badelieder gibt. Sie werden offenbar nicht müde, die vielen Genüsse zu besingen, die mit dem Baden verbunden sind: die Erfrischung, die man findet, wenn man sich bei drückender Sommerhitze in eine Wanne voll kühlem Nass setzt, oder das leise Prickeln auf der Haut bei einem heißen Bad an einem frostigen Wintertag.

Zudem weisen die Badelieder darauf hin, dass die Hobbitkultur alles andere als frei von Widersprüchlichkeiten ist. Wir erinnern uns: Die meisten Hobbits können nicht schwimmen und zeigen an Furcht grenzenden Respekt vor größeren Gewässern. Dieses Unbehagen angesichts von Wasser reicht sogar so weit, dass das Meer im kollektiven Unbewussten der Hobbits fest als Sinnbild des Todes verankert ist. Dennoch wird das Baden, bei dem man um Wasser nun einmal schlecht herumkommt, in zahlreichen Liedern der Hobbits regelrecht glorifiziert.[83] Man könnte diesen Sachverhalt aber auch wohlmeinend ausdeuten und ihm etwas regelrecht Bewundernswertes abgewinnen: Selbst jenen Dingen, die sie erschrecken und ängstigen, ringen die Hobbits stets noch gute Seiten

---

[82] Christiansen: Lieder zum Essen? Wie muss ich mir das denn vorstellen? Plischke: Wahrscheinlich so in Richtung *Himbeereis zum Frühstück* und *Die heiße Schlacht am kalten Buffet*.

[83] Plischke: Da wird ein Rätsel aus etwas gemacht, das gar kein Rätsel ist. Hobbits fürchten sich vor *lebenden* Gewässern, die völlig unberechenbar sind und bei denen man nicht kontrollieren kann, was darin so herumschwimmt. Badewannen sind keine lebenden Gewässer, es sei denn, man lässt sie sehr, sehr lange gefüllt und unbeobachtet.

ab. Vielleicht können sie gar nicht anders, wenn sie sich ihr heiteres Wesen und ihren ungezwungenen Umgang mit körperlichen Genüssen jedweder Art bewahren wollen.

Und was ist mit Sex?

So gern die Kollegen Plischke und Christiansen diesem Punkt mehr Platz und Detailfülle einräumen würden, so sehr verwahre ich mich dagegen. Nicht aus Prüderie, sondern aufgrund der ausgesprochen lückenhaften Datenlage. Daher beschränke ich mich im Folgenden auch auf das absolut Wesentliche, was sich aus den vorhandenen Wissensfragmenten über das Liebesleben der Hobbits zusammenstückeln lässt:

1. Angesichts der wenig lustfeindlichen Grundnatur der Hobbits wäre es höchst verwunderlich, wenn sie ausgerechnet Sex als eine Betätigung erachten würden, die man irgendwelchen Zügelungen unterwerfen müsste.
2. Zugleich sind die Hobbits ein Volk, das großen Wert auf Höflichkeit legt, weshalb davon ausgegangen werden kann, dass sie eher Abstand davon nehmen, andere mit offen zur Schau gestellten sexuellen Handlungen möglicherweise vor den Kopf zu stoßen.
3. Sowohl Alkohol als auch Pfeifenkraut entfalten jedoch eine Wirkung, die vielfach anregend ist und Hemmschwellen abbaut. Dies spricht dafür, dass Hobbits insbesondere nach Feierlichkeiten und Gasthausbesuchen keine Schwierigkeiten haben dürften, willige Sexualpartner aufzutreiben.
4. Ungeachtet dessen halten die Hobbits an der Tradition von festen Partnerschaften fest, die durch wech-

selseitig zur Treue verpflichtende Riten – sprich: Hochzeiten – abgesichert werden.
5. Zwiens dürften – ähnlich wie Pubertierenden in menschlichen Kulturen – die einen oder anderen Verhaltensweisen gestattet werden, die man einem erwachsenen Hobbit nicht so ohne Weiteres durchgehen lassen würde (meist von einem resignierten Zähneknirschen oder einem »Das ist nur eine Phase« bzw. »Das verwächst sich noch« seitens der älteren Generationen begleitet).

Die lieben ganz Kleinen: Hobbits und Erziehung

Richten wir unsere Aufmerksamkeit doch lieber auf das Ergebnis, das aus herkömmlichen Fortpflanzungsbemühungen entsteht. Wie alle Eltern sehen sich Hobbits der großen Herausforderung gegenüber, ihre Wertvorstellungen und die daraus abgeleiteten Verhaltensmuster an ihren Nachwuchs weiterzugeben. Da sich weder bei Tolkien noch bei Jackson Hinweise auf ein geordnetes Kinderkrippen- oder Schulsystem finden, könnte man nun davon ausgehen, dass der absolute Großteil der Erziehungsarbeit an den Eltern hängen bleibt. Dem ist höchstwahrscheinlich nicht so. Zumindest zu den Zeiten, in die uns Tolkien und Jackson kurze Einblicke gestatten, lebten die Hobbits noch üblicherweise in Großfamilien. Demzufolge trugen vermutlich alle Sippenangehörigen, die unter einem Dach oder in einer Höhle lebten, maßgeblich zu den Erziehungsbemühungen der Eltern bei. Großeltern, Onkel und Tanten, ältere Geschwister und Vettern respektive Basen – sie alle übernahmen gewiss einen Teil der Verantwortung, einem jungen Hobbit die Regeln eines gemeinsamen Miteinanders beizubringen. Trotzdem dürfte es dabei bisweilen etwas chaotisch zugegangen sein, auch wenn nicht jedes Paar gleich dreizehn Kinder in die Welt setzte, wie es Samweis und Rose Gamdschie getan haben.[84]

Die Inhalte dieser gemeinschaftlichen Erziehung lassen sich nur in Bruchstücken rekonstruieren. Wie bereits erwähnt, lernten die Hobbits laut Tolkien das Kochen noch vor dem Lesen und Schreiben. Er fügt allerdings auch hinzu, dass längst nicht jeder Hobbit das Lesen und Schreiben meisterte, was eventuell auf die Art und Weise zurückzuführen ist, wie dieses Wissen weitergegeben wurde: Die, die es konnten, versuchten es denen zu vermitteln, die es nicht konnten. Fachkundige Pädagogen, die über eine spezielle Ausbildung verfügen, *wie* man Wissen vermittelt, gab es zumindest zu jener Zeit unter den Hobbits anscheinend nicht.

Überhaupt wurde an Erziehung mit einer gewissen Attitüde des Laisser-faire herangegangen; übermäßige Züchtigungen und andere körperliche Maßregelungen waren wohl absolute Ausnahmefälle. Ein junger Hobbit musste wahrscheinlich absichtlich eine beträchtliche Menge Schaden verursacht oder immenses Unheil gestiftet haben, bevor man ihm den Hosenboden stramm zog.[85]

Falls sich jetzt frischgebackene Eltern unter Ihnen fragen, ob man als Hobbitpaar mit Kleinkindern eine Auszeit vom ständigen Feiern nimmt, kann ich Ihnen ruhigen Gewissens antworten: Nein. Als Hobbit schleift man seinen Nachwuchs selbstverständlich zu Festen mit – auch und gerade zu den Abendveranstaltungen –, weil dort ja in aller

---

[84] Christiansen: Die damit übrigens in der Disziplin »Zahlreichste Vermehrung zweier Hobbits« die absoluten Rekordhalter sind.

[85] Plischke: Ohne die Hobbits jetzt gleich als Anhänger der schwarzen Pädagogik hinzustellen – an den Ohren gezogen wird man als Jungspund da doch sicherlich etwas schneller, wenn man Mist baut.

Regel Gratismahlzeiten für die hungrigen Mäuler abzustauben sind.

Dennoch haben wir es alles in allem bei den Hobbits keinesfalls mit einer Erziehung zu tun, die völlig auf Regeln und Zwänge verzichtet. Dazu ist die Seite der Hobbitkultur, die bei aller vorhandenen Liberalität einen ebenso deutlich erkennbaren Konservativismus fördert, viel zu ausgeprägt.

Die andere Seite der Medaille: Die konservative Ader der Hobbits

Ob all der Themen, die wir bislang behandelt haben, könnte bei Ihnen folgendes Bild der Hobbitgesellschaft entstanden sein: Sorglose Optimisten, die nie mehr arbeiten, als sie unbedingt müssen, leben fröhlich in den Tag hinein, den sie sich mit Bier, Pfeifenkraut und Gesang (samt dazugehörigen Feierlichkeiten) versüßen. Dieses Bild ist schief.

Allein schon, was die Arbeitsfreude der Hobbits angeht, sitzt man mit der Annahme, sie scheuten vor Anstrengungen zurück, einer Fehleinschätzung auf. Tolkien lehrt uns, dass die Hobbits »bienenfleißig« sein können, sobald es nottut[86] – und zum bloßen Erhalt ihrer Gesellschaft tritt dieser Notfall zwangsläufig viel häufiger ein, als man vermutet. Straßen und Häuser halten sich nicht von allein instand, Felder bestellen sich nicht von selbst, und – ganz wichtig – Essen muss gekocht werden. Lägen die Hobbits den lieben langen Tag nur auf der faulen Haut herum, bräche ihre Gesellschaft rasch zusammen. Wie der einzelne Hobbit nun dazu angehalten wird, seinen persönlichen Bei-

---

[86] Christiansen: Aufgrund mangelnder Flugfähigkeiten wäre »emsig wie die Ameisen« eigentlich treffender.

trag zur Sicherung des Gemeinwohls zu leisten, wird nicht anders geregelt als in allen anderen Kulturen auch: über Regeln, Gesetze und Traditionen.

Das haben wir schon immer so gemacht:
Hobbits und ihre Traditionen
Vorsichtig formuliert sind Hobbits sehr traditionsbewusst. Dafür haben sie auch durchaus gute Gründe: Nach dem, was wir Tolkiens Schriften und Jacksons Filmen entnehmen können, haben sie sich eine Gesellschaft geschaffen, in der ein ausreichendes Maß an individuellem Wohlstand herrscht, um größeren sozialen Spannungen entgegenzuwirken. Im Auenland leidet niemand Hunger, alle haben ein Dach respektive eine Smialdecke über dem Kopf, das Bedürfnis nach Nähe und Geborgenheit wird durch das Leben in Großfamilien sowie die zahlreichen Feste und Feiern befriedigt, und jeder kann sich auf ein funktionierendes System von allgemeingültigen Regeln verlassen, die dafür Sorge tragen, dass sich an den herrschenden Zuständen in absehbarer Zeit nichts ändert. Warum sollte man all das zugunsten irgendwelcher unerprobten Maßnahmen aufs Spiel setzen, von denen niemand mit absoluter Sicherheit zu sagen vermag, ob sie am Ende nicht doch wesentlich mehr schaden als nützen?

Negativ ausgedrückt bedeutet das, dass die Hobbits Neuerungen eher skeptisch gegenüberstehen.[87] Dies wäre an und für sich nichts Verdammungswürdiges, wenn man nicht den Verdacht gewinnen könnte, diese Ablehnung jedweder Innovation führe unweigerlich zu einer Art Erstarrung der Hobbitgesellschaft. Mehr noch: Hobbits, die von den ausgetretenen Pfaden abweichen, erfahren eine

---

[87] Plischke: Mottovorschlag: »Was der Hobbit nicht kennt, frisst er nicht.«

sanfte Form der Diskriminierung. Wer durch das Raster jener Normen fällt, nach denen sich ein »vernünftiger« Hobbit zu richten hat, wird mit Attributen belegt, die nicht unbedingt freundlich gemeint sind. Einige Beispiele hierfür wären:

- Wer zu abenteuerlustig ist, hat zu viel Tukblut in den Adern.
- Wer nicht heiratet und allein in einem großen Smial lebt, ist ein Sonderling.[88]
- Wer unbedingt in einem Boot herumfahren muss, ist ein leichtsinniger Gesell, der sich nicht zu wundern braucht, wenn er ertrinkt.

Diese besondere Form der kulturellen Lähmung erstreckt sich allerdings auch in ganz andere Bereiche hinein, wie etwa in den Literaturgeschmack. Tolkien nennt drei Eigenschaften, die ein Buch zu erfüllen hat, damit es Hobbits gefällt:

- Es muss Dinge behandeln, die den Hobbits bereits bekannt sind.
- Diese Dinge müssen wahr sein.
- Der Inhalt muss klar verständlich und frei von Widersprüchen sein.[89]

Falls dem tatsächlich so ist, schätzen Hobbits also in erster Linie nüchterne Tatsachenberichte, die aber auf keinen Fall

---

[88] Christiansen: Was bei Bilbo aber dadurch gemildert wird, dass er nicht knauserig mit seinem beträchtlichen Vermögen ist.
[89] Christiansen: Womit schon mal klar wäre, dass man als Fantasyautor unter Hobbits einen extrem schweren Stand hätte.

so etwas Aufregendes wie etwa die Erfahrungen von Reisen in ferne Länder schildern. Romane wären hingegen sehr unbeliebt, da sie ja in der Regel auf vom Verfasser komplett erdachten oder zumindest stark abgewandelten Begebenheiten beruhen. Selbst ein Sachbuch wie dieses wäre den Hobbits suspekt, da ich mich erstens immer wieder auf Spekulationen stützen muss und zweitens nicht alle Widersprüchlichkeiten im vorhandenen Wissen über Hobbits aufheben kann.[90]

Die Regeln sind Die Regeln: Hobbits und ihre Gesetze
Viele Traditionen, die lange genug weitergegeben werden, um überhaupt in den Stand einer Tradition zu gelangen, werden irgendwann in Gesetzesform gegossen. Interessanterweise beriefen sich die Hobbits des Auenlands nun nicht auf einen Gesetzeskodex, den sie selbst für sich erarbeitet hatten. Sie achteten vielmehr Gesetze, die ursprünglich von einem Menschenkönig gemacht worden waren. Um zu klären, wie es zu dieser Situation kam, ist einmal mehr ein Blick in die Geschichte der Hobbits vonnöten.

Die ersten kulturschaffenden Bewohner des Auenlands waren Hobbits aus dem Breeland, die von Osten kommend in die fruchtbare Region einwanderten.[91] Marcho und Blanco, zwei Brüder aus dem Stamm der Falbhäute, führten diese Wanderungsbewegung an. Sie setzten über den Brandywein über und nahmen das Land dahinter für die Krone des Königs von Arnor in Besitz. Besagter Herrscher verlangte von seinen Kolonisten nicht sehr viel. Sie hatten sich

---

[90] Plischke: Und über den Punkt der klaren Verständlichkeit breiten wir auch besser mal das Deckmäntelchen des kollegialen Schweigens...

[91] Plischke: Man hört zwar gelegentlich, das Breeland wäre eine Art Kolonie des Auenlands gewesen, doch in Wahrheit liegt der Fall quasi genau andersherum.

nur dazu zu verpflichten, für den Unterhalt der königlichen Straßen und Brücken zu sorgen – und eben weiterhin die Gesetze des Königreichs zu achten. Kein schlechter Handel, wenn man berücksichtigt, dass die Hobbits dafür eine sehr weitgehende Unabhängigkeit vom Rest des Reiches erhielten. In Traditionen vernarrt, wie Hobbits nun einmal sind, hielten die Auenländer sich an ihren Teil der Abmachung, selbst nachdem das Reich schon längst nicht mehr existierte. Dessen Gesetze waren zu ihren Gesetzen geworden. Man kann davon ausgehen, dass die Hobbits diesen Kodex im Lauf der Zeit hier und da etwas ergänzt und an ihre eigenen Bedürfnisse angepasst haben, doch eine komplett eigene Verfassung haben sie sich unserem begrenzten Wissen nach nie gegeben.

Offenbar waren sie mit dem, was sie da übernommen hatten, rundweg zufrieden, und vermutlich sind sie das bis heute. Sie sprechen sogar nach wie vor gewiss nicht von »Gesetzen«; sie nennen sie einfach nur Die Regeln.[92] Warum die Hobbits sie beibehalten? Wahrscheinlich aus den gleichen Gründen, die schon Tolkien nennt: Die Regeln sind althergebracht und gerecht. Böswillige Rechtsphilosophen könnten daraus leicht einen Kausalzusammenhang konstruieren: Die Regeln sind deshalb gerecht, weil sie althergebracht sind. Ich muss einräumen, dass diese Interpretation dem traditionsbewussten Denken der Hobbits sehr entgegenkäme.

Der König, dem die Hobbits Die Regeln zu verdanken haben, ist in ihrem Sprachgebrauch übrigens noch immer präsent. Er ist zu einer mythischen Figur geworden, der man allerlei übermenschliche Höchstleistungen zutraut

---

[92] Christiansen: Man achte bitte auf das große D beim Artikel, weil es viel über die Mentalität der Hobbits in dieser Frage verrät.

und der die Dinge bei seinem Erscheinen grundlegend zum Besseren wenden wird. Scheitert man als Hobbit bei einem ehrgeizigen Unterfangen – wie etwa dem Backen einer sechzehnstöckigen Torte oder dem Schnitzen eines Pfeifenkopfreliefs, das den gesamten Ringkrieg in allen Details zeigt –, tröstet man sich damit, dass es einem schon gelingen wird, »wenn der König zurückkommt«. Auch wenn man sich einem herrschenden Zustand gegenübersieht, den man aus eigener Kraft nicht ändern kann – schlechtes Wetter oder Ausfall der Zehenhaare –, setzt man seine Hoffnungen auf die Zeit, »wenn der König zurückkommt«.

Über die genauen Rechtspraktiken unter Hobbits wissen wir leider nicht sehr viel. Einer der wenigen Anhaltspunkte, die Tolkien liefert, ist die Beschreibung von Bilbo Beutlins Testament. Ähnlich wie die Literatur, die Hobbitherzen höherschlagen lässt, ist es ein glasklar formuliertes Dokument, das etwaigen Verwirrungen bei der Nachlassverwaltung vorbeugt. Zudem enthält es gleich *sieben* (!) Zeugenunterschriften in roter Tinte.[93] Es soll ja hinterher keiner sagen können, er habe von nichts gewusst. Diese Fetischisierung des möglichst unmissverständlichen Schriftstücks ist dennoch nicht ganz unproblematisch. Wenn es nicht alle Hobbits schaffen, jemals richtig lesen und schreiben zu lernen, sind diejenigen, die dies schaffen, gegenüber den anderen eindeutig im Vorteil, auch und gerade in Rechtsfragen. Vielleicht ist das zu misstrauisch und verschwörungstheoretisch gedacht, aber was, wenn Teile der alphabetisierten Schichten absichtlich verhindern, dass die weniger gebildeten Hobbits verstehen kön-

---

[93] Plischke: Und wer da an Blut denkt, schätzt die überraschende Ernsthaftigkeit, die Hobbits ihren offiziellen Schriftstücken beimessen, wahrscheinlich genau richtig ein.

nen, was in so manch entscheidender Urkunde wirklich steht?

Dass nicht alle Hobbits automatisch Geschäftsleute von tadellosem Leumund sind, beweist das von Tolkien erwähnte Unternehmen der *Herren Wühler, Wühler und Graber*.[94] Dessen Geschäftsmodell sah dergestalt aus, dass man sich darauf spezialisiert hatte, Haushaltsauflösungen vorzunehmen, wenn der Bewohner eines Smials oder Hauses für tot erklärt worden war und weder ein gültiges Testament noch einen leicht ausfindig zu machenden Erben hinterlassen hatte. Dann tauchte WW & G auf, eignete sich den verwaisten Besitz an und durchsuchte ihn nach brauchbarem Mathom. Selbiges wurde anschließend offenbar in Form von Auktionen veräußert, was der Unternehmung sicher einen ganz ordentlichen Gewinn bescherte – denn des einen Hobbits Mathom ist oft des anderen heißbegehrtes antikes Möbelstück, das nur darauf wartet, zum Schnäppchenpreis erstanden und aufpoliert zu werden. Den Andeutungen bei Tolkien ist zu entnehmen, dass WW & G nicht in dem Ruf stand, eine besonders rücksichtsvoll agierende Firma zu sein – und anscheinend dennoch innerhalb des rechtlichen Rahmens operierte, den Die Regeln ihm boten.[95]

Wenn Ihnen WW & G jetzt unverhältnismäßig modern vorkommt, ist das womöglich ein günstiger Moment, uns

---

[94] Christiansen: Das je nach Quelle auch Grubb, Grubb und Borger oder Wühler, Kramer und Stiebitz heißt. Allesamt nicht unbedingt die Namen, die bedingungslose Seriosität versprechen.

[95] Plischke: Ich muss dabei an die berühmten Heuschrecken im Sinne von Kapitalgesellschaften denken, die auch allerlei auffressen, was ihnen vor die Mäuler kommt.
Christiansen: Stimmt. Aber die tun ja innerhalb unseres Systems auch nichts Widerrechtliches.
Plischke: Eben.

einmal anzuschauen, wie modern das Leben der Hobbits insgesamt ist.

Keine Experimente: Die Hobbits und der Fortschritt
Das Leben im Auenland, das uns bei Tolkien und insbesondere in den romantisierenden Bildern von Peter Jacksons Filmen vorgeführt wird, erinnert stark an Werbematerial für Urlaub auf dem Bauernhof. Gerade für hektische Großstädter birgt es die Verheißung eines entschleunigten Lebens fernab von Verkehrskollaps, Lärmbelästigung, Lichtverschmutzung und Betonwüsten.

Nach allem, was wir wissen, war das Auenland auch tatsächlich eine Agrarnation. In Anbetracht des typischen Hobbithungers ist es nur logisch, dass ein Großteil der Bevölkerung damit beschäftigt war, Lebensmittel zu produzieren. Dabei spielte gewiss auch die Viehzucht eine wichtige, wenn auch in der Betrachtung von außen oft übersehene Rolle, und Fleischer bzw. Schlachter war im Auenland ein angesehener Beruf. Dies gilt grundsätzlich für alle Handwerke, die sich um die Weiterverarbeitung, aber auch die Lagerung von Lebensmitteln drehen: Bäcker, Schäfer, Küfer und so weiter.

Die Hobbits legten gesteigerten Wert darauf, so autark wie nur irgend möglich von anderen Völkern und Nationen zu leben. Als einziges Exportgut verkauften sie Pfeifenkraut an ihre Nachbarn, und umgekehrt hielt sich auch die Zahl der importierten Güter in engen Grenzen. Dazu zählten Feuerwerksartikel und diverse Werkzeuge und andere Alltagsgegenstände zwergischer Herstellung.

Einfach gesagt hatten die Hobbits sich entschlossen, nur das zu nutzen, was ihnen in ihrer unmittelbaren Umgebung zur Verfügung stand. Dabei hatten sie das Glück, dass die Ausgangsbedingungen im Auenland ein solches

Wirtschaften mit dem Vorhandenen sehr begünstigten. Fruchtbare Böden, mildes Klima, weder natürliche Fressfeinde noch Nachbarn mit einem gefährlichen Drang zur Expansion – das sind die unbestreitbaren Vorzüge des Auenlands.

Diese autarke Lebensweise der Hobbits stand aber gleichzeitig jeder technologischen Weiterentwicklung ihrer Gesellschaft im Weg. Fortschritt entsteht nicht zuletzt auch durch regen Kontakt und Wissensaustausch mit anderen Kulturen. Da die Hobbits darauf verzichtet haben, fanden sich im Auenland auch keine komplexeren Maschinen als Webstühle, Blasebälge für Schmieden und Windmühlen. Auch hier scheint sich die Ansicht durchgesetzt zu haben, die sich in ihrem Literaturgeschmack widerspiegelt: Sie mögen nur Dinge, die sie schon kennen.

Hierbei handelt es sich natürlich um eine grob vereinfachende Darstellung der Zustände. In Einzelfällen zeigte der eine oder andere Hobbit wohl durchaus Interesse an den technologischen Errungenschaften, die anderswo existierten: So hatte etwa Bilbo Beutlin auf dem Kaminsims eine Uhr stehen.[96] Diese Liebhaber technologischer Spielzeuge erreichten aber nie jene kritische Masse, die innerhalb der Gesamtbevölkerung nötig gewesen wäre, um in den Hobbits als Ganzes eine Abkehr von den alten Traditionen und eine Hinwendung zu einem glühenden Fortschrittsglauben anzustoßen.

Doch kann man ihnen das wirklich zum Vorwurf machen? Hatten die Hobbits es denn nicht geschafft, sich

---

[96] Christiansen: Ich würde sagen, dieses feinmechanische Wunderding war einer der erwähnten Importe, die die Hobbits den Zwergen abkauften.
Plischke: Und man kann es gar nicht oft genug betonen: Herr Beutlin war ein Sonderling unter seinesgleichen, der viele Dinge trieb, die den Hobbits in seinem Umfeld etwas merkwürdig vorkamen.

im Auenland eine im positiven Sinne höchst ursprüngliche Form des Zusammenlebens zu bewahren, nach der sich die Bewohner vieler moderner Staaten insgeheim sehnen?

Feiste Bürger, schlanker Staat:
Hobbits und ihre Institutionen
Trotz eines auf den ersten Blick eher zwanglosen Umgangs mit Autorität leisteten sich die Hobbits im Auenland zwei Organisationen, die im Grunde größeren staatlichen Einrichtungen entsprachen: die Polizei und die Post.

Die Hobbits, die lesen und schreiben konnten, waren begeisterte Briefeschreiber.[97] Folglich wurde ein Postdienst eingerichtet, der unter der Ägide des Bürgermeisters von Michelbinge[98] in jeder größeren Ortschaft ein Postamt betrieb. Zustellungen erfolgten zweimal am Tag, einmal morgens und einmal abends. Bei längeren Strecken griffen die Postboten auf Ponys zurück, um ihre Sendungen zu transportieren. Warum es gleich ein solches Lasttier sein musste?

Nun, die Postboten hatten neben Briefen auch jede Menge Pakete und Päckchen zuzustellen. Dies hing sicherlich auch mit dem regen Austausch von Mathom zusammen, der die Hobbitbehausungen davor schützte, aus allen Nähten zu platzen. Erinnern wir uns an die Sitte, dass ein Geburtstagskind seinen Gästen Geschenke zu machen hatte. Das allein ist schon ungewöhnlich genug, doch der Brauch ist noch facettenreicher: Nur weil ein Gast nicht an einer anberaumten Geburtstagsfeier teilnehmen kann – aus wel-

---

[97] Christiansen: Demzufolge sollte es im Auenland auch eine florierende Papierindustrie gegeben haben, oder nicht?
Plischke: Entweder die Hobbits haben Papier importiert, oder Papiermacher waren fast so angesehen wie Fleischer.

[98] Plischke: Der in Personalunion gleichzeitig das Amt des sogenannten Postmeisters bekleidete.

chen Gründen auch immer –, bedeutet das noch lange nicht, dass er in Sachen Geschenk leer ausgehen darf. Vom Geburtstagskind wurde erwartet, auch den Gästen, die für seine Feier abgesagt hatten, ein Päckchen mit einer kleinen Aufmerksamkeit zukommen zu lassen. Dies nicht zu tun, wurde als Affront gegen alle Gebote der Höflichkeit verstanden, und beinahe noch schlimmer war es, ein solches Päckchen zu verschicken und dabei zu vergessen, dem Ferngebliebenen die eine oder andere Kostprobe des verpassten Menüs einzupacken. Man sieht auch hier: In Essensdingen verstehen Hobbits keinen Spaß!

Noch einmal kurz zum Thema Einladungen. Wir leben in einer Gesellschaft, in der es mittlerweile als adäquat erachtet wird, recht schmucklose und schnöde Einladungen per E-Mail oder SMS zu versenden.[99] Einem Hobbit wäre dies ein Gräuel. Für ihn ist es eine Frage der Ehre, kunstvoll gestaltete und individuell auf jeden einzelnen Gast zugeschnittene Einladungen zu entwerfen.[100] Eine hübsche Einladung kann manchmal sogar einen Gast, der sich bislang noch zögerlich zeigte, in Windeseile davon überzeugen, doch unbedingt seine Aufwartung machen zu müssen.

Zurück zur Frage, wie ein höflicher Briefwechsel vonstattengeht. Das Prinzip dahinter ist denkbar simpel: Man antwortet gefälligst auf jedes Schreiben, das man erhält, einigermaßen zügig mit einem eigenen Schreiben. Nur

---

[99] Christiansen: Oder nur noch kurz in einem sozialen Netzwerk eine knappe Ankündigung zu posten, dass man vorhat, demnächst eine Feier auszurichten.

[100] Plischke: Bei spontanen Partys, wie sie unter Hobbits auch alle naselang stattfinden, mag das etwas anders aussehen. Aber es ist eben etwas anderes, ob man mal eben schnell die Nachbarn auf eine Tasse Tee zu sich in den Smial bittet oder ob man vorhat, seinen Geburtstag in aller Form ordentlich zu begehen.

so bleibt gewährleistet, dass der Informationsfluss nicht abreißt. Die Post nahm insgesamt eine immens wichtige gesellschaftliche Funktion wahr: Sie sorgte letzten Endes dafür, dass alle Hobbits stets darüber Bescheid wussten, was im Auenland gerade so vor sich ging. Hobbits sind nun einmal gesellige Wesen, und mit Geselligkeit geht immer auch eine gewisse Geschwätzigkeit einher. Unter ihnen ist ein Briefwechsel folglich nichts anderes als eine Art schriftlicher Fernplausch. Der sozial förderliche Aspekt dieses Verhaltens ist, dass sich kaum jemand einsam und verloren fühlen oder sich gar darüber beschweren kann, dass sein Briefkasten verhungert. Die dunkle Seite dieser schriftlichen Tratscherei ist eine Art ständiger wechselseitiger Überwachung auch über größere Entfernungen hinweg. In einer Gesellschaft, in der Die Regeln großgeschrieben werden, ist dies im Grunde auch gar nicht anders zu erwarten.

Der eben von mir verwendete Ausdruck »Fernplausch« passt zu einer weiteren Aufgabe, die die Postboten übernehmen und die ein sehr gutes Gedächtnis voraussetzt. Die Postboten überbringen nicht nur schriftliche Botschaften. Man kann ihnen auch mündliche Nachrichten mit auf den Weg geben, die sie dann dem jeweiligen Empfänger vortragen.[101] Dass dabei auch gesungene Glückwünsche im Service inbegriffen waren, ist ob der Sangesfreude der Hobbits keineswegs auszuschließen.

Wer im Auenland eine besonders eilige Sendung hatte, der wandte sich an den Postschnelldienst. Dafür standen an bestimmten Punkten sogenannte Meldeläufer bereit, die die dringende Nachricht dann ans Ziel brachten, so schnell sie ihre kurzen Beine trugen. Meldeläufer finden bei Tol-

---

[101] Christiansen: Die Postboten sind bei Hobbits also so etwas wie ein lebendes Telegrafennetzwerk.

kien zwar nur explizit im Zusammenhang mit der Besatzung des Auenlands durch Saruman Erwähnung, aber es ist nicht weit hergeholt, fest davon auszugehen, dass die Invasoren eine bereits existierende Kommunikationsstruktur unter den Hobbits für ihre finsteren Zwecke missbraucht haben. Dass dürfte ihnen unter anderem deshalb leichtgefallen sein, da der Postschnelldienst auch vor der Besatzung häufig dazu eingesetzt wurde, geheime Botschaften zu übermitteln. Welcher Natur diese Geheimnisse waren, ist dabei allerdings ein gewisses Rätsel. Mögliche Inhalte, die mir naheliegend scheinen, wären Anweisungen zur Organisation einer Überraschungsparty oder auch süße Schmeicheleien zwischen einem heimlichen Liebespaar.

Im Wort »geheim« klingt aus unserer Sicht auch immer ein gewisses Potenzial für finstere Machenschaften an. Über die Verbrechensrate im Auenland liegen uns natürlich keine konkreten Zahlen vor, doch sie kann nicht sehr hoch gewesen sein. In jedem der vier Viertel waren nur jeweils drei Hobbits als Landbüttel angestellt, die ungefähr jene Aufgaben wahrnahmen, wie sie bei uns Polizisten und Feldschützen zugedacht sind.[102] Das bedeutet nicht nur, dass ein junger Hobbit, der von einer Laufbahn im Staatsdienst träumt, sich lieber darauf einstellt, dass er später als Postbote und nicht als Ordnungshüter arbeitet. Es heißt auch, dass auf einen solchen »Polizisten« immerhin knapp siebentausend gewöhnliche Bürger kamen. Zum Vergleich: In Hamburg liegt das Verhältnis bei 221:1.[103] Dies lässt nur

---

[102] Christiansen: Unterstellt waren die Landbüttel dem – dreimal dürfen Sie raten! – Bürgermeister von Michelbinge. Verwaltungschef des Auenlands, oberster Postbote und Erster Landbüttel – Gewaltenteilung geht jedenfalls anders …

[103] Plischke: Also ein Polizist für je 221 Einwohner, und nicht etwa umgekehrt. Christiansen: Gott bewahre!

einen Schluss zu: Die Hobbits waren so gesetzes- bzw. regeltreu, dass der Unterhalt einer größeren Zahl an Landbütteln schlicht die reinste Verschwendung gewesen wäre.

Die Vorzüge, Landbüttel zu sein, hielten sich denn auch in engen Grenzen. Wenn man überhaupt eine Waffe tragen durfte, dann nur eine leichte (vermutlich also lediglich einen Knüppel, um bei außer Kontrolle geratenen Nachbarschaftsstreitigkeiten über die richtige Heckenhöhe oder bei seltenen Wirtshausschlägereien im Notfall auf handfeste Weise alle Beteiligten zur Räson zu rufen). Man kam nicht einmal in den Genuss, eine Uniform zu tragen. Alles, was einen Landbüttel äußerlich als Landbüttel auswies, war eine lange Feder am Hut.[104]

Noch aussichtsloser als eine Karriere bei der Polizei ist für einen jungen Hobbit eine Karriere bei der Armee. Der Grund hierfür ist banal: Die Hobbits haben kein stehendes Heer. Schutzlos sind sie deshalb jedoch noch lange nicht. In Krisenzeiten berufen sie Heerschauen für ihre Wehren ein, wobei jeder diensttaugliche Bürger sich einem solchen Freiwilligenverband anschließen kann. Gleichzeitig zur lose organisierten Aushebung dieser Streitkräfte tritt die Volksversammlung zusammen, bei der offenbar jeder anwesende Hobbit stimmberechtigt ist. Die Entscheidung, ob die Hobbits in den Krieg ziehen, wird also auf basisdemokratischer Grundlage gefällt. Zum Glück sind Krisenzeiten in der Hobbithistorie allerdings höchst selten – so selten, dass kein Hobbitkundler bislang je ergründen konnte, welche anderen Beschlüsse noch zusätzlich von den Befugnissen und

---

[104] Christiansen: Und da der Hut selbst nicht als Teil irgendeiner Uniform gesehen wurde, haben wir hier noch ein Detail mehr über Hobbitmode erfahren: Hüte waren zumindest im Auenland als schickes Accessoire gang und gäbe.

dem Verantwortungsbereich der Volksversammlung abgedeckt sind.

Ungeachtet ihres friedliebenden Rufs sind die Hobbits keine Pazifisten, und selbst ihnen war es nicht vergönnt, die utopische Vision von einer gewaltfreien Gesellschaft vollkommen ohne Polizei und Militär zu realisieren. Die Hobbits selbst würden wahrscheinlich behaupten, dass dies aber gar nicht an ihnen liegt, sondern an ihren großen Nachbarn, denen man einfach nicht über den Weg trauen kann.

Der verdächtige Fremde: Hobbits und ihre Xenophobie
Wer die Hobbits in einem Anflug von positivem Rassismus bislang für völlig unschuldige Kreaturen gehalten hat, die in kindlicher Naivität an einem sorgenfreien Ort lachend, singend und trinkend über Wiesen und Felder hüpfen, muss ab jetzt ein bisschen umdenken. Die Hobbits wussten sehr wohl, was sie an ihrem Auenland hatten, und sie begegneten Fremden mit einer durchaus ablehnenden Haltung.

Über Elbenbesuch freute man sich, weil das Schöne Volk auch in den Legenden und Sagen der Hobbits mit Licht, Gesang und Traum verbunden ist – warum sollte man sich also nicht freuen, wenn man einen Elben sah?[105] Bei allen anderen Völkern hingegen war der durchschnittliche Hobbit damals um einiges vorsichtiger. Zwerge wurden geduldet – immerhin waren sie wichtige Handelspartner, die allerlei nützliche Waren ins Auenland brachten und die man daher nicht ernsthaft vergrätzen wollte. Zudem waren

---

[105] Christiansen: Kunststück! Elben kamen ja auch nur selten und blieben nie lange. Mit so viel Flüchtigkeit und so viel positiver PR im Rücken hat man keine Schwierigkeiten, als gern gesehener Gast begrüßt zu werden.

sie auch nicht so groß wie die anderen Großen Leute, was sie aus der Warte der Hobbits weniger bedrohlicher gemacht haben dürfte.[106] Wir Menschen haben da Pech gehabt. Dass entlang der Grenzen des Auenlandes keine Schilder mit »Wir müssen leider draußen bleiben« aufgestellt waren, ist so ziemlich das einzige Zugeständnis an die absoluten Grundlagen der Gastfreundschaft, das die Hobbits uns gemacht haben. Zauberer wie beispielsweise Gandalf waren besonders unerwünscht; in Jacksons Filmen erhält er von den Auenländern den nicht als Kompliment gedachten Beinamen Störer des Friedens.

Was haben wir an uns, dass die Hobbits uns so sehr von sich fernhalten wollen? Wenn ich mich in die Denkweise eines Hobbits hineinversetze, bin ich bedauerlicherweise gezwungen, die Kritik an uns in Teilen nachzuvollziehen. Wir sind für gewöhnlich laut, streitsüchtig und haben die unangenehme Neigung, Regeln zu hinterfragen oder gleich komplett auf sie zu pfeifen, wenn es uns persönlich in den Kram passt und wir keine unmittelbaren Konsequenzen zu befürchten haben.[107]

Was allerdings schmerzt, ist ein anderes Vorurteil, das die Hobbits über uns hegen. Ehe Frodo Beutlin im Zuge seiner Abenteuer seine Einstellung uns gegenüber leicht korrigieren muss, lässt sich jeder von uns einer von zwei

---

[106] Plischke: Die Zwerge sind noch so ein Fall. Natürlich war man meist freundlich zu ihnen, weil man sich zum einen davon bessere Preise erhoffte und weil sie zum anderen ja in der Regel genauso schnell auf ihren Handelsrouten weiterzogen, wie sie vorher aufgetaucht waren.

[107] Christiansen: Und wenn wir irgendwo in Gruppen auftauchen, wird es meist noch schlimmer.
Plischke: Um Himmels willen! Was ist denn das bitte schön für ein defätistisches Menschenbild?
Christiansen: Ein realistisches?
Plischke: Du... du... du *Hobbit!*

Kategorien zuordnen: Entweder wir sind freundlich und dumm, oder wir sind böse und dumm. Etwas Trost finde ich in der Tatsache, dass zumindest die Orks von den Hobbits prinzipiell immer der letztgenannten Kategorie zugerechnet werden.

Fest steht jedenfalls, dass die Hobbits einer isolationistischen Abschottung den Vorzug vor offenen Grenzen gaben. Folglich mussten die Grenzen des Auenlands entsprechend geschützt werden. Hierfür war eine Sonderabteilung der Landbüttel zuständig, die Grenzer.[108] Sie gingen regelmäßig auf Patrouille, um zu gewährleisten, dass sich niemand länger im Auenland herumtrieb, der dort nicht willkommen war. Zu den vielen kleinen Bizarritäten der Hobbitgesellschaft zählt, dass die Grenzer Teil der Landbüttelschaft waren, obwohl sie diesen an Kopfstärke bei Weitem überlegen waren. Wie viele Hobbits genau damit betraut wurden, auf unerwünschte Eindringlinge zu achten, kann letztlich nur geschätzt werden. Auch über ihre Bewaffnung – sofern sie denn eine hatten – ist nichts Näheres bekannt. Befestigte Grenzanlagen, die über ein Wachhäuschen nebst Schlagbaum an den größeren Straßen hinausgehen, haben die Hobbits anscheinend nie errichtet.

Tolkien erwähnt für die Zeit vor dem Ringkrieg, es hätte viele Berichte und Beschwerden über Fremde gegeben. Diese Formulierung spricht dafür, dass auch solche Hobbits, die nicht zu den Grenzern gehörten, ein gut geschultes Auge für Personen hatten, die nicht ins Auenland gehörten. Zugleich wurde die Häufung solcher Sichtungen klar als düsteres Omen für bevorstehendes Unheil ausgelegt. Die

---

[108] Plischke: Eine sehr kreative Namensgebung, das muss ich schon sagen. Christiansen: Bei uns heißen die doch auch bloß Grenzschützer. Viel poetischer ist das nicht.

Hobbits waren erkenntlich beunruhigt darüber, dass sie nach einer sehr langen Zeit, in der sie in vielen Teilen Mittelerdes in Vergessenheit oder in den Status von Sagengestalten und Märchenfiguren geraten waren, plötzlich wieder mit einer gesteigerten Aufmerksamkeit von außen konfrontiert wurden. Die Geschichte Mittelerdes gibt ihnen hinsichtlich ihres Misstrauens über diese Entwicklung sogar eindeutig recht. Aus ihrer Wahrnehmung griff die einfache Formel »Mehr Fremde = Mehr Ärger«, so unzureichend sie in den allermeisten anderen Fällen auch sein mag. Die Besetzung des Auenlands konnten sie trotz all der Grenzer und ihrer unheimlichen Ahnungen indes nicht verhindern.[109] Es spricht einiges dafür, dass diese traumatische Erfahrung die Bemühungen der Hobbits, sich so weit wie möglich aus dem Treiben der Großen Leute herauszuhalten, noch weiter verstärkt hat. Und es war ein König der Großen Leute, der ihnen dabei einen entscheidenden Schritt entgegenkam: Nach dem Ringkrieg verfügte König Elessar,[110] das Auenland fortan als freies Land unter dem Schutz seines Reiches zu begreifen, das von Menschen unter keinen Umständen betreten werden durfte. Das meinte er so ernst, dass er sogar selbst nie wieder einen Fuß auf auenländischen Boden setzte, obwohl er doch einige Freunde unter den Hobbits gefunden hatte.

Elessars Anweisung, so sehen es einige Hobbitkundler, läutete ein neues Goldenes Zeitalter im Auenland ein, in

---

[109] Plischke: Wobei man fairerweise davon ausgehen muss, dass Saruman sicher größeren Problemen gegenübergestanden hätte, wenn er nicht auf eine Taktik der schleichenden Unterwanderung nebst Kollaboration mit einem krankhaft geltungssüchtigen Hobbit namens Lotho Sackheim-Beutlin gesetzt hätte.

[110] Christiansen: Also Aragorn nach seinem Karrieresprung vom Waldläufer zum Throninhaber.

dem die Halblinge nun endlich wieder ungestört von böswilligen Einmischungen irgendwelcher Fremdlinge ihre auf uralten Traditionen basierende, nahezu perfekte Gesellschaftsordnung bewahren konnten.

Gleiche unter Gleichen?
Hobbits und ihre Gesellschaftsordnung

Lassen Sie uns einen Augenblick eine beunruhigende Möglichkeit in Betracht ziehen. Sie mag jener Mischung aus nostalgischer Verzückung und nur schwer verhohlenem Neid entspringen, mit der wir Menschen auf die Gesellschaft der Hobbits blicken, aber die Frage ist durchaus nicht unberechtigt: Ist es denkbar, dass Generationen von Hobbitkundlern am Ende nichts anderem aufgesessen sind als geschickt gestreuter Propaganda, die aus der eigenen Sehnsucht nach einer besseren Form des sozialen Umgangs miteinander rege weiterverbreitet wurde? Um es deutlicher zu formulieren: Ist bei den Hobbits wirklich alles Gold, was glänzt, oder ist es ihnen nur gelungen, bei anderen den Eindruck zu erwecken, ihre Gesellschaft leide nicht unter den Spannungen und Konflikten, mit denen beispielsweise wir Menschen zu kämpfen haben?

Es sind zwei Widersprüche in den Schilderungen des Zusammenlebens der Hobbits, die einem besonders zu denken geben sollten und zumindest einen Anfangsverdacht wecken, dass das Bild von einer idealen Gemeinschaft womöglich nicht ganz der Realität entspricht. Zum einen ist da die Behauptung, schon im Auenland hätten alle Bewohner in bescheidenem Wohlstand gelebt. Sie gerät ins Wanken, wenn man sich in Erinnerung ruft, welche Hobbits zu jener Zeit noch in Smials lebten: die ganz Reichen und die ganz Armen. Es gab also Hobbits, die es sich nicht leisten konnten, ein eigenes Haus zu bauen, und stattdessen in Höhlen wohnten – geradezu in Löchern im Boden, von denen einige nicht einmal ein einziges Fenster hatten, wie Tolkien verrät. Ist eine solche Behausung ein Zeichen von bescheidenem Wohlstand für alle?[111]

Auch der zweite Punkt berührt einen dieser offensichtlich vorhandenen Klassenunterschiede. Ich habe mehrfach darauf hingewiesen, dass längst nicht alle Hobbits im Auenland des Lesens und Schreibens mächtig waren, und es ist keine wilde Spekulation, davon auszugehen, dass es auch hier eher die Ärmeren waren, denen es an Bildung und Bildungschancen mangelte. Oder umgekehrt ausgedrückt: Eine umfassende Bildung wie sie der belesene und vielseitig interessierte Bilbo Beutlin genossen hat, war allem Anschein nach ein echtes Privileg der oberen Zehntausend.

Falls Sie sich fragen, welche Klassen die Hobbitgesellschaft damals kannte, ist eine Unterscheidungslinie im sozialen Ansehen sehr leicht zu ziehen – die zwischen Großgrundbesitzern und allen anderen Bewohnern des Auenlands. Im Auenland gab es vor dem Ausbruch des Ringkrieges zwölf wohlhabende Familien, die in erster Linie von ihrem Privatvermögen und/oder der Nutzung ihres Landbesitzes[112] lebten. Unter Hobbitkundlern ist umstritten, inwieweit man diese »Edelhobbits« als Angehörige eines Adelstands betrachten sollte oder ob die passende Entsprechung zu menschlichen Gesellschaften nicht doch eher so etwas wie ein Großbürgertum wäre. Unbestritten

---

[111] Plischke: Das kommt natürlich ganz darauf an, wie man bescheiden definiert.
Christiansen: Zyniker!
Plischke: Danke schön!

[112] Plischke: Wobei sie die dabei anfallenden körperlichen Arbeiten gewiss ihrem Gesinde überlassen haben.

ist allerdings, dass sie im Vergleich zur Restbevölkerung, die sich mehrheitlich aus Bauern, Handwerkern, kleinen Geschäftsleuten und Bediensteten rekrutierte, einige besondere Annehmlichkeiten genossen. So ist beispielsweise überliefert, dass die Edelhobbits in ihrer Freizeit gern auf die Jagd gingen und dass sie aufgrund ihrer materiell gesicherten Position vor allem im Jugendalter auch wesentlich häufiger Reisen aus dem Auenland heraus unternahmen. Die Namen einiger dieser Familien werden selbst dem Laien wohlbekannt in den Ohren klingen: Beutlin, Tuk und Brandybock. Von den vier Hobbits, die der Gemeinschaft des Rings beitraten, stammte mit Samweis Gamdschie also nur ein einziger nicht aus dem, was sich am neutralsten als die Oberschicht des Auenlands bezeichnen lässt.

Eine von außen verwirrende Praxis der Hobbits, mit der sie den Überblick über ihresgleichen bewahren, ist ihr genaues Ausdefinieren und Ausformulieren von entfernten Verwandtschaftsgraden. Wer von Ihnen schon mit dem Konzept des Schwippschwagers oder des Vetters zweiten Grades überfordert ist, verliert im dichten Unterholz zwischen den Hobbitstammbäumen nur zu leicht die Orientierung. Anthropologisch angehauchte Hobbitkundler sehen diese genealogische Detailversessenheit oft als Instrument zur Vermeidung von Hochzeiten zwischen allzu nah Verwandten, wie es auch in vielen menschlichen Gesellschaften von geringer Größe zum Einsatz kommt.[113] Diejenigen meiner Fachgenossen, die aus einer politischen Richtung links der Mitte in unser Feld stoßen, erkennen in dieser genauen Nachverfolgung von Verwandtschaftsgraden hin-

---

[113] Plischke: Was Kollege Wolf meint, ist, dass es ein probates Mittel der Inzestverhütung darstellt, wenn man über Generationen im Kopf behält, wer da mal wann mit wem Nachwuchs gezeugt hat. Und da man nicht alles im Kopf behalten kann, schreibt man es eben auf.

gegen den klaren Versuch einer herrschenden Kaste oder besitzenden Klasse, sich um jeden Preis von den Kasten bzw. Klassen darunter abzugrenzen.

Auch wenn es mich Überwindung kostet, schlecht über Hobbits zu reden – immerhin liebe ich meinen Forschungsgegenstand ja heiß und innig! –, ist es nicht wegzudiskutieren, dass die Inhaber der wenigen offiziellen Ämter, die es im Auenland gab, hauptsächlich von Edelhobbits gestellt wurden. Betrachten wir diese Ämter einmal näher.

Da wäre zunächst der Posten des Bürgermeisters von Michelbinge. Diese Bezeichnung ist potenziell etwas irreführend, weil der Bürgermeister von Michelbinge gleichzeitig auch gewissermaßen der Bürgermeister des gesamten Auenlands war, und sei es nur deshalb, da Michelbinge das größte regionale »Ballungszentrum« darstellte.[114] Gewählt wurde er alle sieben Jahre auf dem Freimarkt, der anlässlich der Lithetage auf den Weißen Höhen stattfand. Zwei Aspekte sind hier von Interesse: Erstens durfte offenbar jeder Besucher des Freimarkts bei der Wahl mitstimmen, was eine sehr offene Durchführung des Wahlaktes impliziert.[115] Zweitens wirkt die Amtsperiode auf uns Menschen relativ lang; für Hobbits mit ihrer wesentlich höheren Lebenserwartung sind sieben Jahre jedoch ein überschaubarer Zeitraum. Wie bereits erläutert, fielen im Amt des Bürgermeisters von Michelbinge zusätzlich das des Ersten Landbüttels und des obersten Postboten zusammen. Ab-

---

[114] Christiansen: Auf die Bundesrepublik Deutschland übertragen hieße das, dass der Regierende Bürgermeister von Berlin automatisch auch der Bundeskanzler wäre.

[115] Plischke: Steile These. Das Ganze könnte auch furchtbar kompliziert und langwierig abgelaufen sein. Ich erinnere an den Regelfanatismus der Hobbits und insbesondere auch an die sieben (!) erforderlichen Zeugenunterschriften bei einem einfachen Testament.

gesehen von dieser auffälligen Konzentration unterschiedlicher Zuständigkeitsbereiche nahm der Bürgermeister ansonsten in erster Linie repräsentative Pflichten wahr:[116] Er hatte auf diversen Festen Reden zu halten und – für Hobbits eventuell die bedeutsamste Aufgabe – Bankette auszurichten und deren reibungslosen Ablauf zu organisieren. Vermutlich lastete nicht die gesamte Verantwortung dafür auf seinen Schultern, denn man weiß, dass der Bürgermeister in seinem Amtssitz – der Stadthöhle zu Michelbinge – sogenannte Honoratioren an seiner Seite hatte. Man könnte argumentieren, der Bürgermeisterposten wäre ein Gegenbeweis für die These, dass die wenigen höheren Ämter im Auenland ausschließlich an Edelhobbits vergeben wurden. Schließlich ist Willi Weißfuß, der zum Zeitpunkt der Machtergreifung von Lotho Sackheim-Beutlin als Bürgermeister amtiert, nicht von Stand. Andererseits wird genau dieser Umstand so auffällig betont, als wäre er nur die berühmte Ausnahme, die die Regel bestätigt.

Der Thain übte das historisch gesehen wichtigste Amt im Auenland aus. Es geht auf die früheste Besiedlungsphase durch die Hobbits zurück, denn der Thain ist anfangs nicht weniger als der vom König von Arnor eingesetzte Vogt oder Statthalter der Region. Ähnlich wie auch die Gesetze des Königs überlebte auch sein höchster Beamter vor Ort den Niedergang seines Reiches. Mutmaßlich fiel es dem Thain früher auch zu, die im restlichen Königreich geltende Rechtsprechung durchzusetzen – eine in jeder Feudalgesellschaft ebenso schwierige wie ehrenvolle Aufgabe.[117]

---

[116] Plischke: Damit stünde er dann dem Bundespräsidenten näher als dem Bundeskanzler.

[117] Plischke: Und eine erstklassige Position, um sich bei den niederen Ständen durchweg unbeliebt zu machen.

Vor dem Ringkrieg hatte der Zahn der Zeit jedoch so beharrlich an den Befugnissen des Thains genagt, dass nur noch jene übrig blieben, die sich auf akute Notsituationen bezogen. Der Thain war der Vorsitzende der Volksversammlung (die bekanntermaßen nur im Kriegsfall einberufen wurde), und er hatte die Pflicht, die Heerschau abzunehmen, um die Wehrtauglichkeit der Freiwilligenarmee zu begutachten. Für unsere derzeitige Diskussion ist von besonderem Interesse, dass das Amt des Thains ein erbliches war. Erster Thain war ein gewisser Bucca aus dem Bruch, den jene Hobbitsippe, die später zu den Brandybocks wurde, als ihren Stammvater ausgibt. Bis zur Übersiedlung dieser Familie ins nach ihnen benannte Bockland stammte der Thain immer aus ihren Reihen. Nach diesem Exodus fiel das Amt – man könnte sagen wenig überraschend – an eine andere Sippe von Stand: die Tuks. Der Titel des Thain wird seitdem traditionell vom sogenannten Tuk – dem Oberhaupt der Familie – getragen.[118]

Wenn wir schon das Thema egalitäre Gesellschaft anreißen, müssen wir uns auch die Frage stellen, wie es unter den Hobbits um die Gleichberechtigung der Geschlechter bestellt war. Das Amt des Thains bietet dazu interessante Hinweise. Nominell wird es nämlich über die männliche Linie vererbt, also vom Vater an dessen ältesten Sohn. Das wirkt auf den ersten Blick nicht sehr frauenfreundlich. Jetzt der spannende Kniff: Stirbt der Thain, geht der Titel nicht unmittelbar an seinen Sohn über. Zuerst hat ihn die Witwe des Thains inne. Erst wenn auch sie aus der Welt geschieden ist, kommt der eigentliche Erbe zum Zug. Das mag dennoch

---

[118] Christiansen: Bei der Namensgebung für ihre Titel waren die Hobbits sichtlich sehr pragmatisch – unabhängig davon, ob es um Staatsbeamte oder Ehrenbezeichnungen ging.

nach einer gewissen Benachteiligung der Frau aussehen, aber man darf nicht vergessen, was das Bekleiden dieses Amtes mit sich bringt: Offenbar trauten die Hobbits einer ihrer Frauen jederzeit zu, ein so bedeutendes Gremium wie die Volksversammlung zu leiten und darüber hinaus ein verlässliches Urteil über die Qualität der auenländischen Truppen zu fällen.[119] Dieser Brauch dürfte auch weiterhin geehrt worden sein, als nach dem Ringkrieg das Amt des Thains dahingehend eine massive Aufwertung erfuhr, dass der Inhaber automatisch einer der Ratsherren des unter König Elessar Wiedervereinigten Königreichs war.

Die Tuks waren im Übrigen nicht die einzige Sippe von Edelhobbits, die einen speziellen Titel für den Kopf ihrer Familie kannten: Die Brandybocks gingen nach ihrer eben geschilderten Umsiedlung dazu über, ihr Familienoberhaupt mit einem für Hobbitverhältnisse erstaunlichen Mangel an Bescheidenheit den Herrn von Bockland zu nennen.[120] Auch dieser Titel wurde über die männliche Linie vererbt, und es war Sitte, dem Träger einen schmückenden Beinamen zu verpassen: Manche – wie beispielsweise Meriadoc der Prächtige – hatten dabei Glück, wohingegen andere sich über Beschreibungen wie Stolzhals, Breitgurt und Goldstreuer nicht zwingend gefreut haben dürften. Dass diese Beinamen immer noch zu Lebzeiten ihres Trägers ersonnen wurden, deutet auf eine früh in der

---

[119] Plischke: Ich möchte nur daran erinnern, dass eine Frau an der Spitze eines Verteidigungsministeriums auch unter uns Menschen alles andere als eine Selbstverständlichkeit ist.

[120] Christiansen: Dieser Name könnte aber auch nur die tatsächlichen Verhältnisse widerspiegeln und beweisen, dass zumindest die Brandybocks sich als »echte« Adlige mit einem sehr weit gefassten Herrschaftsanspruch einschätzten.
Plischke: Stimmt. Ihr Stammsitz war ja auch das Brandyschloss.

Hobbitgesellschaft verankerte Rede- und Meinungsfreiheit hin, die sich nur schwer mit einem streng hierarchischen und den Einzelnen unterdrückenden Feudalsystem vereinbaren lässt.

Auch die Karriere eines ganz bestimmten, nicht gerade ruhmlosen Hobbits verweist darauf, dass ein steiler sozialer Aufstieg im Auenland kein vollkommenes Ding der Unmöglichkeit war. Als Kind einer einfachen Handwerkerfamilie geboren, wurde Samweis Gamdschie siebenmal in Folge zum Bürgermeister von Michelbinge gewählt. Samweis begründete letztlich sogar eine Dynastie von Amtsträgern für eine neue Position, die durch eine großzügige Landgabe König Elessars an die Hobbits erst ermöglicht wurde: Samweis' Schwiegersohn Fastred von Grünholm, der Mann seiner ältesten Tochter Elanor, wurde zum Verweser der Westmark ernannt, und jenes Amt blieb in der Folge fest in der Hand der neubegründeten Edelsippe.[121] Man sieht also, dass bei den Hobbits außerordentliche Leistungen nicht unbelohnt bleiben – ungeachtet von Herkunft und Wohlstand.

Die Gretchenfrage:
Wie halten es Hobbits mit der Religion?

In vielen Gesellschaften sind es religiöse Institutionen, die einen wichtigen Einfluss darauf haben, wie offen sich der Umgang mit Fragen des Fortschritts gestaltet. Nicht so bei den Hobbits. Sie kennen weder eine Kirche noch irgendeine

---

[121] Plischke: Diesem Vorgang haftet aber der üble Geruch von Vetternwirtschaft an – die Ernennung Fastreds erfolgte durch Sams alten Kumpel Peregrin Tuk, der zu dieser Zeit rein zufällig der Thain des Auenlands war.
Christiansen: Und natürlich *der* Tuk.

andere Form religiöser Organisation. Mehr noch: Sie beten auch individuell scheinbar keinerlei Götter an, bringen niemandem Opfer dar und rechtfertigen ihr Verhalten in moralisch schwierigen Situationen auch nicht mit den Geboten einer metaphysischen Wesenheit. Trotz alledem folgen sie klaren ethischen Grundsätzen und verfallen nicht in hemmungslosen Egoismus oder gesetzlose Barbarei.

Wenn man sie genauer unter die Lupe nimmt, um nach Spuren etwaiger *früherer* und mittlerweile abgelegter religiöser Überzeugungen zu fahnden, wird man rasch fündig. Diese Indizien verweisen im weitesten Sinn auf animistische Ansätze, die von einer grundsätzlichen Belebt- oder Beseeltheit sämtlicher Dinge im Kosmos und der Natur ausgehen. Ein solches Indiz ist etwa der Festbaum auf der Festwiese in Hobbingen – sein Fällen während der Besatzung ist symbolisch mit dem drohenden Ende des Auenlands und damit des Hobbitvolkes als Ganzes verknüpft, und das Pflanzen des Mallornbaumes durch Samweis Gamdschie bringt buchstäblich die gesamte Welt der Hobbits wieder in geordnete Bahnen. Er richtet die weggebrochene Achse des Kosmos wieder auf.

Auch in den Feiern zur Sommer- und Wintersonnenwende – Lithe und Jul – erahnt man die Schemen kultischer Handlungen, die den ewigen Kreislauf von Werden und Vergehen in der Natur abbilden und bei denen der Sonne als Kraft- und Lebensspenderin höchste Bedeutung beigemessen wird. Ähnlich verhält es sich mit dem Respekt, der Gärtnern gezollt wird, und der hohen Wertschätzung für alles, was wächst und gedeiht. Kurzum: Die Hobbits feiern das Leben in seiner schöpferischen Fülle selbst.

Doch das soll keine Predigt werden.[122] Die Hobbits wären

---

[122] Christiansen: Zu spät …

keine Hobbits, wenn sie es nicht schafften, auch ihre quasireligiösen Praktiken zu einem körperlichen Genuss werden zu lassen. Wie etwa beim Hochtag, dem einen Tag in der Woche, an dem für alle die Arbeit ruht. Denn jeder Hochtag ist für sie in geradezu selbstverständlicher Manier ein günstiger Anlass, um sich bei einem großen Schmaus ordentlich den Bauch vollzuschlagen.

Stillstand oder Weiterentwicklung? Die Hobbits heute

Ihnen wird nicht entgangen sein, dass ich in meinen obigen Ausführungen sehr häufig Formulierungen wie »in den Zeiten, über die uns Tolkiens Schriften Auskunft geben« oder »zumindest im Auenland« verwende. Ich wünschte selbst, ich könnte darauf verzichten. Aktuellere Quellen über Hobbits sind allerdings sehr, sehr spärlich gesät – und diese Seltenheit ist auch die Ursache für einen tiefen Graben, der mitten durch die Hobbitkundlerschaft verläuft.

Kein Streit wird unter meinesgleichen heftiger geführt als jener, der sich an den folgenden Fragestellungen entzündet: Wie mag die moderne Hobbitgesellschaft wohl aussehen? Ist es zulässig, aus Überlieferungen aus so alten Zeiten, wie sie erst Tolkien und dann Jackson einem Millionenpublikum zugänglich gemacht haben, irgendwelche Schlüsse auf die heutigen Hobbits zu ziehen?

Letztere Frage möchte ich mit einem klaren Ja beantworten. Ansonsten wäre unsere gesamte Fachrichtung komplett sinnlos, denn es gibt nun einmal keine anderen Texte und Belege für die Existenz der Hobbits, die überhaupt als gesichert gelten und somit über jeden Zweifel erhaben sind.

Bliebe also die erste Frage, und diese ist bei Weitem nicht so schnell beantwortet. Grundsätzlich zerfällt das derzeitige

Hobbitkundlertum in zwei miteinander um die Wahrheit wetteifernde Lager:[123] die Pessimisten und die Optimisten.

Die Pessimisten vertreten die Ansicht, Hobbits wären – sehr zum allgemeinen Bedauern – schon vor langer, langer Zeit vollständig aus der Welt verschwunden. Alles, was uns noch bleibt, so glauben sie, ist die Erinnerung an sie wachzuhalten und weiter akribisch Tolkien und Jackson zu studieren. Sie hoffen darauf, bei ihrer scharfäugigen Lektüre[124] vielleicht doch noch irgendwo einen bislang übersehenen Wissenssplitter darüber zu entdecken, wie die Hobbits gelebt haben, wie sie dachten und fühlten und welche möglicherweise durch archäologische Grabungen auffindbaren Zeugnisse sie uns hinterließen.

Was die Gründe für das Aussterben der Hobbits anbelangt, so sind die Pessimisten innerhalb ihrer Gruppierung wiederum in zwei Fraktionen gespalten. Fraktion A sieht uns Menschen als Schuldige: Durch unseren Raubbau an Mutter Erde haben wir bereits zahllose Tier- und Pflanzenarten ausgelöscht, und die Hobbits stehen irgendwo vergessen auf der langen Opferliste.[125] Fraktion B lastet den Hobbits selbst deren vermeintlichen Untergang an: Zu starr, zu unflexibel, zu sehr im Alten verhaftet sei die Hobbitgesellschaft gewesen, um letzten Endes nicht einfach sang- und klanglos zu implodieren. Eine größere Seuche oder zwei, drei trockenheiße Sommer – mehr hat es nach Auffassung dieser Fraktion nicht gebraucht, um auch noch

---

[123] Plischke: »Bis aufs Messer verfeindete Streitparteien« wäre die ehrliche Variante gewesen, Kollege Wolf.

[124] Christiansen: Die manches Mal mit geradezu haarsträubenden Interpretationen des vorhandenen Materials einhergeht.

[125] Plischke: Kaltblütige Leute reagieren darauf mit einem Achselzucken und einem beiläufig gemurmelten »Dann war der Planet eben nicht groß genug für uns beide«.

dem allerletzten Hobbit den Garaus zu machen. Besonders ihre bewusst gewählte Isolation sei ihnen dabei zum Verhängnis geworden – wer zu selten Kontakt mit der Außenwelt pflegt, wird anfälliger für Krankheitserreger, die sich ja nun einmal einen feuchten Kehricht um Grenzen und Grenzer scheren. Und um zu wissen, dass ein Volk von einer Naturkatastrophe heimgesucht wurde und dringend Hilfe benötigt, muss man zunächst immer wissen, dass dieses Volk überhaupt existiert.

Weitaus weniger schwarzmalerisch schätzen die Optimisten die weitere Entwicklung der Hobbits ein. Viele von ihnen sehen gerade die große Stabilität der Hobbitgesellschaft als einen entscheidenden Faktor, um allerlei Unbilden des Schicksals zu überstehen. Darüber hinaus, so sagen die Optimisten, ist es ein Irrglaube, dass die Hobbits einfach nicht dazu in der Lage gewesen wären, sich neuen Gegebenheiten anzupassen und ihre Traditionen entsprechend zu ändern. Genau dafür finden sie auch und gerade bei Tolkien einige Belege, um ihre Theorien zu untermauern.

Einer der beliebtesten lautet: »Wir wissen, dass die Hobbits nicht immer Pfeifenkraut geraucht haben. Doch nachdem Tobold Hornbläser mit dieser Pflanze in Kontakt geraten und auf die Idee gekommen war, sie in seinem Garten zu züchten, entwickelten sich die Hobbits zu begeisterten Rauchern. In einer völlig abgeschotteten Kultur, die *sämtlichen* Neuerungen gegenüber kritisch eingestellt ist, wäre das doch nie möglich gewesen.«

Ein anderes oft vorgebrachtes Argument der Optimisten ist: »Junge Hobbits – und speziell solche aus den Edelfamilien – waren dafür bekannt, das Auenland zu verlassen und vielfältige Erfahrungen zu sammeln, die sie bei ihrer Rückkehr mit in die alte Heimat brachten. Dieses Verhalten wurde von allen anderen akzeptiert, und vielleicht stellt es sogar eine besonders schlaue Form der Arbeitsteilung dar: Lass die jungen, gebildeten Hobbits ruhig in die Welt hinausziehen. Wenn sie dort auf etwas stoßen, das uns allen nützlich sein könnte, werden sie uns schon davon berichten. Bis dahin gehen wir anderen unserem Tagwerk nach.«

Den Mangel an belegten Hobbitsichtungen erklären die Optimisten damit, dass die Halblinge sich im Lauf der Zeit immer neue Strategien angeeignet haben, um sich vor uns Großen Leuten zu tarnen. Was sollte sie daran gehindert haben, ihre Techniken so weit zu verfeinern, dass sie sie heutzutage gewissermaßen vervollkommnet haben?

Selbst einigen Hervorbringungen der modernen Technologie sind die Hobbits laut Meinung der krassesten Optimisten nicht unbedingt abgeneigt. Hobbits sind große Freunde persönlicher Kommunikation – die Post war nicht umsonst eine ihrer wenigen quasistaatlichen Institutionen. Wäre es aus Sicht eines heute lebenden Hobbits nicht ein verlockendes Angebot, dank des Internets mehr oder weniger pausenlos und ununterbrochen erfahren zu können, was Freunde, Familie und Bekannte so treiben, und sich rege mit ihnen darüber auszutauschen? Die Optimisten bejahen dies energisch, und sie durchforsten akribisch soziale Netzwerke wie Facebook und Twitter in der Hoffnung, zuverlässige Methoden zu entwickeln, die Kommunikation zwischen Hobbits zu belauschen.[126]

Ungeachtet dessen, welchem Lager man nun angehört, findet sich in Tolkiens Schriften die Schilderung des ehrgei-

---

[126] Plischke: Hobbits mit Breitbandanschluss im Smial und Smartphones für unterwegs? Ich weiß ja nicht …
Christiansen: Was für ein beklagenswerter Mangel an Fantasie! Solange sie auf allzu aggressive Klingeltöne verzichten oder ihre Telefone auf Vibration stellen, fallen sie doch kein bisschen auf.

zigen – um nicht zu sagen verblendeten und selbstverliebten – Versuchs eines einzigen Hobbits, die gesamten Gesellschaftsstrukturen im Auenland auf einen Schlag umzuwälzen. Der Name dieses Eiferers ist Lotho Sackheim-Beutlin.

Der egomane Zwangsreformer: Lotho Sackheim-Beutlin

Zu jener Phase des Ringkriegs, in der Bilbo Beutlin in Bruchtal weilte und sein Neffe Frodo im Begriff war, nach Mordor vorzudringen, beging ein anderer Spross aus dem gleichen Stammbaum Taten, die ihm Verachtung statt Ruhm einbringen sollten.[127] Lotho Sackheim-Beutlin führte ein Unterfangen durch, das nur als Staatsstreich bezeichnet werden kann.

Mit der Unterstützung skrupelloser Großer Leute und des Zauberers Saruman enthob er den amtierenden Bürgermeister Willi Weißfuß seines Postens und ernannte sich selbst zum »Oberst«. Er vervielfachte die Zahl der Landbüttel und ließ sowohl für diese neuen Ordnungshüter als auch für die Menschensöldner befestigte Kasernen bauen.[128] Zusätzlich führte er großangelegte Rodungen durch und tat alles, das Auenland zu industrialisieren, indem er beispielsweise die Alte Mühle der Sandigmanns durch eine neue ersetzte, die über einen hohen Schornstein, gewaltige Zahnräder und noch manch andere aus Hobbitsicht unheimliche Maschinen verfügte. Hinzu kamen Fabriken und Schmieden, die Luft und Wasser verpesteten.

Jeden, der sich seiner Herrschaft widersetzte, steckte

---

[127] Plischke: Was wieder einmal zeigt, dass wahnsinnige Despoten als schwarze Schafe selbst in den besten Familien vorkommen können …
[128] Christiansen: Er richtete sozusagen einen Polizeistaat ein.

Lotho in das sogenannte Loch – einen Kerker für Aufrührer und Dissidenten, für den eigens alte Vorratsstollen in Michelbinge umgebaut wurden. Für die Hobbits, die bis dahin keine Gefängnisse kannten, muss das Loch einen ganz besonderen Schrecken besessen haben. An Insassen bestand kein Mangel: Als Erster musste Willi Weißfuß einsitzen, nachdem er gegen die Aktionen Lothos und seiner Schergen protestierte. Selbst Lothos Mutter Lobelia wurde von ihrem missratenen Sohn nicht verschont: Im Anschluss an eine Regenschirmattacke auf einige der Strolche landete auch sie im Loch. Anderen Freiheitskämpfern – denn ja, manche Hobbits leisteten dem neuen Regime auch wesentlich gewaltsameren Widerstand – erging es nicht anders.[129]

Vereinzelt werden immer wieder Stimmen unter meinen Kollegen laut, die Lotho nicht als den Diktator dargestellt sehen wollen, der er laut Tolkiens Schriften war. Diese Abweichler vom Mainstream der Hobbitforschung bemühen sich darum, ein differenziertes Bild von Sackheim-Beutlin zu zeichnen. Für sie ist er ein Reformator, der in seinem eigentlich von ehrlichen und wohlmeinenden Motiven getriebenen Eifer die falschen Mittel und mit Saruman zudem auch noch den falschen Verbündeten gewählt hat. Ihm sei es nur darum gegangen, die Hobbitgesellschaft voranzubringen und in letzter Konsequenz den Wohlstand für alle zu mehren, indem er die Ressourcen des Auenlands endlich für eine industrielle Nutzung erschloss.

---

[129] Plischke: Dass Lothos Coup d'Etat insgesamt gesehen relativ reibungslos verlief, wirft allerdings kein sonderlich gutes Licht auf die Gesellschaftsstruktur der Hobbits, wenn es um den Begriff der wehrhaften Demokratie geht. Auch die Bereitschaft vieler Hobbits, sich seinen Landbüttelschlägertrupps anzuschließen, als hätten sie nur auf eine solche Gelegenheit gewartet, hemmungslos ihre Aggressionen und Machtphantasien auszuleben, stimmt mich schon ein bisschen traurig.

Ich empfinde diese Relativierungen als ausgesprochen beschämend. Nicht nur, dass sie persönliches Machtstreben mit Gemeinschaftssinn verwechseln, sie schmälern auch die Verdienste jener tapferen Hobbits, denen es unter Führung der vier Heimkehrer aus der Gemeinschaft des Rings gelang, das Joch der Unterdrückung aus eigenen Kräften abzustreifen. Da helfen auch die besserwisserisch vorgetragenen Plädoyers zugunsten Lothos nicht, er hätte nach Sarumans Ankunft im Auenland selbst bemerkt, dass die Forschheit seiner Pläne weitaus mehr schadete als nutzte. Deshalb habe er sich ja gegen Saruman zur Wehr gesetzt, und deshalb sei er auch von dessen Diener Gríma Schlangenzunge im Schlaf ermordet worden. Aus meiner Warte stellte sich die damalige Situation eher so dar: Lotho musste zu seinem eigenen Entsetzen erkennen, dass er mit Saruman eine Person in seine unmittelbare Umgebung geholt hatte, die noch weitaus skrupelloser war als der Herr »Oberst« selbst. Aus dem Alliierten wurde plötzlich ein Konkurrent, den Lotho umgehend wieder loswerden wollte, um seinen alleinigen Herrschaftsanspruch nicht zu verlieren. Lotho unterschätzte Sarumans Kaltblütigkeit und zahlte dafür mit seinem Leben.

Falls Sie nur mit den filmischen Werken Peter Jacksons vertraut sein sollten und sich gerade fragen, ob Sie womöglich an der Stelle, in der diese Vorgänge auf der großen Leinwand zu sehen waren, wiederholt eingenickt sind, kann ich Sie beruhigen. In Hinblick auf die Verfilmungen von Tolkiens Aufzeichnungen teilt Lotho Sackheim-Beutlin das gleiche Schicksal wie Tom Bombadil:[130] Er ist schlicht nicht

---

[130] Plischke: Mit dem nicht ganz unwesentlichen Unterschied, dass Tom Bombadil eindeutig einer von den Guten war und es um Lotho nicht wirklich schade ist.

zu sehen, ebenso wenig wie die Auswirkungen seiner Schreckensherrschaft und der heldenhafte Freiheitskampf der Hobbits.

Bevor Sie sich jetzt zu sehr über diese Auslassungen empören: Auch wenn Jackson uns Lotho Sackheim-Beutlin vorenthalten hat, leistete er dennoch grandiose Arbeit dabei, eine mindestens ebenso boshafte Kreatur in all ihren Facetten genau zu beleuchten.

Ein dunkles Zerrbild namens Gollum

Gollum ist insofern eine äußerst faszinierende Gestalt, als dass er gewissermaßen all das verkörpert, was Hobbits abstoßend und abscheulich finden. Dabei ist er für sie gleichzeitig kein völlig fremdartiges Geschöpf. Seinen immensen Schrecken für die Hobbits gewinnt Gollum aus einem einfachen, aber nichtsdestominder schockierenden Umstand: Er war einmal einer von ihnen.

Als Abkömmling der Starren erblickte er rund 400 Jahre vor dem Ringkrieg am Ufer des Flusses Schwertel im Wilderland das Licht der Welt. Seine Sippe stand unter der Ägide seiner Großmutter, und vermutlich in dem Versuch, schmackhafte Fische als Geschenk für die Matriarchin zu fangen, brach er zu einer schicksalsträchtigen Bootsfahrt auf. Damals trug er noch den Namen Sméagol, und begleitet wurde er von Déagol, einem nahen Verwandten ungefähr gleichen Alters.[131] Déagol entdeckte dann auch nach einem Sturz aus dem Boot am Grund des Flusses ein Kleinod, doch dies sollte sich für ihn nicht als Glücksfall heraus-

---

[131] Plischke: Ich habe die beiden immer als Brüderpaar gedeutet, weil es die folgenden Geschehnisse noch tragischer und Gollums Vergehen noch ruchloser macht.

stellen: Kaum hatte Sméagol den Einen Ring erblickt, geriet er unter dessen gefährlichen Bann und in einen Streit mit Déagol. Die Auseinandersetzung fand ein grausiges Ende: Sméagol erwürgte Déagol und nahm den Ring in Besitz, den er fortan seinen Schatz nannte. Den Mord an Déagol gab er wohl erfolgreich als bedauerlichen Unfall aus, und die meisten Hobbits hätten ihm beigepflichtet, dass man immer damit rechnen muss, zu ertrinken, wenn man sich in ein Boot setzt. Da er mit dem Einsatz der Zauberkräfte des Rings nicht zimperlich war, brachte Sméagol rasch allerlei Geheimnisse über die anderen Mitglieder seiner Sippe in Erfahrung, und dabei hatte er es stets auf das Wissen abgesehen, mit dem sich am meisten Schaden anrichten ließ, wenn man es anderen offenbarte. Sein Treiben blieb dennoch nicht lange unentdeckt – womöglich weil er sich angewöhnt hatte, verräterische Selbstgespräche zu führen und immerzu ein hässliches Schmatzen und Glucksen von sich zu geben.[132] Das führte schließlich zu zwei wenig förderlichen Entwicklungen für Sméagol: Erstens verliehen ihm seine Verwandten wegen seiner widerlichen Geräusche den Beinamen Gollum,[133] und zweitens verstießen sie ihn aus ihrer Mitte. Er zog sich in die Höhlen unter dem Nebelgebirge zurück, wo er unfassbar lange Zeit ein äußerst trauriges Dasein fristete, bis zu jenem Moment, da ihm ein

---

132 Christiansen: Ich nehme an, seine kleptomanischen Züge haben auch nicht zwingend zu irgendeiner Form von Beliebtheit unter seinesgleichen beigetragen.

133 Christiansen: Zu seiner Schande ein Name, unter dem er sehr viel größere und noch dazu traurigere Berühmtheit erlangte als unter seinem echten.
Plischke: Es gibt Theorien, er hätte diesen Namen erst später von Menschen erhalten, die ihn bei seinem Treiben beobachteten. Die Gründe dafür sind allerdings identisch, also will ich da mal keine Haare spalten.

gewisser Bilbo Beutlin begegnete. Der Rest der Geschichte Gollums ist Ihnen wahrscheinlich hinlänglich bekannt. Diejenigen, die aus mir völlig unverständlichen Gründen eine tiefe Sympathie für Gollum empfinden, bringen zu seiner Verteidigung oft vor, er hätte sämtliche seiner Untaten allein unter dem Einfluss des Einen Rings begangen – ein Einfluss, gegen den ja selbst durch und durch ehrbare und tapfere Hobbits wie Bilbo und Frodo Beutlin nicht gefeit waren. Dieses Argument kann ich leider nicht durchgehen lassen. Sméagol wurde eine Eigenschaft zum Verhängnis, die er laut Tolkien bereits besaß, bevor er den Ring überhaupt zu Gesicht bekam: seine unstillbare Neugier.[134] Noch richtete Sméagol diesen Wissensdurst ausschließlich in eine Richtung: nach unten. Er grub Stollen, suhlte sich in Pfuhlen, tauchte in Teiche hinab, mied die hellen und freundlichen Orte – eine Obsession, die der Ring meines Erachtens in letzter Konsequenz verstärkte, anstatt sie auszulösen.

Ungeachtet dessen, wie Sméagols Verwandlung in Gollum nun auf psychologischer Ebene vonstattenging, stand an ihrem Ende jedenfalls das dunkle Zerrbild eines Hobbits:

- Er war von magerer, ja ausgezehrter Gestalt, was angesichts der bei den Hobbits vorhandenen Kopplung von Rundlichkeit und Gesundheit so gedeutet werden kann, dass sich Gollums Krankheit im Geiste auch an seinem Leib widerspiegelte.
- Sein Körper war schrumpelig und von Falten überzogen, was ihm das Aussehen eines kindlichen Grei-

---

[134] Plischke: In den Wertvorstellungen der Hobbits ohnehin immer ein ausgesprochen gefährlicher Charakterzug, der in der Regel mehr Unheil heraufbeschwört, als dass er einem irgendeinen Nutzen bringt.

ses verliehen haben muss, ganz anders als die jugendliche Straffheit und Frische, die sonst dazu führt, dass man Hobbits oft mit Menschenkindern verwechselt.
- Gollum hat nur noch sechs Zähne im Mund anstelle der 32, die ein gesunder Hobbit vorweisen kann. Dafür ist dieses halbe Dutzend dann auch in einer reizenden Kombination scharf *und* gelb.
- Sein Haar ist dünn und glatt und nicht voll und kraus, wie es bei den Hobbits üblich ist, was Gollum eine regelrecht räudige Erscheinung verlieh.
- Seine Haut ist nicht von einem sanften Braun, sondern von einem bleichen, geisterhaften Weiß.[135]
- Gollum verfällt immer wieder in einen tierartigen Gang auf allen vieren, der jedem aufrechten Hobbit die Zehenhaare zu Berge stehen lässt.
- Er zeigt keinerlei Wasserscheu, sondern schwimmt und taucht gerne – so sehr, dass er Schwimmhäute zwischen den Zehen ausgebildet hat.
- Er ist extrem lichtempfindlich und damit zumindest dann nachtaktiv, wenn er sich an der Erdoberfläche aufhält; die Hobbits als Sonnenanbeter haben dafür garantiert nicht das geringste Verständnis.
- Auch wenn er viel unter der Erde unterwegs war, hat sich Gollum nie einen behaglichen Smial eingerichtet; stattdessen lebte er auf einer glitschigen Felseninsel inmitten eines unterirdischen Sees.

---

[135] Plischke: Dass Jackson in seinen Filmen so viel von Gollums blasser Fischhaut zeigt, weicht übrigens stark von Tolkiens Beschreibungen ab, in denen Gollum wesentlich mehr Kleidung als nur einen zerfetzten Lendenschurz trägt.
Christiansen: Die ist dann aber angeblich schwarz gewesen, was die Idee vom dunklen Spiegel nur weiter unterstreicht. (Sie haben die Lieblingsfarben der Hobbits – Grün und Gelb in leuchtenden Varianten – doch sicher nicht schon vergessen, oder?)

- Nicht anders sieht es mit Gollums schmerzgepeinigten Reaktionen auf alles aus, was von Elbenhand gefertigt wurde (vom Seil bis zum *lembas*), denn die Hobbits bringen den Huldreichen eine geradezu ehrfürchtige Anerkennung für ihre bloße Existenz entgegen.[136]
- Und vielleicht der schlimmste Affront: Gollum verschmäht die Köstlichkeiten der Hobbitküche. Er frisst alles roh – von Fischen über Kaninchen bis hin zu Ork- und sogar Menschenfleisch. Viel viehischer kann es nicht mehr werden.

Bei allen Umkehrungen in Gollums Charakter und Physiognomie besitzt er jedoch nach wie vor einige Eigenschaften, die sehr hobbittypisch sind:[137]

- Seine Körpergröße entspricht der eines gewöhnlichen Hobbits, auch wenn Gollum für seine Statur überraschend kräftig ist.
- Er hat den gleichen unterirdischen Orientierungssinn wie jeder andere Hobbit.
- Er sieht im Dunkeln ausgezeichnet, was ja auch von den Hobbits generell bekannt ist.[138]

---

[136] Plischke: Was allerdings nicht auf Gegenseitigkeit beruhte. Die meisten Elben finden Hobbits grundsätzlich eher langweilig.
Christiansen: Unverschämt!

[137] Christiansen: Die Vorstellung eines dunklen Zerrbilds würde ja auch nicht funktionieren, wenn man sich als Hobbit in diesem Spiegel gar kein Stück mehr erkennen würde.

[138] Plischke: Die letzten beiden Punkte – in Kombination mit den Schwimmhäuten und den Klauen – haben bei manchen Hobbitkundlern die These aufkommen lassen, Gollum illustriere anschaulich, wie schnell Hobbits dazu in der Lage sind, sich ihrer Umwelt anzupassen. Ihre Körper sind nach dieser These von der Natur quasi dazu ausgelegt, nötigenfalls ständig zu mutieren, ohne dabei als Spezies erst den Umweg über die Veränderung von Erbgut bei ihrem Nachwuchs machen zu müssen.

- Er sammelt scheinbar unnütze Dinge in seinen Taschen an, darunter Fischgräten, Orkzähne und Teile von Fledermausflügeln. Anders gesagt: Er ist dem Mathom verfallen.
- Er mag Rätselspiele aller Art, eine Leidenschaft, die auch Bilbo Beutlin nicht fremd ist.[139]

Zum Thema Rätsel: Wir werden nie erfahren, was wohl geschehen wäre, hätte in Gollums gespaltener Persönlichkeit diejenige Seite die Oberhand behalten, die sich nach Güte, Wärme und Freundschaft sehnte. Leider war es weder ihm noch uns vergönnt, dass er es schaffte, seine boshafte und niederträchtige Hälfte im entscheidenden Moment im Zaum zu halten. Andererseits waren es womöglich genau diese finsteren Charakterzüge, die letzten Endes die Rettung Mittelerdes herbeiführten und damit auch Sméagol selbst eine höchst sonderbare Form der Wiedergutmachung für seine Vergehen gestatteten. Denn wäre Frodo Beutlin nicht doch der Versuchung des Rings erlegen, wenn Gollum ihn nicht am Schicksalsberg attackiert hätte und gemeinsam mit seinem Schatz in den läuternden Feuern aus dem Erdinneren vergangen wäre?

Wie auch immer, wenden wir uns nun lieber Rätseln zu, bei denen unsere Lösungschancen ein wenig besser stehen. Wie etwa diesem: Woher kommen die Hobbits, und mit welchen anderen Vertretern der Kleinen Völker sind sie verwandt?

---

[139] Christiansen: Und Bilbo ist sicher nicht der einzige Hobbit, dem das so geht. Wenn man bedenkt, wie viel Zeit Hobbits so in Kneipen und Gastwirtschaften verbringen, ist es quasi eine logische Entwicklung, dass sie sich möglichst viele Wege ausdenken, um ein Absacken der Stimmung am Stammtisch zu verhindern, sobald alle wichtigen Neuigkeiten ausgetauscht wurden.

Der Hobbit und seine Wurzeln

Zu Beginn des zweiten großen Abschnitts unserer Reise gilt es zunächst, ein Vorurteil aus der Welt zu schaffen, mit dem sich alle ernsthaft Hobbitinteressierten konfrontiert sehen. Warum, so wird uns oft entgegengeschleudert – mal höhnisch, mal verächtlich –, beschäftigen wir uns so intensiv mit Dingen, die es gar nicht gibt? Weshalb machen wir uns umfassend Gedanken über Wesen, die nichts als Fantasien, Hirngespinste, Einbildungen sind?[140]

Tolkien war nach Auffassung all dieser Zweifler lediglich ein schriftstellerisch umtriebiger und versierter Scharlatan, dem es gelungen ist, seinen Geschichten eine verführerische Glaubwürdigkeit zu verleihen – vor allem durch die Unterfütterung mit einem umfangreichen Beiwerk an teils nur angedeuteten, teils minutiös ausgearbeiteten Sagen und Legenden.[141] Auf eine entsprechende Diskussion möchte ich mich gar nicht erst einlassen, da sie jeglicher Grundlage entbehrt. Selbstverständlich gibt es Hobbits. Warum sollte es sonst Hobbitkundler geben?

Allerdings will ich auch nicht als völlig verstockt und kritikunfähig betrachtet werden, und so finde ich es nur fruchtbar, sich einem der Einwände zu stellen, die wohlmeinendere Zweifler oft vorbringen: Ist es nicht im Bereich

---

[140] Plischke: Welch blasphemische, kleingeistige Unterstellungen!
[141] Christiansen: Nicht zu vergessen das Kartenmaterial und die Illustrationen.

des Denkbaren, dass Tolkien versehentlich ganz andere Kreaturen beschrieben hat, die er fälschlicherweise nur für Hobbits hielt? Das Tier, das dabei als Hauptverdächtiger für dieses Missverständnis herangezogen wird, ist niemand anderes als das Kaninchen.

Warum Hobbits keine Kaninchen sein können[142]

Der Ausgangspunkt für diese Theorie liegt überraschenderweise nicht im Bereich des Sichtbaren, sondern in dem des Hörbaren. Die glühendsten Verfechter der Kaninchenhypothese glauben, Tolkien habe im englischen Original seiner Schriften unbewusst einen entscheidenden Hinweis darauf hinterlassen, um was es sich bei seinen Beobachtungsgegenständen in Wahrheit gehandelt hat. Das englische Wort für Kaninchen – »rabbit« – teilt sich tatsächlich eine Silbe mit dem Hobbit. Doch ist das allein schon ein stichhaltiger Beweis? Genauso könnte man argumentieren, ein Naturforscher, der ein Buch über Möwen schreibt, habe doch eigentlich sicher Löwen gemeint. Dann wäre da noch das sogenannte Erdlochargument, das ich auf Drängen eines anonym bleibenden Kollegen hier der Vollständigkeit halber noch wiedergeben möchte: Kaninchen sind klein und leben in Erdlöchern; Hobbits sind klein und leben in Erdlöchern. Ich nenne so etwas gemeinhin Pippi-Langstrumpf-Wissenschaft: Wir machen uns die Welt, wie sie uns gefällt. Seriös ist das alles jedenfalls nicht ...

Zugegebenermaßen sind da noch ein, zwei Indizien mehr, denn die Kaninchentheoriker sind in der Vergangen-

---

[142] Plischke: Meine Antwort hieße schlicht: »Weil Tolkien dann echt Tomaten auf den Augen gehabt haben müsste«, aber Kollege Wolf liebt es da eben wie so oft ausführlicher ...

heit nicht müde geworden, sich auf der Suche nach Belegen für ihre Annahme gründlich durch Tolkiens Texte zu wühlen. Selbst der von mir ansonsten rundum geschätzte Kollege Douglas A. Anderson scheint mir in dieser Hinsicht den Kaninchentheoretikern nahezustehen.[143] Er zählt mehrere Passagen auf, aus denen sich mit der nötigen Fantasie ein direkter Zusammenhang zwischen Hobbits und Kaninchen konstruieren lässt:

- Bert – einer der Trolle, in deren Gefangenschaft Bilbo Beutlin und seine zwergischen Begleiter kurzzeitig geraten – nennt den Hobbit ein »schmutziges kleines Kaninchen«. Dazu lässt er sich anscheinend durch einen Blick auf Bilbos haarige Zehen verleiten.
  Mein Urteil: Mir ist kein einziger Troll bekannt, der sich je als Zoologe hervorgetan hätte,[144] und außerdem gehört zu einem Kaninchen noch einiges mehr als nur pelzige Pfoten.
- Als Bilbo und der Rest der Reisegesellschaft sich vor Wölfen in die Bäume flüchten, vergleicht Tolkien den Hobbit mit einem »Kaninchen, das sein Loch verloren hat und hinter dem ein Hund her ist«.
  Mein Urteil: Vergleiche wie dieser dienen doch lediglich dazu, bestimmte Bilder im Kopf eines Lesers zu wecken und so Sachverhalte zu veranschaulichen. Sie stehen mit der Wirklichkeit nur begrenzt in Verbindung. Ich meine, nur weil ein Autor schreibt, eine Figur in seinem Roman wäre blind wie ein Maulwurf,

---

[143] Plischke: Dessen *Großes Hobbit-Buch* völlig zu Recht absolute Pflichtlektüre für alle Hobbitkundler auf Gottes grüner Erde geworden ist.
[144] Christiansen: Keine voreiligen Herabwürdigungen von Trollen bitte! Schon gar nicht öffentlich. Das könnte das Überqueren von Brücken in Zukunft sehr gefährlich machen.

würde brüllen wie ein Stier oder hätte Durst wie ein Kamel, lebt sie noch lange nicht unter der Erde, trägt Gehörn auf dem Schädel oder führt auf dem Rücken ein Paar schöner Höcker spazieren.[145]

- Bei seinem Flug in den Klauen des Adlers wird Bilbo von seinem Transporteur darauf hingewiesen, er bräuchte sich nicht zu fürchten »wie ein Kaninchen, auch wenn du aussiehst, als wärst du eins«.

Mein Urteil: Aus so großer Höhe, in der man als Adler unterwegs ist, sieht vermutlich vieles von dem, was da weit unter einem auf dem Boden herumkrabbelt, ungefähr aus wie ein Kaninchen.[146]

- Nachdem sich Bilbos Reisegesellschaft in Beorns Haus ein wenig von ihren Strapazen erholt hat, bewertet ihr Gastgeber den Erholungszustand des Hobbits wie folgt: »Das kleine Kaninchen ist wieder prall und fett von Milch und Honig.«

Mein Urteil: Beorn ist ein Bärengestaltwandler, und wenn er in seiner Tiergestalt unterwegs ist, dürften auch Kaninchen als schmackhafter Leckerbissen für zwischendurch auf seinem Speiseplan stehen. Was das mit Bilbo zu tun hat? Es ist nicht unüblich, freundliche Kosewörter für Personen aus Geschmackserlebnissen und Nahrungsmitteln abzuleiten, wie etwa in »meine Süße« oder »meine Zuckerschnecke«.[147] Und nichts anderes tut Beorn hier, wenn er Bilbo »kleines Kaninchen« nennt.

---

[145] Plischke: Das nennt sich dichterische Freiheit.

[146] Christiansen: Ohne Wasser auf die Mühlen der Kaninchentheoretiker gießen zu wollen, aber Greifvögel haben in der Regel sehr gute Augen. Ganz schwaches Entkräftungsargument von Ihnen, Herr Kollege, also wirklich *ganz* schwach.

[147] Plischke: Oder auch »Torte«, wenn man etwas derber werden will.

- Angesichts des kleinen Verrats mit dem Arkenjuwel, den Bilbo an Thorin Eichenschild begeht, schüttelt der Zwerg den Hobbit »wie ein Kaninchen«.
Mein Urteil: Dazu ist weiter oben bereits alles gesagt. Vergleiche sind keine objektiven Tatsachenberichte.

Man muss aber gar nicht erst immer konkrete Textstellen so kleinteilig ausdeuten, um den Kaninchentheoretikern darzulegen, dass sie völlig auf dem Holzweg sind. Dafür reicht simple Logik völlig aus. Wir wissen, dass Hobbits Hunde gehalten haben – und zwar nicht nur kleine Schoßhündchen, sondern ausgewachsene Hof- und Hütehunde. Wie beispielsweise Fang, Greif und Wolf, mithilfe derer Bauer Maggot Frodo und dessen Begleiter von seinem Grund und Boden scheuchen will, bevor er bemerkt, wer sich da seinem Haus nähert. Und nun die Preisfrage: Welches Kaninchen, das noch ganz bei Trost ist, würde sich drei Hunde namens Fang, Greif und Wolf halten?[148]

Ich möchte gleich noch einmal an der Logikschraube drehen. Was ist das auffälligste äußerliche Merkmal eines Kaninchens? Richtig, die Ohren. Was ist das auffälligste äußerliche Merkmal eines Hobbits? Ich würde sagen, es sind die Füße. Wenn Hobbits Kaninchen wären, müssten sie folglich auch richtig große Ohren haben, die man kaum übersehen kann. Also: Hobbits sind keine Kaninchen.

Hobbits unter anderem Namen? Die Snergs

Die Taktik der Kaninchentheoretiker, einfach nur Tolkiens Werke für ihre Argumente heranzuziehen, greift ohnehin

---

[148] Plischke: Noch mehr provokante Fragen: Wie vielen Bauerkaninchen sind Sie schon begegnet? Und wie viele von denen konnten sprechen?

zu kurz. Wieso? Tolkien kommt meiner Meinung nach die außerordentliche Ehre zu, Hobbits rund um die Welt zu Berühmtheit und Beliebtheit verholfen zu haben, doch er war nicht der erste Mensch, der seine Hobbitbeobachtungen in Form einer erbaulichen Geschichte für die Nachwelt niederschrieb. Sagt Ihnen der Name E. A. Wyke-Smith etwas? Nicht? Vielleicht in der Langform Edward Augustine Wyke-Smith?[149] Auch nicht? Schwamm drüber. Der gute Mann, der wie Tolkien Bürger des britischen Empires war, ist heute nahezu vollkommen in Vergessenheit geraten. Jedenfalls war er unter anderem Kinderbuchautor und verfasste 1927 als Spätwerk *The Marvellous Land of Snergs* (grob übersetzt: »Das wundersame Land der Snergs«). Snerg ist ohne jeden Zweifel auch ein … hm … wundersames Wort, das dringend mit Inhalt gefüllt werden will.

Wohlan: Die Snergs sind ein Volk untersetzter Wesen – ein durchschnittlicher Vertreter kann kaum über einen Tisch schauen, ist dafür jedoch verhältnismäßig breit gebaut. Die Lieblingsbeschäftigung der Snergs besteht darin, große Festmahle unter freiem Himmel abzuhalten. Diese Feiern fallen so groß aus, dass es für die Snergs effektiver ist, anstelle von Einladungen lieber Mitteilungen an diejenigen zu versenden, die *nicht* eingeladen sind. Jeder Besucher ist außerdem dazu angehalten, selbst etwas zu essen und zu trinken mitzubringen, damit am Ende auch alle Anwesenden genug haben. Wem das noch nicht verdächtig genug klingt, dem sei gesagt, dass der wichtigste Snerg in Wyke-Smiths Buch den Namen Gorbo trägt.

Und damit Sie nicht denken, ich zöge da irgendwelche wilden Vergleiche zwischen Hobbits und einem Völkchen

---

[149] Plischke: Was treibt Autoren eigentlich dazu, ständig ihre Vornamen abzukürzen?

aus einer beliebigen Kindergeschichte: Tolkien hat nie bestritten, Wyke-Smiths Buch zu kennen. Er räumte sogar freimütig ein, es könnte eine der wichtigsten Inspirationen für seine eigenen Erzählungen gewesen sein.[150]

Für mich als Hobbitkundler lässt das nur einen Schluss zu: Wyke-Smith hat über die gleiche Art von Wesen geschrieben wie später Tolkien. Noch aufregender wird es, wenn man bedenkt, zu welcher Zeit und an welchem Ort die Handlung seines Buches angesiedelt ist: zu Anfang des letzten Jahrhunderts irgendwo auf einer schwer zu erreichenden Insel im Meer. Wenn die Snergs, die Wyke-Smith beschrieben hat, tatsächlich Hobbits sind, dann heißt das, dass sie noch vor weniger als hundert Jahren zumindest in kleinen Kolonien in den entlegensten Ecken und Winkeln unserer Welt überlebt haben! Dass Wyke-Smith sie (wieder-)entdeckt hat, ist angesichts seines Lebenslaufs nichts Ungewöhnliches, denn dieser Mann ist wirklich weit herumgekommen: Er war beim Militär, ist zur See gefahren, arbeitete in den USA als Cowboy und betreute später Minen in so abenteuerlichen Regionen wie Mexiko, Südamerika und der Halbinsel Sinai.

Ich bin der festen Überzeugung, dass Wyke-Smith den Staffelstab der begeisterten Hobbitforschung an Tolkien weitergab und dass dieser im Anschluss noch weitaus mehr Energie entwickelte, um seine Erkundungen voranzutreiben, als Wyke-Smith es je zu träumen gewagt hätte. Ich möchte dabei nicht verhehlen, dass es in Wyke-Smiths Werk einige wichtige Diskrepanzen zu dem später von Tolkien vermittelten Bild der Hobbits gibt. So haben die Snergs beispielsweise einen eigenen König, während die Auen-

---

[150] Plischke: Dem Vernehmen nach hat Tolkien *The Marvellous Land of Snergs* seinen Kindern vorgelesen.

länder einen solchen nur noch in Form von alten Redewendungen kannten – und noch dazu einen, der nicht zu ihrem eigenen Volk gezählt hatte. Ersterer Umstand änderte sich durch Elessars Thronbesteigung nach dem Ringkrieg, letzterer hingegen nicht.

Es stellt sich darüber hinaus die Frage, wie Tolkien zu solch tiefen Einblicken über eine weit zurückliegende Vergangenheit gelangen konnte, während er über den derzeitigen Zustand der Hobbitgesellschaft kein einziges wirklich aufschlussreiches Wort verliert. Zusammen mit der ungewöhnlichen Namensgebung, die Wyke-Smith gewählt hat, fügt sich zumindest für mich daraus dennoch ein nachvollziehbares Bild: Moralisch integre Hobbitforscher würden nie verraten, wo und wann sie einem Halbling begegnet sind, allein schon deshalb, um die Hobbits vor einer neugierigen Öffentlichkeit zu schützen, die ihnen mit Sicherheit sämtliche Privatsphäre rauben würde. Und dass sowohl Tolkien als auch Wyke-Smith ihren lebenden Forschungsgegenständen nie etwas Böses wollten, ist völlig unbestritten. Folglich haben sie beide über viele ihrer Erkenntnisse absolutes Stillschweigen bewahrt. Mehr noch: Sie waren sicher vorsichtig genug, an einigen Stellen Wahrheit und (Not-)Lüge miteinander zu vermischen, damit die Hobbits – oder meinetwegen eben auch die Snergs – weiterhin das ungestörte Dasein fernab von Großen Leuten führen können, zu dem sie sich allen Indizien nach mehrheitlich entschieden haben.

Diesen geheimen Pakt befolgen intuitiv alle seriösen Hobbitforscher bis heute – und führen damit ein Erbe fort, das sogar noch älter ist als das von Tolkien und Wyke-Smith.[151]

---

[151] Plischke: Augenblick! Hat Kollege Wolf da gerade versehentlich etwas über den geheimen Pakt ausgeplaudert?

Was die Urururgroßmutter noch wusste: Die erste schriftliche Erwähnung der Hobbits[152]

Zwischen den Jahren 1846 und 1859 sammelte Michael Aislabie Denham, ein Handwerker und ambitionierter Heimatforscher aus Yorkshire, allerlei folkloristische Informationen aus dem Norden Englands, die er für erhaltenswert hielt – darunter Sprichwörter, Sagen und Legenden, Reime, Bauernweisheiten, Familiengeschichten und viele andere mündliche Überlieferungen. Er veröffentlichte sie im gleichen Zeitraum in Form von insgesamt 54 schmalen Heftchen mit einer sehr geringen Auflagenhöhe, die zwischen 13 und 50 Exemplaren schwankte. Denhams Aufzeichnungen wären möglicherweise verloren gegangen, wenn da nicht Dr. James Hardy gewesen wäre. Im Auftrag der in London ansässigen Folklore Society machte sich Hardy daran, Denhams Werk zu redigieren und 1892 bzw. 1895 in zwei Bänden unter dem Titel *The Denham Tracts* (»Die Denham-Traktate«) herauszugeben. In Band zwei findet sich eine lange Aufzählung von übernatürlichen Geschöpfen, die angeblich in Nordengland umgingen, und dort tauchen völlig überraschend und gut versteckt zwischen Kreaturen mit so spannenden Namen wie Tutgots, Spunks und Clabbernappers die Hobbits auf! Sie haben richtig gehört: Unsere Hobbits, in einem Traktat, das mehr als ein halbes Jahrhundert älter ist als Tolkiens oder Wyke-Smiths Schriften. Wie um sicherzugehen, dass man sich

---

Christiansen: Sieht ganz so aus.
Plischke: Wenn sich das mal nicht noch böse rächt...

[152] Christiansen: Da sollte ehrlicherweise »Die erste *belegte* schriftliche Erwähnung der Hobbits« stehen, aber das hätte einen schrecklich undramatischen Klang...

wirklich nicht verlesen hat, finden die Hobbits im Index noch einmal Erwähnung – als »a class of spirit«, also eine Art (Natur-) Geist.

Nicht alle Hobbitkundler gestehen Denhams Liste mit Geschöpfen aus Sagen und Legenden die nötige Authentizität zu, um sie für ihre eigenen Forschungen zu berücksichtigen. In ihren Augen werden der Liste zwei ihrer Eigenschaften zum Verhängnis: ihre Länge sowie der Umstand, dass einige Kreaturen nirgendwo sonst, in keiner einzigen anderen Quelle, aufzuspüren sind. Der implizite Vorwurf lautet, Denham könne sich bestimmte Einträge für seine Liste schlicht und ergreifend ausgedacht haben, um ihren Umfang zu vergrößern und ihr somit eine Bedeutsamkeit zu verleihen, die sie im Grunde gar nicht verdient. Mir scheint das recht unfair: Nur weil Denham gründlich gearbeitet hat – womöglich gründlicher als jeder andere Heimatforscher vor und nach ihm –, mutet es geradezu bizarr an, ihm ausgerechnet aus seinem Fleiß einen Strick drehen zu wollen. Darüber hinaus liegen zwischen der Zeit, in der er seine Sammlung aufbaute, und den Tagen, in denen sie plötzlich größere Beachtung fand, mehrere Jahrzehnte – Jahrzehnte, in denen sich die europäische Gesellschaft aufgrund der sich rasch ausbreitenden Industriellen Revolution massiv veränderte. In Denhams Heimatregion war zur Mitte des 19. Jahrhunderts – wie an vielen anderen Orten auch – der Glaube an die Existenz einer spezifischen Klasse von Wesen, mit denen wir Menschen uns seit Anbeginn aller Tage die Erde teilen, noch sehr lebendig: der Glaube an die Kleinen Völker.

Die Kleinen Völker

Erstaunlich viele Kulturen überall auf der Welt kennen die Vorstellung von einer Sorte von Geschöpfen, die mehr oder weniger unerkannt mitten unter uns Menschen oder an den Rändern des Reviers leben, das wir für uns abgesteckt haben.[153] Noch faszinierender ist, dass all diese Geschöpfe – ganz egal, wo ihre Heimat denn nun auch sein mag – sehr große Ähnlichkeiten zueinander aufweisen:

- Sie sind deutlich kleiner als wir (was auch der Grund für die Sammelbezeichnung »Kleine Völker« ist, unter der sie oft zusammengefasst werden), weshalb man sie leicht mit Kindern und manchmal auch mit Tieren verwechseln kann.
- Sie suchen sich Behausungen unter der Erde.
- Sie verstehen sich ausgezeichnet darauf, sich so gut zu verstecken, dass wir sie nur dann sehen können, wenn sie gesehen werden wollen.
- Sie existieren schon mindestens genauso lange wie wir Menschen, wenn sie nicht gar viel älter sind.
- Sie haben ein intakteres Verhältnis zur Natur und ihrer Umwelt als wir und verweisen damit symbolisch auf eine »gute, alte Zeit, in der die Welt noch im Einklang war«.
- Man hat als Mensch gewisse Regeln im Umgang mit ihnen zu beachten, wenn man sie nicht gegen sich aufbringen oder sie aus seiner näheren Umgebung vertreiben will.

---

[153] Plischke: Man ist fast versucht, von einer Parallelgesellschaft zu sprechen.

Ich muss Ihnen nicht lange erklären, was das alles mit Hobbits zu tun hat. Die Fakten dürften überzeugend genug sein. Oder haben Sie tatsächlich Schwierigkeiten, in den eben aufgeführten Punkten den Schatten des Hobbits zu erhaschen?

Diese auffällige Verbreitung der Kleinen Völker macht einem Hobbitkundler wie mir sehr viel Mut, denn sie verringert die Wahrscheinlichkeit, dass die Hobbits vollkommen ausgestorben oder per Vermischung vollständig in unserer eigenen Art aufgegangen sind, auf drastische Weise. Im Gegenteil: Unter diesem Gesichtspunkt erscheinen die Hobbits plötzlich wie eine sehr erfolgreiche Spezies.

Aber passt diese globale Verbreitung denn wirklich zum traditionellen Bild des Hobbits? Meiner Meinung nach ja. Dank Tolkien wissen wir, dass das Auenland nicht die ursprüngliche Heimat der Hobbits gewesen ist. Sie sind dort in grauer Vorzeit eingewandert. Und wir wissen auch, dass diese Wanderungsbewegungen und Expansionen keine Einzelfälle gewesen sind – schließlich wurde beispielsweise das Bockland erst einige Zeit nach dem Auenland von tapferen Siedlern für die Hobbits in Besitz genommen. Dies lässt nur den Schluss zu, dass die Hobbits sehr wohl dazu in der Lage sind, sich neue Siedlungsgebiete zu erschließen und sich darüber hinaus hinsichtlich ihrer Kultur und auch ihrer körperlichen Erscheinung rasch an die dortigen Verhältnisse anzupassen.

Nun wäre es sowohl töricht als auch übereilt, jedes einzelne Kleine Volk, das uns aus Sagen und Überlieferungen bekannt ist, sofort in den Status einer Hobbitkolonie oder Hobbitunterart zu erheben. Sorgfalt in der Betrachtung ist hier dringend angebracht. Zu diesem Zweck möchte ich Sie einmal rund um die Welt entführen und Ihnen einige der Kleinen Völker vorstellen, die es aus meiner Warte heraus verdient haben, sie hinsichtlich ihres Verwandtschaftsgrads zum Hobbit einer kleinen Inspektion zu unterziehen.[154]

Europa
Um uns allen den Einstieg etwas zu erleichtern, starten wir unseren Rundflug auf einem Kontinent, dessen Sagenwelt uns wahrscheinlich nicht sonderlich exotisch vorkommen wird: in Europa. Wie bei unseren noch folgenden Zwischenstopps auf anderen Kontinenten, habe ich mir erlaubt, die von uns untersuchten Kleinen Völker dem Namen nach alphabetisch zu sortieren – zum einen der Übersichtlichkeit wegen, zum anderen um Verstimmungen unter den Vertretern der betreffenden Völker vorzubeugen. Ich möchte nämlich auf keinen Fall, dass einer von ihnen vermutet, er und seine Artgenossen nähmen nur deshalb einen der hinteren Plätze auf der Liste ein, weil sie mir weniger am Herzen liegen. Das Alphabet kennt keine Lieblingskandidaten.

Der Brownie[155]
Sichtungsgebiete: Nordengland und Schottland.
Äußere Erscheinung: Wenig überraschend ist Braun die dominante Farbe am Brownie – und zwar hinsichtlich seines Hauttons, aber auch seiner üblichen Kleidung (zu der normalerweise ein Kapuzenumhang gehört). Sein Gesicht

---

[154] Plischke: Wird das jetzt eine dieser »15 Länder in drei Tagen«-Reisen, bei denen man hinterher nicht mehr weiß, was man alles gesehen hat?
Christiansen: Ich fürchte schon. Aber das Tolle an einem Buch ist ja, dass man seine Verschnaufpausen selbst festlegen kann. Hier wird wenigstens niemand in Paris vergessen, während der Bus schon nach Prag weitertuckert.
[155] Plischke: Wer jetzt an Gebäck und/oder Pfadfinderinnen denkt, liegt leider falsch.

ist eher faltig und wettergegerbt, und er hat kurzes, krauses – und wer hätte das gedacht! – braunes Haar.

Für Sichtungen in Schottland, wo der Brownie auch *ùruisg* oder *urisk*[156] heißt, sind auch wallendes gelbblondes Haar und eine auffällig große blaue Karomütze belegt. Die Haarfarbe ist hierbei aus Sicht der Einheimischen ungewöhnlicher als die Kopfbedeckung, weil sie sehr deutlich unterstreicht, dass der Brownie keineswegs ein zu klein geratener Fremder aus der Nachbarschaft sein kann.

Verhalten: Zweifler, die nicht von der Existenz der Kleinen Völker überzeugt sind, rechnen den Brownie der umfangreichen Klasse der wohlmeinenden Hausgeister zu. Und tatsächlich lebt der klassische Brownie sehr nahe bei uns Menschen – um nicht zu sagen, in unseren Häusern. Er bewohnt dabei gern solche Teile des Hauses, die von uns nicht oder nur sehr selten benutzt werden. Keller und Dachböden bieten sich dafür natürlich an, obwohl in manchen Häusern seiner Heimatregion die menschlichen Bewohner ihrem Gast lange Zeit sogar ein eigenes Zimmer oder wenigstens einen eigenen Stuhl am Esstisch freihielten.

Die Brownies sind größtenteils nachtaktiv. Während die Menschen schlafen, erledigen sie die Arbeiten, die über den Tag hinweg im Haus liegen geblieben sind. Bisweilen neigen sie auch dazu, den großen Bewohnern harmlose Streiche zu spielen; falls Sie also je in einer nordenglischen Pension übernachten und am nächsten Morgen ihre Bettdecke in einer fernen Ecke des Zimmers wiederfinden, können Sie

---

[156] Christiansen: Machen Sie sich bitte keine unnötigen Gedanken zur Aussprache, es sei denn, Sie wollen irgendwann ernsthaft eine gälische Sprache erlernen.
Plischke: In dem Fall: Viel Glück … Sie werden es brauchen.

davon ausgehen, dass die Pensionsmutter nicht allein dafür verantwortlich ist, das Haus so gut in Schuss zu halten.

Als Dankeschön für ihre Dienste erwarten die Brownies nicht viel, und sie empfinden es als schwere Beleidigung, wenn man sie dafür monetär entlohnen möchte. Sie mögen es lieber, wenn man ihnen ein bisschen Honig, Porridge oder Milch auf einer Schale präsentiert, die man einfach irgendwo an einem möglichst unbeobachteten Ort im Haus stehen lässt. Der Appetit der Brownies ist wahrlich legendär, und solche kleinen Gaben verschmähen sie nie.[157] Eine andere Sache, über die sie sich sehr freuen, ist, wenn man ihnen einen neuen Satz Kleidung unterschiebt. Wichtig ist aber auch hier, dass nie der Eindruck einer Gegenleistung oder Bezahlung entsteht – Brownies nehmen stets nur *Geschenke* an.[158]

Brownies reden so gut wie nie mit uns Großen Leuten, sind aber untereinander ziemlich geschwätzig und finden sich regelmäßig zu größeren Zusammenkünften ein – ein Hang zur Geselligkeit, wie er gemeinhin auch bei den Hobbits zu beobachten ist.

Die schottischen *urisk* unterscheiden sich von ihren englischen Vettern in ihrem Auftreten. Viele von ihnen leben nicht in unseren Häusern, sondern draußen in der freien Natur. Sie machen sich den Großteil des Jahres rar, zeigen sich dann aber sehr regelmäßig, sobald die Ernte-

---

[157] Plischke: Also rein dem Hunger nach zu urteilen, sind sie eindeutig Hobbits.

[158] Plischke: Falls die Brownies eine Unterart des Hobbits sind, könnte dieses Beharren auf Geschenken implizieren, dass sie auch ernsthaft dem Mathomkult verfallen sind. Aus ihrem Blickwinkel heraus muss es ihnen so vorkommen, als würde Mathom an sie weitergegeben, wenn ein großer Mensch Kleidung für sie ablegt, in die er selbst nie hineinpassen würde.

zeit anbricht. Ähnlich wie die Brownies im Haus aushelfen, unterstützen die *urisk* »ihre« Menschen bei der Feldarbeit. Der Dank der Unterstützten besteht dann darin, an bestimmten Orten einen Teil der eingefahrenen Ernte liegen zu lassen – oder in Mulden an speziellen Felsen ein wenig Würze zu gießen, nachdem man mit dem Brauen begonnen hat.[159]

Grundsätzlich besteht offenbar folgender Zusammenhang: Je weniger dicht besiedelt eine Region ist, desto mehr haben sich die Brownies eine ursprüngliche, zurückgezogene Lebensweise bewahrt, wie sie Tolkien auch für die Hobbits des Auenlands schildert.

Nähe zum Hobbit: Ich mache es mir einmal so leicht wie die Anhänger der Kaninchenthese und ziehe eine einzige Silbe als Unterfütterung für meine Beurteilung heran. Der Brownie wird von Experten oft der größeren Gruppe der Hobs zugerechnet – einem Sammelbegriff für Hausgeister. Vom Hob zum Hobbit ist es klar ersichtlich nicht mehr sehr weit.[160] Insbesondere die schottische Spielart des *urisk*, der zwar nicht zwingend direkt bei Menschen wohnt, ihnen aber in der Erntezeit gern aushilft, erinnert mich stark an die für den Hobbit typische und aus seiner grundlegenden Höflichkeit geborene Hilfsbereitschaft. Kaum ein Hobbit kann wohl einfach weitergehen, wenn er sieht, wie sich ein großer und dummer Mensch aus reinem Unvermögen wesentlich mehr auf dem Feld abrackert, als es eigentlich

---

[159] Plischke: Würze ist für Bier und Whisky das, was bei der Herstellung von Wein der Most ist.

[160] Christiansen: Übrigens auch nicht zum *Hob*goblin, ein Begriff, den Tolkien zunächst für größere Varianten von Goblins – sprich: Orks – verwendete. Als ihm später gewahr wurde, dass das Hob als Namenszusatz eigentlich eine Verkleinerungsform darstellt, korrigierte er sich und nannte seine Hobgoblins von da an Uruk bzw. Uruk-hai.

nötig wäre. Gegen den Brownie als nahen Hobbitverwandten spricht im Grunde nur sehr wenig – wie etwa die faltige Haut. Denkbar ist hier, dass sich womöglich nur die allerältesten Brownies regelmäßig den Menschen zeigen, denn dass die Lebenserwartung der Brownies weit über der unseren liegt, ist unumstritten: Manche Häuser hatten angeblich gar über Jahrhunderte ein und denselben Brownie zu Gast.

Der Gnom
Sichtungsgebiet: Seit der Renaissance in alchemistischen Laboren auf der ganzen Welt.

Äußere Erscheinung: Recht winzige, etwa nur einen halben Meter große braune Männlein, die sich so mühelos durch jedes Erdreich bewegen, wie wir Großen Menschen über eine Straße schlendern.

Verhalten: Die Gnome sind ein Sonderfall unter den Kleinen Völkern. Zwar kennt fast jeder ihren Namen, doch dieser ist nicht Teil einer uralten Legende, deren Wurzeln heutzutage nicht mehr aufzuspüren wären. Stattdessen war es erst ein im wahrsten Sinne des Wortes Renaissancemensch, der uns auf die Existenz dieser Geschöpfe hingewiesen hat. Paracelsus – der berühmte Schweizer Naturforscher, Arzt, Alchemist und Okkultist aus dem 16. Jahrhundert –[161] sah in den Gnomen eine Klasse von Naturgeistern, und als begeisterter Anhänger der griechischen Lehre von den Elementen konnte er gar nicht anders, als die Gnome als eine Art Ausdruck der lebendigen Kraft der Erde zu sehen. Das Wort selbst leitet sich dabei wahr-

---

[161] Plischke: Und Mystiker und Philosoph und Astrologe ... ein echter Renaissancemensch eben, der seinen Wissensdurst noch zu einer Zeit stillen durfte, als man nicht für alles ein staatlich anerkanntes Diplom brauchte.

scheinlich vom griechischen *geonomos* ab, was nichts weiter als Erdbewohner bedeutet.

Wenn man sie nicht mittels aufwendiger Maßnahmen in sein heimisches Labor lockt, kann man Gnomen bei entsprechend gründlicher Suche angeblich überall in Wäldern und Gebirgen begegnen. Wasser können sie nach Meinung vieler von Paracelsus' Zeitgenossen und Nachfolgern nicht sonderlich gut vertragen, da sie sich darin nach kurzer Zeit auflösen (was wiederum anderen Behauptungen, man könne sie auch an Flussufern finden, dann doch irgendwie etwas von ihrer Glaubwürdigkeit raubt).[162]

Seit Paracelsus' Wirken hat der Gnom nach und nach immer mehr an Berühmtheit erlangt, bis er so fest in unserem Sprachgebrauch verankert war, dass er so manch »alteingesessene« Kleine Völker aus unserer kollektiven Wahrnehmung verdrängt hat. Fragen Sie doch auf der Straße mal jemanden erst nach einem Gnom und dann nach einem Bilwis – ich gehe jede Wette ein, dass Sie mit Ihrer ersten Frage weitaus weniger Unverständnis ernten werden als mit Ihrer zweiten.

Dabei will ich nicht einmal ausschließen, dass Paracelsus in seinem Bestreben, sämtliche seiner Beobachtungen über Naturgeister mit dem von ihm favorisierten Elementemodell in Einklang zu bringen, letzten Endes über das Ziel hinausgeschossen ist. Anders gesagt: Es gibt nicht *die* Gnome als Kleines Volk an und für sich, sondern Gnom ist ein Ausdruck, der sich auf nahezu alle existierenden Kleinen Völker anwenden lässt.

---

[162] Christiansen: Wieso eigentlich? Hobbits mit Starrenblut trieben sich doch an Flüssen und Seen herum, obwohl größere Gewässer allen anderen Hobbits ein Gräuel waren.
Plischke: Was dann allerdings eher ein Argument dafür wäre, dass sie sich gar nicht so sehr von den Hobbits unterscheiden.

Außerdem nicht völlig undenkbar ist folgendes Szenario: Paracelsus ist dem redseligen Angehörigen eines bestimmten Kleinen Volkes – vielleicht sogar einem Hobbit! – begegnet, der ihm dann aus Tarnungsgründen oder Spaß am Schalk allerlei Halbwahrheiten und Desinformationen aufgetischt hat.

Ebenfalls nicht sonderlich hilfreich für eine Klärung der Sachlage ist der Umstand, dass der Gnom seine größte Popularität nicht im deutschen Sprachraum genießt: Die putzigen, zipfelbemützten Miniaturstatuen von teils emsigen, teils faulen bärtigen Männlein und Weiblein, die zahlreiche Gärten in aller Welt bevölkern und bei uns Garten*zwerge* genannt werden, heißen im Englischen *garden gnomes* – also Gartengnome! Kein Wunder, dass man da leicht den Überblick und die nötige wissenschaftliche Ernsthaftigkeit verliert, vor allem da diese Gartengnome hauptsächlich als eine Art witterungsfester Scherzartikel verwendet werden.

Apropos angewandter Frohsinn: Viele Menschen, die seitdem über Gnome geforscht haben, bestätigen, dass der Gnom ein heiteres, fröhliches Gemüt besitzt und nur höchst selten jemand anderem etwas Böses will.[163]

Nähe zum Hobbit: Aufgrund der oben erläuterten Schwierigkeiten sehe ich mich außerstande, eine zuverlässige Einschätzung über den Verwandtschaftsgrad zwischen Gnomen und Hobbits abzugeben. Ich würde es den Hobbits allerdings jederzeit zutrauen, den hartnäckigen Garten-

---

[163] Plischke: Wobei da leider oftmals Kobolde, Wichte, Däumlinge und viele andere in einen Topf geworfen werden, den man anschließend fein säuberlich mit »Gnom« beschriftet.
Christiansen: Und Kollege Wolf weiß anscheinend nicht so recht, ob er da nicht einfach auch noch den armen Hobbit mit dazugeben will, damit das Tohuwabohu komplett ist!

gnomhype selbst nach besten Kräften zu unterstützen, um von sich selbst abzulenken!

Das Heinzelmännchen
Sichtungsgebiete: Ganz Mitteleuropa, mit einer statistisch signifikanten Häufung in der Gegend um Köln.

Äußere Erscheinung: Am bemerkenswertesten ist, dass die Heinzelmännchen in den ältesten Quellen als völlig nackt beschrieben werden, während sie dann später nach und nach züchtigere Kleidung erhalten – bis hin zu einer roten Zipfelmütze, wie man sie heute auch an vielen Gartenzwergen bestaunen kann.

Verhalten: Das wichtigste Merkmal der Heinzelmännchen, die in Köln lange Zeit in größerer Zeit beheimatet waren, ist ihr unerschöpflicher Fleiß. Ähnlich wie die Brownies sind auch sie nachtaktiv und nutzen die Schlafphasen von uns großen Menschen, um uns ungefragt, aber natürlich dankenswerterweise eine Menge Arbeit abzunehmen. Dafür sind sich die Heinzelmännchen für nichts zu schade: Sie kochen, backen, putzen, bauen Häuser – kurzum, sie tauchen offenbar Nacht für Nacht aus ihren bislang nie aufgespürten Verstecken auf und führen all das fort und manchmal auch zu Ende, was wir Großen Menschen begonnen und nicht geschafft haben.

Gleichermaßen auffällig ist, dass die Heinzelmännchen stets in großen Gruppen auftreten, die perfekt organisiert sind. Nur vor lauten Geräuschen und grellem Licht scheinen sie sich von ihren Vorhaben abbringen zu lassen. Wenn Sie mir eine persönliche These gestatten: Womöglich gibt es irgendwo in der Nähe von Köln eine sehr kopfstarke Kolonie hobbitähnlicher Geschöpfe. Sie haben als Kollektiv beschlossen, den Großen Leuten der Stadt Hilfe und Unterstützung zu leisten, da sie darauf hoffen, die Menschen von

Köln würden dort bleiben, wo sie sind, und von einer weiteren Ausdehnung der Stadt absehen, wenn nur innerhalb der bisher bestehenden Grenzen alles zu ihrer absoluten Zufriedenheit verläuft.[164]

Die enge Verbindung zur Erde besteht auch bei den Heinzelmännchen: Alraunen – die oft an kleine menschliche Körper erinnernden und wohlweislich mit Zauberkräften ausgestatteten Wurzelknollen der gleichnamigen Pflanze – bezeichnete man früher auch als Heinzelmännlein.[165]

In der Ausdeutung des Verhaltens bringt uns dies leider jedoch nicht weiter, weshalb ich auf eine andere Sagengestalt verweisen will, bei der die Verwandtschaft zumindest zum Heinzelmännchen eine Tatsache ist: dem Hinzelmann. Im späten 16. Jahrhundert machte er zum ersten Mal im bei Lüneburg gelegenen und heute abgerissenen Schloss Hudemühlen von sich reden. Wie die Heinzelmännchen leistete er des Nachts und in unbeobachteten Momenten wichtige Arbeit – er wusch in der Küche ab und striegelte im Stall die Pferde. Der Hinzelmann besaß der Überlieferung nach eine ganze Reihe von Charakteristika, die dem geschulten Hobbitkundler umgehend ins Auge stechen:

- Er sprach gern und viel, aber mit einer angenehm hohen Stimme, die an die eines Knaben erinnerte.

---

[164] Plischke: Das kaufe ich nicht. Oder zumindest geht diese Strategie doch wohl kein Stück auf. Schließlich ist Köln ja weiter und weiter gewachsen, obwohl – oder vielleicht gerade *weil* – die Heinzelmännchen so fleißig waren.

[165] Christiansen: Obwohl das wieder so ein Fall von Henne und Ei ist. Heißen die kleinen Leute nach der Wurzel oder die Wurzel nach den kleinen Leuten?
Plischke: Aber von der Form her könnte es die Zipfelmütze erklären.

- Die wenigen Menschen, die ihn leibhaftig erblickt haben – zumeist Kinder –, gaben zu Protokoll, der Hinzelmann habe selbst wie ein Kind ausgesehen.
- Er war versessen auf süße Milch (wenn darin kleine Weißbrotbröckchen schwammen, schmeckte sie ihm gleich noch viel besser), erwartete, bei jeder Mahlzeit eine eigene Portion abzubekommen, und ein Glas Wein verschmähte er auch nie.
- Er ließ sich nach seinen eigenen Vorstellungen eine Kammer im Schloss einrichten: mit einem Korbsessel mit fremdartigen Verzierungen, einem runden (!),[166] eigens an seine geringe Körpergröße angepassten Tisch und einem ebenfalls für ihn passend gefertigten Bettchen.
- Er war meist guter Dinge, dichtete mit Vorliebe Spottlieder und wurde nur richtig garstig, wenn man sich in seiner Gegenwart ungebührlich benahm oder seinen Stolz verletzte.
- Ungeachtet dessen stiftete er zwischen den Knechten, wenn sie abends zum Trinken beisammensaßen, kleinere Handgemenge und Rangeleien an, über die er sich gar köstlich amüsieren konnte.

Nähe zu den Hobbits: Selbst wenn man bei den Heinzelmännchen als Ganzes eventuell noch darüber debattieren könnte, sie seien für Hobbits schlichtweg zu fleißig, besteht für mich nicht der geringste Anlass, daran zu glauben, dass die Leute von Schloss Hudemühlen die beneidenswerte Ehre besaßen, gleich zwei Hobbits in ihrer Nähe zu wissen:

---

[166] Plischke: Ich nehme an, mit dem »(!)« möchte Kollege Wolf auf die ästhetischen Überzeugungen der Hobbits anspielen, die ja bekanntlich das Weiche und Runde schätzten.

Der Hinzelmann hatte nämlich eine ungleich scheuere Gattin, deren Namen er auf Nachfrage mit Hille Bingels angab – ein eindeutiger Hinweis auf die Bingelkräuter und die Tradition der Hobbits, ihrem weiblichen Nachwuchs Pflanzennamen zu geben!

Der Klabautermann
Sichtungsgebiete: Auf Segelschiffen, die Nord- und Ostsee befahren.[167]

Äußere Erscheinung: Hier weichen die Berichte ein wenig voneinander ab. In der Mehrzahl sind es Beschreibungen eines kleinen, bärtigen Menschen, der aussieht wie das typische Klischee von einem Matrosen – inklusive gelbem Friesennerz und Pfeife im Mund. Manchmal werden zusätzliche Details genannt, wie beispielsweise rotes Haar und grüne Zähne oder dass der Klabautermann auf einer eigenen Seemannskiste sitzt oder einen Stemmhammer in den Händen hält. In einigen weniger zahlreichen, aber aus Sicht des Hobbitkundlers natürlich sehr viel aufsehenerregenderen Erzählungen ist der Klabautermann allerdings bartlos und wird daher von den Seeleuten, die seiner gewahr werden, zunächst mit einem kleinen Jungen verwechselt.

Verhalten: Grob gesprochen übernimmt der Klabautermann an Bord seines Schiffes, auf das er höchst eifersüchtige Besitzansprüche erhebt,[168] die gleiche Funktion wie Brownies und Heinzelmänner für die Häuser respektive Städte, die sie sich als Zuhause auserkoren haben. Er achtet

---

[167] Plischke: Ich hoffe mal für den Klabautermann, dass er ein bisschen mit der Zeit gegangen und auch auf Motorschiffe umgestiegen ist.
[168] Plischke: In einigen Varianten der Überlieferungen erklärt sich diese Mentalität dadurch, dass der Klabautermann bereits beim Bau des Schiffes aushilft.

darauf, dass alles ordentlich zugeht, und führt kleinere Reparaturen durch, weshalb man den Klabautermann auch sehr viel öfter hört, als dass man ihn tatsächlich zu Gesicht bekommt. In der Regel zeigt sich der Klabautermann nur in den allerseltensten Fällen offen, und dann zumeist um auf irgendeine drohende Gefahr hinzuweisen, die den Untergang des Schiffes bedeuten könnte – ein heraufziehender Sturm, ein übersehenes Leck im Bauch des Schiffes, ein Brand an Bord und so weiter. Er ist also gewissermaßen eine Art unsichtbarer Sicherheitsbeauftragter. Darüber hinaus ist er immer zu bisweilen eher groben Scherzen aufgelegt – eine Neigung, die man auf einem Segelschiff mit seinen vielen Tauen, dem begrenzten Raum und den rauen Sitten der Großen Leute untereinander natürlich hervorragend ausleben kann.

In der Geschichte der Seefahrt auf Nord- und Ostsee hat über die Jahrhunderte eine schleichende Umdeutung des Klabautermanns stattgefunden: In den ältesten Sagen akzeptierten und schätzten ihn die Seeleute für seine wichtigen Dienste und erduldeten seine Späße mit einiger Langmut. Irgendwann muss es ein Klabautermann jedoch mit seinen Streichen übertrieben haben, denn in vielen der Überlieferungen jüngeren Datums wird er plötzlich nicht mehr als Warner vor Unheil, sondern als *Auslöser* von potenziellen Katastrophen erachtet. Womöglich rühren genau daher auch gewissse Bräuche, die ein Schiff vor den Umtrieben des Klabautermanns schützen sollen – wie etwa der, immer ein Huhn an Bord zu haben, da der blinde Passagier sich angeblich vor diesem Federvieh grässlich fürchtet.[169] Diese

---

[169] Christiansen: Angst vor Hühnern? Kann es denn noch würdeloser werden?
Plischke: Ich verstehe die Klabautermänner. Hühner haben kalte, grausame Augen … die Augen eines Killers!

Abwehrhaltung gegenüber dem Klabautermann ist deshalb besonders tragisch, weil man sich zuvor üblicherweise mit kleinen Geschenken für seine Hilfe bedankt hat, anstatt ihm Hühner auf den Hals zu hetzen. Zugegebenermaßen konnte man ihn damit auch schwer beleidigen, wenn man nicht genau aufpasste, und Klabautermänner verstehen dem Vernehmen nach keinen Spaß, wenn es Große Leute wagen, selbst den Possenreißer geben zu wollen: Zwei Matrosen, die einem Klabautermann Mädchenkleidung angedeihen lassen wollten, sollen für ihren kindischen Scherz einen unverhältnismäßig hohen Preis gezahlt haben...

Nähe zum Hobbit: Der Klabautermann mag Raucher sein und auch körperlich an einen Hobbit gemahnen, doch ich kann einfach nicht darüber hinwegsehen, dass er sich überwiegend auf Schiffen häuslich einrichtet – noch dazu auf solchen, die die gewaltigsten lebenden Gewässer überhaupt befahren, die Meere.[170] In Kombination damit, dass Klabautermänner auch schon hoch oben in den Takelagen gesichtet wurden, ist eine enge Verwandtschaft zwischen Hobbits und Klabautermännern meiner Meinung nach unwahrscheinlich.[171]

Der Kobold
Sichtungsgebiete: Nahezu ganz Europa.
Äußere Erscheinung: Kindsgroße Hausgeister in grüner Bauernkleidung, auf Flammenschweifen umhersausende Gesichter, schwarze Katzen und hutzelige Greise aus dem

---

[170] Christiansen: Ich finde das kurzsichtig und weise zum wiederholten Mal ausdrücklich auf die Starren hin, die ja auch nicht so wasserscheu waren wie ihre Artgenossen.

[171] Plischke: Weder wasserscheu *noch* höhenängstlich – ich glaube, jetzt hat er Sie, Kollege Christiansen, oder?
Christiansen: Kein Kommentar.

Erdinnern mit dunkler Haut – der Kobold taucht in so vielen Formen und Gestalten auf, dass es einen schier zur Verzweiflung treiben kann. Er findet dennoch Aufnahme in dieser Auflistung, weil ich glaube, all diese Erscheinungsformen ansatzweise mit unserem bisher gesammelten Wissen über Hobbits in Einklang bringen zu können. Die erste und die letzte der obengenannten Spielarten bedingen keine ausschweifenden Erläuterungen: Dass Hobbits von Laien oft fälschlicherweise als Kinder wahrgenommen werden, ist für Sie inzwischen ja ein alter Hut, und die Hutzelgreise entspringen entweder Begegnungen mit sehr, sehr alten Hobbits oder – was vermutlich eher der Wahrheit entspricht – gleichermaßen häufig auftretenden Verwechslungen mit Zwergen.

Bleiben die schwarzen Katzen und die feurigen Gesichter. Zu Ersteren sage ich nur: Wenn manche Leute ernsthaft behaupten, Hobbits wären Kaninchen, ist es ganz und gar nicht abwegig, dass so mancher Einfaltspinsel in einem schnell durch ein schattenverhangenes Zimmer wetzenden Hobbit eine Katze erkannt zu haben glaubt. Was die Flammenkobolde angeht, darf man nicht vergessen, dass bereits die Hobbits des Auenlands begeisterte Feuerwerker waren und daher Feuerwerkskörper zu den wenigen Importgütern gehörten, die man von außerhalb der eigenen Grenzen erwarb. Ich kann mir sehr gut vorstellen, dass gerade die Zwiens unter den Hobbits in ihrem jugendlichen Übermut großen Spaß daran gehabt haben könnten, ihre pyrotechnischen Talente dahingehend einzusetzen, uns Menschen den einen oder anderen Streich zu spielen.

Verhalten: Auch die Kobolde werden im Großen und Ganzen den Hausgeistern zugerechnet, mit Ausnahme derjenigen Vertreter, die gemeinhin in Minen von Bergleuten gesehen wurden (sprich: für gewöhnlich die zwergenähnliche Sorte).[172] Hinsichtlich ihres Betragens dürfen Sie daher auch keine schockierenden Überraschungen erwarten: Der Kobold zeigt sich hilfreich im Haushalt – er verscheucht Ungeziefer, fegt die Wohnstube aus und füttert das Vieh –, solange er mit kleinen Geschenken bedacht wird, mit denen die Großen Leute ihre Wertschätzung und Zuneigung zum Ausdruck bringen – tendenziell in Form von Nahrung und Kleidung. Grundsätzlich muss allerdings eingeräumt werden, dass die Kobolde in Sachen Triezen, Necken und Ärgern »ihrer« Menschen ein ganzes Stück weitergehen als die Vertreter anderer Kleiner Völker. Ihre Form der Schadenfreude ist für uns Menschen nicht immer ganz ungefährlich und mit einer gewissen Verletzungsgefahr verbunden. Zu den harmloseren Varianten des Schabernacks zählt das Kitzeln von Schlafenden mit einer Feder unter der Nase, bis diese vom Niesen aufschrecken, zu den schädlicheren das Erschrecken von Mägden und Knechten durch das gezielte Traktieren mit Besenstielen. Richtiggehend lebensbedrohlich können Situationen eskalieren, in denen ein Mensch versucht, einem Kobold nachzustellen, um zu erfahren, wie er aussieht, ohne dass der Kobold selbst Lust darauf hätte, enttarnt zu werden: Es ist ein Fall überliefert, bei dem ein Mann Asche ausstreute, um wenigstens die Fußstapfen eines Kobolds zu sehen. Man kann sich nur wünschen, dieser Mann hätte seine Neugier im Zaum gehalten: Der Kobold tötete, kochte und verspeiste ihn.[173]

Ungeachtet solcher grausamen Zwischenfälle galt es für gewöhnlich als gutes Zeichen, einen Kobold im Haus zu

---

[172] Plischke: Nach denen das chemische Element Kobalt benannt wurde.
[173] Plischke: Das hört sich für mich stark nach einer Aktion an, wie sie Gollum hätte durchführen können.

haben, denn sie brachten angeblich Glück und Wohlstand. Dementsprechend existieren viele Sagen und Legenden mit recht exakten Anweisungen, wie man sich zu verhalten hat, wenn ein Kobold bei einem einziehen will – beziehungsweise wenn man selbst einen Kobold zu sich in die eigenen vier Wände einlädt. So heißt es manchmal, ein Kobold würde sich dadurch ankündigen, dass er im Haus, auf das er es abgesehen hat, Schmutz verteilt und ein bisschen Dung in eine Schale mit Milch oder eine offene Weinflasche gibt. Alles, was man als Mensch dann zu tun hat, ist, den Schmutz unangetastet zu lassen und die fragwürdige Mixtur zu trinken, und schon zeigt sich der Kobold angeblich bereit, sich häuslich niederzulassen.[174] Was das »Einfangen« des Kobolds angeht, sind die vielen Anleitungen dafür dahingehend sehr interessant, dass die allermeisten dem Fänger abverlangen, sich zu einem konkreten Zeitpunkt irgendwo in die Natur zu begeben – also genau dorthin, wo sich auch Hobbits selbst in unserer mit Straßen und Städten zugepflastert scheinenden Welt noch wohlfühlen könnten. Solche Ausflüge in die Wildnis waren früher sicherlich gefährlicher als heute, doch viele Menschen haben sie anscheinend bereitwillig auf sich genommen, wenn an ihrem Ende die Aussicht darauf bestand, einen Kobold aus einem Ameisenhügel zu locken.

Wie dieser Wunsch, dringend einen Kobold um sich wissen zu wollen, zur potenziellen Reizbarkeit und Mordlust mancher dieser Kreaturen passt? Nun, einige Koboldexperten vertreten eine sehr pragmatische Auffassung: Jeder Haushalt bekommt am Ende genau den Kobold, den er verdient. Solche, in denen es gesittet zugeht, kriegen einen

---

[174] Christiansen: Das mit dem Dung wiederum klingt mir nach dem typischen Humor eines angetrunkenen Zwiens.

gesitteten Kobold ab, während diejenigen, in denen Streit und Zwietracht herrschen, mit einem garstigen Kobold rechnen müssen.

Nähe zum Hobbit: Wie bereits weiter oben angedeutet, gehe ich mit einiger Sicherheit davon aus, dass mehr als ein Kobold in Wahrheit ein Zwien auf Wanderschaft war, der es sich für eine Weile bei Großen Leuten gemütlich gemacht hat. Das plötzliche Verschwinden, das manchen Kobolden nachgesagt wird, scheint mir ein geradezu klassisches Verhaltensmuster eines jungen Hobbits, den nach einem Aufenthalt in einem menschlichen Heim die Langeweile und somit die Wanderlust packt.

Hinzu kommen die Legenden über fröhliche Kobolde, die sich absichtlich in Kellern von Gastwirtschaften niederlassen und im Gegenzug für ihre Dienste – Abspülen, Gläsersammeln, Tische wischen – nicht mehr erwarten als allnächtliches Freibier. Zumindest diese Kobolde sind mit Hobbits ganz klar seelenverwandt.

Der Leprechaun
Sichtungsgebiete: Irland.
Äußere Erscheinung: In seiner heutigen Form als eines der wichtigsten Wahrzeichen Irlands wird der Leprechaun als kleiner,[175] pummeliger Mann mit rotem Haar und Bart dargestellt, der altertümliche Kleidung in Grün sowie einen Hut und Schnallenschuhe trägt. Bevor das Bild des Leprechauns dergestalt zementiert wurde, kursierten jedoch zahlreiche Augenzeugenberichte, die auf gewisse regionale Unterschiede zwischen den Leprechauns schließen lassen – ein eindeutiges Zeichen für die lebendige und vielfältige Kultur dieses Kleinen Volkes. So sind sie im Westen und

---

[175] Plischke: »Klein« ist hier als ungefähr einen Meter groß zu verstehen.

Norden der Insel offenbar auch häufig in Rot gewandet anzutreffen, wobei sie gelegentlich auch einen robusten Filzmantel überstreifen, um sich gegen das raue Klima zu wappnen. Als Hobbitkundler freut man sich zwar darüber, dass der durchschnittliche Leprechaun als stämmig gilt und er modisch oft auf hübsche Westen setzt, die aufwendig mit Silberknöpfen verziert sind. Was die Euphorie indes gewaltig bremst, ist sein Schuhwerk sowie die Mär, wonach der Leprechaun dieses auch selbst anfertigt und gewissermaßen so etwas wie der fleißige Schuster unter den Kleinen Völkern ist.

Verhalten: Der Leprechaun ist dafür bekannt, dass es sich lohnt, ihn zu fangen. Die Gelegenheit dazu erhält man als Mensch relativ häufig, da der Leprechaun zu den zutraulicheren Vertretern der Kleinen Völker zählt – und sei es auch nur deshalb, weil er offenkundig kaum eine Chance ungenutzt verstreichen lässt, Späße und Schabernack mit uns zu treiben. Dabei ist der Leprechaun meist ausgezeichnet gelaunt, was sich natürlich schlagartig ändern kann, sobald man ihn an den Schultern oder am Schlafittchen zu packen bekommt. Dann wird er etwas jammerig und bietet seinem Häscher allerlei Dinge an, damit dieser ihn wieder laufen lässt. Üblicherweise verspricht der Leprechaun die Erfüllung dreier Wünsche oder – und das ist dann meist das Angebot, auf das man sich als Mensch noch schneller einlässt – das Versteck eines Goldschatzes zu verraten, den er irgendwo in der Nähe in einem Topf vergraben hat. Dieses Detail vom verbuddelten Gold macht einen als Hobbitkundler natürlich aufmerksam: Könnten manche Leprechauns, die sich ihre Freiheit auf diese Weise erkauft haben, in Wahrheit Hobbits gewesen sein, die Gold aus ihren nahen Smials holten?

Wenn man über den Leprechaun redet, darf man seinen

weniger berühmten Vetter – den Clurichaun – nicht vergessen. Obwohl »Vetter« womöglich nicht ganz zutrifft, denn manche irischen Feenforscher meinen, der Clurichaun wäre nichts anderes als ein Leprechaun, dem man nachts begegnet, nachdem dieser sein Tagwerk beendet hat. Rein äußerlich gleichen sich beide jedenfalls sehr, was man für ihr Betragen nicht unbedingt behaupten kann. Der Clurichaun ist ein bärbeißiger Frechdachs, der nicht viel von den guten Sitten hält: Er reitet auf unschuldigen Schafen, Ziegen und Hunden durch die Gegend, die er sich einfach von einer Weide oder vom nächsten Hof stiehlt, und ist augenscheinlich stets schwer angetrunken. In Kombination mit ihren Lieblingswohnstätten – Bier- und Weinkeller, in denen sie ganz genau darauf achten, dass niemand etwas von den flüssigen Kostbarkeiten stiehlt – kann man es kaum anders ausdrücken, als dass man es bei ihnen offenbar mit einer zur Trunksucht neigenden Variante der Kleinen Völker zu tun hat.

Nähe zum Hobbit: Unbeirrt der Trinkgewohnheiten der Clurichauns und der modischen Vorlieben der Leprechauns, weisen beide ein Charakteristikum auf, das es mir schwer macht, sie eng in die Nähe des Hobbits zu rücken: Sie tragen nun einmal Schuhe.[176]

Der Pixie
Sichtungsgebiete: Auf den Britischen Inseln, dort hauptsächlich in Devon und Cornwall.

---

[176] Plischke: Ach, Kollege Wolf, und was ist mit den Starren? Haben Sie uns nicht vorhin erst erklärt, dass diese Hobbits ab und zu Schuhe trugen?
Christiansen: Und überhaupt – wenn man als Hobbit davon ablenken möchte, dass man ein Hobbit ist, ist eines der einfachsten Mittel der Tarnung doch wohl definitiv, in ein paar bequeme Treter zu schlüpfen, oder etwa nicht?

Äußere Erscheinung: Hierbei ist es wichtig, dass Sie sich von einem Bild lösen, das durch die in England im ausgehenden 19. und frühen 20. Jahrhundert grassierende Feenmanie etabliert wurde. Im Zuge dieses Trends entstanden Hunderte von Fotografien, die angeblich Angehörige der Kleinen Völker zeigten und von denen bislang keines einer genauen wissenschaftlichen Überprüfung standhalten konnte. Es sind Fälschungen, für die Kinder und Jugendliche zumeist leicht und luftig bekleidet in spielerischen Posen abgebildet wurden – manchmal wurden sie in der freien Natur abgelichtet, manchmal im Studio, um sie danach durch frühe Formen der Bildmanipulation einfacher in einen gewünschten Hintergrund einzufügen.[177] Pixies sind also keine handspannengroßen, mit Schmetterlingsflügeln ausgestatteten Miniaturfeen, die mit Blumenkränzen im Haar um Blüten herumflattern. Doch was sind sie dann?

Pixies zählen zu jenen Vertretern der Kleinen Völker, bei denen die Verwechslungsgefahr mit Kindern besonders hoch ist. Sie sind von zierlicher Statur, besitzen abgesehen von einem dichten Haarschopf kaum andere Körper- oder Gesichtsbehaarung und lösen beim Betrachter oft den Reflex aus, sie einfach nur niedlich zu finden. Die größten von ihnen könnten sich offenbar problemlos in einer gewöhnlichen Menschenmenge aufhalten, ohne dabei sofort als Winzlinge aufzufallen. Sie treten oft nackt auf, und wenn sie Kleidung tragen, ist sie meist grün[178] und ein spitzer Hut das Auffälligste an ihr. In Darstellungen jüngeren

---

[177] Christiansen: Das berühmteste Opfer dieses Feenhypes ist sicherlich ausgerechnet Sir Arthur Conan Doyle, der geistige Vater des ob seines Scharfsinns zur literarischen Legende gewordenen Sherlock Holmes.
[178] Plischke: Damit finden sie zumindest eine der beiden traditionellen Hobbitfarben Grün und Gelb schick.

Datums weisen sie oft spitze Ohren und leicht angeschrägte Augen auf, doch es ist möglich, dass diese Eigenschaften ihnen erst zu Zeiten des großen Feenhypes angedichtet wurden.

Verhalten: Ein Pixie kommt selten allein. Sie fallen prinzipiell nur scharenweise ein – in manchen Berichten sogar zu mehreren Hundert –, wobei der Hauptgrund für diese Zusammenkünfte so etwas wie eine Art Partylaune ist. Die Pixies singen, tanzen und lachen die ganze Nacht hindurch. Auch freundliche sportliche Wettstreite, bei denen sie in Ringkämpfen oder ähnlichen Formen des Kräftemessens gegeneinander antreten, sind keine Seltenheit. Den Tag verbringen diese stets heiteren Wesen dem Vernehmen nach in unterirdischen Behausungen, die an oder in unmittelbarer Nähe von Steinkreisen, Hügelgräbern und anderen Zeugnissen prähistorischer Kulturen gelegen sind.

Vielleicht gerade weil sie wie Menschenkinder aussehen, zeigen sie sich diesen bereitwilliger als Erwachsenen. Sie haben einen ausgeprägten Spieltrieb, und im Gegensatz zu manch anderen Kleinen Völkern sind ihre gut gemeinten Scherze stets harmloser Natur (wie etwa sich unter einem Haufen Lumpen zu verbergen, um dann darauf zu warten, dass ein paar neugierige Kinder ihn durchstöbern, die sich jetzt natürlich prima erschrecken lassen).[179]

Andere Geschöpfe, denen die Pixies traditionell viel Zuneigung entgegenbringen, sind Pferde. Diese Vernarrtheit geht so weit, dass sie ab und an sogar in Ställe vordringen, um sich ein Pferd ungefragt auszuleihen. Pferdebesitzer unter Ihnen können jedoch beruhigt sein: Die

---

[179] Christiansen: Ich habe allerdings von Geschichten gehört, wonach die Pixies gelegentlich auch Kinder oder einsame Wanderer entführen.
Plischke: Fiese Propaganda von erklärten Pixiehassern?

Pixies bringen das geliehene Pferd immer brav in die Box oder auf die Weide zurück, von der sie es haben. Ihnen würde höchstens auffallen, dass Ihr Pferd am nächsten Morgen eine zerzauste oder zu eigentümlichen Zöpfchen geflochtene Mähne hat.

Es heißt, Pixies hinterließen an ihren Versammlungsorten, aber bisweilen auch beim bloßen Vorübergehen eine pulverige Substanz namens Pixie- oder Feenstaub. Ihm werden allerlei sonderbare Wirkungen nachgesagt – eingeatmet oder auf die Haut gestreut soll er Schläfrigkeit auslösen, schöne Träume bringen, Halluzinationen verursachen oder Feen für große Leute sichtbar machen. Unter Umständen handelt es sich bei diesem Staub um eine Droge, die es den Pixies ermöglicht, ihre ausschweifenden Feiern durchzuhalten. Die randständige Ansicht, Pixiestaub sei die Asche von Pfeifenkraut, wie es die Hobbits rauchen, weise ich entschieden zurück: Nach allem, was wir über Pfeifenkraut wissen, war sein Nikotingehalt nun auch nicht wieder so hoch, dass eventuelle Rückstände in der Asche ausreichen könnten, die für Pixiestaub beschriebenen Effekte auszulösen.[180]

Nähe zum Hobbit: Geselligkeit, Sangeslust, ihr kindliches Aussehen, Tierliebe – es ist gerade der letzte Punkt, der mich dazu bewegt, die Pixies sehr eng mit den Hobbits in Verbindung zu bringen. Denn wer nicht von Tolkiens Schilderungen gerührt war, wie sehr Samweis Gamdschie sich um das Wohlergehen von Lutz, dem Pony, sorgte, der hat schlicht kein Herz.[181]

---

[180] Plischke: Es sei denn, die Hobbits hätten das Pfeifenkraut seit dem Auenland gewissermaßen hochgezüchtet, analog zu den modernen Hanfpflanzen, deren Cannabisgehalt auch deutlich über dem ihrer Vorfahren liegt.

[181] Plischke: Ist Weichherzigkeit seit Neuestem ein Qualitätsmerkmal für wissenschaftliche Präzision, oder was?
Christiansen: Aber wir reden von Lutz! Lutz!

Die Pygmäen[182]

Sichtungsgebiete: Im Altertum an den Rändern der bekannten Welt (nach griechischen Maßstäben). Aristoteles vermutete ihre Heimat in den Sumpfgebieten um die Quellen des Nils, andere sahen die Pygmäen eher in Indien zu Hause. Mythologisch gesprochen fand man sie irgendwo an den Ufern des Flusses Okeanos, der den damaligen Vorstellungen nach den gesamten Erdkreis umströmte.

Äußere Erscheinung: Je nachdem, aus welcher Zeit die jeweilige Sichtung und die damit verbundene Beschreibung stammt, schwankt nicht nur die genaue Körpergröße dieses Kleinen Volkes. Bis zum 5. Jahrhundert vor unserer Zeitrechnung wurden die Pygmäen vielfach mit normalen Körperproportionen dargestellt. (Sie stellen sich das am besten so vor, als wäre ein gewöhnlicher Mensch in einen Schrumpfungsstrahl hineingeraten, wie man ihn aus Science-Fiction-Komödien kennt.) Erst danach setzt sich ein anderes Bild durch – eines, bei dem die Gliedmaßen zu kurz und der Kopf wiederum zu groß für den dazugehörigen rundlichen Körper ausfallen. Es ist entsetzlich, aber man muss es aussprechen: Die Pygmäen verkamen in der Vorstellung der damals lebenden Großen Leute immer mehr zu komischen Figuren, über deren grotesk-possierliches Erscheinen und Betragen man sich gar köstlich zu amüsieren wusste. Man weiß sogar von solchen Darstellungen, auf denen ein Pygmäe nicht nur einen runden Wanst, sondern gleich derer drei vor sich herschiebt!

Zurück zur Größe: Das altgriechische Wort, aus dem sich Pygmäe ableitet – *pygmaîos* –, bedeutet in etwa »unge-

---

[182] Plischke: Hier sind die Wesen aus der griechischen Sagenwelt gemeint, *nicht* die Völker gleichen Namens in Zentralafrika.
Christiansen: Auf Letztere geht Kollege Wolf sicher noch an anderer Stelle ein.

fähr faustgroß« oder »Fäustling«.[183] Nun benutzten die alten Griechen auch ein Längenmaß, das sich auf die Größe einer Faust bezog, und orientiert man sich daran, hätten die Pygmäen nicht einmal 40 Zentimeter erreicht. Schenkt man hingegen den Angaben in chinesischen Schriften Glauben, die ein paar Jahrhunderte jünger sind (denn so weit, bis ins Reich der Mitte hinein, verbreitete sich die Kunde von der Existenz dieses Kleinen Volkes), brachten es die Pygmäen immerhin auf stattliche 90 Zentimeter.[184]

Verhalten: Ihre Popularität verdanken die Pygmäen einem bestimmten Mythos, der sich um sie rankt: Jedes Jahr, wenn die Kraniche ihre Heimatregion invasieren, führen sie einen erbitterten Kampf gegen die räuberischen Zugvögel. Sie versuchen, sämtliche Kraniche zu erschlagen und all ihre Gelege zu vernichten – ein Ziel, an dem sie ein ums andere Mal trotz eifrigster Bemühungen scheitern.

Was in den Pygmäen die Wut auf die Kraniche entfacht, ist für mich kein Mysterium, wenn man die genaueren Lebensumstände der Pygmäen mit in die Überlegungen einbezieht: Sie hausten in Höhlen, bestellten aber Felder an den Flussufern, die regelmäßig überschwemmt wurden. Kraniche nutzen sumpfige Gebiete – und als solche müssen den Vögeln auch die Felder der Pygmäen erschienen sein – als bevorzugten Ort zur Futtersuche. Da die Pygmäen den Legenden zufolge so gut wie oder vollkommen nackt ihrem Tagwerk nachgingen, haben die Kraniche in ihnen wohl nichts anderes gesehen als die buchstäblich fette Beute – quasi riesige Frösche, die nur darauf warten, verschlungen zu werden.

---

[183] Plischke: Nicht wie in der Handschuhsorte, sondern wie in Däumling.

[184] Christiansen: Was einem verzweifelten Hobbitkundler auf der Suche nach versprengten Kolonien seiner Lieblinge natürlich sehr viel mehr entgegenkommt.

Wie auch immer es um diese Kranichkämpfe bestellt gewesen sein mag, Pygmäen sind aus einem sehr spezifischen Grund für Hobbitkundler von Interesse: Kaum ein anderes Kleines Volk wurde über so lange Zeit hinweg und derart intensiv in den Mittelpunkt wissenschaftlicher Betrachtungen gerückt. Und das, obwohl selbst in den heißesten Phasen dieser Debatten nie auch nur ein einziger Forscher je einen unumstößlichen Beweis für ihre Existenz beibringen konnte. Trotzdem waren sie beispielsweise in der Renaissance ein echtes *hot topic*, weil man an ihrem Beispiel verhandelte, was einen Menschen denn nun genau zum Menschen machte. Eine Argumentationslinie, um diese Fragestellung wenig galant in ihrer Gänze zu umschiffen, stammte vom italienischen Naturforscher Julius Caesar Scaliger. Er stellte im 16. Jahrhundert dreist die folgende Annahme in den Raum: Man brauche sich über Pygmäen nicht weiter den Kopf zu zerbrechen, denn die Erde sei inzwischen hinlänglich erforscht und man habe nirgendwo Pygmäen entdeckt. Eine barbarische Diskussionskultur, der man sich als Hobbitkundler bis heute immer wieder nahezu hilflos ausgeliefert sieht![185]

Nähe zum Hobbit: Gern schlüge ich die Pygmäen sang- und klanglos den Hobbits zu. Bedauerlicherweise gehören zu den Überlieferungen über sie auch Angaben über ihre durchschnittliche Lebensspanne – und die ist mit nur wenigen Jahren für einen Hobbit nun einmal viel, viel zu kurz.[186]

---

[185] Plischke: Ganz so leicht kam Scaliger damit aber auch nicht durch. Er stand unter anderem vor dem Problem, dass die Pygmäen auch in der lateinischen Fassung der Bibel Erwähnung finden – einem Werk, an dessen Glaubwürdigkeit Kritik zu üben zu jener Zeit noch sehr viel gefährlicher war als heute.

[186] Christiansen: Typisch Kollege Wolf. An der Nummer mit den drei Bäuchen herummäkeln und sie als fiesen Spott hinstellen, obwohl Hobbits

Der Wechselbalg
Sichtungsgebiete: In beinahe ganz Europa, von Schweden bis Malta.

Äußere Erscheinung: Der Wechselbalg ist ein weiterer Sonderfall unter den Kleinen Völkern. Grundsätzlich handelt es sich um ein Wesen, das äußerlich so gut wie nicht von einem gewöhnlichen Säugling zu unterscheiden ist. Es ist der Legende nach allerdings ein Kind, das aus einem der Kleinen Völker stammt (oft ein Kobold oder ein Feengeschöpf) und von seinen Eltern einer Menschenmutter in die Wiege gelegt wurde – im Austausch gegen deren eigentliches Kind.[187] Die Motive dafür sind unklar und reichen dem Vernehmen nach von reiner Boshaftigkeit bis hin zu komplexeren Gemengelagen wie der Absicht, das entwendete Kind zu einem Angehörigen des eigenen Volkes zu erziehen oder durch das buchstäbliche Stehlen von frischem Blut Inzucht innerhalb der eigenen Sippe zu vermeiden.

Verhalten: Der Wechselbalg stellt seine menschliche Mutter auf eine harte Bewährungsprobe. Wenn er einmal nicht schreit, will er gefüttert werden – und er ist derart unersättlich, dass er die Mutter regelrecht auszehrt.

In manchen Sagen ist das fremde Kind übrigens gar kein Kind, sondern ein bereits ausgewachsenes Exemplar eines Kobolds. In diesen Fällen wäre sein Verhalten eher eine Art parasitäre Überlebensstrategie und zugleich eine der engs-

---

alles andere als gertenschlank sind, und dann aber das mit dem eintagsfliegenartigen Dasein fraglos hinnehmen. Da kann man nur den Kopf schütteln.

[187] Plischke: »Austausch« ist da sehr höflich formuliert. Die Eltern des Wechselbalgs kidnappen ein Menschenbaby und schieben ihren eigenen Nachwuchs den nichtsahnenden Eltern unter. So sieht's doch aus.

ten und ungewöhnlichsten Formen des Zusammenlebens von Kleinen Völkern und Großen Leuten.[188]

Selbstverständlich wurden im Lauf der Zeit viele Bräuche entwickelt, die eine junge Mutter davor bewahren sollen, unfreiwillig zur Amme eines Kobolds zu werden. Die meisten sind präventiver Natur. Manche muten lediglich etwas ungewöhnlich an (wie etwa der Brauch, ein auf links gedrehtes Kleidungsstück neben der Wiege aufzubewahren); andere bergen aus meiner Warte ein nicht zu verantwortendes Sicherheitsrisiko für den zu schützenden Säugling. Oder halten Sie es für eine gute Idee, eine Schere in unmittelbarer Nähe einer Wiege abzulegen oder aufzuhängen? Die Bräuche, die einen bereits eingenisteten Wechselbalg vertreiben sollen, sind noch zweifelhafter und können katastrophal enden, falls die Mutter sich irrt und anstelle eines Feenkinds einfach nur Nachwuchs hat, der etwas unruhiger und mit einem größeren Appetit ausgestattet ist als gewöhnlich. Der Volksmund empfiehlt nämlich oft, einen Wechselbalg unbarmherzig zu schlagen oder die Wiege direkt neben dem Kamin aufzustellen, um den schreienden Nimmersatt loszuwerden. Die tragischen Konsequenzen solcher blindwütigen Ratschläge können Sie sich leicht selbst ausmalen.

Nähe zum Hobbit: Warum nehme ich den Wechselbalg in diese Liste auf? Wegen der Überlieferungen, wonach manche der Wechselbälger erstens nie enttarnt werden und ihre

---

[188] Plischke: Noch so ein Euphemismus. Man könnte dieses Verhalten auch »Schmarotzertum aus reiner Faulheit« nennen.
Christiansen: Oder es könnte für ungewöhnliche sexuelle Vorlieben unter einigen Vertretern der Kleinen Völker sprechen. Immerhin sind die Wechselbalglegenden wesentlich älter als Fertignahrung für Säuglinge. Wenn die Mutter also von so einem erwachsenen Wechselbalg ausgezehrt wird, erfolgt das zweifelsohne darüber, dass sie ihn an die Brust nimmt.

Zieheltern ihnen mit so viel Liebe begegnen, dass sie letztlich zu vermeintlich vollkommen gewöhnlichen Erwachsenen werden, die sich sehr gut in ihr neues Umfeld einfügen. Diesen Personen wird dann zwar ab und zu nachgesagt, sie wären etwas absonderlich, doch das kann man auch von vielen Nicht-Wechselbälger behaupten. Daraus ergibt sich eine äußerst faszinierende Möglichkeit: Mitten unter uns könnten Hobbits leben, die nicht einmal wissen, dass sie Hobbits sind![189]

Der Zwerg
Sichtungsgebiete: Überall in Europa.

Äußere Erscheinung: In den am weitesten verbreiteten Darstellungen, die vorrangig auf nordischen Sagas beruhen, sind Zwerge kleine, verhältnismäßig unattraktive Geschöpfe mit langen Nasen, wuchernden Bärten und brauner Haut. Auch hier muss darauf verwiesen werden, dass diese negativen Zuschreibungen nicht immer Teil des Zwergenbildes waren. Bei den frühesten Berichten über sie ist sogar unklar, wie es um ihre Körpergröße denn nun genau bestellt ist. Weniger umstritten ist jedoch ihre Vorliebe für eine unterirdische Lebensweise in Erdspalten und Höhlen, was auch erklärt, warum sie praktische Kleidung tragen, die Menschen an die von Bergleuten erinnert. Erst durch Einflüsse jüngeren Datums – wie etwa die Schriften Tolkiens – hat sich unsere Wahrnehmung vom Zwerg

---

[189] Plischke: Und sie würden nicht einmal durch ihre haarigen Füße auffallen, da man unter uns Menschen in hiesigen Gefilden meistens Schuhwerk trägt.
Christiansen: Selbst an Orten, wo man seine Füße nackt präsentiert, würden diese »adoptierten« Hobbits wohl kaum größeres Aufsehen erregen. Ich meine, selbst im Freibad sind haarige Füße nicht unbedingt das, worauf man automatisch wie gebannt starrt.

dahingehend gewandelt, dass wir ihn auch in vielen Fällen als tapferen, gut gerüsteten Krieger begreifen. Noch viel mehr als bei anderen Kleinen Völkern ist es bei den Zwergen ein Rätsel, wie ihre weiblichen Vertreter aussehen. Das Spektrum an dazugehörigen Theorien reicht von simplen und überzeugenden Ansätzen – die Unterschiede zwischen den Geschlechtern sind so gering, dass es für Außenstehende sehr, sehr schwer ist, einen bärtigen Zwerg von einer nicht minder bärtigen Zwerg*in* zu unterscheiden – bis hin zu solch komplett abwegigen Vorstellungen, dass die Zwerge nur ein Geschlecht haben und gewissermaßen wie Pilze aus dem Boden sprießen.

Verhalten: Die Informationen, die uns Tolkien über die Zwerge zukommen lässt, decken sich in einigen Aspekten mit denen aus anderen Quellen: Wir können beispielsweise davon ausgehen, dass die Zwerge begeistert Edelmetalle und Edelsteine sammeln, um damit ihre unterirdischen Behausungen zu schmücken. Diese Orte sind in der Folge üblicherweise sehr prächtig anzuschauen und dazu geeignet, jeden menschlichen Besucher in ehrfürchtiges Staunen zu versetzen.[190] Dies festigt sicherlich den Ruf der Zwerge als außergewöhnlich begabte Handwerker, führt allerdings andererseits dazu, dass sie in der Vorstellung vieler Menschen gelegentlich mit Heinzelmännchen, Brownies oder anderen als besonders fleißig geltenden Kreaturen verschmelzen.

In Hinblick auf den Hobbit ist ein Detail über die Handwerkskunst der Zwerge nicht unerheblich: In vielen Sagen über sie wird ein Hut oder eine andere Kopfbedeckung[191]

---

[190] Plischke: Oder eine Goldgier in ihnen zu wecken, die der der Zwerge in nichts nachsteht.

[191] Christiansen: Hierzulande dürfte uns die Tarnkappe aus dem Nibelungenlied am vertrautesten sein, die Siegfried dem Zwergenkönig Alberich abluchst.

bzw. seltener auch ein Mantel erwähnt, mit dessen Hilfe sie sich unsichtbar machen können. Nun ist ein Hut oder ein Mantel zwar kein Ring, doch ich kann mir gut vorstellen, dass hier drei Motive, die in Tolkiens Schriften über uralte Zeiten auftauchen, zu einem späteren Zeitpunkt zusammengefallen sind: die allgemeine Mühelosigkeit, mit der sich Hobbits vor den Blicken von uns Großen Leuten verbergen können, die Zaubermacht des Einen Rings sowie die Eigenschaften der Elbenmäntel, die die Hobbits aus der Gemeinschaft des Rings tragen.

Wie immer die Geschichten über zwergische Tarnkappen, -hüte und -mäntel auch entstanden sein mögen und weshalb auch immer wir so viel über die Zwerge vergessen haben: Es existieren jedenfalls starke Indizien, dass Menschen und Zwerge wenigstens in Teilen Europas einst sehr viel enger zusammenlebten, als es heute der Fall ist. Das stärkste Indiz dürften die teils recht aufwendigen und weitverzweigten unterirdischen Bauwerke sein, die man in Deutschland Erdställe nennt, sowie deren Entsprechungen auf den Britischen Inseln und in Frankreich.[192] Es handelt sich um meist mit Steinen abgesicherte Gänge, Kammern und Tunnel, durch deren Zugänge sich ein Mensch oft nur mit Mühe hindurchquetschen kann. Sie befinden sich meist in unmittelbarer Nähe zu früheren oder noch bestehenden menschlichen Ansiedlungen, und ihr genauer Verwendungszweck gibt jenen Archäologen, die der Existenz Kleiner Völker mit tiefster Skepsis begegnen, nach wie vor viele Rätsel auf. In diesen Kreisen werden solche Anlagen vielfach als Kultstätten oder Rückzugsorte bei kriegerischen

---

[192] Plischke: Diese Souterrains – und ja, das ist tatsächlich der Begriff aus der Archäologie und kein versehentliches Verfallen in Maklersprache – sind dabei wesentlich älter als die Erdställe, die man in Deutschland findet und die wohl erst vor rund tausend Jahren gebaut wurden.

Auseinandersetzungen gedeutet, auch wenn die Meinungen hier wirklich sehr weit auseinandergehen. Für einen Hobbitkundler ist die Sache natürlich einfacher: Was können die Erdställe anderes sein als die verlassenen Wohnungen von Angehörigen der Kleinen Völker? Wie viel Beweise braucht die sogenannte seriöse Forschung denn noch?

Ich erwähne die Erdställe auch deshalb, weil ihnen erst seit einigen Jahren überhaupt größere Aufmerksamkeit zuteilwird, nachdem sie lange Zeit sträflich ignoriert wurden. Das gestiegene Interesse an ihnen begrüße ich ausdrücklich. Wer weiß, ob man nicht bald auch auf unterirdische Anlagen stößt, die sich zweifelsfrei als Smials identifizieren lassen! Runde Tür- oder Fensteröffnungen in Verbindung mit mehreren Kammern, in denen eindeutige Spuren einer umfassenden Vorratslagerung zu finden sind, würden mir persönlich ja schon genügen.

Nähe zum Hobbit: Selbstverständlich gibt es deutliche Parallelen zwischen Hobbits und Zwergen. Dem entgegen steht neben der offensichtlichen Bartpracht die klare Verbindungslinie zwischen Elben und Zwergen, wie sie in der nordischen und germanischen Mythologie gezogen wird: Während Tolkien die Hobbits ja als Unterart des Menschen ausweist, sind in diesen Vorstellungen die Zwerge letztlich nur eine Variante der Elben. Wie vielen Elben wurden auch den Zwergen Opfer dargebracht – zum Teil recht blutige noch dazu –, und ich bringe schlicht nicht die nötige Imaginationskraft auf, um zu glauben, dass es den Hobbits gefallen würde, sich von Großen Leuten wie kleine Götter verehren und mit frischem Fleisch versorgen zu lassen.[193]

---

[193] Plischke: Ich schon. Was wäre denn, wenn manche Teile der Hobbits sich in die Richtung entwickelt hätten, wie sie durch Gollums Verwandlung unter dem Einfluss des Einen Rings vorgezeichnet war? Gollum hätte

Afrika
Kommen wir zur nächsten Station unseres Fluges rund um den Globus. Niemand zweifelt noch ernsthaft daran, dass Afrika der Kontinent ist, auf dem dereinst die Menschwerdung stattfand. Vor diesem Hintergrund wäre das Fehlen von Verweisen auf Kleine Völker in den dortigen Sagen und Legenden eine echte Überraschung und auch ein empfindlicher Rückschlag für die Hobbitforschung. Glücklicherweise besteht aber an solchen Mythen, in denen Kleine Völker eine entscheidende Rolle spielen, trotz einer oft beklagenswert dürftigen Quellenlage kein Mangel. Anders gesagt: Nicht nur wir kommen ursprünglich alle aus Afrika, sondern auch der Stammbaum der Hobbits hat dort sicher seine tiefsten Wurzeln.

Der Abatwa
Sichtungsgebiete: Südafrika.
Äußere Erscheinung: Die Abatwa sind Geschöpfe, auf die Bezeichnung »Kleines Volk« besser und wortwörtlicher zutrifft als auf viele andere Kreaturen, die unter diesem Sammelbegriff zusammengefasst werden. Ein Abatwa erreicht selten eine Größe, die über wenigen Zentimetern liegt. Ansonsten weist er die gleichen Proportionen auf wie wir Großen Leute, und er verfügt anscheinend auch nicht über irgendwelche besonderen Kennzeichen wie etwa haarige Füße oder spitze Ohren, wenn man ihn genauer unter die Lupe nimmt.

Verhalten: Die Abatwa leben in Ameisenhaufen, die für sie wahrscheinlich unvorstellbar geräumig und weitläufig sind. Da in den Berichten über sie nicht erwähnt wird, dass

---

gewiss kein Problem damit gehabt, wenn man ihm regelmäßig ein Tier oder gar einen Menschen geopfert hätte.

sie von ihren Erbauern aufgegebene Hügel beziehen oder diese vertreiben, kann wohl davon ausgegangen werden, dass Abatwa und Ameisen eine friedliche Koexistenz führen. Ich vermute wie einige meiner Kollegen, dass es den Abatwa wahrscheinlich sogar gelungen ist, die Ameise zu domestizieren und als Reittier zu benutzen.

Bei den Abatwa handelt es sich um eine Kultur von Jägern und Sammlern, die sich von dem ernähren, was ihnen die Natur zur Verfügung stellt. Dabei sind sie anscheinend sehr gut organisiert, denn anders könnten sie wohl schlecht Beute zur Strecke bringen, die größer ist als sie selbst.

Wir wissen unter anderem deshalb relativ wenig über die Traditionen der Abatwa, weil sie sich uns nur unter ganz bestimmten Voraussetzungen zeigen. Als erwachsener Mann hat man angeblich nicht die geringste Chance, je einen von ihnen zu Gesicht zu bekommen, es sei denn, man ist ein Schamane.[194] Bessere Karten haben Kinder bis zu vier Jahren, obwohl die Abatwa dem Hörensagen nach auch immer wieder darunter leiden, dass ihre Hügel von spielenden Kindern verwüstet werden. Die letzte Gruppe Großer Leute, bei denen die Abatwa ihre Scheu ablegen, sind schwangere Frauen, und es heißt, Abatwa wären dazu in der Lage, das Geschlecht des ungeborenen Kindes präzise vorherzusagen.[195]

Trotz ihrer Größe – oder besser Kleinheit – sollte man

---

[194] Plischke: Ich kann mir das also getrost von der Backe schmieren, es sei denn, »weiser Gelehrter westlicher Prägung« fällt auch unter die Schamanendefinition der Abatwa.
Christiansen: Selbst dann würde ich mir da keine großen Hoffnungen machen, Kollege Plischke.

[195] Christiansen: Dann haben sie vielleicht eine Art Ultraschallsicht?
Plischke: Ich tippe auf die Pheromone der Schwangeren und einen guten Geruchssinn der Abatwa.

die Abatwa in einer gewaltsamen Auseinandersetzung auf gar keinen Fall unterschätzen. Erstens haben sie in der Regel einen zahlenmäßigen Vorteil, denn sie leben offenbar in sehr großen sozialen Verbänden zusammen – ganz wie die Tiere, die sie meiner Ansicht nach gezähmt haben. Darüber hinaus gelten sie als herausragende Bogenschützen (eine Eigenschaft, die sie mit den Hobbits teilen, die einst als Erste ihrer Art das Auenland besiedelten, ehe ihre Nachkommen diese Kunst ein wenig vernachlässigt haben). Nun schmunzeln Sie vielleicht über die Schießkünste der Abatwa. Immerhin sind Sie für diese Geschöpfe ja regelrechte Titanen, meinen Sie, die sich vor kaum mehr als staubkorngoßen Geschossen nicht zu fürchten brauchen. Ich muss Sie leider enttäuschen. Die Abatwa sind sich sehr wohl bewusst, dass es in ihrer Umwelt vor Riesen nur so wimmelt, und sie waren einfallsreich genug, sich eine adäquate Verteidigungsstrategie zurechtzulegen: Ihre Pfeile sind vergiftet, und wenn man als Mensch nur oft genug getroffen wird, kann dieses Gift tödlich sein.

Daher nun auch ein wichtiger Tipp, der auf einer alten Legende beruht, in der deutlich veranschaulicht wird, wie man am besten mit den Abatwa umgeht. Wenn Sie einem Abatwa begegnen und er sie fragt, aus welcher Entfernung sie ihn erblickt haben, übertreiben Sie bitte maßlos. Sätze wie »Ich habe dich schon von diesen Bergen dort am Horizont gesehen« oder »Man konnte dich schon vom Flugzeug aus erspähen« könnten Ihr Leben retten. Die Abatwa hören es nämlich überhaupt nicht gern, wenn man sie daran erinnert, wie winzig sie sind.[196] In dieser Hinsicht sind sie wirklich sehr empfindlich ...

---

[196] Plischke: Ein ganzes Volk voller Napoleons? Napoleons mit giftigen Pfeilen? Wir sind verloren! Flieht, ihr Narren!

Nähe zum Hobbit: Obwohl ich den Hobbits eine erstaunliche Anpassungsfähigkeit an die unterschiedlichsten Lebensräume zutraue, ist mir die Schrumpfungsdistanz zwischen ihnen und den Abatwa um einiges zu hoch.

Der Aziza

Sichtungsgebiete: Westafrika, vor allem in Benin und Nigeria.

Äußere Erscheinung: Die Aziza treten in zwei Varianten auf. Die eine Spielart aus dem Benin ähnelt den Abatwa, mit dem Unterschied, dass sie über mehr Körperbehaarung als Große Menschen verfügt. Die andere wird offenbar immer einzeln anstatt in größeren Verbänden gesichtet und scheint um einiges größer zu sein. Sie wird als einbeiniger kleiner Mann beschrieben, der Pfeife raucht. Diese Schilderung wiederum deckt sich mit der eines beinahe in Vergessenheit geratenen Gottes aus Nigeria, der ebenfalls den Namen Aziza trägt.

Verhalten: Unabhängig von ihrer Körpergröße sind die Unterarten der Aziza im Wald beheimatet. Sie leben sowohl in Ameisenhügeln (was natürlich Erinnerungen an die Abatwa weckt) als auch in einigen ausgesuchten Baumarten (keine Wohnstatt, die einen Hobbit auenländischer Prägung sofort ansprechen dürfte).

Was mir die Aziza sehr sympathisch macht, ist die Freundlichkeit, die sie uns Großen Leuten schenken. Wenn sie sich zeigen – wie immer ein sehr seltenes Ereignis –, dann normalerweise nur, um einen Jäger bei der Pirsch zu unterstützen, damit seine Familie keinen Hunger leiden muss, oder um einem von uns einen weisen, gut gemeinten Ratschlag zu erteilen. Angeblich haben sie den Großen Leuten in ihrer Heimatregion sogar das Feuer gebracht – eine kulturstiftende Großtat, für die man große Dankbarkeit zeigen sollte.

Auch der angesprochene Gott gleichen Namens, der vom Volk der Urhobo verehrt wurde, zeichnete sich früher durch positives und noch dazu stets sehr entschlossenes Handeln aus. Erst nachdem die Urhobo sich von ihm abzuwenden begannen, entwickelte er grausamere Züge, die durchaus an die aus der Zurückweisung geborenen Eskapaden eines bitter enttäuschten Zwiens gemahnen.

Nähe zum Hobbit: Es ist vor allem die Geschichte des verschmähten und daraufhin zum Menschenfeind gewordenen Gottes, die mich bezüglich der Aziza immer wieder zum Nachdenken anregt. Ist es möglich, dass hier eine für die Großen Leute traurige Erfahrung in Form eines Mythos verarbeitet wurde? Malen wir uns doch kurz folgendes Szenario aus: Die Aziza waren einst ein Stamm von Hobbits – oder sehr hobbitähnlichen Kreaturen –, die die Menschen nach besten Kräften unterstützt haben, um sie vor allerlei Unheil zu bewahren. Sie lehrten die Menschen vieles, um ihnen ihr Dasein zu erleichtern. Irgendwann glaubten die Menschen in der ihnen eigenen Hybris, die Aziza nicht länger zu brauchen, und verärgerten sie damit zutiefst. Die Aziza ihrerseits zogen sich tief in die Wälder zurück, doch immer wieder konnten einige aus den jüngeren, nachwachsenden Generationen die Schmähung durch uns Menschen nicht verschmerzen. Diese zu Recht empörten Zwiens kehrten ab und an zu den ehemaligen Verbündeten zurück, um sie für ihre dreiste Zurückweisung zu bestrafen. Vielleicht ist das alles nicht sehr wahrscheinlich, aber keineswegs völlig auszuschließen. Immerhin steht nirgendwo geschrieben, dass Hobbits nicht nachtragend sein können…[197]

---

[197] Plischke: Das stimmt. Ich muss da an Bilbo Beutlin denken, der bis zu seinem minutiös geplanten Verschwinden anlässlich seiner Geburtstags-

Der Eloko
Sichtungsgebiete: Zentralafrika, vor allem im Kongo.

Äußere Erscheinung: Glaubt man den Berichten, so ist der Eloko (die Mehrzahl lautet Biloko) keine sonderliche Schönheit. Nur das rundliche Gesicht ist nicht von etwas Grünwucherndem bedeckt, das auf unangenehme Weise Gras oder Laub ähnelt. Es könnte sich dabei auch je nach Sichtungsbericht um eine Form der Kleidung handeln, die uns nicht näher bekannt ist. Dafür spricht, dass die Biloko spitze Hüte tragen sollen.[198] Wenig vertrauenerweckend ist der breite Mund, den der Eloko weit genug aufreißen kann, um einen Menschen mit Haut und Haar zu verschlingen. Man soll durchaus vor Schreck in Ohnmacht fallen können, wenn man unvermittelt einem Eloko gegenübersteht. Umgekehrt kann ein Eloko aber auch, wenn er es denn will, ungemein harmlos und unschuldig wirken,[199] und seine Stimme ähnelt der eines kleinen Kindes.

Verhalten: Wer einen Eloko sucht, muss sich in die dichtesten und dunkelsten Wälder vorwagen. Dabei ist Vorsicht geboten: Die Biloko, die von den Einheimischen als erzürnte Ahnengeister verstanden werden, sehen es nicht gern, wenn Große Leute in ihr Revier vordringen. Sie sind jederzeit bereit, den Reichtum an jagdbarem Wild und essbaren Früchten in ihrem Reich mit Gewalt zu verteidigen –

---

feier wartete, um Milo Lochner ein spöttisches Geschenk angedeihen zu lassen, mit dem er sich über Lochners Faulheit bei der Beantwortung von Briefen beschwerte.

[198] Christiansen: Kann mir mal jemand erklären, was es mit Kleinen Völkern und spitzen Hüten auf sich hat? Langsam wird mir das unheimlich, so im Stil einer weltweiten Heinzelmännchenverschwörung.
Plischke: Kein Grund, sich zu fürchten. Spitze Hüte strecken einen und lassen einen größer aussehen. Mehr steckt da nie im Leben dahinter.

[199] Plischke: Wahrscheinlich reicht es schon, wenn er die Klappe nicht allzu weit aufreißt.

falls sie tatsächlich Hobbits sind, haben sie die Vorsicht und das Misstrauen vor Fremden, wie sie im Auenland durch die Grenzer zum Ausdruck kamen, in ein blutrünstiges Extrem getrieben. Ihre Siedlungen in den ausgehöhlten Stämmen alter Urwaldriesen sind eindeutig nicht für menschliche Besucher gedacht.

Offenbar gibt es auch Biloko, die aktiv Jagd auf Große Leute machen, sobald diese in ihr Territorium eindringen. Dabei gehen sie strategisch sehr geschickt vor: Sie läuten ein Glöckchen, dessen Klang so süß und verführerisch ist, dass man gar keine andere Wahl hat, als ihm nachzugehen. Damit lockt der Eloko seine Beute an, um sie dann anzugreifen, sobald sie völlig im Bann des angenehmen Läutens ist.

Nähe zum Hobbit: Die Biloko sind meines Erachtens zu grausam, um echte Hobbits zu sein, auch wenn man diesen nicht völlig zu Unrecht nachsagt, sie seien Fremden gegenüber stets etwas voreingenommen. Daher schlage ich mich in diesem Fall tendenziell auf die Seite einiger Kryptozoologen, die den Eloko als eine bislang unerforschte Unterart des Mandrills einordnen – einer eng mit den Pavianartigen verwandten Affengattung, die für ihre auffällige Gesichtsfärbung berühmt ist.[200]

Die Yumboes
Sichtungsgebiete: Westafrika, und dort vor allem im Senegal.

Äußere Erscheinung: Die Yumboes, die etwas mehr als einen halben Meter groß werden, haben eine auffallend hel-

---

[200] Plischke: Natürlich. Biloko sind zu grausam für Hobbits. Das müssen Affen sein. Kommt das wirklich von demselben Mann, der uns noch im letzten Kapitel erläutert hat, wo die grausamen Wurzeln des Golfspiels bei den Hobbits liegen?

le, fast weiße Haut.[201] Ihr Haar ist silbrig weiß und glänzend. Ansonsten sind über sie keine anderen auffälligen körperlichen Eigenschaften bekannt, und in ihrem Kleidungsstil sind sie von den Einheimischen ebenfalls nicht zu unterscheiden.

Verhalten: Im Gegensatz zu den zur Garstigkeit neigenden Biloko sind die Yumboes uns außerordentlich freundlich gesinnt. Sie knüpfen sogar angeblich enge Bande zu uns: Jede Familie der Yumboes sucht sich eine menschliche Familie aus der näheren Umgebung, der sie sich dann besonders verpflichtet fühlt. So spenden sie ihren großen »Adoptivverwandten« bereitwillig Trost, falls es unter diesen zu einem Todesfall kommt.

Sie haben auch keine Probleme damit, einen großen Besucher in ihre Wohnungen einzuladen. Diese liegen unterirdisch unter Hügeln, sind allerdings prächtig ausgestattet, ordentlich und sauber sowie sehr geräumig. Den Gast erwartet ein gehaltvolles und mehrere Stunden dauerndes Bankett, bei dem er von den Yumboes so zügig bedient wird, dass es heißt, man könne nur kurze Blicke auf ihre Hände und Füße erhaschen, während sie einem immer neue Köstlichkeiten auftischen.

Moralapostel würden sich an der leichten Kleptomanie der Yumboes sicher stören: Manchmal schleichen sich diese kleinen Leute nämlich nachts in die Häuser der Großen Leute, um etwas zu stehlen (üblicherweise nur kleinere Mengen Feldfrüchte, denn die Yumboes selbst scheinen keinen Ackerbau zu betreiben). Ihr ungewöhnlichstes Diebesgut ist Feuer, und man sagt, die Yumboes hätten nie das Geheimnis des Feuermachens enträtselt, weshalb sie in

---

[201] Christiansen: Was für Wesen aus den Sagen und Legenden Afrikas nichts Ungewöhnliches ist.

dieser Hinsicht auch auf die Unterstützung der Menschen angewiesen seien.

Anlass zur Kritik für hartnäckige Abstinenzler böte sicher auch der Umstand, dass die Yumboes den Geschmack von vergorenem Fruchtwein schätzen. Sie graben den Wein sogar so lange ein, bis er umschlägt, ehe sie ihn trinken. Unter seinem Einfluss veranstalten sie rauschende Feste im Mondlicht, bei denen alle bis in die frühen Morgenstunden ausgelassen tanzen und singen.

Nähe zum Hobbit: Ich *möchte* daran glauben, dass die Yumboes eine vergessene Hobbitgemeinschaft sind, und ich will Ihnen auch gerne erläutern, warum. Weil alles, was ich über die Yumboes in Erfahrung gebracht habe, geradezu eine Idealvorstellung, ja eine Utopie dessen darstellt, wie Große Leute und Hobbits ein für alle Beteiligten friedliches, fruchtbares Miteinander gestalten könnten. Sogar die unterschwellige Xenophobie der Auenlandbewohner wäre überwunden, während umgekehrt wir Menschen es den Hobbits nicht übel nähmen, wenn sie ab und zu gegen unser Prinzip vom Privateigentum verstießen. Dies wäre wahrlich eine nahezu perfekte Welt und ein Paradies für jeden an der Kultur der Hobbits Interessierten!

Nordamerika
Bevor ich zu sehr ins Schwärmen gerate, setzen wir unseren Kurztrip um die Welt besser möglichst rasch fort und machen einen Sprung über den Großen Teich. Die Frage, ob es Hobbits oder nahe Verwandte aus anderen Kleinen Völkern auf dem nordamerikanischen Kontinent gibt, stellt sich für mich übrigens erst gar nicht. Man findet sie dort nämlich zuhauf in vielen Mythen und Legenden.

Sehr viel spannender ist doch, wann und wie es die ersten Vertreter ihrer Art über den Atlantik geschafft haben. Sind sie mit menschlichen Stämmen aus Sibirien über eine heute nicht mehr existierende Landbrücke zwischen Eurasien und Amerika gezogen?[202] Ich würde sagen: »Ja. Wie sonst?« Aufgrund der tief sitzenden Furcht vor lebenden Gewässern, wie sie viele Hobbits zeigen, würde es mich sehr überraschen, wenn sie ihre Angst ausgerechnet dergestalt überwunden hätten, gleich einen ganzen *Ozean* auf eigene Faust zu überqueren.

Andererseits sei hier nicht verschwiegen, dass einige Hobbitverwandte genau dieses Wagnis auf sich genommen haben, als die ersten Europäer sich in Nordamerika niederzulassen begannen. Denn seit es Europäer in Amerika gibt, werden dort auch zunehmend Angehörige Kleiner Völker gesichtet, wie man sie aus der Alten Welt kennt. Etwas flapsiger ausgedrückt: So mancher Ire hatte wohl anscheinend einen Leprechaun im Gepäck, und auf mehr als einem Schiff, das in Neuengland anlandete, muss ein Klabautermann an Bord gewesen sein, der sich entschloss, seinen Lebensabend als Landratte zu verbringen. Wer weiß? Vielleicht gab es sogar in den kurzlebigen Siedlungen, die die Wikinger in Amerika unterhielten, insgeheim zwergische Bewohner, die sich nach der Abreise ihrer Mitfahrgelegenheiten nach und nach über den gesamten Kontinent ausbreiteten.

Der Memegwesi[203]
Sichtungsgebiete: Im Norden der USA und im Süden Kanadas.

---

[202] Plischke: Oder erfolgte diese Einwanderungswelle gar nur über Packeis, wie neuere Theorien vermuten lassen?
[203] Plischke: Das ist die Einzahl. Der korrekte Plural wäre – zumindest in einer der vielen vorhandenen Schreibweisen – Memegwesiwak.
Christiansen: Das wollte Kollege Wolf uns anscheinend ersparen.

Äußere Erscheinung: Der Memegwesi misst circa 0,6 Meter. Kurzes braunes Fell bedeckt seinen Körper, wobei es sich in seinem Gesicht zu Schnurrhaaren um die Oberlippe herum lichtet. Augenzeugen betonen häufig seinen großen Kopf und seine kindliche Gestalt.

Hier erlauben Sie mir bitte eine kurze Abschweifung. Die eben erwähnte Kombination – großer Kopf und kindliche Gestalt – findet man in vielen Beschreibungen diverser Kleiner Völker. Es lohnt sich, diese beiden Bausteine einmal getrennt voneinander zu untersuchen. Meines Erachtens ist es nämlich gerade der große Kopf, der den Beobachter dazu verleitet, von einer kindlichen Gestalt zu sprechen – denken Sie nur an das Kindchenschema! Auch bei Menschenkindern wirkt der Kopf im Vergleich zum Restkörper größer und die Gliedmaßen dafür im Ausgleich ein wenig zu kurz. Hinzu kommen große Augen in rundlichen Gesichtern (wie sie beide auch vielen Kleinen Völkern zu eigen sind). Berücksichtigt man diesen Aspekt, fällt es einem Hobbitkundler auch wesentlich leichter, den vielen Laien zu verzeihen, die Hobbits mit Kindern verwechseln.

Zurück zum Memegwesi. Ein letztes Detail hinsichtlich seiner körperlichen Eigenschaften, das dringend erwähnt werden muss, ist der ungewöhnliche Klang seiner Stimme: Wie das Sirren herumschwirrender Libellen soll sie sich anhören, und da horche ich selbstverständlich sofort auf.[204]

Weniger überzeugend finde ich die Berichte, wonach der Memegwesi lange Ohren hat, die er aufrichten kann, wenn

---

[204] Plischke: Er spielt auf den Umstand an, dass in Tolkiens Schriften König Théoden Legenden über die Halblinge erwähnt, denen zufolge sie sich mit Stimmen unterhalten, die für Große Leute wie Vogelzwitschern klingen. Kollege Wolf macht bei seinen Argumentationen eben manchmal keine Gefangenen: Vögel, Libellen – Hauptsache ist, es macht hohe Geräusche und fliegt.

er nach etwas lauscht, aber ich bin nun einmal kein Anhänger der Kaninchentheorie und werde auch nie einer werden.

Verhalten: Der Memegwesi sucht sich sein Zuhause an Flussläufen, genauer gesagt in ausgehöhlten Felsen oder unterirdischen Bauen unmittelbar am Ufer. Bei aller Tierhaftigkeit, die man ihm wegen seiner Behaarung andichten könnte, ist er zweifelsohne ein vernunftbegabtes, kulturschaffendes Geschöpf: Er baut beispielsweise Kanus, wobei ich die Behauptung, er würde sie aus Stein fertigen, für eine simple Fehleinschätzung halte. Wahrscheinlicher ist, dass er nicht selbst Bäume fällt und daher stark verwitterte Stämme als Baumaterial verwendet, die auf eine gewisse Entfernung den Eindruck von Stein erwecken können.

Der Memegwesi verhält sich gegenüber seinen großen Nachbarn in aller Regel friedfertig. Nur wenn man ihn reizt, zeigt er angriffslustige Tendenzen, die aber selten über kurze Attacken, bei denen er sehr zielsicher mit Steinen wirft,[205] hinausgehen. Eine sehr viel häufigere Strafaktion besteht darin, sich nachts in eine menschliche Behausung zu schleichen, um dort Nahrung zu stehlen – und zwar sehr wohl in größeren Mengen. Ab und an lässt sich der Memegwesi auf einer solchen Mission auch zu riskanten Scherzen und Streichen verleiten: In einer Geschichte stibitzt er einem Menschen das Essen immer wieder direkt vor der Nase weg, ohne dass sein Opfer ihn bemerkt und sich daher darüber zu wundern beginnt, warum es ihm einfach nicht gelingen will, seinen nagenden Hunger zu stillen. Gesetzt den Fall, der Memegwesi aus dieser Erzählung hat die entwendete Nahrung sogleich in sich hineingestopft, haben wir es hier ganz klar mit einem gesunden Appetit zu tun, der einem Hobbit alle Ehre machen würde.

---

[205] Plischke: Ein geübter Steinewerfer also? Da schrillt der Hobbitalarm!

Des Weiteren verfügt der Memegwesi über einen auffälligen Revierinstinkt, der auch der Hauptgrund sein dürfte, weshalb es überhaupt zu den eben geschilderten Konfliktsituationen kommt. Dabei ist es von der Seite der Großen Leute her recht unkompliziert, diese Spannungen zu vermeiden. Der Memegwesi erhebt zwar Anspruch auf das Gewässer, an dessen Ufern er sich niedergelassen hat, aber er ist durchaus bereit, es zu teilen, solange man ihn um Erlaubnis bittet und ihm den gebührenden Respekt zollt. Bevor man in seinem Wasser badet oder fischt, lohnt es sich, ein kleines Geschenk für ihn abzulegen. Über Tabak freut er sich ganz besonders, und es bringt ihn gewiss auch von der Idee ab, das Kanu unverfrorener Eindringlinge, die buchstäblich nichts für ihn übrig haben, zum Kentern zu bringen.

Nach der Überlassung des kleinen Geschenks ist eine weitere Regel dringend zu beachten: Wenn einem etwas ins Wasser fällt, darf man nicht versuchen, es zurückzuholen. Der Memegwesi geht davon aus, dass der verlorene Gegenstand nun ihm gehört. Nimmt man ihn sich trotzdem, kann das zu einem der eben beschriebenen Raubzüge führen, mit denen der Memegwesi gewissermaßen seinen Schadensersatz einfordert.

Nähe zum Hobbit: Ich bin zwiespältig, was mein Urteil anbelangt. Ja, der Memegwesi besitzt viele Charakteristika eines Hobbits – die kindliche Erscheinung, das Rauchen, das Werfen von Steinen zur Verteidigung, das Pochen auf die Grenzen seines Reviers –, doch da sind leider auch sein Fell und vor allem seine fehlende Scheu vor Wasser.[206]

---

[206] Christiansen: Auch auf das Risiko hin, immer nur dasselbe einzuwerfen, aber was ist mit den Starren? Die passen doch genau. Sie mögen Wasser und sind im Gesicht stärker behaart als andere Hobbits.
Plischke: Ist Kollege Wolf vielleicht ein verkappter Starrenhasser?

Die Menehune
Sichtungsgebiete: Hawaii.[207]

Äußere Erscheinung: Wie viele Kleine Völker gleichen auch die Menehune den großen Einheimischen ihrer Heimatregion im Grunde bis aufs Haar – mit dem Unterschied natürlich, dass sie größenmäßig nicht an sie heranreichen. Bei den Menehune ist die Spanne zwischen ihren größten und ihren kleinsten Vertretern indes relativ hoch. Die »Lulatsche« unter ihnen bringen es auf deutlich über einen halben Meter, während man sich die »Liliputaner« unter ihnen höchst bequem unter die Achsel klemmen könnte, so wie manche verwöhnten It-Girls es mit unschuldigen Chihuahuas tun. Einige Experten für Feenwesen sehen in solchen Diskrepanzen bisweilen ein Gegenargument wider diese These, dass es sich bei diesem oder jenem Volk wirklich um die Angehörigen einer Hobbitkolonie handeln könnte. Dem halte ich wiederum entgegen, dass hinter diesen Größenunterschieden eine sehr einfache Wahrheit stecken könnte: Niemand wird voll ausgewachsen geboren. Dirk Nowitzki maß bei seiner Geburt schließlich auch noch keine 2,13 Meter. Daher sage ich: Die kleinen Menehune sind womöglich nichts anderes als die Jungspunde unter ihresgleichen.

Verhalten: Die Menehune, die vor dem Eintreffen der Großen Leute auf allen Inseln Hawaiis überall zahlreich anzutreffen gewesen sein sollen, haben sich unter dem

---

[207] Plischke: Wir reden über Nordamerika und dann als Zweites ausgerechnet über Hawaii, das mitten im Pazifik liegt und dem polynesischen Kulturraum zuzuordnen ist?
Christiansen: Na ja, ob es einem gefällt oder nicht, aber Hawaii ist nun einmal ein Bundesstaat der USA. Und außerdem schlägt hier der Fluch der alphabetischen Sortierung voll durch.

Druck der Neuankömmlinge[208] inzwischen an die entlegeneren Orte zurückgezogen – überwiegend in die Wälder im Inneren der Inseln und in die Nähe unzugänglicher Buchten. Am wichtigsten ist ihnen dabei wohl, dass sie ihre beiden Lieblingsspeisen – Fisch und Bananen – weiter auf dem Menü haben. Zwei von drei ihrer Freizeitaktivitäten sind absolut hobbitkompatibel – Singen und Tanzen. Nur das tollkühne Klippenspringen, dem die Menehune mit beachtlicher Begeisterung nachgehen, wäre den meisten Halblingen definitiv ein Graus.

Dabei führen die Menehune nicht das Leben antriebsloser, selbstvergessener Müßiggänger. Tagsüber mögen sie entspannen und spielen, nachts jedoch sind sie in gemeinschaftlicher Arbeit zu wahren Höchstleistungen fähig. In gut organisierter Manier – inklusive der Bildung von Ketten zur Weitergabe von Baumaterial – setzen sie in atemberaubender Geschwindigkeit beeindruckende Projekte um. Die beiden berühmtesten Werke ihrer kleinen Hände Arbeit sind zum einen eine Bewässerungsanlage, die ihnen zu Ehren dann auch der Menehunegraben heißt und mit 120 exakt behauenen Basaltblöcken aufwarten kann, sowie der unvollendet gebliebene Alekoko-Fischteich. Selbiger ist nicht grundlos nie fertiggestellt worden. Die Menehune mögen es nämlich überhaupt nicht, wenn sie von Großen Leuten bei der Arbeit beobachtet werden, und genau dies ist der Legende nach beim Bau des Teichs geschehen. Die zwei Königskinder, die gegen das ungeschriebene Gesetz

---

[208] Christiansen: »Neuankömmlinge« ist da relativ zu verstehen. Je nachdem, ob man daran glaubt oder nicht, dass die Menehune nicht einfach Teil einer ersten menschlichen Siedlungswelle waren, die dann von der Ankunft einer zweiten verdrängt wurde, ist der Zeitpunkt für die Ankunft von uns Großen Leuten entweder das 2. oder das 11. Jahrhundert. Ganz so neu sind wir auf Hawaii also so oder so nicht.

verstießen, die Menehune nicht durch unbotmäßige Spitzelei gegen sich aufzubringen, ereilte dann auch ein schlimmes Schicksal: Die Menehune verwandelten die Störenfriede in Steinsäulen.[209]

Verglichen mit anderen Erzählungen darüber, wie die Menehune mit Eindringlingen vorgehen, ist diese Rachsucht aber sehr ungewöhnlich. Zwar sagt man, die Menehune schössen Menschen, die mit bösen Absichten zu ihnen kommen, Pfeile mitten ins Herz. Diese Geschosse sind allerdings magischer Natur, denn sie töten nicht, sondern löschen nur die Böswilligkeit aus, um sie durch Freundlichkeit und Heiterkeit zu ersetzen.[210]

Nähe zum Hobbit: Wäre ich ein Anhänger der Kaninchentheorie, bräuchte ich mir nur anzusehen, wer in der hawaiianischen Mythologie der Erzfeind der Menehune ist, um zu einem abschließenden Urteil zu gelangen: Immer dann, so besagen es die Legenden, wenn die Menehune zu übermütig werden, schickt der Eulengott Paupeo seine Untergebenen los, um die kleinen Leute etwas Demut zu lehren. Da ist es natürlich verlockend, eine durchgehende Verbindungslinie zwischen Eulen, Kaninchen und Hobbits zu ziehen. Allein, es gab keine Kaninchen auf Hawaii, ehe die Europäer sie dorthin brachten.

---

[209] Plischke: Manchen Anthropologen zufolge ist diese Legende nur eine von den Europäern nach Hawaii importierte Abwandlung der Geschichten über Heinzelmännchen, die ja ebenfalls die Arbeit einstellen, sobald man ihnen hinterherspioniert. Mir wäre allerdings nicht bekannt, dass Heinzelmännchen sich a) jemals als Klippenspringer hervorgetan und b) irgendwelche Menschen zur Strafe in Stein verwandelt hätten.

[210] Christiansen: Ich muss dabei trotzdem an die vergifteten Pfeile der Abatwa denken. Vielleicht vergiften auch die Menehune ihre Pfeile, nur dass sie dabei keine tödlich wirkende Substanz, sondern eine psychoaktive Droge verwenden, die Halluzinationen und Glücksgefühle in ihren Opfern auslöst.

Nichtsdestoweniger lohnt es sich, die alten Mythen heranzuziehen, um eine Einschätzung darüber abzugeben, ob die Menehune eventuell Hobbits sein könnten oder nicht – nur sollten es dann doch bitte schön Mythen über die Menehune selbst sein. Auf Hawaii werden Geschichten über drei besondere Menehune erzählt.

Der erste ist Molawa, der für den unkundigen Beobachter immer nur zu faulenzen scheint, obwohl er doch in Wahrheit seinen Geist aus seinem Körper löst, um gewissermaßen in astraler Form an weit entfernten Orten Gutes zu tun. Von den Hobbits ist uns nichts Vergleichbares bekannt – weder dass einer von ihnen über diese erstaunliche Fähigkeit verfügt, noch dass sie ein solches Talent überhaupt im Bereich des Möglichen sehen.

Eleu wirkt da auf mich schon wesentlich hobbitähnlicher. Ihm wird nachgesagt, er wäre so flink gewesen, dass er nicht zu fangen war – und aufgrund seiner schnellen Bewegungen beinahe unsichtbar.

Am aufregendsten ist für mich jedoch Ha'alulu. Ihm soll stets kalt gewesen sein, und wenn er zu zittern begann, wurde auch er unsichtbar. Ich erkenne in den Geschichten über ihn kaum verschleierte Fragmente der Erzählungen Tolkiens über Frodo Beutlins unheimliches Leiden, nachdem er auf der Wetterspitze von der Klinge eines Nazgûls getroffen wurde – und von der Verzweiflung, die Frodo dazu trieb, den Einen Ring über den Finger zu streifen, um misslichen Lagen zu entfliehen.

Selbst wenn ich mit der Frodo-Assoziation falschliege, ist Hawaii für einen Hobbitkundler immer noch eine Reise wert. Die Menehune weisen wie oben erläutert ja sehr wohl einige Eigenschaften auf, wie sie auch an Hobbits zu beobachten sind. Noch dazu wurden in einer Volkszählung aus dem Jahr 1820 noch 65 Hawaiianer explizit als Menehune aufgelistet. An kaum einem anderen Ort finden sich solche Bestätigungen von offizieller Seite, die zweifelsfrei belegen, dass es sich bei den Kleinen Völkern nicht um Hirngespinste handeln kann!

Die Nirumbee
Sichtungsgebiete: Ich freue mich sehr, Ihnen als Reiseziel einen Ort empfehlen zu können, an dem die Einheimischen nicht den geringsten Zweifel hegen, dass dort bis heute ein Kleines Volk lebt – die Pryor Mountains in Montana.

Äußere Erscheinung: Die Nirumbee zeichnen sich gleich durch eine Reihe bemerkenswerter Eigenschaften aus. So sind ihre Bäuche prall und rund, und sie sind insgesamt so untersetzt, dass es aussieht, als hätten sie gar keinen Hals. Dafür sind ihre kurzen Arme überaus kräftig – angeblich soll ein einzelner Nirumbee mühelos dazu in der Lage sein, einen erbeuteten Hirsch ganz allein nach Hause zu schaffen. Viel Nahrung für eine so kleine Person (die Nirumbee messen selten mehr als einen halben Meter), doch wenn man nach den spitzen Zähnen der Nirumbee geht, sind sie wohl ziemlich gefräßig.

Verhalten: Für die Großen Menschen der Crow gelten die Berge, in denen die Nirumbee leben, als heiliger Ort. »Heilig« bedeutet in diesem Fall, dass man sich nicht dorthin begibt, ohne die Erlaubnis der Nirumbee einzuholen. Das ist auch eine sehr weise Einstellung, denn die Nirumbee sind trotz ihrer Größe gefürchtete und mächtige Krieger. Über sie wird erzählt, sie erschlügen die Pferde ihrer Feinde, um danach die Herzen der getöteten Tiere roh zu verzehren. Ist es eine Schauergeschichte, wie man sie weiterträgt, um sich ungebetene Gäste vom Leib zu halten, oder blutige Realität?

Die Waffe der Wahl für die Nirumbee ist eindeutig der Bogen, und sie beweisen selbst auf weite Distanzen nahezu untrügerisches Zielgeschick. Ihre großen Nachbarn bewunderten sie zudem lange für ihre steinernen Pfeilspitzen, deren Herstellung den Crow, die nur beinerne Pfeilspitzen kannten, ein Rätsel war.

Sah sich eine Gruppe von Crow doch einmal gezwungen, die Berge der Nirumbee zu durchqueren, erbaten sie deren Gunst durch Geschenke.[211] Neben Stoff und bunten Holzperlen war auch der obligatorische Tabak ein gern genommenes Durchreiseentgelt. Wer davon nichts parat hatte, konnte auch Pfeile vor sich herschießen, die die Nirumbee dann dankbar einsammelten.

Diese aggressive, fremdenfeindliche Seite ist aber nur das eine Gesicht der Nirumbee. Das andere ist um einiges freundlicher, wie viele Geschichten über sie nahelegen. Mal heilen sie die Narben eines Menschenjungen, der mit dem Gesicht voran in eine Feuerstelle gefallen ist, mal ziehen sie ein Kind, das seinen Eltern unbemerkt vom Tragegestell gerutscht ist, so liebevoll groß, als wäre es ihr eigenes.[212]

Überhaupt übernehmen die Nirumbee für die Crow erstaunlich oft die Rolle spiritueller Ratgeber, und die Schwitzhütten, in die man sich auf Geisterreise und Visionssuche begibt, gehören dem Glauben der Crow nach eigentlich den Nirumbee. Einer der berühmtesten und einflussreichsten Stammesführer der Crow, Plenty Coups, hat nie ein Geheimnis daraus gemacht, dass es die Nirumbee waren, die ihm halfen, sein Volk vor der Vernichtung zu bewahren: Sie haben ihm nach eigenen Angaben die aufrüttelnden Visionen geschickt, in denen die Büffel ver-

---

[211] Plischke: Wenn das mal kein »Wegzoll« war, wie man ihn andernorts an die Brückentrolle entrichten muss …

[212] Christiansen: Das kommt mir vor wie eine Wechselbalgepisode, die man nur hinterher geschönt hat, um die Nirumbee nicht zu erzürnen …

schwanden und durch die Kühe der vordringenden weißen Siedler ersetzt wurden. Plenty Coups deutete die Botschaft der Nirumbee dahingehend, dass der Siegeszug des weißen Mannes nicht durch Gewalt zu stoppen war, sondern dass die einzige Hoffnung für die Crow darin bestand, sich nach und nach dieselbe Bildung wie die Siedler anzueignen, um ihnen ebenbürtig zu werden.

Nähe zum Hobbit: Falls die Nirumbee eine verschollene Kolonie der Hobbits sind, so haben ihre Bewohner zu jenen Kriegertraditionen zurückgefunden, wie sie im Auenland, wo Waffen nur noch Mathom waren, zuvor schon lange aufgegeben worden waren. Ich vermag also nicht völlig zu verneinen, dass die Nirumbee Hobbits sein *könnten*, doch ich wünsche mir inständig, dass es anders ist – und sei es nur, weil es mich traurig machen würde, wenn die Hobbits sich dazu gezwungen gesehen hätten, auf so viel Gewalt und Aggression zurückzugreifen, um ihr weiteres Überleben zu sichern.

Die Yunwi Tsundi
Sichtungsgebiete: Im Südosten der USA.

Äußere Erscheinung: Die Yunwi Tsundi gehören zu jenen Kleinen Völkern, die sich hinsichtlich ihres Aussehens, abgesehen von ihrer Größe natürlich (sie messen bis zu knapp einem Meter), nicht von Großen Leuten unterscheiden. Die Tatsache, dass sie ihr glänzendes Haar lang genug tragen, dass es sie beinahe an den Fesseln kitzelt, ist ein Phänomen aus den Bereichen Tradition und Mode und keine unveränderliche Eigenschaft.[213]

---

[213] Plischke: Was Kollege Wolf damit so verquast sagen will, ist nur: Nichts hindert die Yunwi Tsundi daran, einen Friseur aufzusuchen und sich die Mähne schneiden zu lassen.

Verhalten: Die Yunwi Tsundi haben ihr Zuhause in gebirgigen Regionen, wo man ihnen zwischen schroffen Felsen und hohen Bäumen begegnen kann. Sie sind sanftmütige Wesen, die den Großen Leuten in ihrer Nachbarschaft nichts Böses wollen. In der überwältigenden Mehrzahl der Geschichten greifen sie sogar aktiv ins Geschehen ein, um Menschen zu helfen – sei es, dass sie ungesehen Medizin für einen Kranken hinterlassen, sei es, dass sie ein verirrtes Kind zurück auf den richtigen Weg führen.

Wie viele andere Kleine Völker bestimmen die Yunwi Tsundi am liebsten selbst darüber, wann wir Menschen sie zu Gesicht bekommen und wann nicht. Diese Regeln zu brechen ist nicht nur unverschämt, es ist töricht: Die Yunwi Tsundi sind dafür bekannt, dass sie Menschen gern bei der Ernte zur Hand gehen, wenn auch nur nachts, und wer sie bei ihrer Arbeit stört, verscheucht sie nur. Dabei verstehen sie auch keinen Spaß, und mit Verscheuchen ist hier nicht gemeint, dass sie sich nur ein paar Tage rar machen. Nein, beleidigt man sie, so kann es sehr gut passieren, dass sie allesamt ihre Sachen packen und sich eine neue Heimat mit höflicheren Nachbarn suchen.

Noch schlimmer sind die Konsequenzen, wenn man sie belauscht, während sie sich gerade untereinander beratschlagen: In diesen Fällen ereilt den Lauscher angeblich ein rascher Tod (der meist den Charakter eines tragischen Unfalls hat).[214]

Etwas gnädiger zeigen sie sich allerdings, wenn man gegen ein anderes ungeschriebenes Gesetz verstößt: Findet man im Wald einen kleinen mehr oder minder kostbaren

---

[214] Plischke: Und damit fliegen die Yunwi Tsundi sofort von der Liste jener Geschöpfe, die man als Forscher unbedingt einmal von einem getarnten Unterstand aus beobachten möchte…

Gegenstand – zum Beispiel ein Messer, eine Kette oder etwas Ähnliches –, tut man gut daran, laut und deutlich die Yunwi Tsundi um Erlaubnis zu fragen, ob man diesen Fund auch an sich nehmen darf. Ansonsten riskiert man, dass sie einen mit gezielten Steinwürfen als lästerlichen Dieb davonjagen.

In seltenen Fällen laden die Yunwi Tsundi Große Leute in ihre Behausungen ein – vor allem dann, wenn diese in irgendeiner schlimmen Bredouille stecken (wie etwa dann, wenn sie bei einem Streifzug durch die Bergwälder plötzlich erkranken). Sie zeigen sich dann äußerst gastfreundlich und lassen den Besuch erst wieder gehen, wenn sie sicher sind, dass ihm nichts mehr zustoßen kann. Dieser Aufenthalt bei ihnen kann mehrere Wochen, bisweilen sogar einige Monate dauern. Manchmal geben sie einem zum Abschied mit auf den Weg, niemand anderem davon zu erzählen, wo man gewesen ist. Auch diesen Rat sollte man treu beherzigen – ein Verstoß führt nicht selten dazu, dass der Betroffene in naher Zukunft zu Tode kommt.

Nun ist es allerdings nicht so, dass die Yunwi Tsundi wie die Winkeladvokaten nur die ganze Zeit darauf achten, ob jemand ihre Regeln verletzt. Die meiste Zeit des Tages verbringen sie mit gemeinsamem Singen, Tanzen und Trommeln in heiterer Geselligkeit.[215]

Nähe zum Hobbit: Für die Yunwi Tsundi gilt das exakte Gegenteil dessen, was ich über die Nirumbee zu sagen hatte. Also: Ich wünsche mir geradezu, dass wir es hier mit einem Stamm von Abkömmlingen der Hobbits zu tun

---

[215] Christiansen: Was Kollege Wolf hier nicht erwähnt, ist, was angeblich passiert, wenn man dem Trommeln nachgeht, sobald man es hört. Dann belegen sie einen mit einem Fluch, der einem dauerhaft die Sinne verwirrt.
Plischke: Neugier war schon immer riskant… frag doch mal die Hobbits!

haben. Die Yunwi Tsundi sind zahlreich, im Großen und Ganzen menschenfreundlich und von jener positiven Lebenseinstellung durchdrungen, für die ich die Hobbits seit jeher bewundere. Ich verzeihe ihnen sogar, dass sie offenbar zu drastischen Methoden greifen, um die genaue Lage ihrer Siedlungsorte vor uns Großen Leuten geheim zu halten, denn nur so können sie sich ihre ursprüngliche Lebensweise bewahren.

Bevor wir von Nord- nach Südamerika aufbrechen, erlauben Sie mir bitte noch eine kleine Bemerkung: Für die indigenen Völker beider Kontinente sind all die Geschöpfe, die ich hier vorstelle, keine Fabelwesen im eigentlichen Sinn. Während man hierzulande fragende, missbilligende oder zumindest verwunderte Blicke erntet, wenn man sich öffentlich dazu bekennt, in Kobolden, Heinzelmännchen oder eben Hobbits mehr zu sehen als irgendwelche sonderbaren Gestalten aus abergläubischen Geschichten, haben viele Ureinwohner Amerikas dafür vollstes Verständnis. Für sie sind die Kleinen Leute schlicht und ergreifend ein ganz normaler Bestandteil der Welt, über den man keine großen Worte machen muss, geschweige denn an seiner Existenz zweifeln. Genauso gut könnte man sich hinstellen und behaupten, es gäbe den Wind nicht, nur weil man ihn nicht direkt sehen kann, sondern immer nur seine Auswirkungen – wenn er Staub aufwirbelt, Regen vor sich hertreibt oder Blätter ins Haus weht. So verhält es sich eben auch mit den Kleinen Völkern: Auf sie einen Blick zu erhaschen, ist für die meisten Menschen eine seltene, ja kostbare Gelegenheit. Die Spuren ihrer Präsenz und ihres Wirkens hingegen sind schier allgegenwärtig, solange man nur weiß, worauf man achten muss.

Südamerika

Auch in Südamerika erzählt man sich schon Geschichten über Kleine Völker, seit der Kontinent von uns Großen Leuten besiedelt wurde. Wie in Nordamerika ist es dabei nicht immer ganz einfach, die Legenden, die von Europäern mitgebracht wurden, sauber von denen der indigenen Völker zu trennen.[216] Es liegt auf der Hand, dass es zu Vermischungen der Inhalte von Sagen und Legenden kam, die die Arbeit des seriösen Hobbitkundlers zu einer echten Herausforderung machen.

Andererseits ist Südamerika auch ein Ort der großen Hoffnungen für unsere Zunft. In den Regenwäldern des Amazonas, die nach wie vor alles andere als umfassend erforscht und sauber kartografiert sind, kommt es bis heute immer wieder zu Begegnungen mit Einheimischen, die bislang noch nie zuvor in direktem Kontakt mit der Außenwelt standen (wenn man die »Außenwelt« als unsere westlich geprägte, vermeintlich zivilisierte Gesellschaft definiert). Wer kann schon zuverlässig sagen, welche Mythen von diesen Menschen seit Generationen weitergegeben werden und welche Hinweise auf die Kleinen Völker sie enthalten? Und wer könnte mit absoluter Sicherheit ausschließen, dass irgendwo dort draußen eine oder gar mehrere Hobbitkolonien nur darauf warten, entdeckt zu werden?[217]

Die Aluxob
Sichtungsgebiete: Überwiegend auf der Halbinsel Yukatan sowie in Guatemala.

---

[216] Plischke: Und auch die Menschen, die von den Europäern von Afrika aus als Sklaven verschleppt wurden, trugen maßgeblich zu der heutigen Vielfalt an Sagen und Mythen in Süd- und Nordamerika bei.

[217] Christiansen: Na, inwiefern diese Hobbits denn nun zwingend darauf *warten,* dass wir uns in ihre Belange einmischen, ist eine steile Ansage …

Äußere Erscheinung: Wie bei vielen Kleinen Völkern schwanken auch bei den Aluxob die Größenangaben erheblich. Von »kniehoch« bis »einem erwachsenen Mann knapp über die Hüfte reichend« ist alles dabei. Glücklicherweise ist man sich in anderen Dingen einig. So sieht ein Alux in seiner gewöhnlichen Gestalt aus wie ein Einheimischer, der auf wundersame Weise verkleinert wurde (es ist also keine auffällige Verschiebung der Proportionen zu bemerken). Seine Haut ist verhältnismäßig hell, sein Gesicht haarlos. Wenn Sie nun bei »gewöhnlicher Gestalt« aufgehorcht haben, haben Sie gut daran getan, denn die Aluxob haben eine große Lust am Verkleiden, wobei sie sich besonders gern als kleinere Tiere aus ihrer Heimatregion – Wiesel, Leguane, Nabelschweine und so weiter – präsentieren. Bei allem Kostümierungseifer ist die Illusion jedoch nie ganz perfekt, sei es nun aus Nachlässigkeit oder weil der Alux uns Großen Leuten eine ehrliche Chance geben will, ihn zu durchschauen. Manchmal braucht man dazu nun wirklich keine Brille, wie etwa wenn ein Tier plötzlich Schuhe oder eine Hose trägt; in anderen Fällen ist ein schärferes Auge fürs Detail erforderlich, weil nur eine kleine Schleife am Schwanz oder ein winziger Nasen- oder Ohrring dem Betrachter verrät, dass er es mit einem verkleideten Alux zu tun hat. Weitaus schwieriger zu erspähen ist ein Alux, wenn er sich vollkommen ruhig verhält und dadurch den Anschein erweckt, nicht mehr als eine kleine Statue am Weges- oder Waldrand zu sein.[218]

Verhalten: Aus der obigen Beschreibung können Sie bereits entnehmen, dass die Aluxob eindeutig zu den Kleinen Völkern gerechnet werden können, die Großen Leuten

---

[218] Plischke: Das dürfte das Kostüm der Wahl für ältere Aluxob sein, die nicht mehr ganz so aktiv sind wie die jungen.

gegenüber nicht sehr angriffslustig sind. Selbst wenn sie einmal zornig und ungehalten werden, was durchaus keine Seltenheit ist, verlegen sie sich auf im Endeffekt harmlose Streiche, die das Opfer mehr dem Gespött seiner Mitmenschen als tatsächlicher Lebensgefahr aussetzen.

Wo die Aluxob sich ihre Unterschlupfe suchen, variiert von Legende zu Legende. Die meisten besagen, die Aluxob hätten sich in die unzugänglicheren Teile des Regenwaldes zurückgezogen. In anderen sind sie auf Maisfeldern beheimatet. In den letzteren Varianten ist es oft sogar so, dass die Aluxob auf Maisfeldern *wachsen*, und das erst überhaupt durch das Zutun von Großen Leuten. Angeblich muss man ihnen nur ein Häuschen in den für sie passenden Dimensionen auf einem solchen Feld bauen, und schon sprießt ein Alux, der anschließend sein neues Domizil bezieht. Selbiges sowie das umliegende Feld bewacht er dann nachts sorgsam, indem er durch die Reihen streift und Diebe oder Schädlinge mit schrillen Pfiffen vertreibt. Nebenbei soll er auch noch für ausreichend Regen sorgen und den Mais düngen, damit dieser ausgezeichnet wächst und gedeiht. Diese Unterstützung hat jedoch quasi ein Verfallsdatum: Nach sieben Jahren muss man die Fenster und Türen des Häuschens schließen, um den Alux darin einzusperren, weil er ansonsten nur noch garstigen Schabernack treibt.

Was immer man auch von dieser Geschichte halten mag – ich äußere mich gleich noch persönlich dazu –, gibt es jedenfalls zwei Wege, wie man in den Genuss kommt, einen Alux zu sehen.[219] Der erste ist absolut unspektakulär:

---

[219] Christiansen: Diese Tipps sind für Erwachsene – Kindern zeigen sich die Aluxob bereitwilliger, und Kinder sind übrigens auch viel besser darin, ihre Tarnungen zu durchschauen (auch wenn viele Erwachsene sie dann nicht für voll nehmen und lieber einer überbordenden kindlichen Fantasie das Wort reden).

Verhalten Sie sich ganz still, finden Sie Ihre innere Mitte, und warten Sie, dass der Alux zu Ihnen kommt. Wem das zu lange dauert oder zu sehr nach transzendentaler Meditation riecht, kann zu einem altbewährten Hilfsmittel greifen: Alkohol. Je größer der Rausch, desto größer auch die Wahrscheinlichkeit, dass ein Alux angelockt wird. Nur sollten Sie sich unbedingt darauf einstellen, dass der Alux dringend etwas von Ihrem Getränkevorrat abhaben möchte. Verweigern Sie ihm diese Freude, können Sie sich darauf gefasst machen, das Ziel seines nächsten Scherzes zu werden!

Nähe zum Hobbit: In der eben kurz zusammengefassten Erzählung vom Alux als Hüter des Maisfelds schwingt für mich eine mythisch verklärte beziehungsweise abgewandelte Erinnerung an eine womöglich gar nicht so ferne Vergangenheit mit, in der die Aluxob und die einheimischen Großen Menschen nicht neben-, sondern miteinander lebten. Dass die Aluxob überdies Hobbits sind, ist dabei alles andere als unwahrscheinlich. Dies ist mehr als nostalgisches Wunschdenken meinerseits, denn es gibt eine Reihe Indizien für diese These.

Erstens werden die Aluxob explizit für ihre Befähigung gelobt, den Mais derart geschickt zu hegen und zu pflegen, dass jedes Feld unter ihrer Obhut reichlich Ernte abwirft. Dass die Hobbits alles schätzten, was wuchs, und noch dazu – oder konsequenterweise – hervorragende Gärtner und Landwirte waren, ist hinlänglich bekannt.

Zweitens finden sich in vielen alten Städten in ihrem Einflussgebiet überall kleine Häuschen, die ideale Wohnstätten für sie abgegeben haben müssen – auch wenn diese Häuser von Archäologen offenbar hartnäckig als Schreine fehlinterpretiert werden.

Und drittens kann man in den besagten verlassenen

Siedlungen zahlreiche Reliefs bestaunen, auf denen neben den Maya in trauter Eintracht Wesen abgebildet sind, die letztlich nichts anderes darstellen als gewöhnliche Bürger der Stadt in Miniaturausführung. Was sollen diese Wesen sein, wenn nicht Aluxob? Wie viele Beweise brauchen die Zweifler denn noch?[220]

Der Caipora
Sichtungsgebiete: Brasilien, Paraguay, Uruguay und Bolivien.

Äußere Erscheinung: Der Caipora ist von kleiner, kräftiger Statur mit dunkler Haut und starker Körperbehaarung. In einer seiner zahlreichen Varianten, die als Curupira bezeichnet wird, ist er weitaus weniger haarig, sondern ähnelt dem Erscheinungsbild nach eher einem Kind zwischen fünf und sieben Jahren. Seine Zähne leuchten intensiv grün, sein Haarschopf ist feuerrot. Letzteres führt wohl auch dazu, dass ihm bei einem hohen Anteil seiner Sichtungen ein Fuchskopf angedichtet wird Bemerkenswerter als eventuelle tierhafte Züge sind die Füße dieses Geschöpfs: Sie sind vielen Aussagen zufolge nach hinten gerichtet. Leider ist es mir jedoch nicht gelungen, nähere Erkenntnisse darüber zu gewinnen, ob sie zudem auch besonders groß oder behaart sind.

Verhalten: Der Caipora ist nicht nur im Wald zu Hause, sondern er ist auch dessen selbst ernannter Beschützer. Dabei richten sich seine Abwehrbemühungen nicht nur gegen Holzfäller, die mehr Holz schlagen, als dem Wald

---

[220] Plischke: Leider sagt die Größe auf einer solchen Abbildung nichts über die tatsächlichen Größenverhältnisse in der Wirklichkeit aus. Auch in der mittelalterlichen Malerei Europas war es gang und gäbe, Personen je nach ihrem gesellschaftlichen Rang zu vergrößern respektive zu verkleinern.

guttut. Auch Jäger, die sich nicht an die Gepflogenheiten guten Waidmanntums halten und beispielsweise tragende Muttertiere zur Strecke bringen, müssen sich darauf einstellen, dass der Caipora sich für dieses Vergehen rächt.

Seine Lieblingsstrategie besteht darin, die Opfer in die Irre zu führen. In seiner rothaarigen Spielart kommen ihm dabei seine nach hinten weisenden Füße sehr zugute, da es ihm ein Leichtes ist, falsche Spuren zu legen. In allen Versionen der Erzählungen ist er blitzgeschwind, und selbst für den Fall, dass seine Füße ihn einmal nicht schnell genug tragen, steht ihm mit einem Nabelschwein sogar ein flinkes Reittier zur Verfügung.

Benimmt man sich im Wald anständig, hat man vor dem Caipora indes nichts zu befürchten. Er ist bei Begegnungen mit Großen Leuten prinzipiell stets zu einem freundlichen Schwätzchen aufgelegt. Eine Konstante in diesen Gesprächen ist, dass der Caipora immer um etwas Tabak für seine Pfeife bittet. Auch in Sachen Alkohol ist er kein Kostverächter, und wer weder das eine noch das andere zur Hand hat, um ihm ein kleines Geschenk zu machen, kann auf Honig zurückgreifen, denn auch seine Lust auf Süßes ist legendär.[221] Es soll sich des Weiteren lohnen, auf einem Waldspaziergang Kostproben der genannten Genussmittel zu hinterlassen. Der Caipora dankt diese Aufmerksamkeit, indem er seine kleine schützende Hand über einen hält.

Nähe zum Hobbit: Der Caipora ist in meinen Augen ein weiterer beinahe idealer Hobbitkandidat. Allein die Sache mit dem Fuchskopf macht mich ein wenig stutzig…[222]

---

[221] Plischke: Aha! Rauchen, Trinken, Süßspeisen – das sorgt doch gleich für eine ordentliche Erschütterung auf der nach oben offenen Hobbitskala.

[222] Christiansen: Sehr konsequent, Herr Kollege. Wenn der Hobbit kein Kaninchen ist, dann kann er erst recht kein Fuchs sein.

Der Pombero
Sichtungsgebiete: Hauptsächlich in Paraguay, im Nordosten Argentiniens und im Süden Brasiliens.

Äußere Erscheinung: Schönheitspreise gewinnt der Pombero in nächster Zukunft keine: Dafür ist er einfach zu haarig. Das muss aus unserer Warte ja nichts Schlechtes sein, und so betonen Augenzeugen auch regelmäßig die behaarten *Füße* des Pombero. Für unsere Zwecke von Interesse ist die Überzeugung der Einheimischen, dass der Pombero sich gerade wegen seiner weichen Füße nahezu völlig geräuschlos zu bewegen vermag. Er trägt häufiger einen großen Hut mit breiter Krempe und hat bei vielen Sichtungen auch einen Tornister oder Rucksack bei sich.

Verhalten: Auch der Pombero fühlt sich in Wäldern am wohlsten, aber er ist nicht abgeneigt, leer stehende Häuser zu beziehen, die von Großen Leuten gebaut wurden. Ungeachtet dessen, wo er sich niederlässt, ist er überwiegend nachtaktiv, wobei er sein Erscheinen durch Pfeifen ankündigt.

Dem Glauben der örtlichen Bevölkerung zufolge stehen Vögel unter seinem besonderen Schutz, da Kinder, die mit Steinschleudern auf Vogeljagd gehen, seinen Zorn wecken, woraufhin er ihnen nachstellt und sie so lange erschreckt, bis sie ihre Pirschgänge einstellen. Meiner Meinung nach herrscht hier ein Missverständnis: Es erscheint mir plausibler, dass der Pombero die Kinder als Konkurrenten sieht, die ihm seine Beute streitig machen. Dazu passt auch, dass der Pombero angeblich dazu in der Lage ist, Vogelstimmen perfekt zu imitieren.[223] Was hier als Kommunikation zwischen dem Pombero und den Vögeln fehlgedeutet wird, ist

---
[223] Christiansen: Einmal mehr kommt einem da König Théoden in den Sinn...

vermutlich eine Taktik, die er einsetzt, um gefiederte Leckerbissen anzulocken.

Über sein sonstiges Verhältnis zu uns gehen die Meinungen auseinander. In den für ihn weniger schmeichelhaften Schilderungen ist er ein notorischer Unruhestifter: Er klaut alles, was nicht niet- und nagelfest ist (vor allem aber Speisen), und bringt das Vieh in Aufruhr sowie Pferde zum Scheuen, wenn er nicht gerade damit beschäftigt ist, in Scheunen und Vorratskammern große Unordnung anzurichten. Die Unart, vor der man sich am meisten fürchtet, ist jedoch die, Frauen zu belästigen und zu bedrängen, bis sie ihm zu Willen sind (sofern er sich nicht gar im Schlaf an ihnen vergeht). Demzufolge wird er häufig als Verursacher unerklärlicher Schwangerschaften herangezogen.[224]

Umgekehrt gibt es zahlreiche Berichte, wonach es nicht sonderlich kompliziert ist, dafür zu sorgen, dass der Pombero einem wohlgesonnen ist. Er trinkt gerne Rum, raucht Zigarre und ist eine Naschkatze, die Honig und anderen Süßigkeiten nur schwer widerstehen kann. Versorgt man den Pombero mit derlei verlockenden Gütern – sprich, legt man sie irgendwo dort ab, wo er leicht und ungesehen an sie herankommt –, wird er gewissermaßen zahm. Er schützt dann das Haus seiner Gönner vor allerlei Unheil und revanchiert sich – nach bester Hobbitmanier – selbst mit kleinen Geschenken.

Nähe zum Hobbit: Ich würde den Pombero sofort zu den engeren Verwandten des Hobbits zählen, wenn da nicht die Erzählungen wären, in denen er Frauen missbraucht. Ein solches Verhalten dürfte für Halblinge absolut unverzeih-

---

[224] Plischke: Es würde mich schwer interessieren, was die Anhänger der Vermischungshypothese dazu zu sagen haben. So haben sie sich das wahrscheinlich nicht vorgestellt.

lich sein und als Ausdruck einer krankhaften Bösartigkeit gelten, die auf keinen Fall geduldet wird.[225]

Asien

Ich muss Ihnen ein Geständnis machen: Die Hobbitkunde ist im gesamten asiatischen Raum ein sehr mühsames Unterfangen. Die Ursachen dafür sind vielfältig.

Zum einen gibt es in Asien zahllose ethnische Gruppen, deren Mythen und Legenden nie umfassend katalogisiert wurden – und wenn doch einmal größere Quellensammlungen vorhanden sind, sind sie meist in Sprachen verfasst, die einem westlichen Hobbitforscher nicht geläufig sind. Hier wäre ein größerer Austausch über die kulturellen Grenzen hinweg wirklich dringend vonnöten!

Zum anderen blieb in vielen asiatischen Kulturen ungeachtet aller späteren Einflüsse der ursprüngliche animistische Unterbau deutlich erhalten. Will meinen: Als Westler, der dank der bei uns vorherrschenden Denkschulen das Übernatürliche und (scheinbar) Unerklärliche in den Bereich der Metaphysik einordnet, sieht man sich urplötzlich Kulturen gegenüber, in denen diese Aspekte nach ganz anderen Grundlagen bewertet werden. Wer in unserem Kulturkreis davon ausgeht, dass die Welt und alles, was in ihr ist, prinzipiell belebt oder beseelt ist, wird leicht als Sonderling abgetan. In Asien hegen weitaus weniger Menschen Zweifel daran, dass in jedem Baum, jedem Fluss, jedem

---

[225] Christiansen: Wobei man nicht die Möglichkeit aus den Augen verlieren sollte, dass der Pombero eine gollumeske Entwicklung hinter sich gebracht haben könnte. Man sollte nie vergessen, dass Sméagol mit seinem heimtückischen Verhalten seiner Sippe bereits vor dem Kontakt mit dem Einen Ring die eine oder andere Sorge bereitet hat. Und es wäre doch naiv zu glauben, dass nur die »guten« Hobbits die Zeiten überdauert haben...

Stein, jedem Tier – einfach in allem – ein eigenständiger Geist vorhanden ist, der sich die Welt mit uns teilt. Zwar sind diese Geister (bisweilen spricht man in diesem Zusammenhang auch von kleinen Göttern, wobei der Begriff »Gott« in uns oft falsche Assoziationen weckt) ihrerseits in Hierarchien eingebunden, deren Macht und Einfluss sich an der jeweiligen Umgebung orientieren, doch selbst dies hilft unserem Verständnis nur sehr begrenzt auf die Sprünge.

Allein der Ausdruck »Kleine Völker« veranschaulicht, wie sehr wir dazu neigen, bestimmte Geschöpfe in konkrete Kategorien einzuteilen, aus denen sich dann identische Eigenschaften ableiten, beziehungsweise Geschöpfe mit gleichen Eigenschaften als Einzelbausteine einer größeren Gruppe zu sehen. In asiatischen Kulturen ist das anders: Jeder Hausgeist ist ein Individuum, so wie jeder Berggeist und jeder Windgeist eine eigene Persönlichkeit hat. Zwei Baumgeister mögen vielleicht durchaus ähnliche Charakterzüge aufweisen, doch daraus automatisch den Schluss zu ziehen, sie gehörten »zum selben Volk«, ist vorschnell.

Sie können sicher erahnen, wie glücklich ich darüber bin, Ihnen dennoch zumindest ein asiatisches Kleines Volk präsentieren zu können, das unserer Vorstellung hinsichtlich dieser Klasse von Wesen sehr, sehr nahekommt.

Die Koropokkuru
Sichtungsgebiete: Im Norden Japans auf der Insel Hokkaido.
Äußere Erscheinung: Allein der Name der Koropokkuru verrät etwas über ihre Größe. Ganz grob übersetzt bedeutet er in etwa so viel wie »Mensch, der unter ein Pestwurzblatt passt«. In einigen Erzählungen sind sie sogar so klein, dass gleich eine vierköpfige Familie es sich unter einem solchen Blatt gemütlich machen kann. Dabei handelt es sich wohl um eine Überspitzung der tatsächlichen Verhältnisse. Auch

wenn es Berichte gibt, wonach manche Vertreter dieses Kleinen Volkes kaum mehr als daumen- oder handspannengroß sind, wird ihre Größe viel häufiger mit etwas über einem halben Meter angegeben. Diese Größenunterschiede führe ich – wie weiter oben bereits eingehender erläutert – einfach darauf zurück, dass junge Koropokkuru schlichtweg kleiner sind als erwachsene Exemplare.

Auffällige Eigenschaften sind ihr voluminöser Schädel, der mit weit vorspringenden Wülsten ausgestattet ist. Ihre Nasen sind flach, ihre Gesichtshaut verfügt über einen deutlichen Stich ins Rötliche. Dass sie darüber hinaus einen intensiven, wenig angenehmen Körpergeruch verströmen sollen, ist für mich eine üble Unterstellung – vor allem deshalb, weil dieser angebliche Gestank hinsichtlich seiner genauen Duftnoten nie näher beschrieben wird.

Verhalten: Das Gerücht über den Gestank der Koropokkuru könnte auch daher rühren, dass sie unter der Erde und somit – aus der Warte von Reinlichkeitsfanatikern betrachtet – im Dreck leben. Genauer gesagt hoben die Koropokkuru Erdgruben aus, die sie dann mit Dächern aus Pestwurzblättern abdeckten.[226] Die Überreste dieser Anlagen finden sich übrigens nicht nur auf Hokkaido, wo die Ainu – die japanischen Ureinwohner, aus deren Überlieferung wir überhaupt von den Koropokkuru wissen – am längsten dem kulturellen Druck der Einwanderer vom chinesischen Festland standgehalten haben;[227] entsprechende archäologi-

---

[226] Plischke: Was ihren Namen ja noch treffender macht.

[227] Christiansen: Es wird Zeit, eine Lanze für die Ainu zu brechen. Lange Zeit sträubten sich die Japaner gegen die Idee, sie könnten Land in Besitz genommen haben, auf dem zuvor schon andere Menschen lebten, und noch abwegiger schien es ihnen, ihre Vorfahren könnten sich mit dieser Urbevölkerung in Teilen vermischt haben. Entsprechende Genbefunde jüngeren Datums werden nach wie vor oft mit großer Skepsis betrachtet.

sche Entdeckungen wurden an vielen Orten nahezu überall in Japan gemacht.

Die Beziehung zwischen den Ainu und den Koropokkuru war offenbar über einen relativ langen Zeitraum stabil und von beiderseitigem Respekt und Wohlwollen geprägt. Die Koropokkuru seien zwar einigermaßen scheu gewesen, weshalb sie sich für gewöhnlich nur nachts gezeigt hätten, doch selbst diese Gepflogenheit hielt die beiden Kulturen nicht davon ab, in begrenztem Umfang Handel miteinander zu treiben. Wie vielen Kleinen Völkern wurde auch den Koropokkuru ein großes handwerkliches Geschick zugestanden, bezogen auf ihre kunstvoll gefertigten Töpferwaren, deren Schönheit und Qualität die der Ainu übertraf.

Eine bestimmte Sage aber gibt Aufschluss darüber, dass das Verhältnis nicht ohne Spannungen war. In ihr lauert ein junger Ainu aus Neugier einem Koropokkuru auf und zerrt das arme Geschöpf schließlich gewaltsam zu sich in sein Haus. Dort entpuppt sich das gefangene Wesen als wunderschöne Koropokkuru-*Dame*, die sich über ihre Entführung verständlicherweise nicht gerade erfreut zeigt. Zur Ehrenrettung des übermütigen Ainu-Jünglings sei gesagt, dass er die Koropokkuru unversehrt wieder ziehen ließ, aber die Beziehung zwischen Großen Leuten und Kleinem Volk war nicht mehr zu kitten: Die Sippe der Entführten ward nach diesem Zwischenfall nie mehr gesehen.[228]

---

[228] Plischke: Kollege Wolf ist derart in Wallung über diesen tragischen Vorfall, dass er ein paar sehr relevante Details völlig übersieht. In dieser Legende taucht endlich mal eine *Frau* aus einem Kleinen Volk auf, und noch dazu ist sie der Überzeugung der Großen Leute nach auch noch attraktiv. Beides ist bei vielen Geschichten über Kleine Völker keine Selbstverständlichkeit.
Christiansen: Zu naiv gedacht, Plischke! Kollege Wolf unterschlägt diese pikanten Details absichtlich, weil sie der Vermischungshypothese neuen Auftrieb geben.

Möglicherweise handelt es sich bei der obigen Anekdote auch um eine Art tröstende Verklärung jener Ereignisse, die zu einem Krieg zwischen den Koropokkuru und den Ainu geführt haben – eine blutige Auseinandersetzung, an deren Ende die Auslöschung dieses Kleinen Volkes stand. Denn dass die Koropokkuru ausgestorben sind, daran bestand zumindest für die Ainu nie ein Zweifel.

Nähe zum Hobbit: Sicherlich würde ich mich sehr darüber freuen, wenn die Ainu sich irrten und einige der Koropokkuru bis in unsere Gegenwart hinein überlebt hätten. Ob sie eventuell Hobbits sind (oder gewesen sein könnten), lässt sich jedenfalls auf Basis der derzeitigen Datenlage kaum entscheiden – ausgehend von ihren Wohnstätten, die eine sehr beachtliche Ähnlichkeit mit den Smials aufweisen, wie sie von den ärmeren Besitzern des Auenlands unmittelbar vor dem Ringkrieg gebaut wurden, bin ich allerdings dazu geneigt, mich im Zweifel für eine enge Verwandtschaft der Koropokkuru zu den Hobbits auszusprechen.

Australien

Auch auf dem letzten Kontinent, auf dem wir kurz haltmachen, ehe wir in vertrautere Gefilde zurückkehren, hat die Hobbitkunde einen schweren Stand, wenn auch aus gänzlich anderen Gründen als in Asien. Nach jahrhundertelanger Unterdrückung der indigenen Völker Australiens seitens der eingewanderten Europäer reift langsam, aber erkennbar ein Bewusstsein für die schlimmen Verbrechen der Vergangenheit heran. Damit ist zugleich ein begrüßenswertes gesteigertes Interesse an den Sagen und Mythen der Aborigines entstanden. Was jenen Bereich der Forschung und Wissenschaft anbelangt, der sich damit beschäftigt, die Existenz der zahlreichen Geschöpfe aus diesem reichhaltigen Schatz an Erzählungen zu be- oder widerlegen, ist es dabei aus Sicht des Hobbitkundlers zu einer misslichen Fokussierung vieler Bemühungen auf eine einzige Kreatur gekommen: den Yowie.

Ich will nicht viele Worte über den Yowie verlieren, und sei es nur, um zu verhindern, dass er nicht noch mehr Aufmerksamkeit auf sich zieht, die er meiner bescheidenen Meinung nach in diesen Ausmaßen eigentlich nicht verdient hat. Vielleicht nur so viel: Der Yowie ist quasi der Bigfoot Australiens – ein riesenhaftes, zotteliges und nichtsdestominder entfernt menschenähnliches Geschöpf, das in entlegenen Regionen überall auf dem Kontinent sein Unwesen treiben soll.

Es steht ja jedem frei, zu forschen, wonach er will, doch beim Yowie verhält es sich so, dass ob all der Aufregung um diese großen Kerle die Kleinen Völker sträflich vernachlässigt werden.[229] Dabei besteht an Letzteren auf dem australischen Kontinent eigentlich kein Mangel.

In New South Wales zum Beispiel kennt man die Waladhegarra, über die aber leider nicht viel mehr bekannt ist, als dass sie klein und haarig sind, grässlich stinken und Menschen mit lauten Schreien und Steinwürfen von ihren Behausungen vertreiben (sofern sie nicht gerade damit beschäftigt sind, Kot abzusetzen, was sie allerorten unentwegt tun sollen).[230] Ähnlich spärlich sind die Informationen über die in den Wäldern Queenslands gesichteten Junjdy: halb so groß wie gewöhnliche Menschen, scheu, starke Körperbehaarung in rötlichen Farben.

---

[229] Christiansen: Ha! Es kommt eben *doch* auf die Größe an...
[230] Plischke: Wenn ich mich erinnere, wie viel Futter so ein Hobbit laut Kollege Wolfs Berechnungen täglich verdrücken kann, wundert mich das nicht.

Machen wir es doch am besten kurz: Da es mir hoffentlich gelungen ist, Ihnen zu vermitteln, dass Verwandte des Hobbits oder vielleicht sogar versprengte Hobbitkolonien auf allen anderen Kontinenten aufzuspüren sind, spricht allein schon die bloße Wahrscheinlichkeit dafür, dass es in Australien wohl nicht anders ist. Und an der mangelnden Begeisterung für diesen Forschungszweig in Down Under – und das trotz der Tatsache, dass nebenan in Neuseeland Peter Jackson Tolkiens Schriften für die große Leinwand umsetzt – vermag ich von hier aus nicht das Geringste zu ändern. Das wird dann vielleicht eine Herausforderung für die nächste Generation von Hobbitkundlern.

Der lange kurze Schatten des Hobbits in Sitten und Gebräuchen

Nun sind wir gemeinsam eine ganze Weile den Spuren nachgegangen, die der Hobbit und seine möglichen Verwandten in alten Erzählungen, halb vergessenen Legenden und Geschichten aus der Mythologie verschiedenster Kulturen hinterlassen haben. Letztlich finden wir uns da heute in derselben Position wieder, in der sich schon in grauer Vorzeit König Théoden befand, wenn er etwas Sinnvolles über Halblinge erzählen wollte: Genau wie er sehen wir uns gezwungen, auf Märchen und vergleichbares Wissen der Altvorderen zurückzugreifen. Es ist daher überfällig, dass wir nun einmal näher betrachten, inwiefern sich die Erinnerung an eine Zeit, als die Kleinen Völker noch nicht völlig im Verborgenen lebten, auch in alltäglicheren Umfeldern als dem Studium von verstaubten Texten oder dem Zitieren von Bauernweisheiten behauptet hat.

Womit wir uns im Folgenden befassen, wird gerne abschätzig als Aberglaube abgetan. In einer Gesellschaft, in der man im Großen und Ganzen rund um die Uhr dazu angehalten wird, sein tägliches Verhalten irgendwie rational zu rechtfertigen, ist das wohl auch nicht anders zu erwarten. Wer ernsthaft erschrickt, wenn er mit dem falschen Fuß zuerst aufsteht, oder sofort etwas Salz über die linke Schulter wirft, sobald er im Restaurant den Salzstreuer umgestoßen hat, wird nicht selten von seinen Mitmenschen schräg angesehen.

Dabei gibt es eine ganze Reihe von Aberglauben, die nach wie vor beinahe beiläufig von Abertausenden, wenn nicht Abermillionen Menschen praktiziert werden und sich bei näherer Betrachtung nicht selten als Gebräuche entpuppen, die für unsere Vorfahren untrennbar mit den Kleinen Völkern und dem richtigen Umgang mit ihnen verbunden waren. Es ist faszinierend, doch wir alle – Sie und ich – führen gelegentlich unbewusst rituelle Handlungen durch, mit denen wir Vertreter der Kleinen Völker und andere »böse Geister« abwehren.

Beginnen wir doch am besten mit einem Beispiel für ein solches Ritual, das Sie wahrscheinlich selbst vor gar nicht allzu langer Zeit vollführt haben könnten: Vielleicht kennen Sie jemanden, der neulich vor einer schwierigen Aufgabe stand – wie eine Prüfung oder ein Bewerbungsgespräch oder ein wichtiges Fußballspiel. Die Chancen stehen gut, dass Sie dieser Person versichert haben, Sie würden ihr die Daumen drücken. Eine harmlose, alltägliche Geste, und doch steckt in ihr die Überzeugung an magische Zauberkraft. Ihren Ursprung sehen viele Experten, die sich intensiv mit Aberglauben befasst haben, in einem Prinzip, das sich sympathetische Magie nennt. Das hat nun nichts mit Nettigkeiten oder wechselseitiger Wertschätzung zu tun, sondern eher mit der Idee, dass Dinge, die sich ähneln oder auf einer symbolischen Ebene miteinander verknüpft sind, aufeinander bestimmte Wirkungen haben können (sofern man weiß, wie man diese Effekte herbeiführt). Die beiden Dinge, die beim Daumendrücken in einer solchen Beziehung zueinander stehen, sind auf der einen Seite Ihre Daumen und auf der anderen Seite kleine, böswillige oder Schabernack treibende Kreaturen wie Kobolde oder andere Feenwesen beziehungsweise Angehörige der Kleinen Völker. Wenn Sie beim Daumendrücken die Finger fest um Ihre Daumen schließen, fangen Sie diese Störenfriede gewissermaßen ein und nehmen Sie so lange gefangen, bis sie dem Nutznießer Ihres Minirituals keinen Schaden mehr zufügen können.[231]

Ehe wir zu weiteren Beispielen kommen, möchte ich Sie auf eine Besonderheit im deutschen Aberglauben hinweisen, die die Schutzhandlungen gegen üble Beeinflussungen von außen betreffen: Hierzulande wurden viele dieser Maßnahmen, die ursprünglich gegen bösartige Varianten der Kleinen Völker und Feen entwickelt wurden, nach und nach derart umgedeutet, dass sie Schutz vor *Hexen* boten. Diese Tendenz ist sicher auch in anderen europäischen Ländern zu beobachten, aber es ist trotzdem auffällig, wie sehr die Kleinen Völker in Vergessenheit gerieten – so sehr, dass viel von dem Schabernack, den sie trieben, nun angeblichen Hexen angelastet wurde. So sind beispielsweise im Alpenraum nach wie vor Sagen über Butterhexen recht weit verbreitet. Ihnen werden viele Umtriebe auf Kosten ehrlicher Milchbauern nachgesagt. Dazu gehören Flüche,

---

[231] Christiansen: Der andere oft genannte Ansatz zur Herkunft des Daumendrückens ist der, dass man durch das Drücken des kräftigsten Fingers an seiner Hand – was eben der Daumen ist – versucht, seine eigene Kraft auf denjenigen zu übertragen, der gerade etwas Unterstützung vertragen kann. Plischke: Das ist mir zu technisch. Da finde ich das mit dem Koboldfangen wesentlich charmanter.

die die Kühe plötzlich rote oder blaue und damit unbrauchbare Milch geben lassen, aber auch das nächtliche Stehlen und Verschwindenlassen von fertiger Butter. Dieser letzte Punkt macht einen Hobbitkundler hellhörig. Hexen haben also nichts Besseres – oder in dem Falle eher Garstigeres – zu tun, als im Schutz der Dunkelheit Butterfässer zu plündern? Eine skurrile Vorstellung. Vor allem, wenn man weiß, dass solche Vorkommnisse viel deutlicher auf die Gepflogenheiten der Kleinen Völker hinweisen. Welches Szenario ist für Sie ganz persönlich plausibler?

Szenario A:
Eine Person, die über das Potenzial verfügt, vielfältigste Formen der Magie zu erlernen und damit im Guten wie im Schlechten ihre Umgebung spürbar zu verändern, entscheidet sich dafür, sich auf Sprüche und Flüche zu spezialisieren, die Rindern schaden und Butter zum Spielzeug ihres Willens machen.

Szenario B:
Ein nach dem allabendlichen Kneipenbesuch stark angeheiterter Hobbit, der mitten im besten Zwienalter ist, erschnuppert auf dem Nachhauseweg den köstlichen Duft frischer Butter, kann dieser Verlockung nicht widerstehen und stibitzt sich ein bisschen davon, weil er meint, wenn da schon ein ganzes Fass Butter herumsteht, tut es doch bestimmt niemandem weh, wenn er sich da ein wenig bedient.[232]

---

[232] Plischke: Dass insbesondere unter jungen Hobbits Mundraub a) eine Art Freizeitsport und b) ein Kavaliersdelikt ist, zeigt die Tatsache, dass Frodo Beutlin in seinen Jugendtagen dem Bauer Maggot ab und zu an die Pilze ging und dafür mit einer ordentlichen Abreibung bedacht wurde. Kein Hobbit käme je auf die Idee, wegen so etwas gleich von Teufelsbünden zu schreien und Scheiterhaufen aufzuschichten.

Eben.

Für die Tatsache, dass im deutschsprachigen Teil Europas Hexen für allerlei Unbilden verantwortlich gemacht werden, die andernorts eher den Kleinen Völkern in die Schuhe geschoben werden, gibt es ein – wie ich finde – sehr überzeugendes Beispiel. Noch dazu eines, das zeigt, dass diese ganze Sache nicht unbedingt im Zusammenhang mit einer tiefergehenden und fester verankerten Christianisierung steht. Dafür müssen wir nur nach Irland schauen – ein Land, in dem der Katholizismus nicht gerade eine flüchtige Modeerscheinung ist, die kein Einheimischer wirklich irgendwie ernst nehmen würde. Dort heißt das, was man im Deutschen einen Hexenschuss nennt – also einen plötzlich auftretenden, stechenden Schmerz im unteren Rückenbereich –, nämlich »vom Feenpfeil getroffen werden«. Beide Ausdrücke haben gemeinsam, dass das Opfer buchstäblich unter Beschuss genommen wird – nur der Schütze ist jeweils ein anderer. Die irische Variante ist mir selbstverständlich viel sympathischer, aber sie hat ebenso wie die deutsche ihre logischen Schwächen. Wieso, das würde ich gerne noch einmal anhand eines kleinen Szenariovergleichs ausführen.

Szenario A:
Ein Feenwesen respektive eine Hexe spannt einen Bogen und gibt einen gezielten Schuss auf ihr nichts ahnendes Opfer ab. Der Treffer sitzt, das Opfer erleidet einen schrecklichen Schmerz, fasst sich an den Rücken und findet dort – nichts! Der magische Pfeil hat sich einfach in Luft aufgelöst (im Hexenfall) oder ist zu klein, als dass man ihn ertasten könnte.

Szenario B:
Ein Hobbit fühlt sich durch das gedankenlose Verhalten eines Großen Menschen überraschend bedroht oder provoziert. Womöglich steuert der Große Mensch gerade mit trampelnden Schritten auf die Stelle zu, wo sich der Hobbit eben zu einem Nickerchen einrollen wollte. Der Hobbit versucht, sich seinen Gegner irgendwie vom Hals zu halten. In typischer Hobbitart bückt er sich, hebt einen Stein vom Boden auf und schleudert ihn mit jener Präzision und Wucht, von der wir dank Tolkien zweifelsfrei wissen. Der Mensch spürt den üblen Schmerz, fasst sich an die Stelle und findet – nichts! Der Stein, der als Wurfgeschoss eingesetzt wurde, bleibt unbeachtet irgendwo liegen.

Ich schließe mein Plädoyer und vollführe lieber einen raschen Schlenker zum Thema Christianisierung. In einem Punkt sind sich fast alle Legenden über böse Feen und/oder die Kleinen Völker einig: Sie ertragen den Klang von Kirchenglocken nicht und treten sofort die Flucht an, wenn das Läuten vom Kirchturm erklingt.

Ich möchte niemandes religiöse Gefühle verletzen, doch diese Abwehrreaktion der Geschöpfe beruht vermutlich nicht auf einer panischen Angst vor einem strafenden Gott. Der wahre Grund fällt nicht in den Bereich des Metaphysischen: Die Vertriebenen sind schlicht und ergreifend sehr lärmempfindlich. Der Glaube unter uns Menschen – oder ist es gar ein Wissen? –, dass sich ungebetene Gäste, die nicht zur Stammes-, Sippen- oder Dorfgemeinschaft gehören, durch Lärm von einem Besuch abhalten lassen, ist älter als die großen Religionen. Das Zünden von Böllern an Silvester, um für ein gutes neues Jahr zu sorgen, ist dabei nur der vom Zahn der Zeit zurechtgenagte Rest von Bräuchen, die um einiges aufwendiger waren. Heute reicht es aus, sich im Supermarkt mit Krachern und Raketen einzudecken und fleißig loszuknallen. Die elaborierteren Rituale früherer Tage rings um die Jahresendzeit sind in manchen Regionen jedoch nie ganz ausgestorben, und dort wissen die Leute auch noch, was die absolute Grundvoraussetzung ist, um aus dem kommenden Jahr ein erfolgreiches zu machen: Man muss tunlichst die überall im Dunkel der Nacht lauernden bösen Geister vertreiben. Dazu kann beispielsweise gehören, dass man sich selbst als grausiger Dämon verkleidet und einen Heidenlärm mit Rasseln, Glocken und Klappern veranstaltet.[233] Eine wirksame Strategie, denn welcher vernünftige Hobbit würde sich einer Ansiedlung von Großen Leuten nähern wollen, in denen sich solche Gestalten herumtreiben? Und selbst wenn er die Täuschung durchschauen sollte, würde er doch eventuell schwer an der Zurechnungsfähigkeit der Bewohner zweifeln.[234]

Doch ich will Sie nicht weiter mit Bräuchen belästigen, die tatsächlich auf die Mehrheit von Ihnen etwas exotisch wirken. Bleiben wir bei den Dingen, die wir tagtäglich tun, ohne uns über ihre tiefere Bedeutung den Kopf zu zerbrechen. Das Anstoßen mit Gläsern zum Beispiel. Wenn wir in geselliger Runde laut die Gläser klirren lassen, hat das natürlich auch eine zusammenhaltstiftende Komponente und wir wollen damit Freundlichkeit signalisieren. Was wir dabei jedoch tatsächlich tun, ist, unsichtbar um uns herum vorhandene Angehörige der Kleinen Völker zu

---

[233] Plischke: Wer sich für solches Brauchtum interessiert, dem seien Ausflüge in der Adventszeit in den Alpenraum empfohlen. Aber Vorsicht: Bei diesen Gelegenheiten kann es erstaunlich ruppig zugehen, und wer leicht erschrickt oder generell zartbesaitet ist, hat an ihnen kaum seine Freude.

[234] Christiansen: Die Feuerwerke, die wir abbrennen, könnten andererseits Hobbits anlocken, denn die kleinen Kerle mögen ja bunte Lichtspektakel am Himmel.

vertreiben, ehe sie uns mit ihrem Treiben die gute Stimmung verhageln können.[235]

Ebenfalls mit Lärm als Abwehrmittel hängt das weise Sprüchlein »Scherben bringen Glück« zusammen, denn nur in den allerseltensten Fällen geht Geschirr geräuschlos zu Bruch. Auf dem Boden verteilte Scherben schrecken Hobbits, die ja barfuß umhergehen, mit Sicherheit ab – sie mögen dicke Sohlen haben, durch die sich vielleicht nur die größten Scherben bohren können, aber es bleibt zumindest lästig, sich die kleineren Bruchstücke herausziehen. Für die schreckhaftesten Hobbits genügt unter Umständen bereits das altbekannte Auf-Holz-Klopfen, um sie dazu zu bringen, sich doch lieber verborgen zu halten oder gleich das Weite zu suchen.

Sie sehen also: Auch wenn wir vieles von dem vergessen haben, was unsere Vorfahren noch über den Hobbit wussten, und obwohl der Hobbit heute fälschlicherweise oft als reines Phantasiegeschöpf erachtet wird, haben wir uns dennoch so einige Bräuche bewahrt, in denen die Erinnerung an ihn fortlebt – und zwar aller Voraussicht nach selbst dann noch, wenn Tolkiens Schriften und Jacksons Filme irgendwann einmal nicht mehr Teil unseres kollektiven kulturellen Gedächtnisses sein sollten.

---

[235] Plischke: Eine Alternativerklärung für diese Sitte leitet sich aus höfischen Gepflogenheiten ab. Da man – so sagen die Anhänger dieser These – unter mittelalterlichen Adligen quasi ständig damit rechnen musste, vergiftet zu werden, füllte man die Trinkbecher bis zum Rand, stieß damit an und hoffte, dass sich der Inhalt dann miteinander vermischte, weil die Gefäße überschwappten. Auf diese Weise sollte das finstere Spiel von Giftmördern durchkreuzt werden. Wer würde einem schon etwas in den Wein rühren, wenn er davon ausgehen musste, selbst von seinem Gift zu kosten?
Christiansen: Auch nett, aber ich bin da auf Ockhams Seite – die einfache Erklärung ist meist die richtige. Das mit dem Überschwappen ist doch ziemlich unzuverlässig. Da gewinnt man im Zweifelsfall nichts außer einem völlig eingesauten Tisch.

Das Heldentum der Hobbits

Nach unseren ausgedehnten Streifzügen durch Raum und Zeit auf der Suche nach Spuren des Hobbits, ist es nun geboten, einmal eine vollkommen andere Richtung einzuschlagen. Um den Hobbit als Phänomen in seiner Gänze zu erfassen, müssen wir uns auf eine abstraktere Ebene begeben. Nur dort finden wir die Antworten auf solche Fragen wie diese:

- Warum berührt uns die Geschichte der Hobbits, wie sie Tolkien erzählt, so sehr?
- Warum fiebern wir mit den Hobbits mit, wenn wir von ihren Abenteuern lesen, und warum identifizieren wir uns so stark mit ihnen?
- Welche Eigenschaften machen die Hobbits zu Helden?
- Welche unterschiedlichen Arten von Helden gibt es unter ihnen?
- Was können wir von diesen Helden lernen, und wie können wir das Gelernte in unserem Leben sinnvoll einsetzen?

Lass den Kleinen in Ruhe!
Der Hobbit und unser Beschützerinstinkt

Ein wichtiger, wenn nicht gar entscheidender Faktor bei der Sympathie, die wir für die Hobbits aufbringen, ist ihre Größe. Sobald sie das Auenland verlassen, bewegen sie sich durch eine Welt, in der sie von allen anderen vernunftbegabten Geschöpfen überragt werden, und sie treffen zudem auch reichlich auf Tiere, Monstren und andere Kreaturen, die ihnen von der Körpergröße her deutlich überlegen sind. Allein das weckt bereits einen gewissen Beschützerinstinkt in uns.

Hinzu kommt, dass die Hobbits herzlich wenig von der Welt jenseits der Grenzen des Auenlands wissen. Ihr Verhalten ist daher an vielen Punkten von einer Naivität durchdrungen, die uns zwangsläufig wie eine besondere Form der Unschuld erscheint. Unschuld ist unter uns Großen Leuten traditionell ein sehr schützenswertes Gut und eine absolut positive Eigenschaft. Ja, es stimmt: Die Hobbits ahnen nichts von Saurons Plänen, haben keinen blassen Schimmer von den Spannungen an irgendwelchen Adelshöfen und scheren sich auch nicht um die magischen Ringe.[236] Aber finden wir das schlimm? Ganz im Gegenteil. Insgeheim wünschen wir uns wahrscheinlich selbst oft eine ähnlich gesegnete Existenz der glücklichen Unwissenheit, fernab von allen Wirrungen und Irrungen einer Welt voller Gefahren, Ungerechtigkeiten und Probleme.

Darüber hinaus machen es uns die Hobbits auch noch in anderer Hinsicht einfach, sie zu mögen: Ihre Sitten und Gepflogenheiten ähneln von allen Völkern, die Tolkien beschreibt, am ehesten denen, die wir heute pflegen. Sie warten nicht auf die Rückkehr eines Königs, sondern treffen demokratische Entscheidungen. Sie essen kein magisches Gebäck wie *lembas*, sondern deftige Hausmannskost. Statt sich wie die Orks ihre Zeit mit Überfällen zu vertreiben, schreiben sie einander Briefe oder laden sich wechselseitig

---

[236] Plischke: Warum sollten sie auch? Sie haben ja nicht mal eins von den Dingern abbekommen, als sie damals gemacht worden sind.

zum Tee ein. In vielerlei Hinsicht haben sie eine Gesellschaft, in der unsere utopischen Träume verwirklicht wurden: Sie stellen ihre Waffen in Museen aus, kennen keinerlei religiöse Differenzen und kaum materielle Not.

Dieser letzte Aspekt kann nicht oft genug unterstrichen werden: Die Hobbits im Auenland führen gewissermaßen das Leben einer Aussteigerkommune – noch dazu eines, das dabei zu Zeiten unmittelbar vor dem Ringkrieg nahezu komplett sorgenfrei abläuft. Und wir gönnen ihnen das, auch wenn wir genau wissen, dass es nicht lange dauern kann, bis die Hobbits von den grausamen Realitäten Mittelerdes zum Ende des Dritten Zeitalters eingeholt werden.

Die Hobbits sind also in mehrfacher Hinsicht Underdogs: Sie haben weder die klassische Heldenstatur, noch können sie ihre körperlichen Defizite mit einem taktisch-strategischen Wissensvorsprung ausgleichen. Sie haben nicht einmal eine besondere magische Begabung, die es ihnen erleichtern könnte, in der Welt zu bestehen.[237]

Doch gerade aus dieser scheinbar hoffnungslosen Unterlegenheit erwächst unser Impuls, die Hobbits am Ende siegen sehen zu wollen und sie innerlich anzufeuern, wenn wir schon nicht selbst aktiv ins Geschehen eingreifen können, um sie zu unterstützen. Es ist letztlich wie bei einem Fußballmatch zwischen dem FC St. Pauli und dem FC Bayern München oder wie in einer Tierdokumentation, wenn die Löwin durchs Savannengras auf ein Gnukalb zupirscht. Uns ist sehr wohl bewusst, dass die Chancen sowohl für die Kiezkicker als auch den kleinen Paarhufer mit seinen staksigen Beinen sehr schlecht stehen und dass im Grunde alles

---

[237] Christiansen: Letzteres ist einer der Vorteile, den die Elben zur Not in die Waagschale werfen können, obwohl viele von ihnen ein ähnlich weltabgewandtes Dasein wie die Hobbits führen.

gegen sie spricht. Trotzdem – wider alle Vernunft – hoffen wir darauf, dass die Sache am Ende irgendwie doch gut ausgeht.

Dabei ist aber wichtig, zwischen den zwei großen Erzählungen Tolkiens über die Hobbits zu unterscheiden: Bilbo Beutlin begibt sich freiwillig auf seine gefahrvolle Reise mit den Zwergen; natürlich drückt Gandalf hier und da auf ein Knöpfchen, lockt und reizt Bilbo und treibt ihn gar im entscheidenden Moment zur Eile an, nachdem er ihm Thorin Eichenschilds Brief mit den genauen Abreisedaten ausgehändigt hat. Am Ende ist es aber Bilbo selbst, der sich aus freien Stücken dazu entschließt, loszuziehen und einen Drachenhort zu plündern. Er folgt dem Ruf des Abenteuers.

Für seinen Neffen Frodo stellt sich die Sache völlig anders dar: Er darf sich mit einem gefährlichen Erbstück Bilbos herumplagen, und als er loszieht, streifen bereits Saurons Häscher durchs Auenland, um nach einem gewissen »Beutlin« Ausschau zu halten. Ihm wird die Last einer gewaltigen Verantwortung von außen aufgebürdet, ohne dass er eine realistische Möglichkeit hätte, sich dieser Verantwortung zu entziehen – Gandalf will den Ring nicht haben, und um ihn einfach wegzuwerfen, ist Frodo wie die meisten Hobbits letztlich zu sehr aufs Gemeinwohl bedacht. Zu Anfang nicht zwingend gleich für das der gesamten Welt, doch das Nazgûl-Problem wäre für seine unmittelbare Umgebung ja nicht dadurch gelöst, wenn er sich auf den Standpunkt »Das geht mich alles gar nichts an« stellen würde.

Beide – Frodo wie Bilbo – bieten uns von Beginn an eine Menge Identifikationspotenzial: Bei Frodo beruht es in Teilen sicherlich auf dem mulmigen Gefühl, sich selbst einmal einer immens wichtigen Aufgabe stellen zu müssen, weil es keinen anderen gibt, der sie übernehmen könnte. Bilbo wiederum handelt in gewissem Sinne als unser Stellvertreter, da er etwas tut, wovon viele von uns träumen – er lässt sein beschauliches, angenehmes Leben hinter sich, um aufregende Abenteuer in der Fremde zu erleben. Dass sowohl der eine wie auch der andere am Ende entscheidend dazu beitragen, die Welt zu einem besseren Ort zu machen, obwohl wir ihnen dies zu Beginn gar nicht zugetraut hätten, bindet uns emotional nur umso enger an sie.

Klein, aber oho! Der Hobbit als Sand im Getriebe finsterer Machenschaften

Die Faszination, die von den Hobbits ausgeht, ist selbstverständlich nicht nur das Resultat des Prinzips, dass wir Großen Leute dazu neigen, in vielen Konflikten dem scheinbar Unterlegenen die Daumen zu drücken.[238] Mindestens ebenso wichtig ist die beeindruckende Lektion, die sie uns lehren: Selbst das kleinste und unscheinbarste Geschöpf kann gewaltige Veränderungen auslösen und einer auf den ersten Blick aussichtslosen Sache zum Sieg verhelfen.

Rufen wir uns doch noch einmal in Erinnerung, was in *Der kleine Hobbit* und *Der Herr der Ringe* auf dem Spiel steht. Hätte Bilbo mit seinem Diebstahl des Arkanjuwels nicht die drohende Auseinandersetzung zwischen den Zwergen auf der einen und den Menschen und Elben auf der anderen Seite entscheidend verzögert, hätte wohl niemand mehr etwas den einfallenden Orkhorden entgegensetzen können. Und wäre Frodo auf seiner Mission geschei-

---

[238] Plischke: Ich hätte da noch eine wichtige Ergänzung für Sie, Kollege Wolf: Damit wir auf den Underdog setzen, muss dieser sich dringend für eine Sache einsetzen, die wir gutheißen. Ansonsten müssten wir ja auch jubeln, wenn ein einzelner Ork sich entschließt, auf eigene Faust und gegen den Widerstand aller freien Völker einen wahren Weltenbrand entfesseln zu wollen.

tert, den Einen Ring in den Feuern des Schicksalsbergs zu vernichten, hätte Sauron seine Schreckensherrschaft über ganz Mittelerde ausgeweitet. Viel höher könnten die Einsätze also gar nicht gewesen sein. Dabei wirken beide Bedrohungsszenarien auf den ersten Blick so, als könnte ein Einzelner die nahende Katastrophe nie verhindern – und schon gar nicht ein einzelner Hobbit! Trotzdem zahlt sich der beherzte Einsatz von Frodo und Bilbo am Ende aus, und sie liefern den unumstößlichen Beweis, dass man sich nie seinem eigenen Gefühl der Ohnmacht ergeben sollte, ganz gleich, wie schrecklich die Ausgangslage auch scheinen mag.[239]

Höchst bemerkenswert ist außerdem, dass diese Geschichten nicht der klassischen Struktur von David gegen Goliath folgen.[240] Bilbo muss am Ende nicht mit dem doch recht kurzen Stich bewaffnet gegen den geschmeideverkrusteten Smaug antreten, und Frodos Reise nach Mordor endet nicht mit einem Duell gegen Sauron. Das spricht zum einen für die Cleverness der Hobbits – Tapferkeit ist etwas gänzlich anderes als Tollkühnheit oder pure Idiotie. Diese Konfrontationen hätten nur einen Ausgang nehmen können – einen gut durchgegarten Bilbo und einen von Saurons unvorstellbarer Macht vollends korrumpierten Frodo. Doch im Gegensatz zu vielen anderen Heldensagen, die nicht selten beinhalten, dass der Held nach zähem Ringen sein eigenes Leben opfert, um sein Ziel zu erreichen, gelingt genau dies sowohl Frodo als auch Bilbo im entscheidenden

---

[239] Christiansen: Fairerweise muss man hier allerdings wenigstens in einer Fußnote erwähnen, dass Frodo und Bilbo nicht ohne fremde Hilfe agierten.

[240] Plischke: Und das, obwohl sich dies doch bei den Hobbits klar angeboten hätte. Wer gut Steine werfen kann, kann bestimmt auch super mit einer Steinschleuder umgehen, müsste man meinen.

Moment ohne den Einsatz roher Gewalt. Sie werden zu Rettern, die sich nicht auf ihren Schwertarm oder ihre sichere Schusshand verlassen müssen.

Genau darin liegt eine weitere Anziehungskraft des besonderen Heldenmuts der Hobbits. Ihre Taten sind Lehrstücke, dass man eben kein großer und allseits gefürchteter Krieger sein muss, um dem Guten zum Sieg zu verhelfen. Man muss kein verlorener König sein, kein weiser Zauberer, kein axtschwingender Zwerg, kein wieselflinker Elb. Es reicht aus, man selbst zu sein und sich treu zu bleiben – und sogar dann, wenn man eben »nur« halb so groß ist wie ein gewöhnlicher Mensch, ein kleines Bäuchlein vor sich herträgt und zu seinen Hobbys Rauchen, Essen und Feiern statt Bogenschießen, Reiten und Krafttraining zählt. Die Hobbithelden sind im wahrsten Sinne des Wortes keine überlebensgroßen Recken, die von einem Normalsterblichen ehrfürchtiges Staunen erzwingen. Ihre Leistungen machen jedem von uns Hoffnung, dass auch wir vielleicht eines Tages bereit, willens und fähig sind, zur richtigen Zeit das Richtige zu tun.

Die vier Grundsätze des hobbitschen Heldentums

Nachdem wir nun geklärt haben, dass die Hobbits dem klassischen Heldenideal so gar nicht entsprechen wollen, sollten wir uns ansehen, was ihre spezielle Version des Heldentums ausmacht. Der Boden, auf dem dieser Charakterzug wächst und gedeiht, wird von einigen festen Grundsätzen der Hobbitmentalität bereitet. Diese lassen sich bequemerweise als Appelle, Ermunterungen und Aufrufe formulieren. Auch wir Großen Leute täten in vielen Situationen gut daran, diese vier Prinzipien zu beherzigen. Als da wären:

1. Bau auf die Freundschaft!
2. Gib niemals auf!
3. Mach das Beste aus deinen Möglichkeiten!
4. Genieße die Annehmlichkeiten des Lebens![241]

1. Bau auf die Freundschaft!

Hobbits, die einander freundschaftlich zugetan sind, halten auch in den schlimmsten Situationen zueinander und lassen sich durch nichts und niemanden davon abbringen, gemeinsam durch dick und dünn zu gehen. Das erhebende Gefühl eines »Wenn wir nur alle an einem Strang ziehen, können wir es mit der ganzen Welt aufnehmen«, das wir Großen Leute meist nur aus unseren Kinder- und Jugendtagen kennen, bewahren sich viele Hobbits ihr Leben lang. Es ist sogar keine Seltenheit, dass diese Bande der Freundschaft sich zu Familienbanden verstärken: So ehelicht etwa Meriadoc Brandybock nach dem Ringkrieg mit Estella Bolger eine Schwester seines Freundes Fredegar, und Samweis Gamdschies Tochter Goldlöckchen heiratet niemand anderen als Peregrin Tuks Sohn Faramir.

Wenn von unzertrennlichen Freundschaften zwischen Hobbits die Rede ist, wird meist zuerst die zwischen Frodo Beutlin und Samweis Gamdschie genannt. Ich möchte hier gar nicht bestreiten, dass die beiden eine sehr intensive Beziehung miteinander verband, doch darüber sollte man nicht vergessen, dass Samweis lediglich Teil einer ganzen Gruppe selbst ernannter Verschwörer war, die ihren Freund Frodo auf keinen Fall allein in die Fremde aufbrechen lassen wollten. Zu ihnen zählten neben Merry und Pippin der eben bereits erwähnte Fredegar Bolger, von seinen Freun-

---

[241] Plischke: Das ist mit Abstand der kürzeste und unkriegerischste Verhaltenskodex für Helden, der mir jemals untergekommen ist!

den wegen seiner selbst für Hobbitverhältnisse beachtlichen Leibesfülle gemeinhin »Dick« genannt.[242] Fredegar wird trotz seiner Ausmaße bei den Betrachtungen der Freundschaftsgeflechte unter den Helden des Ringkriegs leider gern übersehen, obwohl er für die »Verschwörer« eine ausnehmend wichtige Funktion übernahm, die einiges an Mut erforderte: Er blieb in Frodo Beutlins Haus in Krickloch wohnen, um die Abreise seines Freundes möglichst lange geheim zu halten und Häscher auf eine falsche Spur zu locken. Dazu zeigte er sich regelmäßig an den Fenstern des Hauses und im Garten, wobei er abgelegte Kleidung Frodos trug.[243] Manche Kritiker legen Dicks Flucht vor den nahenden Schwarzen Reitern als Zeichen der Feigheit aus. Eine unbotmäßige Unterstellung! Trotz seiner völlig verständlichen Furcht vor den Nazgûl traf er einen sehr weisen Entschluss: Er flüchtete und schlug mittels des bockländischen Hornsignals Alarm. So waren alle vor der Ankunft der Nazgûl gewarnt, und diese traten dann ja auch den Rückzug an. Darüber hinaus gehörte Dick zu den erbittertsten Widerstandskämpfern gegen die von Lotho Sackheim-Beutlin errichtete Schreckensherrschaft. Er wurde für seinen aktiven zivilen Ungehorsam sogar ins Gefängnis gesteckt, wo er so sehr darbte und an Gewicht verlor, dass Frodo und die anderen Auenlandheimkehrer ihn nach seiner Befreiung zuerst gar nicht wiedererkannten. Nein,

---

[242] Christiansen: Also wenn man unter Hobbits mit einem solchen Spitznamen bedacht wird, muss man ihn sich wahrlich redlich verdient haben.

[243] Plischke: Die Illusion kann alles andere als perfekt gewesen sein. Wenn Dick seinem Namen alle Ehre machte, müssten Frodos Sachen an ihm doch ausgesehen haben, als hätte man einem Presssack Hemd und Hosen übergestreift.
Christiansen: Entweder das – oder Frodo Beutlin war in Wahrheit ein ganzes Stück vollschlanker, als wir es Tolkiens Beschreibungen entnehmen können.

zügellosen Appetit mag man Fredegar Bolger vielleicht vorwerfen, aber Feigheit? Feigheit sieht doch wohl ganz anders aus.

Die Episode um die Verschwörer gewährt uns im Übrigen einen gewissen Einblick, wie umfassend die Hobbits den Freundschaftsbegriff auslegen. Frodo erhält Unterstützung, ohne zunächst davon zu erfahren. Warum? Weil die Verschwörer nicht ganz zu Unrecht vermuten, dass sich ihr Freund unter Umständen überhaupt nicht helfen lassen möchte. Frodos Einschätzung seiner Lage spielt allerdings für Sam und Konsorten nur eine untergeordnete Rolle. Gerade in ihrer Funktion als seine besten Freunde empfinden sie es gewissermaßen als ihre ureigenste Pflicht, Frodo aus der Patsche zu helfen – ob er das nun möchte oder nicht. Gemäß ihrer Vorstellung wäre es ein unverzeihlicher Verrat an ihrer Freundschaft, Frodo allein in sein Verderben laufen zu lassen.

Ein zweiter wichtiger Aspekt, der hier Erwähnung finden muss, ist der folgende: Freundschaft bedeutet unter den Hobbits offenbar auch immer, genau darauf zu achten, wie es um die Gemütslage eines Freundes steht.[244] Frodo beispielsweise bemüht sich nachweislich darum, seiner Umwelt gegenüber nichts davon preiszugeben, was in seinem Innern vor sich geht. Er sucht kein Gespräch mit seinen Freunden, weil er sie mit der kolossalen Aufgabe, vor der er steht, nicht belasten will. Den Verschwörern fällt jedoch aufgrund der Beobachtung von Frodos Verhalten sehr rasch auf, dass irgendetwas mit ihm nicht stimmt. Daraufhin leiten sie sofort entsprechende Maßnahmen ein, um herauszufinden, was ihn bedrückt. Bei der Wahl ihrer Mittel sind

---

[244] Plischke: Das hat für mich ein bisschen was von einer freundlich gemeinten Totalüberwachung.

sie dabei nicht unbedingt zimperlich: Dass Samweis als geheimer Informant der Gruppe Augen und Ohren offen zu halten beginnt und alle Informationen, die er so sammelt, heimlich an den Rest der Verschwörer weitergibt, könnte man nach einigen Definitionen von Freundschaft, wie sie unter uns gelten, durchaus als Vertrauens*bruch* bewerten. Unter Hobbits ist Sams Spioniererei hingegen ein eindeutiger *Beweis* dafür, wie sehr ihm Frodo am Herzen liegt.

In *Der kleine Hobbit* kommt Thorin Eichenschild in den Genuss dieser Art von Freundschaft. Bilbo nimmt das Arkanjuwel an sich und verschweigt dies zunächst, da er das Kleinod für seinen gerechten Anteil an den Schätzen aus Smaugs Hort erachtet. Als ihm die Bedeutung des Edelsteins für Thorin bewusst wird, ist er angesichts dessen Drohungen, sich an jedem zu rächen, der ihm sein Erbe vorenthält, zutiefst verängstigt. Er händigt das Juwel schließlich an die Belagerer der improvisierten Feste am Berg Erebor aus, wovon sich Thorin aufs Schändlichste hintergangen fühlt. In Wahrheit jedoch ist diese Entscheidung Bilbos letztlich nur Ausdruck seines Verständnisses von wahrer Freundschaft: Seine Hoffnung ist, dass die Belagerer das Juwel als Unterpfand bei ihren Verhandlungen einsetzen und so eine Schlacht verhindern, die nur unnötig viele Leben kosten wird – einschließlich die von Bilbos Zwergenfreunden![245]

Freundschaft ist für die Hobbits keine Einbahnstraße. Wenn sie sich jemanden zum Freund gemacht haben, bauen sie auch in selbstverständlicher Manier darauf, dass der Betreffende ihnen jede nur erdenkliche Hilfe zukommen

---

[245] Plischke: So kann man einen dreisten Diebstahl natürlich prima rechtfertigen. Was hätte Bilbo wohl gemacht, wenn Thorin von dem Juwel und dessen Bedeutung für ihn erzählt hätte, ohne dass vor Erebor eine Armee gestanden hätte?

lässt, wenn die Lage einmal richtig heikel wird. Ein sehr schönes Beispiel für diese positive Haltung, ist Merrys und Pippins Zuversicht nach ihrer Entführung durch die Orks. Selbst in der Gefangenschaft dieser grausamen Kreaturen und ungeachtet der Misshandlungen, die sie erfahren, geben sie die Hoffnung nicht auf, dass Aragorn, Legolas und Gimli sie irgendwie retten werden.[246] Immerhin sind die drei ja ihre Freunde, und das bedeutet für die beiden Hobbits zwangsläufig, dass die Orks nicht ohne hartnäckige Verfolger durch die Lande ziehen.

Freundschaft ist also in den Augen der Hobbits quasi eine Art Rückversicherung gegen alle Gefahren, die einem die Welt so entgegenschleudert. Wie sich aus der Existenz der Verschwörergruppe schließen lässt, sind Frodos gute Freunde im Auenland verhältnismäßig zahlreich. Nichtsdestoweniger wird man nur schwerlich Argumente dafür finden, dass Samweis nicht Frodos *bester* Freund gewesen wäre – spätestens nach den in Mordor geteilten Strapazen. Für viele ist das Ende von *Der Herr der Ringe* daher auch ein bittersüßes: Frodo fährt mit den Elben davon, Samweis bleibt zurück und findet neues Glück und Zufriedenheit bei seiner Rosie. Nicht unbedingt ein Paradebeispiel für »Gute Freunde kann niemand trennen«, oder? Falsch. Zum einen nimmt Frodo die Trennung von Samweis in Kauf, weil er weiß, dass er nach all seinen Erlebnissen nie wieder ganz zur Ruhe kommen wird, wohingegen Sam schon lange schwer verliebt in Rosie ist. Er tut also nur, was er – ganz im Sinne ihrer Freundschaft – für das Beste hält. Zum anderen verrät uns Tolkien, dass im Auenland Gerüchte kursierten, wonach Samweis nach dem Tod

---

[246] Christiansen: Ihre Zuversicht ist so groß, dass sie sogar absichtlich Spuren hinterlassen, denen ihre Freunde folgen können.

seiner verehrten Gattin und dem Ende seiner erfolgreichen Karriere in der Politik selbst in hohem Alter zu den Grauen Anfurten aufgebrochen sein soll, um von dort die Reise anzutreten, die sein Freund Frodo bereits vor vielen Jahrzehnten hinter sich gebracht hat. Ganz am Ende der Geschichte dieser beiden Hobbits steht also gerade nicht eine schmerzliche Trennung, sondern ein Wiedersehen an einem besseren Ort.

2. Gib niemals auf!

Die Hobbits zeigen insgesamt ein Durchhaltevermögen, bei dem so mancher moderne Actionheld vor Neid erblassen könnte.[247] Ihr Weg führt sie durch düstere Wälder, in Drachenhorte, in moskitoverseuchte Sümpfe, auf schneebedeckte Bergeshöhen, mitten in vor Orks wimmelnde zwergische Ruinenstädte – und doch geben sie niemals auf. Immer wieder meistern sie Herausforderungen, bei denen sich einem die Haare sträuben und der Atem stockt.

Frodos und Sams Expedition mitten hinein nach Mordor zum Schicksalsberg ist an und für sich schon ein Unterfangen, vor dem die meisten von uns sicher zurückschrecken würden – und nicht nur deshalb, weil wir die Qualitäten Gollums als zuverlässiger Fremdenführer infrage stellten. Besonders Samweis beeindruckt bei dieser Tour der Schmerzen, der Erschöpfung und der Entbehrungen durch eine an blinde Sturheit grenzende Fähigkeit, das Ziel nie aus den Augen zu verlieren. Dabei wird er dennoch nie zu einer Art Superhobbit, der sich nicht weiter um die Gefahren Mordors schert. Auch er durchlebt einen erschütternden Moment des Zweifels und der Schwäche: Nach seinem Kampf gegen Kankra ist er am Boden zerstört,

---

[247] Christiansen: Außer Bruce Willis als John McClane in *Stirb langsam*.

weil er glaubt, der halb eingesponnene Frodo sei nicht mehr am Leben. Die Orks, die den vermeintlichen Leichnam holen kommen, klären ihn jedoch bald über seinen Irrtum auf, als sie Frodo mit sich in ihren düsteren Turm zerren. Und was macht Sam? Gibt er sich seiner Ohnmacht hin? Kehrt er um, weil er keinen anderen Ausweg mehr sieht? Nein, er wagt sich ganz allein mitten unter die Orks und befreit Frodo aus ihren Klauen. Hieran kann man übrigens auch sehr gut sehen, wie die Verhaltensprinzipien der Hobbits aufeinander aufbauen und sich zu einem stimmigen Kodex fügen: Sams Triebfeder in diesem Augenblick des Schreckens ist seine Freundschaft zu Frodo. Er rettet ihn, weil er nicht anders kann, ohne gegen alles zu verstoßen, was fest in seinem Charakter verankert ist. Umgekehrt geht er jederzeit davon aus, dass seine Freunde genau dasselbe für ihn tun würden, befände er sich in einer ähnlich misslichen Lage. Hier wird jene Seite des ausgeprägten Gemeinschaftssinns der Hobbits deutlich, die weit über kollektive Rauch-, Trink- und Fressgelage hinausreicht. Jeder einzelne Hobbit kann sich stets darauf verlassen, dass seine Freunde nichts unversucht lassen werden, ihn vor Schaden zu bewahren.

Bemerkenswert ist weiterhin, dass die Hobbits ihr Durchhaltevermögen auch in solchen Situationen zeigen, in denen statt kräftiger Lungen und strammer Waden Grips und Einfallsreichtum gefordert sind: Bei seiner Begegnung mit Gollum in der Höhle unter dem Nebelgebirge wird Bilbo Beutlin in einen Rätselwettstreit mit dem Ringmutanten verwickelt. Ich weiß ja nicht, wie viele Rätsel Ihnen so spontan einfielen, wenn Sie welche aufsagen müssten, um zu verhindern, dass Sie ein garstiger Kavernenbewohner frisst, aber wenn es auch nur ein einziges ist, sind Sie schon mal cooler, als ich es wäre. Um derart gefasst und gedankenschnell zu bleiben wie Bilbo, sollten es allerdings ein paar mehr sein. An den entscheidenden Stellen helfen ihm bei diesem Duell dann zwar das Glück[248] beziehungsweise eine List[249] aus der Patsche, aber dennoch mobilisiert Bilbo hier eine immense Nervenstärke, die seine Nervosität und Furcht mühelos aufwiegt.

Nun klingt das ein wenig so, als wären die Hobbits in dieser Hinsicht rein instinktgetriebene Geschöpfe, die nur einer Art genetischem Programm folgen, sobald ihre legendäre mentale und körperliche Ausdauer gefordert ist, um ihr Überleben zu sichern. Doch dem ist nicht so. Wieder und wieder schildert uns Tolkien Begebenheiten, bei denen ein Hobbit eine sehr bewusste Entscheidung trifft, sich selbst in große Gefahr zu begeben, obwohl ihm andere Möglichkeiten offenständen, mit heiler Haut und ungeschorenen Zehen davonzukommen:

- Als seine zwergischen Begleiter im Düsterwald von den dort lebenden riesigen Spinnen zwecks Nahrungsvorratsaufstockung gefangen gesetzt werden, befreit Bilbo Beutlin sie unter Zuhilfenahme des Einen Rings, anstatt das Weite zu suchen und nicht selbst das Risiko auf sich zu nehmen, den Futtertod zu sterben.
- Meriadoc Brandybock weigert sich, nach der Heerschau Rohans in Dunharg zu bleiben, wie es ihm

---

[248] Plischke: Er bittet Gollum einmal um mehr Zeit bei der Lösung eines Rätsels, und zufälligerweise ist »Zeit« dann genau das gesuchte Wort.

[249] Christiansen: Zum Ende des Geistesringens stellt Bilbo Gollum die Frage, was er in seiner Tasche hat, und obwohl Gollum sich noch darüber beschwert, dass das kein richtiges Rätsel sei, lässt er sich trotzdem darauf ein, wobei er verlangt, dreimal raten zu dürfen. Selber schuld, dass Ihnen Ihr Schatz abhandengekommen ist, Herr Sméagol …

König Théoden aufträgt. Der Gedanke, die anderen Streiter ohne ihn in die Schlacht ziehen zu lassen, ist ihm unerträglich, und sehr zu seiner Erleichterung bietet ihm die als Dernhelm verkleidete Éowyn an, ihn auf ihrem Pferd mitzunehmen.
- Peregrin Tuk nimmt an der Schlacht vor dem Schwarzen Tor nach Mordor teil und kämpft an vorderster Front mit. Er tötet einen Hügeltroll, der den Soldaten Beregond angreift, einen Menschen aus Gondor, den Pippin während seines Aufenthalts in Minas Tirith kennen- und schätzen gelernt hat.

Am deutlichsten veranschaulicht wird die Haltung der Hobbits, das Gegebene nicht einfach hinzunehmen, in der Reaktion der Heimkehrer zum Abschluss des Ringkriegs: Frodo, Sam, Merry und Pippin finden nicht mehr ihre verschont gebliebene Heimat vor, sondern eine stellenweise schwer verwüstete Gegend, in der Hass und Unterdrückung regieren. Dem Auenland wurde die Unschuld geraubt, doch sie verfallen darüber nicht in lähmende Trauer. Sie organisieren rasch und entschlossen einen Volksaufstand, der Saruman und seine Schergen den geballten Zorn der geknechteten Auenländer spüren lässt. Ihr Einsatz zahlt sich aus: Auf die Tyrannei folgt eine lange Phase des Friedens und der Eintracht, in der letztlich sogar ein Mallornbaum im Auenland erblüht.[250]

---

[250] Christiansen: Und in der Sam siebenmal zum Bürgermeister gewählt wird und so für Ruhe und Stabilität im Land sorgt – Ehre, wem Ehre gebührt!

3. Mach das Beste aus deinen Möglichkeiten!

Rufen wir uns doch einmal kurz ins Gedächtnis, welchen Widersachern sich die Hobbits aus Tolkiens Erzählungen im Verlauf ihrer Abenteuer unter anderem so gegenübersehen:

- menschenfressenden Orks, die mit jedem kurzen Prozess machen, der ihnen in die Quere kommt,
- Riesenspinnen mit Giftstacheln,
- garstigen Trollen (in der Stein- und Höhlenvariante),
- Ringgeistern, deren bloße Präsenz einen schädlichen Effekt besitzt,
- Warge, gegen die ein gewöhnlicher Wolf wie ein harmloser Hundewelpe wirkt,
- Grabunholde, die grausige Lieder singen, mit denen sie ihre Opfer ängstigen und lähmen ...

Eine Fortführung der Liste wäre zwar möglich, aber Sie verstehen sicher so schon, worauf ich hinauswill: Gegen all diese Monstren und Kreaturen hat ein Hobbit schlechte Karten, könnte man meinen. Wie gelingt es den Hobbits aber dann, nicht sofort im Magen des erstbesten Trolls oder Wargs zu landen, der ihnen über den Weg läuft? Die Lösung dieses Rätsels ist der pfiffige Einfallsreichtum der Hobbits, mithilfe dessen sie sich in vertrackten Situationen darauf besinnen, nicht lange zu jammern, sondern das zu nutzen, was ihnen gerade zur Verfügung steht.

Ein Beispiel ist die Befreiung der Zwerge aus dem Gefängnis im Palast des Waldelbenkönigs Thranduil durch Bilbo Beutlin. Der Hobbit nutzt die Unsichtbarkeit des Einen Rings, um sich über einen längeren Zeitraum hinweg heimlich durch das Gebäude zu bewegen, und er wartet geduldig, bis sich ihm eine Möglichkeit zum sinnvollen Handeln eröffnet. Natürlich hat Bilbo Glück, dass sich der örtliche Kellermeister bis zur Bewusstlosigkeit betrinkt und er ihm seine Schlüssel stehlen kann, doch die Idee, die Zwerge in leeren Fässern aus dem Palast zu schmuggeln, ist typisch für einen gerissenen Hobbit. Dass Bilbo diesen Plan umsetzt, obwohl das für ihn bedeutet, einen gewagten Ritt auf einem Fass einen eiskalten, schnell dahinströmenden Fluss hinunter absolvieren zu müssen, zeigt nur, dass das Improvisationstalent der Hobbits sie durchaus dazu antreiben kann, selbst ihre schlimmsten Ängste zu überwinden.

Eine kleine Episode um Samweis, die diese intuitive Cleverness der Hobbits sehr schön veranschaulicht, hat Peter Jackson in seiner filmischen Interpretation von *Die Rückkehr des Königs* überzeugend in Szene gesetzt. Als Samweis sich aufmacht, Frodo aus dem finsteren Turm von Cirith Ungol aus den Klauen der Orks zu retten, ist ihm von Anfang an klar, dass er in einer direkten Konfrontation mit den Orks im Turm nur verlieren kann. Also bedient er sich eines Tricks: Beim Erklimmen der Treppe nutzt er seinen durch günstige Lichtverhältnisse ins Riesenhafte vergrößerten, an die Wand geworfenen Schatten, um seinen Feinden einen gehörigen Schrecken einzujagen. Die Lektion dahinter ist simpel: Es kommt nicht darauf an, wie groß man wirklich ist; es kommt darauf an, als wie groß und gefährlich man von anderen wahrgenommen wird.

Allerdings braucht ein Hobbit nicht zwingend das passende Spiel von Licht und Schatten oder ungewöhnliche Versorgungswege innerhalb eines Elbenpalasts, um das hier erläuterte Prinzip zu befolgen. Je mehr Zeit zum Planen ihm bleibt, desto überraschender fällt meist das Ergebnis seiner Bemühungen aus. In vielen Fällen leitet ihn jedoch nicht mehr als der instinktive Drang, im Rahmen seiner begrenzten Möglichkeiten alles zu tun, um ein Unheil abzuwenden. So verhält es sich etwa mit Merry bei der

Schlacht auf den Pelennor-Feldern. Nach seinem Sturz vom Pferd bei der Konfrontation mit dem Hexenkönig von Angmar verliert er kurzzeitig die Besinnung. Als er halbwegs wieder bei sich ist, bemerkt er, wie der Nazgûl-Fürst im Begriff ist, Éowyn zu erschlagen. Was tun, wenn man rein körperlich nicht dazu in der Lage ist, dem verderbten Feind mit einem kräftigen Hieb den Kopf von den Schultern zu trennen? Richtig, man trifft ihn eben dort, wo man gerade eben so mit einem beherzten Stich hinkommt, und wenn es nur die Kniebeuge ist. Und wie sich im Anschluss herausstellt, ist das exakt die richtige Ablenkung, die es Éowyn ermöglicht, dem Finsterling den Garaus zu machen. Selbstverständlich ist hier – wie bei den anderen Beispielen auch – viel Glück im Spiel, doch das Glück ist bekanntlich mit dem Tüchtigen. Bei aller Behäbigkeit, die man den Hobbits aufgrund ihrer Statur unterstellt: Tolkien hat uns nicht umsonst verraten, dass die Hobbits bienenfleißig sein können, wenn sie es denn wollen.

4. *Genieß die Annehmlichkeiten des Lebens!*

Ein Held, der seine Erfüllung nur im Widerstreit mit seinen Gegnern findet und ausschließlich dafür lebt, die Klingen mit ihnen zu kreuzen, ist eine traurige Erscheinung. Davon sind die Hobbits zum Glück weit entfernt. Sie kämpfen nicht in erster Linie für Ruhm und Ehre.[251] Ihre Ziele sind anderer Natur. Meist wollen sie nicht mehr, als das Leben weiterzuführen, das sie bereits kennen.

Sie führen ja in der Mehrheit ein Dasein, in dem Genuss eine entscheidende Rolle spielt. Mag sein, dass das etwas Hedonistisches an sich hat, aber die Hobbits vergessen nie,

---

[251] Christiansen: Wobei sie allerdings nicht *so* bescheiden sind, besondere Titel und ähnliche Dankbarkeitsbekundungen prinzipiell abzulehnen.

dass eine glückliche Existenz aus mehr bestehen muss als aus blindwütiger Schufterei und dem Streben nach materiellem oder sozialem Zugewinn.[252] Sie suchen – ganz gleich, wo immer sie sich auch gerade aufhalten mögen – stets aktiv nach Momenten, in denen sie diese Philosophie voll auskosten können.

Was tun Merry und Pippin, nachdem die Schlacht um Isengart geschlagen ist? Sie durchstöbern Sarumans Vorratskammern, und ihre Freude ist groß, als sie darin neben allerhand Leckereien auch Pfeifenkraut ausfindig machen, das selbstredend sofort gepafft werden will.

Wie versucht Sam, Frodos Laune auf der Reise nach Mordor aufzubessern? Er kocht schmackhaften Kaninchenpfeffer.

Womit enden die Berichte über Bilbos großes Abenteuer? Dass er Gandalf die Tabakdose reicht.

Vielleicht ist dies gar die wichtigste Regel aus dem Verhaltenskodex der Hobbithelden, die wir uns alle zum Vorbild nehmen sollten und über die man zugleich die wenigsten Worte zu verlieren braucht. Nur wer sich regelmäßig etwas Gutes tut, kann selbst Gutes tun, sobald ihn der Ruf des Abenteuers ereilt und es gilt, für eine wichtige Sache einzustehen.

Helden mit vielen Gesichtern

Nun könnte man vermuten, dass alle Hobbits, über deren heldenhafte Taten uns Tolkien berichtet, sich nur marginal voneinander unterscheiden, da sie ja immerhin den glei-

---

[252] Plischke: Kollege Wolf hat uns in einem der vorangegangenen Kapitel ja näher erklärt, dass soziales Ansehen unter den Hobbits untrennbar mit dem Talent verbunden ist, die Bedürfnisse der anderen nach Genuss und Müßiggang möglichst umfassend und kreativ zu befriedigen.

chen Grundsätzen anhängen. Weit gefehlt. Jeder dieser Charaktere hat seine eigenen Züge und seine eigene Art, diese Ideale umzusetzen. Daher hat es auch jeder einzelne von ihnen verdient, dass wir uns einmal näher mit ihm und seinen Eigenarten befassen.

Der Spätberufene: *Bilbo Beutlin*

Bilbo Beutlin ist in vielerlei Hinsicht ein unwahrscheinlicher Held. Das beginnt schon bei seinem Alter. Als Gandalf ihn in die Expedition zum Berg Erebor hineinmanövriert, zählt Bilbo bereits stolze fünfzig Lenze – auf eine menschliche Lebensspanne übertragen, ist Bilbo damit in etwa eine Art Mittdreißiger und eindeutig kein Springinsfeld mehr.

Er ist das, was man auf Neudeutsch oft »gesettled« nennt. Will meinen: Er hat die wilden Zwienjahre hinter sich und nähert sich langsam, aber sicher dem mittleren Erwachsenenalter. Materiell braucht er sich keine Sorgen zu machen; als Privatier, der weder einem erlernten Beruf nachgeht noch irgendwo eine Anstellung eingegangen ist, finanziert er sich über das nicht unbeträchtliche Privatvermögen, das die Sippe der Beutlins im Lauf der Zeit angehäuft hat. Er hat ein Dach über dem Kopf, und zwar nicht irgendeines: Beutelsend ist der kostspieligste Smial, der je im Auenland gegraben wurde, befindet sich in einer Toplage und bietet Bilbo ausreichend Platz, um mal wie nebenbei dreizehn Zwerge und einen Zauberer in seinen Gästezimmern unterzubringen.[253]

Bilbo hat zudem Unmengen an Zeit für sich und seine

---

[253] Plischke: Dass er sie auch noch problemlos bewirten kann, ist gewiss kein Indiz für verstaubte Regale in den Vorratskammern und Weinkellern von Beutelsend.

Hobbys: Er ist unverheiratet, was einer der Gründe ist, warum er bei seinen Nachbarn und Teilen seiner Verwandtschaft als Sonderling gilt.[254] Andererseits ist das eventuell auch nicht mehr als ein kleiner Anflug von Neid auf sein unbeschwertes Junggesellenleben. Bilbo nutzte seine Unabhängigkeit aber auch schon vor der Queste nach Erebor, um kleine Reisen zu unternehmen und sich – um mal den Jargon von Bauer Maggot zu verwenden – mit Außerländischen zu treffen (darunter viele Zwerge). Ob ihn diese verhaltene Sehnsucht nach der Fremde und neuen Dingen auch dann länger aus der Heimat getrieben hätte, wenn Gandalf nicht gewesen wäre, ist schwer zu sagen. Fest steht jedoch, dass sein Ruf als merkwürdiger Kerl durch seine Expedition zum Erebor nicht gerade aufpoliert wurde – wo man zuvor noch hinter vorgehaltener Hand über ihn tuschelte, machte man sich nun weniger Mühe, mit der Meinung hinter dem Berg zu halten. Diese Einschätzung, die ihm seitens seines Umfelds zuteilwurde, wird ihm nur in Teilen gerecht.

In vielen anderen Aspekten seiner Persönlichkeit war Bilbo nämlich durchaus ein typischer Hobbit. Er war kein Geizkragen, sondern spendabel und hatte gern Besuch. In Blumen war er regelrecht vernarrt und der Garten in Beutelsend wohl immer ausgezeichnet gehegt.[255] Generell war ihm Ordnung nicht ganz unwichtig, und er bemühte sich um tadellose Höflichkeit selbst in schwierigen Momenten (wie etwa beim Einfallen der Zwergenkompanie). Ihm haftete auch etwas Geckenhaftes an, da er großen Wert auf hübsche Kleidung legte, wie das Vorhandensein gleich

---

[254] Christiansen: Er hat bloß bestimmt nie die Richtige gefunden…
[255] Plischke: Wofür er allerdings nur indirekt verantwortlich ist, da Mister Beutlin die Gartenarbeit ja durch Gesinde verrichten ließ.

mehrerer begehbarer Kleiderschränke in seinem Zuhause beweist. Zudem war er für seine Bequemlichkeit bekannt – wenn er beispielsweise Lust auf Kaninchenbraten hatte, ließ er sich den Braten schon fertig zugeschnitten vom Fleischer liefern. Nicht gerade die beste Vorbereitung auf eine lange Reise durch die Wildnis ...

Es wäre jedoch grundfalsch, Bilbo als eitlen, verzogenen Fatzke zu begreifen, der nichts als Flausen im Kopf hatte. Zwar schätzte auch Gandalf die Lage so ein, dass Bilbos Hauptinteresse dem Essen in jedweder Form galt, doch das ließe sich über nahezu jeden Hobbit sagen. Auch Bilbos Auffassung, Abenteuer seien insofern etwas lästig, weil sie die Mahlzeiten verspäten, hätte man aus dem Mund jedes halbwegs vernünftigen Auenländers hören können. Er hatte dazu eine durch und durch praktische Einstellung, wenn man den immensen Appetit der Hobbits berücksichtigt.

Nein, Bilbo ist beileibe kein Dummkopf. Von seinem Bildungsgrad her dürfte er sogar zur Elite seiner Heimat zählen, denn er hatte – so schreibt es Tolkien – über viele Dinge gelesen, die er selbst nie gesehen oder getan hatte. Ihnen fällt nun bestimmt auf, dass Bilbos Lesegeschmack damit deutlich von dem abweicht, was Hobbits sonst so am liebsten lesen – Geschichten über Dinge, die sie schon kennen. Dadurch nimmt Bilbo innerhalb der Hobbitgesellschaft eine Position ein, die der des durchschnittlichen Lesers von phantastischer Literatur bei uns entspricht: Er ist ein Eskapist, der verdächtigerweise Gefallen an allerlei »Unrealistischem« findet.

Seine weiteren Lieblingsbeschäftigungen sind auch nicht unbedingt dazu geeignet, dieses Bild vom verträumten und leicht spinnerten Weltflüchtling abzumildern: Er schreibt und übersetzt Gedichte (was er nach seiner Rückkehr noch mit sehr viel mehr Elan betreibt), befasst sich mit Geografie und dem Entziffern alter Schriftsysteme. Letzteres passt hervorragend zu dem Spaß, den er am Lösen von Rätseln im Allgemeinen hat.

Halten wir also fest: Der Hobbit, den Gandalf Thorin und den anderen Zwergen gegenüber als Meisterdieb ausgibt, ist in Wahrheit ein etwas in die Jahre gekommener, leicht verzärtelter Nerd aus gutem Hause und von untersetzter Statur, der eifrig seine Brieffreundschaften pflegt, wenn er nicht gerade über einer Karte brütet oder Reime schmiedet. Klassisches Heldenmaterial? Mitnichten.[256]

Es erscheint also auf den ersten Blick etwas widersprüchlich, dass ausgerechnet dieser Hobbit sich anschickt, die Geschichte ganz Mittelerdes nachhaltig zu beeinflussen. Aber nur auf den ersten Blick. Bilbo profitiert nämlich davon, dass er ein Sprössling gleich zweier bedeutender Hobbitsippen ist. Seine eine Hälfte – die solide, behäbige – hat er von seinem Vater Bungo Beutlin, während er die andere – die umtriebige, rastlose – zweifelsohne seiner Mutter Belladonna Tuk verdankt.

Sein mütterliches Erbe war es wohl auch, das ihn dazu verleitete, Gandalfs Drängen nachzugeben und sich den Zwergen anzuschließen. Mehr noch: Bilbo fügte sich erstaunlich rasch in die Rolle des Meisterdiebs, ganz gemäß dem Prinzip, das Beste aus seinen Möglichkeiten zu machen. Wie viele Hobbits bringt Bilbo, der von seinem Naturell her kaum etwas wirklich Diebisches an sich hat, dennoch gute Grundvoraussetzungen mit, um in diesem

---

[256] Plischke: Böse Zungen lästern deshalb auch oft, Tolkien habe Bilbo Beutlin klammheimlich einige seiner eigenen Charakterzüge angedichtet.
Christiansen: Und so Geschichtsfälschung betrieben? Das kann ich kaum glauben!

Metier zu brillieren: Er ist klein, kann hervorragend schleichen, hat geschickte Finger und sieht im Dunkeln ausgezeichnet. All das nutzt Bilbo dann auch auf seiner Reise weidlich aus. Sein Meisterstück im Fach Trickreichtum, wenn man so will, liefert er in Smaugs Hort ab. Er bringt den Drachen dazu, seinen Bauch und damit die Stelle zu zeigen, die nicht von eingewachsenen Juwelen bedeckt und damit verwundbar ist. Bilbo wird dadurch indirekt zum Drachentöter – eine beachtliche Leistung für einen korpulenten Bücherwurm!

Bei alldem kommt Bilbo ein besonderer Umstand zugute, der häufig unter den Tisch fällt: Er ist ein ausgemachter Glückspilz, in den Fortuna bis über beide Ohren verliebt ist. Die Beweislast ist erdrückend, wie die folgenden Beispiele für seinen Dusel zeigen:

- Er hält dem üblen Einfluss des Einen Rings über Jahrzehnte hinweg stand.
- Er endet nicht als kleine Zwischenmahlzeit für ein Trio Trolle, das ihn schon so gut wie im Kochtopf hatte.
- Er entgeht in den Höhlen unter dem Nebelgebirge einer Gefangennahme durch die Orks ebenso, wie er von den Spinnen im Düsterwald als Einziger nicht eingesponnen wird.
- Von all dem Geschmeide in Smaugs Hort entscheidet er sich ausgerechnet für das Arkanjuwel, was es ihm erlaubt, einen drohenden Krieg entscheidend zu verzögern.
- Statt bei seinem gewagten Fassritt jämmerlich zu ersaufen, holt er sich nur eine leichte Erkältung.

Wer all dies bewerkstelligt, muss einfach ein Held sein – und ein vom Glück geküsster Held gleich noch dazu![257]

Der Schwerbeladene: Frodo Beutlin
Von Frodo Beutlin als vom Schicksal besonders Begünstigten zu sprechen, wäre unzutreffend: Frodo ist im zarten Alter von zwölf Jahren zur Vollwaise geworden, nachdem seine Eltern Drogo und Primula[258] bei einem Bootsunfall auf dem Branduin ums Leben kamen. Er gehört also zu den zahlreichen Helden aus Geschichten und Sagen, die ihre Eltern früh verloren und trotz – oder wegen? – der Wunden in ihrem Inneren später schier Unglaubliches leisteten.

Die folgenden Jahre verbrachte Frodo in der Obhut seiner Verwandten mütterlicherseits auf deren Stammsitz im Bockland, dem Brandygut. Es gibt den einen oder anderen Hinweis darauf, dass Frodo zumindest vor dem Unfall ein echter Lausbub gewesen sein muss: Bauer Maggot jedenfalls war anscheinend zu Recht besorgt, dass ihm der freche Frodo am Ende alle Pilze stehlen könnte, die auf seinen Ländereien wuchsen. Unzweifelhaft ist, dass die Auenländer, unter denen Frodo später lebte, manch ungewöhnliche Charakterzüge an ihm seiner Zeit in dem hektischen Clan-Smial anlasteten, in dem es dem Vernehmen nach oft drunter und drüber ging. Samweis Gamdschies Vater fällte vor diesem Hintergrund auch das weder für Frodo noch für die Brandybocks freundliche Urteil, der junge Beutlin sei dort nur »irgendwie aufgezogen« worden, anstatt eine ordentliche Erziehung zu genießen.

---

[257] Plischke: Mit Zunge, würde ich sagen, wenn ich mir das mal genauer betrachte.

[258] Christiansen: Aus dem Geschlecht der Brandybocks, wie ich ergänzen möchte. Nur um daran zu erinnern, dass wir uns tief im Stammbaumdickicht der auen- *und* bockländischen Edelhobbits bewegen.

Mit 21 wurde Frodo schließlich von seinem Onkel Bilbo an Kindes statt angenommen und zog nach Beutelsend. Ich gehe mit absoluter Sicherheit davon aus, dass Frodos Interesse für Bücher und Geschichten quasi über ein Lernen am Modell erwachte – wer mit Bilbo zusammenlebte, kam wohl nicht umhin, eine Liebe für das geschriebene Wort zu entwickeln. Über Bilbo machte Frodo außerdem Bekanntschaft mit einem gewissen Zauberer, der ihn dazu drängte, die größte Mission in Angriff zu nehmen, vor die sich je ein Hobbit gestellt sah.[259]

Hier lohnt es sich, Frodos Motive für seine Heldenreise mit denen Bilbos in Kontrast zu setzen. Letzterer bricht auf, um seine lange verdrängte und fast eingeschlafene Abenteuerlust zu stillen. Frodo nicht. Er erlebt im entscheidenden Gespräch mit Gandalf eher eine Art apokalyptische Offenbarung. Er, der alles in allem und trotz des Tods seiner Eltern ziemlich wohlbehütet aufgewachsen ist, bekommt von Gandalf im Grunde Folgendes zu hören: »Die Welt steht kurz davor unterzugehen. Das mag man vom Auenland aus nicht so gut sehen können, aber es stimmt. Wenn nicht bald etwas passiert, um das Unheil abzuwenden, hat es sich auch mit eurer luftig-leichten Lebensart hier im Grünen. Doch keine Sorge, ich habe da schon jemanden im Auge, dem ich die Last auferlegen kann, das Schicksal der Welt zu entscheiden. Erinnerst du dich noch an den komischen Ring, mit dem dein Onkel immer gespielt hat, wenn er meinte, niemand würde hinsehen? Dieses Ding ist der Schlüssel zur Lösung all unserer Probleme. Wenn man es vernichtet, kann der böse Obermotz, der alles in Schutt und

---

[259] Plischke: Wer Freunde wie Gandalf hat, braucht keine Feinde mehr.
Christiansen: Kann man schon so sagen. Aber langweilig wird es einem mit ihm sicher nicht …

Asche legen will, gepflegt einpacken. Ich räume es wirklich ungern ein: Die Sache hat einen kleinen Haken. Der Ring kann nur am Ort seiner Entstehung zerstört werden, und das ist leider nicht der Juwelier um die Ecke. Dafür müsste man schon einen Abstecher in einen Landstrich machen, der so viele fragwürdige Reize bietet, dass dort sogar das Wasser vergiftet ist. Was hast du denn so die nächsten paar Monate vor? Nichts Dringendes, hoffe ich. Ach ja, habe ich schon erwähnt, dass der Ring auch noch verflucht ist, ein bösartiges Eigenleben hat und versuchen wird, dich auf die dunkle Seite der Macht zu ziehen?«[260]

Frodo lässt sich ungeachtet all dessen auf die Sache ein. Wo sein Onkel also aus persönlichen Beweggründen handelt, übernimmt Frodo Verantwortung für andere und wird zu einer Art Erlöserfigur.[261]

Frodo zeigt im Verlauf seiner Reise passenderweise eine beeindruckende Sanftmütigkeit. Obwohl er mehrfach die Gelegenheit dazu hätte, tötet er keinen seiner Feinde. Sein aggressivster Ausbruch ist noch, dass er in den Minen von Moria einem Troll bzw. Ork einen Stich in den Fuß versetzt. Selbst gegenüber Gollum zeigt er immer wieder Mitgefühl, ja sogar Sympathie und gibt bis fast zum Schluss die Hoffnung nicht auf, der klägliche Rest dessen, was in Sméagol einmal gut gewesen war, könnte irgendwie doch noch die Oberhand über die durch den Ring verursachte Boshaftigkeit Gollums gewinnen.[262]

---

[260] Plischke: Ich dachte, Gandalf hätte das alles gesagt und nicht Obi-Wan Kenobi.

[261] Christiansen: Ein Ausdruck, wie ihn die Hobbits nie verwenden würden, weil er ihnen nämlich absolut gar nichts sagt. Die Hobbits kennen keinen Messias und keinen Heiland.

[262] Plischke: Frodo war also ein naiver Idealist.
Christiansen: Vielleicht, aber wenn er es nicht gewesen wäre und Gollum

Umgekehrt bewahrt Frodos Friedfertigkeit ihn nicht vor schweren Verletzungen. Ein ums andere Mal erfährt er großes körperliches Leid. Erst erwischt ihn auf der Wetterspitze einer der Ringgeister mit seiner grässlichen Klinge, deren lebenskraftraubende Wirkung einen Menschen wahrscheinlich das Leben gekostet hätte und der Frodo nur dank der Heilkünste Elronds trotzt. Dann fängt er sich in Moria einen Speerstoß von einem Ork ein, der ihn sicherlich durchbohrt und getötet hätte, wäre Frodos Hemd nicht aus Mithril gewesen.[263] Und kurz vor dem Ende seiner Reise rammt ihm auch noch Kankra ihren Stachel in den Leib und pumpt ihn bis obenhin voll mit ihrem lähmenden Gift, sodass der arme Sam davon überzeugt ist, sein Freund habe nun endgültig das Zeitliche gesegnet.

Und wird Frodo das gedankt? Von den damaligen Bewohnern Mittelerdes bestimmt. Doch Hand aufs Herz: Haben Sie sich nicht schon selbst einmal bei einem Gedanken wie diesem ertappt: »Frodo ist ein ziemliches Weichei, weil er weite Teile der Geschichte mit Jammern und Klagen zubringt, anstatt sich einmal für fünf Minuten zusammenzureißen«? Ganz ehrlich, mir geht es nicht anders. In solchen Momenten versuche ich, mir immer wieder ins Bewusstsein zu rufen, *wie* groß Frodos Aufgabe ist und welche Hürden er auf seinem Weg nehmen muss. Wenn ich dabei ehrlich zu mir selbst bin, stelle ich fest, dass – verwöhnter Zivilisationsmensch und passionierter Warmduscher, der ich bin – mein Heulen und Zähneklappern noch ein paar Dezibel lauter ausgefallen wäre

---

getötet hätte, hätte es keinen gegeben, der ihm im entscheidenden Augenblick den Ring vom Finger reißt... pardon... beißt.

[263] Plischke: Peter Jackson unterstreicht die Dramatik dieser Begebenheit, indem er den Stoß in der Filmfassung von einem Troll durchführen lässt.

als das von Frodo. Es mag stimmen, dass er sich oft über seine Strapazen beschwert, aber andererseits trägt er einen verfluchten Gegenstand bei sich. Selbiger wird für Frodo nicht nur mit jedem Schritt, den er sich dem Ort der Vernichtung nähert, schwerer, sondern er flüstert ihm die ganze Zeit gewissermaßen auch noch zu: »Streif mich über deinen Finger, bring mich zu Sauron, und all dein Leid hat ein Ende.« Machen wir uns doch bitte nichts vor: Die wahre Heldentat Frodos besteht darin, dieser immensen Versuchung über eine so lange Zeitspanne hinweg nicht nachzugeben. Dafür hat er unseren Respekt verdient.[264]

Frodo ist meines Erachtens zugleich ein tragischer Held, denn der Preis, den er für seine Taten bezahlt, ist schrecklich hoch. Ihn erwartet kein sorgenfreies Leben in Saus und Braus. Sein Kontakt mit dem Ring hat ihn schwer traumatisiert. Er kann sich nicht mehr in sein altes Leben im Auenland einfinden und trägt einen Edelstein an einer Kette um den Hals, den er oft berührt – wie eine Art Ersatzhandlung, um den Verlust des Einen Rings zu verkraften. Er sagt von sich selbst, er sei verwundet und würde nie mehr richtig heilen, und am Jahrestag seiner Verwundung auf der Wetterspitze quälen ihn die abgeschwächten Symptome jener Wunde, die ihm durch den Ringgeist geschlagen wurde. Diese psychische und physische Erschöpfung ist es wohl auch, die Frodo dann dazu antreibt, das Auen-

---

[264] Plischke: Ich bin da ganz auf der Seite von Kollege Wolf. An Frodos Stelle hätte ich mir irgendwann gedacht: »Pfeif doch auf die ganze Sache. Soooo schlimm kann Sauron auch nicht sein! Und wer weiß, vielleicht springt auch noch eine hübsche Belohnung für mich raus, wenn ich den Ring bei ihm abliefere...«
Christiansen: Wichtige Notiz an mich selbst: Nie, nie, *nie* den Kollegen Plischke in eine Situation manövrieren, in der er sich als selbstloser Retter der Menschheit beweisen müsste!

land endgültig zu verlassen und von den Grauen Anfurten aus mit den Elben nach Westen zu segeln. Auch hierin steckt eine wichtige Lektion: Derjenige, der wie Frodo die Verantwortung übernimmt, zur richtigen Zeit das Richtige zu tun, wird dafür unter Umständen mit nicht mehr belohnt als eben dieser Gewissheit, das eigene Wohlergehen zugunsten dem anderer zurückgestellt zu haben. In dieser Haltung – sich als Individuum in den Dienst des Kollektivs zu begeben – ist Frodo voll und ganz ein guter Hobbit.

Der unterschätzte Gärtnersbursche:
Samweis Gamdschie
Es gibt einen Hobbit, ohne dessen Unterstützung Frodo seine Aufgabe nie vollbracht hätte: Samweis Gamdschie.

Sams Herkunft und sein Verhältnis zu Frodo zeigen, dass die Hobbitgesellschaft keine völlig klassenlose ist. Wie schon sein Vater Hamfast ist Sam der zuständige Gärtner in Beutelsend. Lesen und Schreiben hat er von Bilbo gelernt, was nahelegt, dass Sams Vater seinem Sohn dies nicht hätte beibringen können. Darüber hinaus gibt Bilbo seine eigene Neugier an den Dingen außerhalb des Auenlands – insbesondere an den Elben – an Sam weiter, worin dessen Vater sicher nicht mehr sehen würde als »Flausen im Kopf«. Das Klassengefälle wird auch in der Anrede offenbar, die Sam für seinen Freund gebraucht: Er nennt ihn oft »Herr Frodo«, wohingegen dieser Sam einfach nur beim Vornamen anspricht.

In der Beurteilung Sams als Held wird er leider allzu häufig auf diese Rolle als Diener Frodos reduziert, und es wird sogar vereinzelt der Vorwurf erhoben, auch ihre Freundschaft beruhe letztlich nur auf dieser besonderen Beziehungskonstellation. Dies ist selbstverständlich töricht, ebenso wie die Wahrnehmung Sams als einfältiger und tumber Laufbursche Frodos.[265] Sam hat sehr wohl seinen eigenen Kopf, und er kann regelrecht hinterlistig sein, wenn er will. Dies sieht man allein in der Episode, in der Gandalf ihn beim Lauschen am Fenster ertappt, als der Zauberer und Frodo über die bevorstehende Mission in Sachen Ringvernichtung sprechen. Sam spielt sehr überzeugend die Rolle des für sein tadelwürdiges Betragen Gescholtenen und mit einer Teilnahme an der Reise gewissermaßen Bestraften, auch wenn er sogleich nicht minder oscarverdächtig seine Begeisterung darüber zum Ausdruck bringt, dass er möglicherweise das Glück erfahren wird, mit eigenen Augen ein paar Elben zu sehen.[266] Was er mit keinem Wort erwähnt – selbst als Frodo ihm eindringlich zu verstehen gibt, dass niemand von der Mission erfahren darf –, ist der Umstand, dass er Teil einer Gruppe von freundlichen Verschwörern ist, die Frodo bei allem, was er auch immer vorhaben mag, nach besten Kräften zu unterstützen gedenken.

Zudem verfügt Samweis ungeachtet seiner tiefen Gefühle für Frodo über eine sehr gesunde Härte. Gollum durchschaut er von der ersten Begegnung an als Geschöpf, dem jedes Mittel recht ist, wieder in den Besitz seines verlorenen Schatzes zu gelangen. Dass Gollum Läuterung erfahren und aufrichtige Reue für seine Verfehlungen zeigen könnte, ist für Sam völlig undenkbar.

---

[265] Christiansen: Dazu könnten auch die Filme Peter Jacksons beigetragen haben, in denen Sam als der beleibteste der prominenteren Hobbits dargestellt wird, und wir Großen Leute neigen nun einmal dazu, von der Statur auf den Charakter zu schließen.

[266] Plischke: Ich bewerte diese Stelle übrigens so, dass sich hier Wahrheit und Flunkerei miteinander vermischen: Sams Freude ist echt, wie auch sein zur Verteidigung vorgebrachtes Argument, dass er schon immer neugierig auf aufregende Geschichten aus der Fremde war.

Bei anderen seiner Mitgeschöpfe legt Sam dagegen sehr viel mehr Einfühlungsvermögen an den Tag: Er hängt ehrlich am Pony Lutz, das die Gefährten in Bree erwerben, und er weint zum Abschied bittere Tränen, als er das Tier in die Wildnis entlassen muss, da der Weg durch die Minen Morias für Lutz einfach nicht passierbar ist. Vielleicht erkennt Sam in dem Pony sogar so etwas wie einen Seelenverwandten, da es wie er treu und unerschütterlich ist und jede Last, die man ihm aufbürdet, bereitwillig trägt.[267]

Möglicherweise ist es genau diese Charakterfestigkeit und dieses intuitive Gespür, Gut und Böse klar auseinanderzuhalten, die es Sam erlauben, nicht den Verlockungen des Einen Rings zu erliegen, als er sich durch die äußeren Umstände dazu genötigt sieht, kurzfristig zum Ringträger zu werden. In Sam ist nichts, was der Ring so sehr korrumpieren könnte, um diesen Hobbit auf Saurons Seite zu ziehen.

Nichtsdestoweniger ist Sams Rolle eindeutig die eines unterstützenden Helden. Angesichts der Tatsache, dass er es ist, der Frodo das letzte Stück ihres gemeinsamen Weges auf dem Rücken trägt, wäre jede andere Zuweisung ungewöhnlich. Schon vorher fällt es ihm zu, Frodo immer wieder aufzuheitern, anzutreiben und ihm die Zuversicht zu geben, dass am Ende alles gut ausgehen wird.

Dabei kommt Sam zugute, dass er quasi ein Stück personifiziertes Auenland ist oder wenigstens sehr genau dem durchschnittlichen Bewohner dieser Region entspricht: Er kocht leidenschaftlich gern und schleppt bereitwillig

---

[267] Christiansen: Abgesehen davon ist Lutz auch noch ein guter Esser, der nur abgemagert ist, weil ihn sein früherer Besitzer so schlecht fütterte.
Plischke: Lutz Farning ist eben kein so guter und großzügiger Herr wie Frodo Beutlin…

Pfanne[268] und Geschirr durch die Gegend, auch wenn er in der Fremde auf seine absolute Leibspeise – Tüften – verzichten muss. Er schöpft aus einem umfangreichen Repertoire an typisch hobbitschen Lebensweisheiten, die ihm sein Vater beigebracht hat. Er stellt die Freundschaft zu Frodo über all seine persönlichen Belange.

Zusätzlich verfügt er über einige Eigenschaften, die man nur als verblüffend bezeichnen kann. Er hat sich beispielsweise genug von Bilbos und Frodos Liebe zur Poesie abgeschaut, um nach Gandalfs vermeintlichem Tod beim Sturz von der Brücke von Khazad-Dûm[269] seinen Schmerz über diesen Verlust genau wie Frodo in ergreifenden Reimen zu formulieren. Nicht weniger überraschend sind sein Kampfesmut und sein Geschick bei gewaltsamen Auseinandersetzungen – und das obwohl im Auenland noch nie ein Hobbit einen anderen absichtlich getötet hat und man sich fragt, wie Samweis dann zu einem derart geschickten Kämpfer wurde.[270]

Die Unbefangenheit, mit der Samweis über weite Strecken agiert, hängt damit zusammen, dass er sich nie allzu viele Gedanken über den größeren Kontext macht, in den die Mission, auf die er mit Frodo aufbricht, eingebunden ist. Dass das Schicksal Mittelerdes auf dem Spiel steht,

---

[268] Plischke: Die sich auch als gute Waffe für Notfälle herausstellt.

[269] Christiansen: Das gehört eigentlich nicht hierher, aber einer muss es sagen: Wer bitte schön baut auch so eine Brücke? Ohne Geländer! Dabei hatte ich immer gedacht, wenn ein Volk Mittelerdes ein Äquivalent zu unserem TÜV oder unserer Bauaufsichtsbehörde besitzt, dann doch wohl die Zwerge.

[270] Plischke: Vielleicht hat er mal eine Weile bei den Grenzern ausgeholfen? Gewalt richtet sich in der Hobbitgesellschaft ja allem Anschein nach prinzipiell nach außen, und einem »Außerländischen« kräftig auf die Finger zu klopfen, wenn er sich komisch aufführt, ist wohl nicht verboten...

scheint für ihn verglichen mit Frodos persönlichem Wohlergehen beinahe zweitrangig zu sein. Er geht dorthin, wo Frodo hingeht, so einfach ist das für ihn. Die Hindernisse, die sich ihm dabei in den Weg stellen, bewältigt er mit einer sturen Pragmatik, die nur gelegentlich in wilde Emotionsausbrüche umschlägt – wie zum Beispiel wenn Sam eine Riesenspinne in die Flucht schlagen muss, um Frodo zu retten.

Dass Samweis durch all diese Züge bei seinen Mithobbits einiges an Achtung erlangte, sieht man an seiner späteren politischen Karriere. Auch sein Privatleben war ein glückliches – dreizehn Kinder inklusive. Er mag nur der »Sidekick« eines noch größeren Hobbithelden gewesen sein, doch für ihn haben sich sein Mut und seine Tapferkeit im Nachgang äußerst bezahlt gemacht.[271]

Der heimliche Prinz: Meriadoc Brandybock

Meriadoc Brandybock und Peregrin Tuk – oder kurz: Merry und Pippin – werden vielfach als sonderbare Einheit behandelt, so als besäße nicht jeder von ihnen ausreichend individuelle Eigenheiten, um jeweils getrennt etwas über die beiden sagen zu können. Eine wahre Schande, über die sich wahrscheinlich Merry am lautesten beschweren würde.

Schließlich ist er ein Hobbit von Stand. Seine Familie ist seit Langem schon die einflussreichste im ganzen Bockland

---

[271] Christiansen: Einige Hobbitkundler sehen in der Beziehung zwischen Sam und Frodo eine deutliche Ähnlichkeit zu der, wie sie Offiziere in Armeen des späten 19. und frühen 20. Jahrhunderts zu ihren Ordonanzen pflegten. Für meinen Geschmack ist das allerdings ein Hauch zu militaristisch gedacht, den guten Sam einfach zu einem loyalen Laufburschen zu degradieren.
Plischke: Aber wenn's doch so gut passt ...

gewesen, und Merry selbst ist als ältester Sohn seines Vaters Saradoc »Goldstreuer« Brandybock der Stammhalter der Familie. Zieht man den Beinamen seines Erzeugers als Indiz heran, so dürfte es Merry in seiner frühen Jugend wirklich an nichts gefehlt haben. Man kann sagen, dass sich sämtliche Investitionen seines Herrn Papa in ihn durchaus bezahlt gemacht haben.

Merry gehört unter seinen Zeitgenossen sicherlich zu den schlauesten, aufmerksamsten und gerissensten Hobbits. Wenn ich – und viele andere meiner Kollegen – nicht völlig aufs falsche Pferd setzen, war er der Drahtzieher jener Verschwörung von Freunden, die alles daransetzte, Frodo nicht mit seiner Mission im Regen stehen zu lassen. Er war es auch, der in Bree bei einem Spaziergang bemerkte, dass Lutz Farning den Nazgûl von einem Hobbit berichtete, der im *Tänzelnden Pony* plötzlich unsichtbar geworden war. Dass Merry daraufhin vom Schwarzen Atem der gleichnamigen Reiter niedergestreckt wurde, kann man ihm beim übelsten Willen nicht als Versagen seiner raschen Auffassungsgabe anlasten.

Wie viele Hobbits aus edlen Familien hatte Merry bereits vor seiner großen Reise mit Frodo einige Erfahrungen außerhalb des Hauptsiedlungsgebiets der Hobbits gesammelt. Seine Streifzüge hatten ihn unter anderem in den Alten Wald geführt, was ein Zeichen seines Mutes ist, wenn man bedenkt, welch schauerliche Geschichten von wandelnden Bäumen und verschwundenen Reisenden man sich über dieses Gehölz so erzählte.

Wie die anderen Hobbitgefährten auch erlebt Merry im Zuge der von Tolkien überlieferten Ereignisse ebenfalls eine eigene Heldenreise: Ich sehe in ihm den Archetyp des jungen Prinzen, der sich bei Abenteuern in der Fremde erst bewähren muss, um zu beweisen, dass sein Anspruch auf den Thron gerechtfertigt ist. Dazu passt hervorragend, dass Merry sich bei König Théoden als Knappe verdingt.[272] Er ist sich seiner Pflichten als zukünftiges Familienoberhaupt sehr wohl bewusst, und er scheut sich nicht, Verantwortung für andere zu übernehmen, wenn es die Umstände erfordern (erneut ist seine Leitung der Verschwörerbande ein gutes Beispiel für diese Bereitschaft zur Pflichterfüllung). Merry lässt sich allerdings nicht in ein starres Korsett aus unumstößlichen Regeln einpassen. Er ist weise genug, zu wissen, dass man die Regeln ab und zu beugen oder gar brechen muss,[273] um ein höheres Ziel zu erreichen – und sei es lediglich, nicht die Achtung vor sich selbst zu verlieren. Obwohl Théoden ihm nach der Heerschau von Rohan ausdrücklich aufträgt, sich aus der bevorstehenden Schlacht herauszuhalten, gehorcht Merry ihm nicht: Er nimmt den Vorschlag der als Mann getarnten Éowyn, ihn ins Getümmel mitzunehmen, sofort an. Merry ahnt zwar sicher, dass Théodens Argumente – Merry ist zu klein, um ein Pferd zu reiten, und als »Passagier« würde er den eigentlichen Reiter nur behindern – der Sorge des Königs um sein Überleben entspringen, aber er will nicht einfach zurückbleiben. Dass seine Entscheidung, die Befehle des Königs zu missachten, die richtige ist, bestätigt seine Rolle bei der Bezwingung des Hexenkönigs von Angmar: Ohne Merry hätte Éowyn wohl den Tod gefunden.

---

[272] Plischke: Auch unter uns Großen Leuten war es früher sehr wohl üblich, dass sich die Sprösslinge von Adelsfamilien bei den erfahrenen Häuptern anderer Familien quasi in die Lehre begaben.

[273] Christiansen: Eine Einstellung, die dem durchschnittlichen Auenlandbewohner sicherlich zu denken gäbe – aber Merry ist Bockländer, und die sind in den Augen ihrer Nachbarn ohnehin etwas merkwürdig.
Plischke: Absolut – Merry *mag* ja sogar Boote. Am Ende kann er sogar noch schwimmen!

Alles in allem bewährt Merry sich auf seiner Reise aufs vortrefflichste und sammelt wichtige Erfahrungen für sein späteres Leben und die damit verbundenen Herausforderungen.[274] Das heißt jedoch nicht, dass er ob all der Schrecken, die er gesehen hat, zu einem verbitterten, stets übel gelaunten Technokraten werden würde – Merry bleibt ein Hobbit, der körperliche Genüsse sucht und schätzt. Ich spare es mir an dieser Stelle, einige der Begebenheiten aus Tolkiens Schilderungen aufzuzählen, in denen dieser hedonistische Einschlag Merrys klar zutage tritt. Stattdessen schaue ich lieber auf das, was wir über sein weiteres Dasein nach dem Ringkrieg wissen. Merry tut sich hier neben seiner Funktion als Herr des Bocklands vor allem als Naturkundler und Verfasser bedeutender Schriften hervor: Der Text, der seinen Charakter am umfassendsten widerspiegelt, ist meiner Meinung nach *Kräuterkunde vom Auenland*. Der Text erweckt den Eindruck, es handle sich um ein Standardwerk über alle im Auenland wachsenden Kräuter. In Wahrheit jedoch ist ein Großteil des Buches nur einem einzigen Kraut gewidmet, nämlich dem, das Merry seit jeher am meisten am Herzen lag: dem Pfeifenkraut. Eine vollständige Ausgabe dieses Buches wäre ein echter Schatz für alle Hobbitkundler, da es mit Sicherheit Unmengen an aufschlussreichen Informationen über die Kultur und die Lebensweise der Hobbits zu jener Zeit böte.[275]

Unabhängig vom Inhalt irgendwelcher Bücher aus seiner Feder: Dass Merry zeit seines Lebens das Feiern nie vergaß, klingt unüberhörbar in jenem Beinamen mit, den er sich

---

[274] Plischke: Sein symbolisches Gütesiegel oder Abschlusszeugnis ist die Tatsache, dass Éomer als neuer König von Rohan ihn zum Ritter schlägt.

[275] Christiansen: Klar. Nur deswegen. Und nicht etwa, weil da alles drinsteht, um das krasseste Pfeifenkraut zu ziehen, das je im Kopf einer Pfeife geglimmt hat ...

als Herr von Bockland für die Ausrichtung legendärer Feste verdiente – der Prächtige. Einen schöneren Ehrentitel könnte man sich als Held kaum wünschen.

Der unbedarfte Jungspund: Peregrin Tuk
Peregrin »Pippin« Tuk ergeht es nicht viel anders als seinem Vetter Merry. Meist wird er lediglich als tollpatschiger Spaßmacher wahrgenommen, der sich selbst und seine Freunde mehr als einmal durch fragwürdige Aktionen schwer in die Bredouille bringt. Vielleicht haben Sie sich auch schon gefragt: »Warum nimmt man so einen Kindskopf überhaupt auf eine derart wichtige Mission mit?«

Es stimmt schon: Pippin *ist* ein Kindskopf. Das liegt aber in der Natur der Sache, weil er zum Zeitpunkt seines Aufbruchs aus dem Auenland eben im Grunde noch ein Kind ist. Er ist ein Zwien, also nach Hobbitmaßstäben noch nicht volljährig. Wem das jetzt nur Wasser auf die Mühlen seiner Auffassung ist, Pippin wäre folglich besser daheim geblieben, dem entgegne ich: Manchmal nehmen auch in unserer Kultur Minderjährige an Veranstaltungen teil, die eher für Erwachsene gedacht sind. Beispielsweise gibt es da einen weltberühmten argentinischen Fußballspieler, der sein erstes Match mit nur 16 Jahren und drei Monaten bestritt. Und warum durfte Maradona schon so jung das Nationalmannschaftstrikot überstreifen? Weil man dem Nachwuchs die Möglichkeit bieten muss, Erfahrungen zu sammeln. Im Optimalfall zahlt sich das in der Zukunft massiv aus.[276]

Streng genommen stellt Pippin – bei aller Kritik an seinem Benehmen – sogar den Idealtyp des jugendlichen Hel-

---

[276] Plischke: Kollege Wolf tut gut daran, über den späteren Verlauf von Maradonas Karriere den Mantel des Schweigens zu breiten.

den dar. Er hat schon früh Lust, in die Welt hinauszuziehen, und muss dafür nicht erst das mittlere Alter erreichen, das Bilbo oder Frodo auf dem Buckel haben. Positiv ausgedrückt ist er unbedarft, offen und nimmt die Dinge nicht allzu ernst – man kann sich leicht schlechtere Grundeinstellungen und Gemütsverfassungen ausmalen. Noch dazu ist Pippin ein extrem umgänglicher Charakter, der keinerlei Probleme damit hat, bei denen, die ihm begegnen, Sympathien zu wecken.[277] Selbst Gandalf, der Pippin sehr häufig für dessen Verfehlungen rügt und sich diesem Hobbit gegenüber regelmäßig sehr grantig verhält, schafft es schließlich nicht, seinen Groll auf Pippin über einen längeren Zeitraum hinweg aufrechtzuerhalten. Der wichtigste Pluspunkt für Pippin könnte sein, dass er äußerst wissbegierig ist und von Gandalf am liebsten *alles* über die Welt erfahren würde; so viel Wissensdurst muss einem Zauberer gefallen.[278] Bei aller Nervigkeit, die er bisweilen auf den außenstehenden Betrachter entfaltet, ist Pippin trotzdem jemand, den man gerne um sich hat – und unterscheidet sich damit nur sehr wenig von einigen jüngeren Leuten aus meinem direkten Bekanntenkreis.[279]

Für Pippin ist seine Reise ein einziger langer Initiationsritus, das letzte Stück seines Weges hin zum Erwachsenen. Betrachtet man einige der Situationen, in denen Pippin auf die eine oder andere Weise mächtig ins Klo greift, einmal

---

[277] Christiansen: Wahrscheinlich macht es schlicht einen gewaltigen Unterschied, ob man ihn persönlich kennengelernt hat oder ob man ihn nur aus Erzählungen und Filmen kennt.
[278] Plischke: Und gibt Gandalf zahllose Chancen, mit seinem Wissen zu glänzen. Dass Gandalf eine eitle Seite hat und sich manchmal gerne selbst reden hört, ist ja nun kein Geheimnis.
[279] Plischke: Redet er über dich?
Christiansen: Könnte sein …

etwas näher, stellt sich heraus, dass sie nicht folgenlos bleiben und er die Konsequenzen direkt oder indirekt zu spüren bekommt.

Klogriffsituation 1:
Im *Tänzelnden Pony* ist Pippin so berauscht von der Aufmerksamkeit des versammelten Publikums, dass er im Begriff ist, das Ende von Bilbo Beutlins Geburtstagsfeier inklusive des mysteriösen Verschwindens des Gastgebers zum Besten zu geben. Frodo sieht sich zum Eingreifen gezwungen, stimmt selbst ein Lied an und vollführt einen Luftsprung, wobei ihm der Eine Ring auf den Finger rutscht und er sich vor den Augen aller Anwesenden scheinbar in Luft auflöst.
Die Konsequenzen: Lutz Farning erzählt den Nazgûl von diesem ungewöhnlichen Vorgang und verrät ihnen so, wo Pippin und seine Freunde sich aufhalten. Hätten diese Aragorns Rat, in einem anderen Zimmer zu nächtigen, nicht befolgt, wären sie von den Ringgeistern umgebracht worden.[280]

Klogriffsituation 2:
In den Minen von Moria will Pippin wissen, wie tief einer der dortigen Brunnenschächte wohl sein mag, und wirft einen Stein hinein, um nach dem Aufprallgeräusch zu lauschen.
Die Konsequenzen: Die in den Minen lauernden Orks werden auf die Eindringlinge aufmerksam, was schlussendlich ins Gefecht am Grab von Balin sowie Gandalfs tragische Auseinandersetzung mit dem Balrog mündet. Pippins Neu-

---

[280] Plischke: Die Lektion könnte hier natürlich auch lauten, dass es sich manchmal lohnt, auf Leute zu hören, die man gerade mal ein paar Stunden kennt – auch wenn diese Leute wie Landstreicher aussehen.

gier bezahlen er und seine Gefährten mit dem zeitweiligen Verlust ihres mächtigsten und weisesten Verbündeten.

Klogriffsituation 3:
Nach dem Sieg über Saruman kann Pippin nicht einschlafen, weil er wissen möchte, was es mit dem komischen Stein auf sich hat, den Gandalf hütet wie seinen Augapfel. Er wartet, bis Gandalf tief schläft, schleicht sich zu ihm und klaut ihm das sonderbare Ding.

Die Konsequenzen: Bei seinem Blick in den Palantír gerät Pippin unter den Einfluss Sarumans und verrät diesem, dass er ein Hobbit ist und wo er sich gerade aufhält. Um Pippin von seiner Sucht nach dem Palantír zu heilen, bringt Gandalf ihn in einem Gewaltritt nach Minas Tirith, wo Pippin gemeinsam mit den Bewohnern der Stadt von Saurons Truppen eingeschlossen wird.[281]

Dass Pippin durch seine Erfahrungen zum Helden reift, lässt sich anhand seines Verhaltens innerhalb der belagerten Stadt gut veranschaulichen: Zum einen bietet er dem Truchsess Denethor seine Dienste an, so bescheiden diese auch ausfallen mögen.[282] Zum anderen ist er es, der Gandalf warnt, dass Denethor vorhat, seinen Sohn Faramir dem Scheiterhaufen zu übergeben, weil er nicht erkennen will oder kann, dass Faramir noch am Leben ist.

Diese erstaunliche Wandlung vom unvorsichtigen Possenreißer zu jemandem, dem das Wohlergehen anderer

---

[281] Christiansen: Merry sieht das übrigens nicht als Strafe für Pippin, sondern unfairerweise als Belohnung: Immerhin hatte sich sein Vetter gewünscht, in den Palantír zu schauen *und* mit Gandalf zu reiten – und gleich beide Wünsche wurden ihm erfüllt.

[282] Plischke: Wir wollen mal darüber hinwegsehen, dass Denethor nicht alle Zacken an der Krone hat, denn das kann man schlecht Pippin zum Vorwurf machen.

sehr am Herzen liegt, ist für Pippin von Dauer. Er steigt später nicht nur zum Thain und zum Ratsherrn des Nördlichen Königreichs auf, nein, er legt auch eine Bibliothek an, in der er die Geschichte der Welt für spätere Zeiten dokumentieren will. Bedauerlicherweise ist dieser Hort des Wissens für unsereins verloren, doch das ändert nicht das Geringste daran, dass Peregrin Tuk zu den größten Helden zählt, die das Volk der Hobbits je hervorgebracht hat.[283]

Was würde ein Hobbit tun?

Vor einer halben Ewigkeit habe ich Ihnen versprochen, dass es in diesem Kapitel nicht nur darum gehen soll, den speziellen Heldenmut der Hobbits zu würdigen. Ich hatte angekündigt, ein wenig auszuloten, wie sich dieser Heldenmut unter Umständen auf uns übertragen lässt und wie wir davon profitieren können. Dieses Versprechen möchte ich nun gerne einlösen. Im Folgenden habe ich einige Beispiele für alltägliche Lebenssituationen ausgewählt, in denen es sich zu fragen lohnt: »Was würde ein Hobbit tun?«[284]

---

[283] Plischke: Das kann man ruhig wörtlich nehmen. Nach dem Genuss des Enttrunks wuchs Pippin – genau wie Merry – zu einem wahren Riesen unter Hobbits: Er maß 1,35 Meter und überragte damit sogar seinen eigenen Vorfahren, Bandrobas »Bullenrassler« Tuk (das war der, der allein auf ein Pferd steigen konnte und beim Orkkopfabschlagen nebenbei das Golfspiel erfand).

[284] Christiansen: Ich rieche das Potenzial für einen vielversprechenden Kult, so à la die Jünger Frodos oder die Hobbits der Letzten Tage.
Plischke: Zumindest einen Nachfolgeband zu dem hier mit dem Titel *Alles, was ich über das Leben weiß, habe ich von Hobbits gelernt.*

Auf feigen Freiersfüßen
Man kennt das: Jemand hat sich unsterblich verliebt, bringt es aber nicht zustande, der Person, an die er sein Herz verloren hat, genau das klarzumachen.[285] Diese Situation gibt es in zwei Spielarten. Bei der ersten leidet der verliebte Mensch still, aber dennoch unübersehbar – Zyniker halten das zweifellos für die angenehmere Variante. Bei der zweiten liegt das Opfer von Amors Pfeilen jedem damit in den Ohren, dass er sich nicht traut, den ersten Schritt zu tun – jedem außer natürlich dem oder der, auf die es ankommt.

Zartfühlende Hobbits wie Bilbo würden nun folgenden Tipp abgeben: Schreib einen Brief. Möglichst lang, in möglichst schönen Versen (Prosalyrik ist in Ausnahmefällen gestattet, hat aber meist nicht die Durchschlagskraft eines originellen Reims von Herz auf Schmerz oder Liebe auf Hiebe). Ich betone es noch mal: einen Brief. Keine E-Mail, keine SMS. Einen Brief. Auf Papier, und beim Einkauf desselbigen im Schreibwarenladen des Vertrauens sind Sparmaßnahmen unbedingt zu vermeiden. Wer mag, kann seinem Schreiben noch eine ausdrucksstarke Zeichnung oder Fotografie beilegen.[286] Alles in allem ist diese Strategie nicht ganz aussichtslos. Andererseits ist Bilbo Beutlin als Junggeselle auf ein Boot gen Westen gestiegen, weshalb man

---

[285] Plischke: Und falls Sie das nicht kennen sollten – herzlichen Glückwunsch! Entweder Sie haben die Empathie eines Backsteins und merken es nicht, wenn sich um Sie herum ein kleines Drama abspielt, oder Sie haben nur Gigolos und Gigolas in Ihrem Bekanntenkreis, die problemlos auch mit defektem Fahrgestell noch überall landen, wo sie landen wollen.

[286] Plischke: Aufnahmen von gewissen Körperteilen ziemen sich in diesem Zusammenhang nicht – ganz gleich, für wie attraktiv Sie Ihre Füße auch halten mögen.
Christiansen: Stecken Sie besser ein süßes Katzenbild in den Umschlag…

ihm in diesen Zusammenhängen keine echte Kernkompetenz zutraut.

Wer es zu passiv findet, nur einen Tipp zum Briefeschreiben abzugeben, macht es besser so, wie Frodo und der Rest der Bande, als sie vor dem gleichen Problem stehen, weil Samweis nicht weiß, wie er sich Rosie Hüttinger annähern soll. Das Rezept ist im Grunde ganz einfach: Man sorgt für eine Situation, in der sich das herbeizuführende Pärchen nicht mehr aus dem Weg gehen kann, und hofft darauf, dass die angebetete Hälfte von alleine merkt, wie sehr sie angebetet wird. Sind Sie auf einem Volksfest, manövrieren Sie die beiden in den gleichen Autoscooter. Treffen Sie bei einem Kneipenbesuch so frühzeitig ein, dass sie an einem Tisch alle Plätze außer zwei direkt nebeneinanderliegenden besetzen können (oder Sie machen die Verabredung klar, tauchen dann aber gar nicht selbst auf). Schenken Sie den beiden einen gemeinsamen Gutschein für eine Kanutour. Nur Ihre Phantasie setzt Ihrem Eifer und Ihrer erforderlichen Grausamkeit Grenzen.[287]

Unerwarteter Besuch

Sie sind bei sich daheim und gerade schwer beschäftigt (vielleicht auch nur mit Tätigkeiten, die der Entspannung dienen, wie Lesen, Fernsehen, an der Konsole zocken etc.). Da klingelt es an der Tür. Keiner Ihrer Freunde oder Familienangehörigen hat sich angekündigt, aber Sie öffnen dennoch – und sind mit Besuch konfrontiert, wie Sie ihn sich

---

[287] Plischke: Für den Fall, dass das Objekt des romantischen Interesses nicht zu Ihrem eigenen Freundes- und Bekanntenkreis gehört, machen Sie die betreffende Person erst selbst ausfindig, freunden sich lose mit ihr an und führen dann die gewünschte Konfrontation herbei – etwas Mühe müssen Sie schon investieren, um dem unglücklich Verliebten aus der Patsche zu helfen.

selten wünschen: Menschen, die sich mit Ihnen intensiv über Ihr Gottesbild austauschen wollen, ein Vertreter für Staubsauger oder eines zwielichtigen Energieversorgers auf Kundenfang, ein freundlicher Spion von der Gebühreneinzugszentrale...[288]

Was tun?

Schreiend und/oder lachend die Tür zuschlagen, ist für einen Hobbit keine Option. Hobbits sind gastfreundlich und haben gerne Besuch. Will man es den Hobbits gleichtun, fährt man also am besten eine massive Charmeoffensive. Bitten Sie die Gäste ruhig herein und bieten Sie ihnen umgehend eine Sitzgelegenheit sowie je nach Jahres- und Uhrzeit ein Kalt- oder Heißgetränk nebst einem kleinen Imbiss an. Unter Umständen vermeinen die Gäste, eine Falle zu wittern und in die Fänge eines wahnsinnigen Serienmörders geraten zu sein, weshalb sie die Flucht ergreifen. Schade, aber man kann niemanden zu seinem Glück zwingen (außer verliebte Freunde; siehe oben).

Ist Ihr Besuch mit ausreichend Urvertrauen gesegnet, auf Ihre Angebote einzugehen, gebietet es die Höflichkeit, dass Sie sich zunächst umfassend vorstellen – Name, Alter, Beruf, Familienstand, Hobbys und so weiter. Darüber hinaus ist es nicht minder wichtig, dass Sie Interesse an Ihrem Gegenüber zeigen und sich daher mindestens nach denselben Details bei ihm erkundigen. Auch das kann dazu führen, dass Ihre Gäste recht zügig wieder aufbrechen wollen. Hindern Sie sie nicht daran, aber signalisieren Sie ihnen, dass sie jederzeit gerne wiederkommen dürfen.

---

[288] Plischke: Das mit der GEZ ist ja nun bald überstanden. 2013 kommt die einheitliche Haushaltsabgabe für alle.
Christiansen: Und wenn ich die nicht zahle, schicken die dann etwa niemanden bei mir vorbei?
Plischke: Doch. Eventuell sofort den Gerichtsvollzieher...

Wenn Sie Ihr Verhalten auch im Fall von Missionaren an Ihrer Türschwelle an dem der Hobbits orientieren wollen, legen Sie ausführlich dar, dass Sie das Universum an und für sich bereits als einen Ort betrachten, an dem es letzten Endes wohlmeinend geordnet zugeht. Streuen Sie hier und da Anspielungen auf Ihre lose Überzeugung ein, dass alles um Sie herum belebt ist. Reagieren Sie auf etwaige Aussagen Ihrer Gäste, ein personifizierter Gott habe Regeln aufgestellt, laut denen man sich beim Gebrauch von Genussmitteln mäßigen oder regelmäßige Fastenzeiten einhalten soll, um ihm zu gefallen, mit einer Mischung aus aufrichtiger Verblüffung, tiefem Unverständnis und einem Hauch Mitleid.

Menschen, die Ihnen etwas verkaufen wollen, lauschen Sie aufmerksam und stellen so viele Zwischenfragen, wie Ihnen gerade einfallen. Hobbits sind schließlich vorsichtige Geschöpfe und würden nie die Katze im Sack kaufen. Gratisgeschenke – auch und insbesondere Werbematerial – nehmen sie allerdings dankend an. Und Sie auch. Lassen Sie sich aber nicht mit einem Kugelschreiber oder einem Aufkleber abspeisen – mit Geizkrägen macht niemand Geschäfte! Achtung: Vergessen Sie nicht, auch Ihrem Gast ein Geschenk mit auf den Weg zu geben. Erlaubt ist alles, was Sie so an Mathom in Ihren vier Wänden angehäuft haben – beispielsweise eine schöne Einkaufstüte, ein praktisches Schlüsselband oder ein altes Handy, bei dem man nur den Akku austauschen müsste.[289]

---

[289] Plischke: Wie viele arme Menschen hat Kollege Wolf damit wohl schon in den Wahnsinn getrieben?
Christiansen: Willst du das wirklich wissen?

Qualm versus Feierlaune
Sie planen eine Feierlichkeit bei sich zu Hause und wollen dazu auch Leute einladen, die im Gegensatz zu Ihnen Raucher sind. Wie gehen Sie mit diesen Gästen um?

Eins vorweg: Es würde vermutlich etwas dauern, diese Problemstellung einem Hobbit zu erläutern – die Raucherquoten sind unter seinesgleichen derart hoch, dass er sich eher fragen würde, warum *Sie* nicht rauchen. Sobald Sie ihm die gesundheitsschädigende Wirkung des Rauchens für uns Menschen erklärt hätten, würde er sich dann aber einigermaßen einsichtig zeigen. Vielleicht würde er sich sogar ein wenig gruseln, da die Vorstellung, ein Fest zu veranstalten, bei dem am Ende nicht alle Gäste glücklich und zufrieden sind, einen besonderen Schrecken in sich birgt.

Zum Glück sind Hobbits in erster Linie Pragmatiker, weshalb sein erster Tipp so aussehen dürfte, dass er Ihnen ein Zonenmodell nahelegt: Legen Sie ein bestimmtes Zimmer fest, in dem die Raucher ihre Sucht befriedigen können.

Falls Sie keine Lust haben,[290] eine solche Räucherkammer einzurichten, können Sie sich womöglich mit einem sehr hobbittypischen Gedanken anfreunden: Wenn Sie als Nichtraucher Raucher einladen möchten und der technische Fortschritt es ermöglicht hat, rauchfreie Zigaretten hervorzubringen, warum schaffen Sie sich dann für Ihre Party nicht einen Satz E-Zigaretten an, den Sie Ihren sucht-

---

[290] Plischke: Oder nicht die Möglichkeit. Kollege Wolf, es gibt eine ganze Reihe Menschen, die in Ein- oder Zweizimmerwohnungen zu Hause sind, und die werden sich dann sicher nicht das Schlafzimmer oder die Küche vollqualmen lassen.
Christiansen: Wer in einem stattlichen Anwesen residiert, vergisst leicht, dass nicht jeder einfach einen ganzen Flügel seines Wohnsitzes zur Raucherzone ausrufen kann.

kranken Gästen zur Verfügung stellen? Damit wäre dann allen gedient.

Sofern Sie diese Investition nicht tätigen wollen,[291] bleibt Ihnen nur übrig, die Raucher ins Freie zu schicken, auf eine Terrasse oder einen Balkon. Sorgen Sie dann bei kühlem Wetter aber dringend für einen Mindeststandard an hobbitadäquater Behaglichkeit durch den Einsatz von Decken oder Heizpilzen.[292]

Ein paar Pfunde zu viel
Der Sommer steht bevor, und Sie haben ausgedehnte Strand- und Freibadbesuche fest eingeplant. Beim Anprobieren Ihrer Schwimmsachen stellen Sie fest, dass Sie aus ihnen herausgewachsen sind, weil sie sich über den Winter ein paar Zentimeter Isolierung gegen die Kälte angefuttert haben.

Welche Diät ist nun die richtige?

»Diät« ist in der Sprache der Hobbits ein Wort, das nur in seiner ursprünglichen Bedeutung als Ernährungsweise vorkommt. Folglich lautet aus Hobbitsicht die Antwort auf die eben gestellte Frage wenig überraschend: Gar keine![293]

Wir können davon ausgehen, dass wir Großen Leute auf die Hobbits ohnehin in der Mehrzahl einen hageren, geradezu ausgemergelten Eindruck machen. Dass wir uns dann darüber sorgen, aus ihren Augen betrachtet ein bisschen gesünder auszusehen, ist für sie wohl absolut unverständ-

---

[291] Plischke: Oder *können*, Kollege Wolf. Nur die wenigsten haben es dank eines schwunghaften Handels mit Edelsteinölen zu einem bescheidenen Reichtum gebracht wie Sie.

[292] Christiansen: Er lernt es nicht mehr ... nicht in diesem Leben.

[293] Plischke: Abgesehen davon, dass die Idee eines Badeurlaubs auf die meisten Hobbits so wirken würde wie der Einfall, seine Ferien freiwillig in einer Grube Giftschlangen zu verbringen.

lich. Ich verweise in diesem Zusammenhang auch ein weiteres Mal auf das ästhetische Empfinden der Hobbits, das runde Formen Ecken und Kanten ohnehin bei Weitem vorzieht. Das, was unter uns derzeit als Schönheitsideal gilt, ist für die Hobbits gewiss kein reizvoller Anblick.

Daher sähe der Ratschlag eines Hobbits in einer solchen Situation gewiss so aus, dass er Sie auffordern würde, sich schlicht und ergreifend neue Badesachen zu kaufen und die alten für eine mögliche Zweitnutzung als Putzlappen oder Kopfkissenbezug aufzubewahren. Wegwerfen dürfen Sie die Teile selbstverständlich auf gar keinen Fall!

Ich verrate Ihnen ein Geheimnis: Es gibt unbestätigte Gerüchte, wonach eine ursprünglich aus dem Bockland stammende Ernährungsweise existieren soll, von der nicht ganz klar ist, aus welchen Gründen sie entwickelt wurde. Die einen sagen, sie diene als Last-Minute-Abnehmverfahren, damit ein aus der Form geratener Bräutigam im letzten Moment doch noch in die teure Weste hineinpasst, die er sich anlässlich seiner Trauung hat anfertigen lassen. Die anderen halten die ganze Sache für einen Scherz. So oder so soll man ungefähr eine Woche vor dem Termin, zu dem man das Wunschgewicht erreicht haben will, damit anfangen, regelmäßig Feste zu besuchen, bei denen größere Mengen Wein ausgeschenkt werden. Man brauche dann nur jeden Abend drei bis vier Halblitergläser Weinschorle zu trinken und anschließend ein, zwei schön fettige Bratwürste zu essen. Dann erledigen angeblich die dadurch ausgelösten Verdauungsstörungen von ganz allein die Aufgabe, nämlich dass der Wanst ein bisschen schrumpft.[294]

---

[294] Plischke: Das fällt klar unter die Rubrik »Dinge, die Hobbits tun, aber die man selbst nie nachmachen sollte«.

Lästige Debatten unter Freunden
Sie beschließen, zusammen mit ein paar Freunden ins Kino zu gehen, ohne dass man sich im Vorfeld gemeinsam für einen bestimmten Film entschieden hätte. Nach flüchtigem Studium der ausgehängten Plakate entbrennt eine Auseinandersetzung darüber, ob man nun dem derzeit laufenden Horrorstreifen den Vorzug vor der romantischen Komödie gibt oder umgekehrt.[295] Der Vorführtermin rückt näher und näher, ohne dass eine einvernehmliche Einigung in Sicht wäre.

Ein Hobbit würde Ihnen nun sagen: »Wozu brauchen Sie denn eine einvernehmliche Einigung? Kann nicht einfach jeder den Film sehen, den er sehen möchte, und hinterher ziehen alle in die nächste Kneipe weiter und erzählen sich wechselseitig, wie sie den Film ihrer Wahl fanden?«

Lassen Sie sich nicht täuschen: Ja, Hobbits sind von ihrer Grundstruktur her basisdemokratische Wesen, und bei wirklich wichtigen Entscheidungen erwarten sie durchaus, dass sich alle dem Mehrheitsvotum beugen und an einem Strang ziehen. Aus ihrer Geschichte, wie sie uns von Tolkien vermittelt wurde, wissen wir aber, dass die Grenzen der Kategorie »wichtige Entscheidungen« unter ihnen sehr eng gesteckt sind. Um genau zu sein, ist lediglich für zwei Sachverhalte belegt, dass irgendwelche Abstimmungsprozesse unter ihnen einen bindenden Charakter haben – die Wahl des Bürgermeisters von Michelbinge[296] und das Votum darüber, ob man in einem Konflikt mit feindlich

---

[295] Plischke: Falls Sie weder das eine noch das andere Genre mögen, fügen Sie bitte hier gedanklich zwei Genres Ihrer Präferenz ein.

[296] Christiansen: Und selbst da hätten Sie im Auenland viele Hobbits gefunden, die der Auffassung gewesen wären, dabei handle es sich um eine alles andere als »wichtige« Entscheidung – zumindest vor der Machtergreifung durch Lotho Sackheim-Beutlin.

gesinnten Außenstehenden zu den Waffen greift oder nicht, um sich zu verteidigen. Die Hobbits sind in ihrem Handeln und Empfinden viel zu lustbetont, als dass sie langwierige Verhandlungen darüber gutheißen könnten, wer wann wo welcher Vergnügung nachgehen dürfte. Das soll doch bitte jeder so halten, wie er möchte, solange er damit niemand anderen belästigt. Bei allem Gemeinschaftssinn sind Hobbits ja keine totalitär vorgehenden Meinungs- und Gedankenpolizisten, die es – vor allem im Bereich akzeptierter Formen der Freizeitgestaltung – darauf abgesehen haben, sämtliche Mitglieder ihrer Gesellschaft absolut gleichzuschalten.

Um zu unserem konkreten Fall zurückzukommen: Wem entstünde denn ein Schaden, wenn jeder den Film sieht, auf den er gerade Lust hat? Richtig: keinem. Und die Unentschlossenen können sich ja – wenn es der Spielplan des Kinos hergibt – vielleicht beide Filme anschauen.

Wahlentscheidungen
Kommenden Sonntag wird gewählt. Sie haben keine Ahnung, wem Sie Ihre Stimme geben sollen. Wie würde ein Hobbit jetzt vorgehen?

Diese Frage ist nicht ganz unkompliziert, was damit zusammenhängt, dass sich viele der Begriffe, mit denen wir politische Positionen beschreiben, nicht direkt auf Hobbits übertragen lassen. Versuchen wir es trotzdem einmal:

Sind Hobbits konservativ? Hobbits achten bekanntermaßen Die Regeln, setzen auf Altbewährtes und mögen weder Veränderungen, die plötzlich über sie hereinbrechen, noch reagieren sie mehrheitlich auf Fremde und Fremdes jedweder Art mit positiver Neugier.[297]

---

[297] Plischke: Im Klartext: Die meisten mögen keine Fremden, weil die ihrer Meinung nach hauptsächlich nur Ärger machen.

Sind Hobbits links? Hobbits sind stets auf das Gemeinwohl bedacht, zeigen untereinander ein beeindruckendes Maß an Solidarität und scheinen sich aktiv darum zu bemühen, dass die Schere zwischen Arm und Reich nicht allzu weit auseinanderklafft.[298]

Sind Hobbits liberal? Die Hobbits im Auenland haben bis auf wenige Ausnahmen wie die Post und die Landbüttel beziehungsweise die Grenzer staatliche Institutionen und deren Eingriffe ins tägliche Leben auf ein absolutes Mindestmaß reduziert. Von jedem Hobbit wird erwartet, dass er eigenverantwortlich handelt.[299]

Sind Hobbits Grüne? Die Hobbits lieben alles, was wächst, und haben sich im Auenland gewaltsam gegen die Etablierung von industriellen Strukturen durch Lotho Sackheim-Beutlin und Saruman gewehrt. Sie verbrauchen überwiegend nur regional angebaute Lebensmittel und vor Ort hergestellte Konsumgüter.

Sind Hobbits Bürgerrechtler? Die Hobbits sind Basisdemokraten und haben eine Gesellschaftsform entwickelt, in der sich niemand vor staatlicher Kontrolle und Überwachung der Privatsphäre zu fürchten braucht.

Sie sehen also, dass sich gute Argumente dafür finden lassen, die Hobbits mit nahezu jedem politischen Label zu versehen. Sinnvoller ist es womöglich, ihre Ansprüche an einen idealen Bürgermeisterkandidaten näher in Augenschein zu nehmen: Er muss ein unterhaltsamer Redner sein, der sein Publikum nie langweilt, und er hat gefälligst zu wissen, wie man eine ordentliche Feier organisiert. Was

---

[298] Christiansen: Trotzdem leben die einen in fensterlosen Löchern im Boden und die anderen in Beutelsend...

[299] Plischke: Wobei er sich aber anscheinend darauf verlassen kann, in Notlagen Unterstützung durch andere Hobbits zu erfahren.

können wir daraus für uns ableiten? Die Wahlempfehlung eines Hobbits lautete wohl ungefähr folgendermaßen: »Mach dein Kreuz bei dem, der dir am wenigsten vorkommt wie ein verknöcherter Asket, ein moralinsaurer Prediger oder ein strenger Ideologe – so steigerst du die Wahrscheinlichkeit, jemandem ins Amt zu verhelfen, der weiß, dass man ab und an auch mal eine zünftige Sause veranstalten muss.«[300]

Haustierkauf
Sie wollen sich ein Haustier anschaffen. Nach reiflicher Überlegung sind nur noch die beiden Klassiker Hund und Katze im Rennen.

Hier kommt es ganz auf das Naturell des Hobbits an, den man um Rat bittet. Grundsätzlich würden die meisten eher zum Hund tendieren. Erstens ähneln Hunde mit ihrer trotteligen Treuherzigkeit bis an den Rand der Selbstaufgabe dem typischen Hobbit, und auch unter Halblingen gilt: Wie der Herr, so's Gescherr. Samweis Gamdschie würde sich zum Beispiel jederzeit ohne Zögern für einen Hund entscheiden. Zweitens ist ein Hund sehr vielseitig einsetzbar: Man kann ihm beibringen, die Morgenpost oder den Pfeifenkrautbeutel zu apportieren, er ist in der Lage, Kunststücke zu vollführen, mit denen man bei jeder Party glänzen kann, und er warnt zuverlässig vor Fremden.

Hobbits wie Bilbo und Frodo, die einen gewissen Hang zur Exzentrik besitzen, kann ich mir hingegen als äußerst liebevolle Katzenbesitzer vorstellen, die gerade die Eigenwilligkeit und Selbstständigkeit dieser Tiere bewundern. Außerdem unternehmen sowohl Frodo als auch Bilbo ge-

---

[300] Plischke: Toller Tipp – damit wäre Silvio Berlusconi auf ewig italienischer Ministerpräsident geblieben.

legentlich längere Reisen, und es ist einfacher, jemanden zu finden, der auf eine Katze aufpasst, als einen anderen Hobbit damit zu belästigen, dreimal am Tag mit dem Hund vor die Tür zu gehen.

In dieser Situation müssen Sie also nur ehrlich zu sich selbst sein und tief in Ihr Innerstes blicken, um festzustellen, ob in Ihrer Brust das Herz eines Gamdschie oder das eines Beutlins schlägt.[301]

Das passende Geschenk
Sie sind bei einem Menschen zum Geburtstag eingeladen, den Sie erst seit Kurzem kennen und über dessen Interessen Sie so gut wie nichts wissen. Was sollen Sie ihm schenken?

Hier haben die Hobbits eine sehr gesunde Einstellung: Es gibt keine unpassenden Geschenke. Ganz egal, was Sie auch anschleppen, der Beschenkte wird entweder eine brauchbare Verwendung dafür finden, oder es wandert bis auf Weiteres in seine persönliche Sammlung an Mathom, von wo aus es bei erstbester Gelegenheit zur nächsten Person wandert, die vielleicht etwas mehr damit anfangen kann.

Ich würde aber in jedem Fall von Lebendgeschenken abraten, da deren Unterhalt und Pflege bis zur möglichen Weitergabe an Dritte eine unschöne Belastung für den Beschenkten darstellt. Ähnlich unhöflich ist unter Hobbits wahrscheinlich auch das Verschenken von Ringen (vor allem dann, wenn man diese zweifelhaften Gesellen abgeluchst hat, die in nasskalten Berghöhlen hausen).

---

[301] Plischke: Was für ein Herz wohl in der Brust unseres Kollegen schlägt?
Christiansen: Ich habe gehört, er hätte bei sich zu Hause eine Freiflugvoliere für Geier und einen Teich mit Lungenfischen.
Plischke: Dann hat er definitiv ein Herz wie Gollum!

Die Hobbits und unsere Welt

Wir haben auf den zurückliegenden Seiten viel fremdes Terrain beschritten. Nun, da sich unsere Reise langsam, aber sicher ihrem Ende zuneigt, kehren wir auf vertrauteres Geläuf zurück. Der Grund dafür ist, dass wir trotz all der Fragen, auf die wir bereits Antworten gefunden haben, bislang eine ausgelassen haben: Wo begegnet uns der Hobbit direkt und unverblümt in unserem eigenen Lebensumfeld? Nicht in alten Mythen und Legenden oder obskuren Bräuchen, sondern da, wo ihn jeder sehen kann, ganz gleich, ob er nun auf der Suche nach ihm ist oder nicht?

Wollte ich dieses Thema schnell abhandeln, bräuchte ich nur zu sagen: Der Hobbit ist inzwischen überall. Sein immenser Bekanntheitsgrad kommt jedoch nicht von ungefähr.

Bei allem aufrichtig gebotenen Respekt vor Tolkien und seiner Leistung: Dass man heute hierzulande lange nach einem Menschen unter 40 Ausschau halten muss, der nicht wüsste, was ein Hobbit ist, und auf Nachfrage kein ungefähres Bild eines solchen vor Augen hätte, ist einem anderen Mann hoch anzurechnen. Ohne Peter Jacksons unvorstellbar erfolgreiche und rundweg gelungene filmische Umsetzung von Tolkiens *Der Herr der Ringe* wäre der Hobbit nicht so fest in unserem kulturellen Bewusstsein verankert, wie er es derzeit ist.[302] Von außen vorgefertigte Bilder – und gerade

---

[302] Christiansen: Und das will wirklich etwas heißen. Von *Der kleine Hobbit* und *Der Herr der Ringe* wurden weltweit mehr als eine *Viertelmilliarde*

die bewegten – haben oft die Eigenart, sich hartnäckiger in unser Gedächtnis einzubrennen als die Vorstellungen von einer Sache, die wir mittels unserer individuellen Imaginationsgabe aus geschriebenen Worten quasi heraufbeschwören müssen.[303]

Nichtsdestoweniger gelang es Tolkien zweifelsohne, Generationen von Lesern für die Hobbits zu begeistern, und als aus manchen dieser Leser dann selbst Menschen wurden, die anderen Geschichten erzählen wollten, schlichen sich die Hobbits auf leisen Sohlen in deren Werke hinein. Erstaunlicherweise machten die Hobbits dabei allerdings oft einen kleinen Umweg: Anstatt sofort die sogenannte Fantasyliteratur zu stürmen, die Tolkien in ihrer mittlerweile als klassisch erachteten Form etablierte, wagten sie sich zunächst in ein ganz besonderes Medium vor.

Verliese & Drachen & Hobbits

Im bekanntesten und erfolgreichsten Rollenspiel der Welt *Dungeons & Dragons* (oder kurz: *D&D*) sind Hobbits seit nunmehr beinahe vierzig Jahren prominent vertreten.

Moment. Sie wissen nicht, was ein Rollenspiel ist? Oder Sie glauben zu wissen, was ein Rollenspiel ist, und befürchten, ich würde Ihnen nun den einen oder anderen Tipp geben, wie Sie Ihr Sexualleben etwas aufregender gestalten

---

Exemplare abgesetzt – und die Verfilmungen haben dem Buchverkauf sicher nicht geschadet.
Plischke: Ich sag's mal so – den Hobbit werden wir glücklicherweise nicht so schnell wieder los.

[303] Plischke: Viel Geschwurbel. Ich meine, es liegt einfach nur daran, dass die meisten Leute nun mal lieber Filme schauen als Bücher lesen, weil das für sie bequemer ist.

können? Ich kann Sie beruhigen: Die Rollenspiele, die ich meine, haben nicht das Geringste mit Sex zu tun. Ich spreche von einem harmlosen Hobby: Eine kleine Gruppe von Leuten versammelt sich zu bestimmten Zeiten in der Woche um einen Tisch. Mithilfe eines mehr oder weniger komplexen Regelsystems unternehmen sie dann spielerisch den Versuch, gemeinsam eine Welt zu simulieren. Dabei schlüpfen sie in die Rolle von selbst erdachten Figuren, die mannigfaltige Abenteuer in Form kurzweiliger Geschichten erleben können, bei denen an den entscheidenden und dramatischsten Stellen festgelegte Eigenschaften der Figuren sowie Würfelwürfe darüber bestimmen, wie die Erzählung verläuft. Gewinner und Verlierer gibt es streng genommen keine, da das Ziel der Veranstaltung allein darin liegt, dass alle Beteiligten möglichst viel Spaß daran haben, ihre Vorstellungskraft zu nutzen und unterhaltsame Dinge zu »erleben«. Klingt komisch, ist aber so.[304]

Wie viele andere Rollenspiele hat D&D eine klassische Fantasywelt zum Hintergrund – sprich: eine Welt, deren Schöpfer nur schwer verhehlen können, dass Tolkiens Beschreibungen von Mittelerde einen beträchtlichen Einfluss auf sie ausübten. Diese Welten sind quasi-mittelalterlich – vor allem dahingehend, dass das Schießpulver offenbar noch nicht erfunden wurde und die meisten Gesellschaften in Stammeskulturen oder Feudalgesellschaften organisiert sind –, in ihnen existiert Magie, und es tummeln sich dort Völker und Kreaturen, wie man sie aus alten Sagen kennt: Elfen, Zwerge, Drachen, Einhörner und so weiter.

---

[304] Christiansen: Ich wüsste nicht, was daran »komisch« sein sollte. Rollenspiel ist eine ernste Angelegenheit …
Plischke: Nicht für jeden.

Insofern ist es nicht überraschend, dass man in vielen von ihnen auch auf Hobbits stößt, auch wenn sie dann nicht immer Hobbits heißen. Bei D&D hingegen behielten die Hobbits in der allerersten Auflage des Spiels ihren Namen. Erst danach wurden sie zu Halblingen, aber für das kundige Auge wurde nur notdürftig verschleiert, mit wem man es hier zu tun hatte:

- Die Beschreibung der Halblinge als kleine, stattlich gebaute Geschöpfe mit haarigen Füßen, die in selbst gegrabenen Höhlen in Hügeln leben, weist sie ebenso als Hobbits aus wie ihr großes Talent für allerlei Diebeskunststücke, das auf niemand anderen zurückgeht als auf Bilbo Beutlin, den Meisterdieb.
- Die Namen ihrer drei Unterstämme sowie deren besondere Eigenarten – die Haarfüße, die Stämmigen und Großgefährten – erinnern aus gutem Grund an Tolkiens große Abstammungslinien der auenländischen Hobbits.
- Die meisten Halblinge haben per se kein großes Interesse an Abenteuerfahrten, sondern bleiben lieber in ihrem ruhigen und behaglichen Teil der Welt.

Ich schließe die Beweisaufnahme.

Ob man nun Hobbits oder Halblinge sagt: Die Entwickler von D&D haben im Lauf der Zeit immer neue Variationen dieses Kleinen Volkes vorgestellt. Über einige von ihnen braucht man nun wirklich keine großen Worte zu verlieren. Zum Beispiel über die sogenannten Fellkinne – Halblinge, die in arktische Regionen verpflanzt wurden und sich daher, wie ihr Name bereits subtil andeutet, wärmer anziehen müssen. Zudem wachsen ihnen aufgrund der Anpassung an die klimatischen Bedingungen knielange

Bärte, auf die sie stolzer sind als so mancher Zwerg.[305] Andere Varianten haben es hingegen durchaus verdient, sich ihnen etwas länger zuzuwenden.

Die Halblinge von Athas

Athas ist eine postapokalyptische Fantasywelt, die von einer verheerenden Katastrophe in eine endlose Wüstenei verwandelt wurde. Dieser Kataklysmus ging nicht spurlos an den Bewohnern von Athas vorüber, schon gar nicht an den Halblingen. Das Bild, das hier von ihnen gezeichnet wird, ist kein sonderlich freundliches: Sie leben als Stämme, die von ihrem Technologieniveau größtenteils auf den Stand der Steinzeit zurückgeworfen sind, recht zurückgezogen in einem der letzten bewaldeten Gebiete. Bei dessen Verteidigung gegen Eindringlinge sind sie nicht zimperlich, und viele von ihnen sind Kannibalen, bei denen regelmäßig Menschenfleisch auf dem Speiseplan steht.[306] Der Niedergang ihrer Kultur ist sehr tragisch, wenn man bedenkt, dass die Halblinge von Athas ursprünglich einmal die dominante Rasse gewesen sind, aus der sich nahezu alle anderen Völker entwickelt haben – noch dazu waren sie eine Gesellschaft von weisen Schöpfern und Gelehrten, die in Frieden und Einklang mit der Natur lebten, letztlich jedoch an der Hybris einiger Vertreter aus ihren eigenen Reihen scheiterten, die der Welt und den Elementen gewaltsam ihren Willen aufzwingen woll-

---

[305] Plischke: Dafür sind sie in dieser Spielart aber auch begnadete Jäger und herausragende Überlebenskünstler, was ich ziemlich charmant finde, da man es dem typischen Hobbit, der es sich im Auenland gut gehen lässt, eigentlich nicht ohne Weiteres zutraut, sich notfalls an Schnee und Eis zu gewöhnen.

[306] Plischke: Ihren legendären Hunger haben sie also auch in diesem Umfeld im Stil von »Mad Max trifft den Herrn der Ringe« nicht verloren…

ten.³⁰⁷ Auf einer abstrakten Ebene könnte man ihre Geschichte auch als Gedankenexperiment deuten, was aus dem Auenland geworden wäre, wenn Lotho Sackheim-Beutlins Regime länger Bestand gehabt hätte.

Kender

Die zweite, noch wesentlich interessantere Hobbitinterpretation aus den Weiten der *D&D*-Spieluniversen stammt von der Welt Krynn.³⁰⁸ Hier sind die Kender zu Hause. Ihre Überschneidungspunkte mit den Hobbits, wie Tolkien sie uns näherbrachte, sind zahlreich:

- Kender haben spitze Ohren (wobei ich einräume, dass selbige etwas auffälliger ausfallen als bei herkömmlichen Hobbits).
- Sie werden von Laien, die noch nie einem Vertreter ihrer Art begegnet sind, oft fälschlicherweise für Menschen- oder Elfenkinder gehalten.
- Sie haben eine Lebensspanne von ungefähr hundert Jahren.
- Es gibt unter ihnen kein strukturiertes Bildungssystem. Die kleinen Kender nerven einfach die Erwachsenen mit wahren Fragestafetten und erhalten ihr Wissen über die Welt aus den Antworten darauf, die häufig in Geschichtenform präsentiert werden.
- Ihre Stimmen umfassen ein breites Klangspektrum, was es ihnen erlaubt, viele Geräusche zielsicher nachzuahmen. Sie sprechen darüber hinaus sehr schnell,

---

[307] Christiansen: Was für eine skandalöse Nummer, den armen Halblingen alles Unheil der Welt in die Schuhe schieben zu wollen!

[308] Christiansen: Das Setting ist aber unter dem Namen *Dragonlance* respektive *Drachenlanze* weitaus bekannter.

was dem Zuhörer bisweilen das Verständnis erschwert und er den Eindruck gewinnt, nur Vogelgezwitscher zu vernehmen.

Bei allen Gemeinsamkeiten weisen die Kender aber auch einige bedeutsame Unterschiede zu Hobbits auf. Tolkien stellt Hobbits als vorsichtige Wesen dar, die spätestens, sobald sie dem Zwienalter entwachsen sind, nicht sehr viel Wert darauf legen, jedem Impuls ihrer Neugier sofort nachzugeben oder sich selbst in potenziell gefährliche Situationen zu bringen. Daher könnte man Kender auch als Hobbits bezeichnen, die nie richtig erwachsen werden. So sind Kender regelrecht furchtlos und schrecken auch nicht davor zurück, sich mit klar überlegenen Gegnern anzulegen. Die typischen Phobien der Hobbits vor belebten Gewässern über Pfützengröße und Höhen jenseits eines mutig erklommenen Schemels sind ihnen vollkommen fremd.

Diese Unerschrockenheit scheint mir ein Nebenprodukt ihres anderen prominenten Charakterzugs zu sein: Kender sind naseweiser als naseweis. Die Welt stellt sich für sie als unablässige Aneinanderreihung von Geheimnissen jedweder Art dar, die es unbedingt zu ergründen gilt. Ein dunkler Höhleneingang, eine verschlossene Kiste, ein versiegelter Briefumschlag, eine Maske bei einem Kostümfest, hinter der sich ein unbekanntes Gesicht verbirgt – all das übt auf einen Kender den unwiderstehlichen Reiz aus, unbedingt wissen zu wollen, nein, wissen zu *müssen*, was es damit nun genau auf sich hat. Doch ihre Neugier reicht sogar noch weiter und erstreckt sich auch auf das soziale Miteinander. Warum schaut dieses Mädchen so traurig? Wie ist dieser Kerl zu so einem dicken Bauch und der Narbe auf seiner Oberlippe gekommen? Isst der Bauer lieber Kartoffeln oder lieber Kohl? Warum singt der hagere Mann in der Ecke der Taverne nicht mit, wenn alle anderen ein fröhliches Lied zu Ehren des Königs anstimmen? All das sind für einen Kender Fragen, die rasch und gründlich beantwortet gehören.

Aus dieser Neugier, die aus ihrem Wagemut erwächst, entspringt wiederum eine besondere Gemütslage, die alle Kender ungefähr um ihr zwanzigstes Lebensjahr herum befällt. Sie werden ruhelos und verspüren den starken Drang, mehr über die Welt zu erfahren, die jenseits ihres bisherigen Erfahrungshorizonts liegt. Der durchschnittliche Auenlandbewohner wäre über diese aus seiner Warte kranke Wanderlust bestimmt entsetzt, für die Kender hat sie jedoch dazu geführt, dass sie überall im Land immer wieder neue Siedlungen gründen.[309]

Während sich in Mittelerde die meisten Leute darüber freuen würden, Hobbits in der Nachbarschaft zu haben, verhält es sich bei den Kendern etwas anders. Vielerorts wird Kender synonym zu so sympathischen Begriffen wie Dieb, Strolch oder Schurke verwendet. Woran mag das liegen? Nun, in der Kultur der Kender ist Privatbesitz ein nahezu unbekanntes Konzept. Man kann sich alles von jedem leihen oder borgen, und mit dem Zurückgeben sieht man es als Kender nicht sehr eng. Wer unter solchen Prämissen aufgewachsen ist, dem kommt es vermutlich nicht einmal seltsam vor, wenn alle Güter und Gegenstände in

---

[309] Plischke: Denn irgendwann kommen anscheinend sogar sie halbwegs zur Ruhe. Und wer meint, Hobbits wie Bilbo, Frodo & Co. litten doch unter vergleichbaren Symptomen, dem sei Folgendes zu bedenken gegeben: Tolkien erzählt uns erstens von den Erlebnissen der *abenteuerlustigsten* Hobbits ihrer Generation, und zweitens war deren Fernweh verglichen mit dem der Kender ein feiner Nadelstich ins Herz gegenüber einem satten Axthieb auf den Schädel.

stetem Fluss von einem Kurzzeitbesitzer zum nächsten wandern. Für Außenstehende entsteht dann natürlich leicht der Eindruck, Kender könnten ihre Finger nie bei sich behalten und würden wahllos alles klauen, was nicht niet- und nagelfest ist. Tatsächlich kann man häufig beobachten, wie ein Kender einfach etwas, das ihm nicht gehört, in die Hand nimmt und damit von dannen spaziert – manchmal ohne jeden wahrnehmbaren Versuch, das aufgenommene Teil flugs irgendwo am Körper zu verstecken. Wie gesagt: Ein Kender würde ein solches Verhalten nicht als problematisch erachten, und er hat echte Schwierigkeiten nachzuvollziehen, worüber sich der Eigentümer eines seiner Fundstücke denn nun so aufregt.[310]

Unkundige unterstellen den Kendern des Weiteren gern, sie häuften irgendwo gewaltige Horte ihres Diebesguts an. Das ist ein bedauerlicher Irrtum. Was die Kender da in Wahrheit treiben, wenn sie unter Fremde geraten, ist ein bisschen so, als wäre ein Hobbit auf einer unaufhörlichen Suche nach Mathom gefangen – interessanten Dingen, für die sich irgendwann bestimmt noch eine nützliche Verwendung finden lässt. Mit dem Unterschied, dass die Tragekapazitäten eines Kenders auf Wanderschaft natürlich schwer begrenzt sind, was darin resultiert, dass er Teile seiner Sammlung einigermaßen bereitwillig zurücklässt, sobald ihm etwas Neues zwischen die Finger gerät, was einen potenziell noch größeren Nutzen verspricht als das, was er bislang bereits gesammelt hat.[311]

---

[310] Plischke: Man könnte dafür plädieren, dass die Kender die kommunale Lebensweise der auenländischen Hobbits nur vervollkommnet haben.

[311] Christiansen: Das muss doch jeden halbwegs geplant und organisiert denkenden Menschen verrückt machen!
Plischke: Tut es ja auch, aber die Kender verstehen beim besten Willen nicht, weshalb.

Dieses »Diebische« der Kender allein würde wahrscheinlich schon genügen, um ihnen einen schlechten Ruf einzubringen, auch wenn sie nüchtern betrachtet für diese Seite ihrer Persönlichkeit nicht zur Verantwortung gezogen werden können. Für den zweiten Faktor, der sie zu einem der unbeliebteren Völker Krynns macht, muss man ihnen sehr wohl zumindest eine Teilschuld anlasten: Kender sind – pardon – rotzfrech! Insbesondere dann, wenn sie sich angegriffen oder anderweitig ungerecht behandelt fühlen, was angesichts ihres generellen Betragens nun wirklich keine Seltenheit ist. Sie sind dazu in der Lage, ihre Widersacher aufs Äußerste – um nicht zu sagen: bis aufs Messer und aufs Blut – zu reizen. Wie schaffen sie es, noch den friedfertigsten Mönch dazu zu verleiten, zu seinem Wanderstab zu greifen, um ihnen den Hintern zu versohlen? Hier kommt einmal mehr die Neugierde und die rasche Auffassungsgabe der Kender ins Spiel. Sie haben ein sehr gutes Auge dafür, wo die jeweiligen Schwächen und persönlichen Mängel liegen, die ihrem Gegenüber furchtbar unangenehm und peinlich sind – und wenn sie sie nicht gleich auf den ersten Blick erkennen, finden sie schon heraus, welche Knöpfchen sie drücken müssen, um jemanden blind vor Wut zu machen. Bei gewaltsamen Auseinandersetzungen profitieren sie sogar noch von ihrem Expertentum in Sachen Schmähreden und kränkende Beleidigungen: Ein Feind, der die Beherrschung über sich verliert, ist in der Regel leichter auszuschalten als einer, der mit klarem Kopf ins Gefecht zieht. Alles in allem legen Kender eine derart schockierende Unhöflichkeit an den Tag, dass es einem echten Hobbit bei der Vorstellung, er wäre auch nur entfernt mit einem solchen Schandmaul verwandt, die Schamesröte ins Gesicht triebe!

Doch genug von den Kendern. Kommen wir zu einer

erstaunlichen und in gewisser Weise auch entrüstenden Verwandlung, der die Halblinge bei D&D erst unlängst unterworfen wurden: Standen sie zu Anfang den Hobbits körperlich noch sehr nahe, hat man sie inzwischen ihrer großen Füße und ihres kleinen Bäuchleins beraubt. Jetzt sind sie im wahrsten Sinne des Wortes Halblinge: auf die Hälfte ihrer Länge geschrumpfte, ganz gewöhnliche Menschen. Eine enttäuschende Entwicklung, hinter der ich nur die Absicht sehen kann, der Spielerschaft zu vermitteln, eine vollschlanke Person wäre dazu ungeeignet, sich als Dieb zu beweisen. Haben diese Banausen denn aus Bilbo Beutlins Geschichte gar nichts gelernt? Sind Bilbos Taten nicht auch ein flammendes Fanal gegen den allerorten grassierenden Schlankheitswahn?[312]

Was rege ich mich überhaupt so auf? Vielleicht sollte ich die ganze Sache mit mehr Humor nehmen. Am besten mit schwarzem Humor englischer Prägung. So wie die Macher eines anderen Rollenspiels, das mittlerweile auch schon einige Jahrzehnte auf dem Buckel hat und zu einem modernen Klassiker geworden ist: *Warhammer Fantasy*. Ähnlich wie es in Mittelerde der Fall war, ist auch in der Alten Welt von *Warhammer* das Siedlungsgebiet – abgesehen von wenigen »Ausnahmekolonien« – auf einen äußerst fruchtbaren Landstrich begrenzt. Die im Umland wohnenden Menschen empfinden ob dieses Umstands garstigen Neid auf die Halblinge – nicht zuletzt, weil anderthalb Jahrtausende zuvor ein Erlass dafür sorgte, dass sie diese Region an die »Kurzen« abzutreten hatten. Die Halblinge werden allerdings zugleich für ihr handwerkliches Geschick und

---

[312] Plischke: Da gerät aber jemand gerade ganz schön in Wallung wegen der paar Pfunde...
Christiansen: Hier geht es ums Prinzip, Herr Kollege!

ihre Kochkünste bewundert.[313] Diesem guten Ruf als Zauberer am Herd steht das Vorurteil entgegen, alle Halblinge seien Diebe – da sieht man einmal mehr, was für eine Strahlkraft Bilbo Beutlins Ernennung zum Meisterdieb durch Gandalf innewohnt. In einer Stadt des Reiches wird eine beunruhigende Tradition gepflegt, bei der eine einem Halbling nachgebildete, mit Süßigkeiten gestopfte Strohpuppe an einen Baum gehängt wird. Kinder, denen die Augen verbunden wurden, schlagen mit Stöcken so lange auf diese Piñata ein, bis sie aufplatzt und aus dem Halbling seine »gestohlenen« Schätze herausfallen. Noch beunruhigender ist das Gerücht, wonach Betrunkene ab und an das gleiche Spielchen treiben – nur eben nicht mit Strohpuppen…

Zwischen Buchseiten getarnte Hobbits

Wie bereits erwähnt, legten Tolkiens Schriften einen der Grundsteine für ein ganzes literarisches Genre. Jedes der Völker und jede der Kreaturen, die er beschrieben hat, ist auf die eine oder andere Weise in Romanen verewigt worden, die aus der Feder anderer Schriftsteller stammten. Dabei ist ein gewisses Ungleichgewicht festzustellen – will meinen, manche Geschöpfe wurden viel häufiger von Tolkiens Nachahmern verwendet als andere.

Sehr weit oben auf der Beliebtheitsskala stehen die Elfen und die Orks, dicht gefolgt von den Zwergen. Nun ist es den Hobbits nicht ganz so ergangen wie etwa den Ents, an die sich kaum ein Autor je herangewagt hat, aber es ist dennoch

---

[313] Plischke: Es wäre ja auch eine Schande, wenn man gutes Acker- und Weideland nicht auch dazu nutzen würde, erstklassige Lebensmittel für schmackhafte Gerichte zu produzieren.

offenbar so, dass die absolute Mehrheit der Fantasyschreibenden dem Zwerg den Vorzug gibt, wenn es darum geht, ein Kleines Volk in die Geschichten einzubauen.

Wenn ich einmal kurz meine Scheuklappen als Hobbitkundler ablege und versuche, mich der Materie unbefangen zu nähern, verstehe ich diese Präferenz sogar in Teilen: Viele Fantasyromane erzählen Abenteuergeschichten, in denen es die Protagonisten mit übermächtigen Gegnern aufnehmen und in denen gewaltige Schlachten geschlagen werden müssen. Und so ein Zwergenkrieger in voller Rüstung wirkt selbstverständlich etwas belastbarer als ein barfuß laufender Hobbit.

Setze ich die Scheuklappen nun wieder auf, empfinde ich angesichts dieser Argumentation, die mir eben noch so schlüssig erschien, eine gewisse Verbitterung. Warum? Weil Tolkien doch eigentlich den unumstößlichen Beweis dafür geliefert hat, dass es genau die Hobbits sind, die in solchen Szenarien zu unerwarteten Helden werden. Darin liegt zumindest für mich nach wie vor einer der Gründe, warum ich Tolkiens Schriften und die Hobbits so sehr liebe: Sie zeigen, dass auch jemand zum Helden werden kann, der *nicht* seine ganze Jugend auf einer Magier- oder Kriegerakademie verbracht hat. Der *nicht* aus einer Kultur kommt, in der sich der Wert eines Individuums darin bemisst, wie viele Köpfe erschlagener Feinde es binnen einer Minute um sich herum anhäufen kann. Der *nicht* der Spross eines Geschlechts ist, das vom Schicksal oder den Göttern dazu auserkoren wurde, die Welt zu retten.

Glücklicherweise stoße ich unter Fantasyautoren jedoch auch immer wieder auf verwandte Geister, die die Qualitäten des Hobbits zu würdigen wissen. Dem Werk zweier von ihnen und ihrer Interpretation des Halblings möchte ich mich kurz exemplarisch widmen.

Der erste ist Dennis L. McKiernan, der Mitte der Achtzigerjahre mit seiner *Legende vom Eisernen Turm* erstmals von sich reden machte. In dieser Trilogie spielen mit den Wurrlingen (oder Warrows im amerikanischen Original) Geschöpfe die Hauptrolle, die so nah an Hobbits dran sind, dass man sie fast verwechseln könnte.[314] Allerdings nur eben fast. So zielen die Wurrlinge etwa in ihrem Kleidungsstil auf gedämpfte Farben wie Grau, Grün und Braun und verzichten zugunsten verbesserter Tarnungsoptionen auf das strahlende Gelb der Hobbits. Außerdem tragen sie tatsächlich *Schuhe*.

Dafür nehmen die Wurrlinge den Schutz ihrer Heimat noch ernster als die Auenländer. Erleichtert werden ihnen ihre Bemühungen, Fremde draußen zu halten, durch eine dichte Dornenhecke, die ihr kleines Reich umschließt und die unter Zuhilfenahme kundiger Führer auf einigen wenigen Wegen zu durchqueren ist. Generell ist die Gesellschaft der Wurrlinge ein ganzes Stück militaristischer, als es ein Hobbit wohl verknusen könnte: Junge Wurrlinge werden an der Waffe ausgebildet und leisten eine Art Wehrdienst ab. Der Vorschlag, Waffen doch lieber in einem Mathomhaus auszustellen, stieße bei den Wurrlingen zwar auf spitze, aber nichtsdestominder taube Ohren. Umgekehrt hätten die Hobbits aufgrund ihrer hinlänglich bekannten Abneigungen kaum Verständnis dafür, dass zwei Stämme der Wurrlinge auf Pfahlbauten im Wasser beziehungsweise auf Plattformen in Bäumen leben.

Sicher schneller zueinanderfinden würden Wurrling und Hobbit in der Überzeugung, dass man die Feste feiert, wie

---

[314] Plischke: Das rührt vermutlich daher, dass McKiernan ursprünglich eine Fortsetzung des *Herrn der Ringe* geplant hatte, die aus verständlichen Gründen so nie veröffentlicht wurde.

sie fallen, und bei beiden Kulturen fällt insbesondere Geburtstagsfeiern eine besondere Bedeutung zu. Bei den Wurrlingen ist diese sogar noch um einiges größer als bei den Hobbits. Während die Hobbits als gesondert zu betrachtendes Lebensalter abgesehen von der Kindheit eigentlich nur die Zwienjahre kennen, haben die Wurrlinge ein recht ausgeklügeltes System von gesellschaftlich klar definierten Altersabschnitten entwickelt. Der Übergang in eine dieser Entwicklungsphasen wird konsequent mit großen Feiern begangen.

Inwiefern McKiernan jemals einem Hobbit oder einem Wurrling begegnet ist oder ob er Zugang zu Quellen hatte, die anderen Experten bislang verwehrt blieben, kann ich schlecht beurteilen. Fest steht, dass seine Sichtweise auf die Halblinge eine solche ist, die weitestgehend der Tolkiens folgt. Er hat die Wurrlinge lediglich etwas kriegerischer und auch nicht ganz so als Stubenhocker dargestellt, was jedoch auch den Konventionen des Genres geschuldet sein könnte, in denen er seine Erkenntnisse und Einschätzungen der Leserschaft präsentiert.

Die Halblinge, die uns Mel Odom in seinem gleichnamigen Werk vorstellt, und vor allem die Hauptfigur Edeltocht Lampenzünder, rufen da viel mehr jene beschauliche Ader ins Gedächtnis, die auch Tolkiens Hobbits zueigen ist. Edeltocht ist Bibliothekar, und ähnlich wie Bilbo Beutlin träumt er bisweilen davon, so große Abenteuer zu erleben wie einige andere Halblinge aus lange vergangenen Tagen. Die Art und Weise, wie Edeltochts Träume schlagartig Wirklichkeit werden, ist dann jedoch weniger angenehm als die trickreiche Anwerbung durch Gandalf, die Bilbo erfuhr. Zwar sind auch Edeltochts Reisebegleiter Zwerge, aber keine ehrenwerte Kompagnie wie die von Thorin Eichenschild angeführte. Edeltocht wird von einer

Bande zwergischer Piraten rekrutiert – was für einen echten Meisterdieb vermutlich die passende Gesellschaft wäre, für einen Bücherwurm hingegen natürlich zunächst das nackte Grauen ist. Edeltocht – und in dieser Hinsicht ist sein Werdegang zweifelsohne der eines unerwarteten Helden wie Bilbo oder Frodo – beweist aber letzten Endes, dass auch in ihm, wie metertief unter verstaubten Buchseiten begraben, doch ein zäher Brocken steckt, der die finsteren Machenschaften übelster Gesellen durchkreuzen kann.

Odom greift in seiner Darstellung der Halblinge die Idee vom diebischen kleinen Volk, wie sie Gandalf als Täuschungsmanöver etabliert und wie sie in den Kendern ihre überspitzte Erfüllung findet, direkt auf: Wenn Odoms Halblinge Tiere wären, dann wären sie am ehesten Elstern. Sie sammeln allerlei Dinge auf, mit Vorliebe solche, die in der Sonne schimmern und glitzern. Dahinter steht gewiss auch eine neue Auslegung des Mathom-Anhäufens der Hobbits, auch wenn sie sich in diesem Fall auf eine sehr spezifische Klasse von Objekten bezieht.

Wo Hobbits ihr Mathom entweder innerhalb ihrer eigenen Wohnstätten verwahren oder es in ein Mathom-Haus bringen, verfahren Odoms Halblinge mit ihren Fundstücken entschieden anders. Sie bringen sie an ihren Häusern zur Zierde an.

Überhaupt: die Häuser. Hobbits wären ehrlich entsetzt darüber, wie wenig architektonisches Geschick Odom ihnen andichtet. Seine Halblingshäuser sind windschiefe Angelegenheiten, die ständig ebenso windschief mit allerlei fragwürdigem Material weiter ausgebaut werden, sodass die in der unmittelbaren Nachbarschaft wohnenden Zwerge streng darauf achten, ihre Häuser nicht zu nahe an denen der Halblinge zu errichten – aus der Sorge heraus, ihre

Häuser könnten irgendwann mehr oder minder verschluckt werden.[315]

Grundsätzlich verfahren Autoren, die in erzählenden Texten ihren eigenen Beitrag zur Hobbitkunde leisten möchten, nach einer von drei Vorgehensweisen:

1. Sie belassen die Hobbits im Grunde genauso, wie sie sind, und taufen sie einfach nur um. In marginalen Details mögen diese »Hobbits« vom etablierten Bild ein wenig abweichen, aber im Großen und Ganzen unterscheiden sie sich nicht davon.
2. Sie behalten eine oder mehrere der als Kanon geltenden Informationen, die uns über die Hobbits vorliegen, bei – üblicherweise sind das die Größe, die verhältnismäßig isolierte Lebensweise und die positive Weltsicht – und verändern dafür einige andere Grundsätze: Sie machen ihre »Hobbits« kriegerischer oder noch pazifistischer, ersetzen behaarte Füße durch Füße ohne Zehen, dichten ihnen eine besondere magische Begabung an oder verlegen ihre Siedlungsgebiete an exotischere Orte. Manche dieser Ansätze erscheinen mir persönlich zwar gelegentlich etwas suspekt, doch das ist eben Geschmackssache. Ich freue mich prinzipiell über jede neue Geschichte, die mir über die Hobbits erzählt wird – unabhängig davon, wie sie nun heißen mögen oder ob sie lieber mitten unter Großen Leuten in vollindustrialisierten Städten als penible Beamte der örtlichen Obrigkeit statt wie zu kurz geratene Elben in verwunschenen Hainen am Rande der bekannten Welt leben, wo sie das Licht und die freie Liebe anbeten.
3. Die dritte Methode besteht darin, sich auf einen un-

---

[315] Plischke: Wir sind die Halblinge. Sie werden assimiliert werden.

gewöhnlichen Vertreter des jeweiligen Hobbitersatzes zu konzentrieren, der im Gegensatz zu allen anderen besonders feige oder mutig, verschlagen oder treu, zaubermächtig oder unbegabt ist. Häufig ist diese Figur dann aufgrund ihrer Andersartigkeit genau die richtige Person, eine dräuende Katastrophe abzuwenden. Gleichzeitig bietet sie natürlich auch eine hervorragende Identifikationsmöglichkeit für den Leser, der unter Hobbits ja indirekt ebenfalls »unter Fremden« ist.

Diese Vorgehensweisen sind im Übrigen nicht auf das Medium des Buchs begrenzt. Sie werden auch in allen anderen Medien verwendet, wie beispielsweise in Filmen.[316]

Hobbits auf der großen Leinwand

Ehe Sie mir hinterher vorwerfen, ich hätte etwas Wichtiges vergessen oder wäre ein Geschichtsrevisionist: Nein, Peter Jackson war nicht der erste Regisseur, der Hobbits großangelegt ins Kino brachte. Diese Ehre gebührt selbstverständlich Ralph Bakshi. Auch wenn sein Animationsfilm aus dem Jahr 1978 bei Tolkienologen und Hobbitkundlern alles andere als unumstritten ist, möchte ich gern eine Lanze für dieses viel geschmähte Werk brechen. Zu den Punkten, die Bakshis ambitionierten Versuch, Mittelerde cineastisches Leben einzuhauchen, trotz aller Kritik so wertvoll machen, zählen unter anderem:

---

[316] Christiansen: Ist dir aufgefallen, dass sich Kollege Wolf so gar nicht zu seiner eigenen Interpretation der Hobbits äußern will, die er in Romanform vorgelegt hat?
Plischke: Er hat sicher seine Gründe dafür...

- Der eigentümliche Stil in der Bildsprache. Man hört häufig, Bakshi hätte durch seine Entscheidung, *Der Herr der Ringe* als Animationsfilm zu verwirklichen, jenen Stimmen Nachdruck verliehen, die seit jeher behaupten, Tolkiens Schriften wären etwas für Kinder und Menschen, die nie richtig erwachsen geworden sind. Dabei wird in zeitgenössischen Kritiken nicht selten darauf verwiesen, wie hoch der Grad an Brutalität in diesem Film und wie wenig er für ein jüngeres Publikum geeignet ist. Bakshi hat also eher verdeutlicht, wie hart und grausam Tolkiens Darstellung Mittelerdes in gewissen Aspekten ist, ungeachtet all der idyllischen oder hehren Passagen, die sich in seinen Schriften finden.[317]
- Bakshis Film war kommerziell alles andere als ein Flop. Er brachte sogar viele Menschen erstmals mit Tolkiens Werk in Berührung und weckte in ihnen ein ernsthaftes Interesse, sich näher mit ihm auseinanderzusetzen. Der berühmteste von ihnen ist zweifelsohne Peter Jackson – also der Mann, dem es Jahrzehnte später mit vollkommen anderen produktionstechnischen und finanziellen Mitteln gelang, *Der Herr der Ringe* endgültig als popkulturelles Massenphänomen zu zementieren.
- Ohne Ralph Bakshi hätte es nachweislich nie die berühmte und vielbeachtete Hörspieladaption des *Herrn der Ringe* gegeben, die 1981 von der BBC produziert wurde.[318]

---

[317] Christiansen: Und das einige Zeit, bevor der durchschnittliche westliche Filmkritiker anhand der aus Japan stammenden Animes schmerzhaft lernen musste, dass die Annahme, Animationsfilme wären automatisch Kinderfilme, eine ausgesprochen törichte ist.

[318] Plischke: Aber auch nicht die animierten Adaptionen von *Der kleine*

- Und nun der für uns Hobbitinteressierte sicherlich wichtigste Punkt: Sei es auch nur als animierte Figuren – dank Ralph Bakshi wurde zum ersten Mal ein klares und der Buchvorlage insgesamt sehr treues Bild der Hobbits einem großen Publikum vorgestellt, und zwar auch teilweise einem solchen, das bis dahin mit Literatur im Allgemeinen und Fantasyromanen im Besonderen nicht allzu viel anfangen konnte.

Falls der eine oder andere von Ihnen zu denjenigen gehören sollte, die Bakshi und seiner filmischen Tolkieninterpretation bisher komplett abweisend gegenüberstanden, hoffe ich, Sie nun vielleicht etwas milder gestimmt zu haben.

Doch jetzt zu den hobbitähnlichen Geschöpfen in zwei der berühmtesten Fantasyfilmen der Achtzigerjahre. Beginnen wollen wir mit *Willow*, einem Film, der 1988 die Lichtspielhäuser dieser Welt beglückte. Die Erwartungen waren recht hoch, da hier mit George Lucas eine Person als Produzent und Ko-Autor des Drehbuchs in Erscheinung trat, die zuvor das Kunststück fertiggebracht hatte, ein ehrgeiziges Science-Fiction-Projekt, an dessen Erfolg wohl nur die größten Optimisten glaubten, zum gigantischsten Franchise aller Zeiten zu machen.[319] Ich will mich gar nicht lange darüber streiten, ob *Willow* diesen Erwartungen in künstlerischer und erzählerischer Hinsicht tat-

---

Hobbit und *Die Rückkehr des Königs* fürs Fernsehen, und um die wäre es weitaus weniger schade gewesen.
Christiansen: Wieso denn?
Plischke: Ich weiß ja, dass manche Leute nichts gegen das ständige Gesinge haben (die Hobbits würden sich daran wohl auch nicht doll stören), aber der gesamte Look ist so kitschig süß, dass schon beim bloßen Hinsehen akute Kariesgefahr besteht.

[319] Plischke: Okay, ich sehe schon, Kollege Wolf will den Titel aus irgendwelchen Gründen nicht in den Mund nehmen, also tue ich es: *Star Wars*.

sächlich gerecht geworden ist. Mir geht es ja nicht um alberne Sternchenwertungen oder so etwas. Mir geht es um die Hobbits. Oder in diesem Fall eben um die Nelwyns. So heißt hier das Kleine Volk, das in aller Bescheidenheit und isoliert vom Rest der Welt schließlich den wackeren Helden hervorbringt, der die fiesen Pläne einer bösen Königin zunichtemacht. Wenig überraschend weisen die Nelwyns viele Gemeinsamkeiten mit Hobbits auf: Sie sind von kleiner Statur, gesellig, einem schnellen Happen zwischendurch nie abgeneigt und machen gerne Musik.[320] Darüber hinaus scheinen die meisten ihr Herz am rechten Fleck zu haben, obwohl sie gegenüber Fremden, die sich zu ihnen in ihr Tal verirren, traditionell etwas skeptisch eingestellt sind.

Da hören die Gemeinsamkeiten dann aber auch schon auf. Die Unterschiede zu den Hobbits sind zahlreich:

- Nelwyns altern sichtlich schlechter als Hobbits. Vielen der Betagteren ihrer Art, die man im Film zu sehen bekommt, fehlt die straffe Haut und die jugendliche Frische, die den Hobbits bis zum Lebensabend gemeinhin erhalten bleibt.
- Einige Nelwyns – wie etwa Willow selbst oder der Dorfzauberer – verfügen über eine immense magische Begabung, während Hobbits, wie wir von Tolkien wissen, alles Magische fremd ist.
- Apropos Dorfzauberer: Der alte Knabe trägt einen Bart, der sich auch an einem Zwerg ausgezeichnet machen würde (inklusive aufwendiger Flechtarbei-

---

[320] Christiansen: Mit deutlich keltisch-folkloristischem Einschlag, weshalb sie auch jederzeit in einem irischen Pub auftreten könnten, um dort die Stimmung anzuheizen.

ten), und auch einige der anderen Dorfbewohner können mit einer ziemlich üppigen Gesichtsbehaarung aufwarten.
- Viele Nelwyns führen wie selbstverständlich Waffen.
- Die höchste Entscheidungsinstanz innerhalb ihrer Gesellschaft ist eine Art Dorfrat, dem ein Sprecher vorsteht, dessen abschließende Urteile in Problemfällen offenkundig für alle Beteiligten bindend sind. Diese Struktur einer repräsentativen Demokratie ist von der Art und Weise, wie die Hobbits ihr Leben größtenteils eigenverantwortlich organisieren, doch sehr weit entfernt.

Der dunkle Kristall, ein Puppenfilm von Muppets-Erfinder Jim Henson aus dem Jahr 1982, wartet gleich mit zwei Kleinen Völkern auf: den Gelflingen und den Podlingen. Erstere sind von zartem, feingliedrigem Wuchs und erinnern deshalb – und auch wegen ihrer auffällig großen, spitzen Ohren – mehr an elfengleiche Feengeschöpfe denn an Hobbits. Dieser Eindruck wird durch die Tatsache verstärkt, dass weibliche Gelflinge höchst fragil wirkende Schmetterlingsflügel auf dem Rücken tragen, die es ihnen erlauben, kurze Strecken durch die Luft zu gleiten. Nichtsdestominder stehen die Gelflinge den Hobbits zumindest in Sachen Weltsicht und Lebenseinstellung nahe: Sie haben viel Freude am Musizieren, Singen und Tanzen, und ihr eigentlicher Name, mit dem sie sich selbst bezeichnen – Ghel-l-flainngk[321] –, bedeutet übersetzt ungefähr »die, die ohne Wissen um die Zukunft leben«. Ich deute dies so, dass die

---

[321] Plischke: Wer denkt sich so was aus? Das kann doch keine Sau aussprechen!
Christiansen: Doch. Geht ganz leicht. Gelfling...

Gelflinge wohl nie viel Zeit darauf vergeudet haben, sich den Kopf darüber zu zerbrechen, welche Probleme und Beschwernisse das Morgen bringen mag, sondern stattdessen im Hier und Heute zu leben versuchten – eine Auffassung, die in ähnlicher Form auch Samweis Gamdschie teilt.

Es steht des Weiteren zu vermuten, dass die Gelflinge ein zurückgezogenes Leben führten. Leider lebten sie jedoch nicht zurückgezogen genug, um nicht ins Visier der Skekse zu geraten, einer bösartigen Spezies von Wesen, die an eine sehr unansehnliche Mischung aus gefiederlosen Vögeln und mageren Echsen gemahnen. Die Skekse fingen mit Ausnahme von zwei Säuglingen alle Gelflinge ein, um ihnen die Lebenskraft auszusaugen. Dies erschien den Skeksen deshalb opportun, weil in den Gelflingen genug von dieser Vitalenergie steckte, um den Alterungsprozess der hässlichen Fießlinge umzukehren – was mich wiederum zu der Annahme bringt, dass den Gelflingen eine ähnlich lange Lebensspanne beschert war wie den Hobbits.

Jen, der junge Gelfling-Held der Geschichte, hat eine Mission zu erfüllen, die der von Frodo Beutlin gleicht: Er muss sich mitten in die Festung der Skekse wagen, um dort einen kleinen Kristallsplitter wieder mit dem gewaltigen Edelstein zusammenzubringen, aus dem das Bruchstück geschlagen wurde, wodurch die Welt überhaupt erst ins Ungleichgewicht geriet. Unterstützung dabei erfährt er durch das Gelfling-Mädchen Kira, das als Findelkind bei den Podlingen aufwuchs.

Die Podlinge wiederum sind noch ein ganzes Stück kleiner geraten als die Gelflinge, und wo man mit einiger Berechtigung behaupten könnte, es sei durchaus möglich, einen Gelfling mit einem Menschenkind zu verwechseln,[322]

---

[322] Christiansen: Was einem bei einem Hobbit ja leicht passieren kann.

ist dies bei den Podlingen völlig ausgeschlossen. Dafür sind sie schlicht zu knollig und zu faltig im Gesicht. Andererseits gilt für sie das, was eben schon über die Gelflinge gesagt wurde: Sie singen, musizieren und tanzen gerne, und sie pflegen offenbar die heitere Geselligkeit, für die die Hobbits berühmt sind. Die Bedeutung ihres Namens verrät eine weitere Eigenschaft, die stark hobbitartig ist: Sie sind »die Meistergärtner, die in dicken Pflanzen leben«. Ähnlich wie die Hobbits drücken die Podlinge also ihre Naturverbundenheit auch dadurch aus, dass sie alles lieben, was wächst und gedeiht. Mehr noch: Sie nutzen manche der Pflanzen, die sie züchten, sogar als Wohnstätten, anstatt in der Erde zu leben, die sie hervorbringt.

In einem anderen seiner Werke, das wesentlich berühmter ist als *Der dunkle Kristall*, präsentierte Jim Henson gleich noch zwei Kleine Völker: In der TV-Serie *Die Fraggles* wuseln nicht nur die titelgebenden Geschöpfe umher, sondern zusätzlich die emsigen Doozer. Bleiben wir doch aber zunächst bei den Fraggles.

Dass sie die Sorgenfreiheit, die man den Hobbits nachsagt, aktiv leben, stellen die Fraggles schon durch das Titellied der Serie unter Beweis.[323] Äußerlich unterscheiden sie sich allerdings in mehrerlei Hinsicht klar von den Hobbits:

- Sie haben kurzes Fell am gesamten Körper, wobei das Farbspektrum vom einen zum anderen Ende komplett bedient wird (mit einer eindeutigen Neigung zu grellen Tönen wie Orange, Grün und Lila).
- Fraggles haben einen langen Schwanz mit einer haarigen Quaste daran, an dessen Stellung sich die

---

[323] Plischke: Zitat: »Singt und schwingt das Bein, lasst die Sorgen Sorgen sein.« (Die Älteren unter Ihnen erinnern sich …)

Gemütslage und das Stressniveau des Trägers sehr leicht ablesen lassen.
- Dafür haben sie keine sichtbaren Ohrmuscheln, und ihre Augen sitzen sehr weit oben und dicht beieinander auf ihrem Schädel, was ihnen zusammen mit den großen, breiten Mündern etwas leicht Froschähnliches verleiht.

Von ihrem Verhalten her lassen sich jedoch deutliche Parallelen zwischen Hobbits und Fraggles ziehen:

- Beide sind Höhlenbewohner.
- Fraggles verfügen über einen immensen Appetit, den sie am liebsten an süßen Sachen stillen.
- Sie kennen keine staatlichen Organisationen oder Institutionen; sie leben in einer einzigen großen Kommune zusammen, in der jeder die gleichen Rechte, aber unterschiedliche Pflichten hat, um das Gemeinwohl zu sichern.
- Als pädagogisches Konzept setzen sie auf spielerische Neugier.
- Sie ziehen nur selten in die Welt jenseits ihres Siedlungsbereichs hinaus. Wenn Sie es doch tun, kommen ihnen die Menschen zumeist irgendwie dumm vor.[324]

Einzig die mangelnde Wasserscheu der Fraggles, die sich jederzeit beherzt kopfüber ins kühle Nass stürzen, verdirbt dieses ansonsten so stimmige Bild etwas. Aber man kann eben nicht alles haben...

Wie in Tolkiens Schriften über die auenländischen Hobbits gibt es bei den Fraggles auch ein »Heldengespann« aus

---

[324] Plischke: So sieht ja auch Frodo Beutlin die meisten Großen Leute.

Onkel und Neffe. Matt, der in den »Weltraum« – so die Bezeichnung für die Regionen jenseits der Heimat – hinauszieht, sendet Gobo[325] regelmäßig Postkarten,[326] um seine neuesten Erkenntnisse über die Großen Leute zu übermitteln.

Kommen wir zu den Doozers. Obwohl sie noch wesentlich kleiner sind als die Fraggles und kaum mehr als eine Handspannenlänge messen, werde ich den Verdacht nicht los, Henson könnte sich eines klugen Kniffs bedient haben: Ich vermute, er hat die teils widersprüchlichen Eigenschaften der Hobbits einfach auf zwei verschiedene Völker verteilt.

Zur Erinnerung: Hobbits lieben den Müßiggang, können aber laut Tolkien auch bienenfleißig sein. Und Letzteres sind die Doozer ohne jeden Zweifel. Unter Zuhilfenahme von für Hobbitverhältnisse komplexen Maschinen und Werkzeugen errichten sie ohne Unterlass ausgedehnte Gerüste aus einem Baumaterial, das wie Glas aussieht. Es handelt sich aber in Wahrheit um Zucker, was dazu führt, dass die Fraggles, die die Existenz der fleißigen Baumeister in der Regel völlig ignorieren, die Gerüste mit großem Genuss verspeisen. Wer nun meint, die Doozer fänden das empörend, liegt falsch: Sie sind den Fraggles dankbar, denn deren Hunger garantiert ihnen, dass sie nie untätig sein müssen – und davor hat jeder Doozer am meisten Angst. Es ist eine perfekte Symbiose, hinter der eine positive Botschaft steht: Wer fleißig arbeiten will, soll das gerne tun, und wer seine Zeit lieber anders verbringt, ist dadurch kein schlechteres Geschöpf ohne jede Daseinsberechtigung.

---

[325] Christiansen: »Gobo« steht völlig zu Recht unter schwerstem Verdacht, wie ein waschechter Hobbitname zu klingen.
[326] Plischke: Und »Schriftverkehr« pflegen sie also auch noch …

Eine weitere Spezies aus der Welt des Films, die häufiger einmal mit den Hobbits in Verbindung gebracht wird, sind die Ewoks aus dem *Star Wars*-Universum. Ja, der Waldmond Endor liegt nicht gerade an den galaktischen Hauptverkehrsadern und ist ein nahezu unberührtes Paradies. Ja, die Ewoks sind klein und pummelig. Und ja, die Ewoks tragen ihren Teil dazu bei, dass ein böses Imperium zu Fall gebracht wird. Und dennoch beharre ich auf meiner Meinung, dass diese Wesen auf überhaupt gar keinen Fall auch nur ansatzweise mit den Hobbits vergleichbar sind. Wieso? Das will ich Ihnen gerne sagen:

- Ewoks sehen aus wie Teddybären und sind daher eben nicht nur an den Füßen ausgesprochen haarig (und kommen Sie mir jetzt bitte, bitte nicht mit der »Hobbits sind doch aber vielleicht Kaninchen, und die haben auch überall Fell«-Nummer).
- Ewoks leben *auf Bäumen*! Ihre Behausungen gleichen denen der Flets, die die Waldelben von Lothlórien bewohnen. Tolkien hat keinen Zweifel daran gelassen, wie unwohl sich die Hobbits in solch schwindelerregenden Höhen fühlten.
- Ewoks sind Jäger und Sammler und als solche offenbar immer bewaffnet, wenn sie ihr Dorf verlassen. Dabei scheuen sie auch nicht davor zurück, diese Waffen gegen menschliche Gegner einzusetzen. Die Helmsammlung, die sie anlegen und die später als Perkussioninstrument genutzt wird, zeugt auch nicht unbedingt von einem tief verwurzelten Pazifismus.
- Ewoks haben Schamanen und fangen an, einen goldenen Androiden als Gott zu verehren, nachdem sie seiner habhaft geworden sind. Können Sie sich vorstellen, dass Frodo und Sam urplötzlich heilige Ritu-

ale zelebrieren und sich vor einem Menschenkrieger in güldener Vollplatte, den es überraschend ins Auenland verschlagen hat, in den Staub werfen? Also ich nicht.

Ich bin wirklich nicht engstirnig, aber wenn man die Messlatte so niedrig anlegt, Hobbits mit Ewoks gleichzusetzen, verliert man sich am Ende nur in wenig fruchtbaren Debatten. Beispiele gefällig?

Wenig fruchtbare Debatte I
Hobbitkundler A: »Ich finde, wir müssen uns dringend die *Gremlins*-Filme näher ansehen.«

Hobbitkundler B: »Was? Wieso das denn?«

Hobbitkundler A: »Jetzt überleg doch mal. Die Mogwais, aus denen Gremlins entstehen, singen sehr schön. Und dass man sie nicht mit Wasser in Berührung bringen darf, weil sie ansonsten per Zellteilung bösartige Ableger aus ihrem Rücken ploppen lassen, könnte eine parabelhafte Verarbeitung der Furcht der Hobbits vor lebenden Gewässern sein.«

Hobbitkundler B: »Hmm. Mogwais sind eigentlich viel zu klein für Hobbits.«

Hobbitkundler A: »Na und? Hast du berücksichtigt, wie hungrig sie sind? Vor allem die Ableger?«

Wenig fruchtbare Debatte II
Hobbitkundler A: »Meiner Ansicht nach behandelt die *Leprechaun*-Horrorfilmreihe eine bisher viel zu wenig beachtete Überlegung.«

Hobbitkundler B: »Und die wäre?«

Hobbitkundler A: »Was, wenn die Hobbits inzwischen so verbittert über uns Große Leute sind, dass sie beschlos-

sen haben, uns nur noch mit Hass zu begegnen und eine unserer schlimmsten Schwächen gegen uns einzusetzen?«
Hobbitkundler B: »Meinst du unsere Geldgier?«
Hobbitkundler A: »Haargenau. Liegt das nicht im Bereich des Möglichen?«[327]

Ich möchte gar nicht bestreiten, dass man im Kino unerwartet auf eindeutige Anspielungen auf Hobbits stößt – selbst dort, wo man vielleicht am wenigsten damit gerechnet hätte. Auch hierfür bin ich gern bereit, ein Beispiel zu liefern:

In *The Descent*, einem englischen Horrorfilm von 2005, der nun wirklich nichts für schwache Nerven ist, macht eine Gruppe Frauen einen Abenteuerurlaub. Im Zuge dessen dringen sie in ein bislang unerforschtes Höhlensystem vor, wo sie eine nach der anderen einer äußerst aggressiven Spezies von fleischfressenden Kavernenbewohnern zum Opfer fallen. Selbige sind haarlos, bleich und dürr – und in der ersten Szene, in der eines dieser Geschöpfe mitten in einer dunklen Höhle auf einem Felsen am Ufer eines unterirdischen Sees sitzt, bin ich gewiss nicht der einzige Mensch im Saal gewesen, dem sofort der Name »Gollum« durch den Kopf schoss.

Hobbits aus dem Rechner

Das jüngste Medium, in dem Hobbits (wenn auch nicht immer unter diesem Namen) in Erscheinung treten, ist das Computer- beziehungsweise Videospiel. Lassen Sie mich das Augenmerk zunächst auf eine bestimmte Gattung die-

---

[327] Plischke: Das einzig Sinnvolle, was ich aus *Leprechaun* gelernt habe, ist, dass vierblättrige Kleeblätter unter anderem deshalb als Glücksbringer gelten, weil man sich damit böse Kobolde vom Hals halten kann.

ser Spiele richten, die erst entstehen konnte, als die Rechner dieser Welt miteinander in ausreichendem Maße und über für größere Datenmengen geeignete Verbindungen vernetzt waren: Online-Rollenspiele.

Sie ermöglichen ihren Spielern problemlos das, was zuvor mit wesentlich höherem Aufwand und unter intensiverer Aufbietung von Vorstellungskraft am Tisch simuliert werden musste: sich eine Figur zu erschaffen, mit der man anschließend allein oder im Team durch eine aufregende Welt voller Abenteuer streifen kann. Es ist keine sonderlich große Überraschung, dass die meisten dieser Welten mehr oder weniger eindeutig dem Fantasygenre zuzuordnen sind, und noch dazu dessen klassischer Ausprägung, die Tolkiens Mittelerde viele ihrer Grundprämissen schuldet.

Interessanterweise tauchen beim bisher erfolgreichsten Spiel dieser Art – *World of Warcraft* – keine Hobbits auf. Ein Kleines Volk gab es dort zwar trotzdem von Anfang an, doch hier sind es die Gnome, die diese Rolle ausfüllen. Sie sind findige Tüftler und Bastler, die vielseitig einsetzbare Maschinen und Gerätschaften herstellen und überhaupt eine starke Affinität zum Bereich der Ingenieurswissenschaften aufweisen. Einem Hobbit wären die lauten und stinkenden Apparate, die in den Werkstätten der Gnome vom Band laufen, mit Sicherheit ein Gräuel.

Der Erfolg von *World of Warcraft* fußt aber nicht zuletzt darauf, dass es zuvor, im Jahr 1999, einem anderen Spiel mit einer ganz ähnlichen Welt gelang, MMORPGs – um mal den technischen Begriff zu verwenden – bei einem breit aufgestellten Publikum zum Durchbruch zu verhelfen: *EverQuest*.[328]

---

[328] Plischke: Wegen seines immensen Suchtpotenzials oft zu *EverCrack* verballhornt.

Hier heißen die Hobbits Halblinge, und sie sind derart nah an den Schilderungen Tolkiens, dass man nun wirklich keine Brille braucht, um die Deckungsgleichheit zu sehen:

- Die Halblinge in EverQuest sind moppelig und haben große behaarte Füße.
- Sie leben in selbst gebauten Höhlen mit runden Türen und Fenstern – sprich: Smials.
- Ihre Stadt ist friedlich und ruhig, und sie liegt selbstverständlich so, dass sie für Fremde recht schwierig zu erreichen ist, wohlbehütet zwischen einem verwunschenen Zauberwald, durch den Untote geistern, und einem weiteren Waldstück, das dauerhaft von Nebel verhangen ist.
- Sie essen viel und gern.[329]
- Sie sind zähe Geschöpfe mit einer wahren Rossnatur, was ihre Anfälligkeit gegenüber Giften und Krankheiten anbelangt.
- Sie können im Dunkeln hervorragend sehen und sich so rasch und geschickt bewegen, dass sie für einen gewöhnlichen Betrachter bisweilen unsichtbar werden.

Einen gewaltigen Unterschied gibt es dann allerdings doch: Die meisten Halblinge sind offen religiös und beten zu ihrem Schöpfergott Bristlebane, der im lokalen Pantheon für das Stiften kleineren Unheils verantwortlich ist und als Schutzpatron der Diebe gilt. Da ist er wieder: der leidige Langzeiteffekt, den Gandalfs »Meisterdieb«-Schmiererei an Bilbo Beutlins Tür ausgelöst hat und der bis heute dafür

---

[329] Christiansen: Wobei sie Obst und Gemüse Fleisch vorziehen, wenn ich mich recht entsinne.

sorgt, dass Hobbits immer wieder in die Nähe unlauteren Verhaltens gerückt werden. Und das, wo doch kein anständiger auenländischer Hobbit Diebstahl und andere Gaunereien auch nur im Entferntesten gutheißen würde...[330]

Keine Angst. Ich möchte Sie nicht mit weiteren solchen Spielen langweilen, in denen völlig offenkundig ist, wer für die Halblinge – oder wie immer sie im speziellen Fall auch getauft wurden – Pate gestanden hat.

Eine schöne neue Facette, die einen Hobbitkundler und -liebhaber allerdings ein wenig schmerzt, gewinnt das 2007 erschienene Action-Adventure *Overlord* dieser Thematik ab. Hier begegnen wir einem ehemaligen Halblinghelden namens Melvin Underbelly. In der Welt von *Overlord* sind Halblinge ohnehin ziemlich korpulent, doch Melvin hat nach seiner aktiven Karriere so immens zugelegt, dass er zu riesenhaften Ausmaßen aufgequollen ist und sich nur noch mühsam watschelnd oder umherrollend wie ein Ball fortbewegen kann. Melvins zügelloser Appetit hängt damit zusammen, dass er der Todsünde der Völlerei erlegen ist. Sparen Sie sich aber sämtliches Mitleid: Melvin hat sich inzwischen zum König der Halblinge ausgerufen, und nun ziert eine Krone sein feistes Haupt. Als zusätzliches sichtbares Zeichen seiner Königswürde, seiner Macht und seines Hungers benutzt er eine große goldene Gabel als Zepterersatz. Beides vermag natürlich nicht darüber hinwegzutäuschen, dass er völlig aus der Form geraten ist und seine viel zu enge Kleidung buchstäblich aus allen Nähten platzt. Verglichen mit seiner Regentschaft war die von Lotho Sackheim-Beutlin noch eine wohlmeinende Diktatur. Zwar behandelt Melvin, der unter schrecklichen Flatulenzen leidet, seinesgleichen noch einigermaßen anstän-

---

[330] Plischke: Na ja, ich sage mal: Wo Rauch ist, ist auch Feuer...

dig, doch er hat die Menschen der nahe liegenden Ortschaft Spree versklavt und hält sie in Lagern, wenn sie nicht gerade auf den Feldern für ihn schuften. Er benutzt ein magisches Artefakt, um gewaltige Kürbisse gedeihen zu lassen, aber selbst diese Maßnahme, die unter den Menschen zu einer schlimmen Hungersnot führt, reicht nicht aus, um seinen Wanst ordentlich zu füllen. Zu jenem Zeitpunkt, da man als Spieler auf ihn trifft, ist er dazu übergegangen, sich den einen oder anderen Bauern einzuverleiben, wenn ihn der nächste kleine Hunger packt. Stellt der Spieler es richtig an, findet Melvin dann auch bald sein verdientes Ende, wobei er auseinanderbirst und nur einen orangenen, öligen Schleim zurücklässt, von dem ich hoffe, dass es sich um zerkauten, halb verdauten Kürbisbrei aus seinem Magen handelt.[331]

Overlord ist sicher kein Spiel für jedermanns Geschmack, und womöglich sind Sie sogar ein wenig empört darüber, wie rücksichtslos zu Zwecken von Komik und Unterhaltung mit den Hobbits verfahren wird. »So darf man mit Hobbits nicht umgehen!«, rufen Sie nun eventuell. Ich kann Sie beruhigen. Auch an Sie hat die Spieleindustrie gedacht. Pünktlich zu Peter Jacksons Verfilmung von *Der kleine Hobbit* werden wir alle mit einem Schmankerl bedacht, das für uns Freunde der Hobbits gewiss sehr viel leichter verdaulich ist. *Lego: The Lord of the Rings* heißt das Spiel, das allen, die sich noch nicht alt genug fühlen, um ab und zu noch die Bauklötzchen auszupacken, gehörige Freude bereiten wird. Wir erhalten hier die Gelegenheit, die großen Abenteuer der kleinen Leute noch einmal auf komplett andere Weise mitzuerleben – es gilt Rätsel zu

---

[331] Plischke: Äh ... nein, Herr Kollege. Das ist Melvins Körperfett, was einem da so feucht entgegenglänzt.

lösen, geschickte Sprünge zu absolvieren und Orks zu vertrimmen. Das alles in einem putzigen Look und mit einem freundlichen Augenzwinkern serviert. Wer meint, Lego und Hobbits würden nicht zusammenpassen, den möchte ich an die Sammelleidenschaft erinnern, die jedem Hobbit innewohnt und sich im Anhäufen von Mathom Ausdruck verleiht – und nichts anderes wird in diesem Spiel befriedigt, wenn man sich über viele Stunden hinweg auf die Jagd nach roten und goldenen Steinen machen kann. Und überhaupt: Hobbits sind Geschöpfe der Muße und begeisterte Anhänger von allem, was Spaß macht – und falls sie heute wirklich noch irgendwo dort draußen oder heimlich und gut getarnt mitten unter uns leben, sind sie definitiv passionierte Gamer, wie das die jungen Leute heute so sagen.[332]

Hobbits im Keksregal

Das soll es mit unserem Abstecher in die Medien dann auch schon wieder gewesen sein. Es gibt schließlich noch einige wichtige Fragen über Hobbits, die sich nicht anhand von Büchern, Filmen oder Spielen beantworten lassen. Beispielsweise erreichen mich immer wieder Zuschriften von besorgten Hobbitfreunden wie die folgende:

> *Sehr geehrter Herr Wolf,*
> *Sie müssen mir unbedingt helfen. Ich bin den Tränen nah. Eben war ich einkaufen, und was sehe ich da in*

---

[332] Christiansen: Sie spielen dann wahrscheinlich in erster Linie so Partyspiele wie *SingStar* und ähnliches Zeug, zu dem es sich prima gleichzeitig feiern und trinken lässt.
Plischke: Ich würde glücklich sterben, wenn ich einmal einen Hobbit auf einer Tanzmatte sehen dürfte ...

der Süßwarenabteilung im Regal liegen? Kekse, auf denen dick und fett »Hobbits« draufsteht. In zwei Varianten, einmal mit Schokoüberzug und einmal ohne. Ja, ist das denn die Möglichkeit! Sind wir in unserer Gesellschaft schon so weit verkommen, dass wir jetzt Hobbits fressen? Wer lässt so etwas zu? Warum unternimmt niemand etwas gegen diese Grausamkeit, bevor es Elben-Chips und Ent-Jogurt zu kaufen gibt?

Mit verzweifelten Grüßen
Sabine S. aus Winsen an der Luhe

Liebe Sabine (falls Sie das hier lesen), Sie können nachts wieder ruhig schlafen. Diese Hobbitkekse enthalten ungefähr so viel Hobbit, wie ein Hundekuchen Hunde enthält. 0,0 %. Das Wort Hobbit, wie es hier verwendet wird, bezieht sich auf eine ursprünglich aus Wales stammende Maßeinheit, die hauptsächlich für Getreide verwendet wurde. Stellen Sie sich diesen Hobbit am besten wie unseren Scheffel vor. Es lohnt also nicht, die Herstellerfirma dazu aufzufordern, einen Warnhinweis wie »Bei der Fertigung dieses Produkts sind keine Hobbits zu Schaden gekommen« auf die Verpackung zu drucken.

Hobbits in freier Wildbahn

Die Keksproduzenten können also behaupten, sie wären auf den Namen für ihr neues Gebäck gekommen, indem sie sich intensiv mit alten Raummaßen befasst haben.[333] Sparen wir uns den Streit darüber, wie aufrichtig eine solche Behauptung ist, und wenden wir uns lieber Menschen zu, die

---

[333] Plischke: Ja, sicher doch. Tolkien? Nie gehört ... was soll das sein?

keinen Hehl aus ihrer Begeisterung für Tolkiens Werk machen. Zum Beispiel den vielen Biologen, die neu entdeckten, erstmals beschriebenen oder eigenen Spezies zugewiesenen Tieren Namen gaben, die sie bei Tolkien entlehnten. Da gibt es tatsächlich eine ganze Menge, aber weil wir über Hobbits reden, verzeihen Sie mir sicherlich, wenn ich eine entsprechend eingeschränkte Auswahl treffe. Darf ich vorstellen?

Gollum attenuatus
Der für Menschen harmlose Schlanke Glatthai erhielt seinen Namen 1973, weil Leonard Compagno der Meinung war, er – also der Fisch, nicht der Meeresbiologe – gleiche Gollum hinsichtlich seiner Form und seines Verhaltens. Der Schlanke Glatthai ist für seine Familienverhältnisse eher mager, und er treibt sich tief unten, dicht über dem Meeresgrund herum.[334]

Pristilomatidae gollumia
Es wird nicht schmeichelhafter für Gollum. Hinter dem lateinischen Namen verbirgt sich eine Schnecke aus der Türkei. Dass sie eine Kristallschnecke aus der Unterordnung der Landlungenschnecken ist, macht die Sache nur dem Klang nach ein bisschen besser.

Gollumjapyx smeagol
Und Gollum zum dritten. Diesmal gab er 2006 einer in ostspanischen Höhlen entdeckten Doppelschwanzart seinen Namen. Doppelschwänze sind flugunfähige Insekten, die allesamt feuchte Orte lieben und lichtscheu sind, vulgo, »widerliche Krabbelviecher«. Wie Vicente Ortuno, der die-

---
[334] Christiansen: Passenderweise im Meer rings um Neuseeland.

sem Gollum seinen Namen schenkte, erläuterte, besteht in der Biologie eine gewisse Tradition, Höhlenbewohner nach mythologischen Figuren zu taufen. Diesmal habe man sich eben für eine moderne Mythologie entschieden.

Otinoidea smeagolidae
Und um Gollum endgültig und für alle Zeit zu demütigen, ist auch eine ganze Gattung von winzigen Mollusken mit rund einem halben Dutzend Unterarten nach seinem Namen vor seiner ringgeförderten Verwandlung benannt, schleimige Meeresschnecken, die nicht einmal mit Geschlechtschromosomen aufwarten können.[335]

Macrostyphlus frodo
Dieser nach dem größten Hobbithelden benannte Rüsselkäfer zählt zwar auch nicht zwingend zu den Tieren, die man sich aufs Wappen pinseln würde, aber wenigstens ist Frodo mit dieser Schmach nicht ganz allein, denn es gibt überdies noch einen *Macrosytphlus gandalf* sowie einen *Macrostyphlus bilbo*.

Pericompsus bilbo
Entomologen sind offenbar große Hobbitfreunde mit messerscharfer Logik. Wie sonst käme einer von ihnen

---

[335] Christiansen: Und auch diese possierlichen, kaum einen Zentimeter langen Tierchen findet man im Meer vor Neuseeland und Australien. Gollumfans können also darauf hoffen – oder müssen sich damit abfinden –, dass auch in Zukunft noch die eine oder andere Spezies, die man in dieser Region aufspürt, den Namen ihres Lieblings verpasst bekommt.
Plischke: Angeblich soll auch noch eine Wespenart irgendwo rumschwirren, die Sméagols Namen trägt, doch die hat Kollege Wolf nicht erwähnt, weil er einfach kein gutes Haar an Gollum lassen kann.
Christiansen: Dabei hat Gollum doch sowieso kaum Haare.

darauf, einen Laufkäfer ausgerechnet deshalb nach Bilbo zu benennen, weil das Tier kurz, dick und haarfüßig war?

Syconciteris hobbit
Ein Langzungenflughund aus dem westlichen Neuguinea hat die unvergleichliche Ehre, den Namen des gesamten Hobbitvolkes zu tragen. Was ein Langzungenflughund ist? Eine Gattungsgruppe der Flughunde, deren Vertreter eher klein sind und lange Zungen ausgebildet haben, weil sie sich ernährungstechnisch auf eine äußerst gesunde Diät aus Nektar und Pollen spezialisiert haben.[336] Diese Namensvergabe geht eindeutig darauf zurück, dass die Hobbits Leckermäuler sind, und sie ist durchaus passend, obwohl Flughunde selbstverständlich nicht mit großen Füßen dienen können; spitze Öhrchen haben sie aber sehr wohl.

Prominente Hobbits

Spätestens seit der Verfilmung von *Der Herr der Ringe* durch Peter Jackson sind Biologen bei Weitem nicht mehr die Einzigen, die sich das Recht herausnehmen, recht großzügig andere als Hobbits zu bezeichnen. Insbesondere Prominente müssen es sich seitdem gefallen lassen, immer mal wieder diesen Titel zu erhalten – teilweise in freundlicher Absicht, teilweise als spöttische Kritik.

Letzteres musste Kurt Nilsen erfahren, der erste und

---

[336] Plischke: In Fachkreisen wurde die Gattungsgruppe der Langzungenflughunde allerdings wieder aus dem Kanon gestrichen.
Christiansen: Die Systematik der Flughunde – ein faszinierendes Thema, in das es sich intensiv einzuarbeiten lohnt. Vorausgesetzt natürlich, man hat ein gewisses Faible für diese lederflügligen Flatterer...

bislang einzige Gewinner der Gesangscastingshow *World Idol*.[337] Aufgrund seines rundlichen Gesichts und seiner wenig athletischen Figur attestierte einer der Juroren dem Norweger, er hätte die Stimme eines Engels, aber er sähe aus wie ein Hobbit, was seine Vermarktung zu einer echten Herausforderung machen würde.

Einige andere Stars, die schon auf diese Weise zu Hobbits erklärt wurden, sind:

- *Danny DeVito*
  Hier stimmt eigentlich alles: die Größe (auch wenn der US-Schauspieler mit seinen 1,45 m einen Hobbit von geradezu titanenhaften Ausmaßen abgäbe), der Körperbau, die Behaarung, das heitere Gemüt. Und »Hobbit« ist sicherlich ein netterer Spitzname als etwa »der Pinguin«.

- *Jack Black*
  Dieser Mann weckt offenkundig in so vielen Leuten berechtigte Hobbitassoziationen, dass eine Weile lang das Gerücht kursierte, er würde die Rolle des Bilbo in *Der kleine Hobbit* übernehmen. Nun ist es zwar anders gekommen,[338] aber das wird wohl dennoch nicht bedeuten, dass man Black seinen Status als Pseudo-Hobbit streitig macht.

---

[337] Plischke: Das war im Prinzip eine Endausscheidung aller Gewinner der verschiedenen nationalen *Idol*-Ableger, also eine Art *Die Welt sucht den Superstar*.
Christiansen: Und dieser Superstar ist ein Hobbit!

[338] Plischke: Ich schätze Martin Freeman sehr, aber einmal mehr muss ich sagen: Ein etwas fülligerer Darsteller wäre mir lieber gewesen – ungeachtet aller Tendenzen in unserer Gesellschaft, in leichtem Übergewicht automatisch etwas absolut Verdammungswürdiges zu sehen.
Christiansen: Auf derlei Partikularinteressen konnte beim Casting für den *Kleinen Hobbit* leider keine Rücksicht genommen werden.

- *Robin Williams*
  Anscheinend gibt es einen deutlichen Trend, manche Comedians reflexartig mit dem Label »Hobbit« zu versehen. Das gilt auch für den Mann, der es hierzulande bereits mit *Mork vom Ork* zu einiger Popularität brachte und unter anderem als *Mrs. Doubtfire* eine sehr überzeugende, kurvige Figur machte. Die Größe kommt zwar nicht ganz hin, aber wenn man von der dichten Behaarung auf Williams' Unterarmen auf seine Zehen schließen kann, wuchert dort ein dichter Pelz, wie er auch einem Hobbit gut zu Füßen stünde.
- *Kelly Clarkson*[339]
  Diese amerikanische Sängerin und Gelegenheitsschauspielerin gäbe mit ihrer Kleinheit, ihrem hübschen runden Gesicht und ihren gesunden Pfunden eine ausgesprochen attraktive Halblingsdame ab. Dass sie am liebsten barfuß auf der Bühne steht, ist eigentlich nur noch das i-Tüpfelchen auf dem Wörtchen Hobbit.
- *Guillermo del Toro*
  Der mexikanische Regisseur, der ursprünglich dazu angedacht war, den *Kleinen Hobbit* auf die Leinwand zu bringen, überzeugte nicht nur durch so tolle Filme wie *Hellboy* oder *Pans Labyrinth*, sondern brachte von seiner äußeren Erscheinung her wirklich alles mit, um notfalls als Komparse in seiner eigenen Produktion einzuspringen. Bedauerlicherweise werden wir alle nie erfahren, ob es denn tatsächlich so gekommen wäre.

---

[339] Plischke: Man läuft also offenbar auch Gefahr, als Hobbit bezeichnet zu werden, wenn man irgendwo einen *Idol*-Titel gewinnt – in Clarksons Fall den allerersten, der in den USA ausgesungen wurde.

- *Peter Jackson*
  Er kann ab- und wieder zu- und wieder ab- und wieder zunehmen, so viel er will: Schon nach *Der Herr der Ringe* wäre der Neuseeländer den Hobbitvergleich wahrscheinlich nie wieder losgeworden. Dass er nun auch für *Der Kleine Hobbit* wieder auf dem Regiestuhl Platz genommen hat, fällt da nicht weiter ins Gewicht. Obwohl: Für einen Hobbit hat er oft zu viele Haare im Gesicht.[340]

Ausgestorbene Hobbits

Viele Menschen haben Schwierigkeiten, an die Existenz von Hobbits zu glauben, weil sie sich nicht vorstellen können, dass eine Unterart des Menschen – denn von niemand anderem als uns selbst stammen die Hobbits laut Tolkien ja ab – so klein sein könnte. Das ist meines Erachtens ein sehr schwaches Argument, das letztlich mehr auf mangelnder Imaginationskraft als auf wissenschaftlichen Tatsachen beruht. Wer so etwas behauptet, hat nämlich ein sehr eingeschränktes Bild davon, wie unterschiedlich Menschen aussehen können und wie variabel unsere eigene Spezies in Sachen Größe ist.

Bestes Beispiel hierfür sind ohne Frage die Pygmäenvölker. Wer nun einwendet, diese fände man doch nur in Afrika und eine kleine Ethnie, deren Angehörige selten mehr als 1,50 Meter messen, wäre eben nicht mehr als die berühmte Ausnahme von der Regel, irrt sich. Die Aka, Efé und Mbuti sind lediglich die berühmtesten Pygmäenvölker. Weitere leben in Asien – zum Beispiel die Batak und Aeta auf den Philippinen, die Semang in Malaysia und die

---

[340] Plischke: Was aber auch auf del Toro zugetroffen hätte.

T'Rung im Grenzgebiet zwischen Burma, Indien und China. Selbst in Australien sind in den Regenwäldern von North Queensland mit den Tjapukai Pygmäen beheimatet, und es gibt Hinweise darauf, dass es auch in Südamerika ähnliche Völker gab (und möglicherweise sogar noch bis heute gibt).

Eine Menschenart, die dem Hobbit näher kam als jede andere, von der wir derzeit wissen, ist inzwischen leider ausgestorben: der Homo floresiensis. 2003 entdeckten Archäologen in einer Höhle auf der indonesischen Insel Flores ein nahezu vollständiges Skelett eines Hominiden. Es war auffällig klein und besaß zudem auch einen ebenso auffällig kleinen Schädel. Zu Lebzeiten war dieser Mensch nur ungefähr einen Meter groß. Dieser erste und zahlreiche weitere Funde ließen eine erbitterte Debatte darüber entbrennen, was es mit diesen Skeletten auf sich hatte: Die einen vertraten die Meinung, man habe gar keine neue Menschenart entdeckt. Sie sahen in den ungewöhnlichen Eigenschaften der Skelette letztlich nur Missbildungen, die innerhalb einer kleinen Gruppe von isoliert lebenden Homo sapiens über Generationen hinweg weitergegeben worden waren. Die anderen waren von Anfang an überzeugt, die Überreste eines sehr nahen Verwandten des modernen Menschen vor sich zu haben, der erst vor 12 000 Jahren ausgestorben war – und sich somit über einen gewissen Zeitraum die Erde mit uns geteilt hatte, wie es auch beim Neandertaler der Fall war. Der Streit unter den Wissenschaftlern ist bis heute noch nicht restlos bereinigt, doch inzwischen hat sich die Mehrheit von ihnen auf die Seite derer gestellt, die den »Hobbit« als eigene Spezies erachten.

Der für mich faszinierendste Aspekt dieser ganzen Angelegenheit sind die Legenden und Geschichten der Einheimischen über Wesen, die sie Ebu Gogo nennen – kleine

Höhlenbewohner, deren Name in der Sprache der Nage darauf hindeutet, dass sie mit einem immensen Appetit gesegnet gewesen sein müssen. Die Ebu Gogo hatten eine eigene Sprache, und sie suchten angeblich regelmäßig die Dörfer der Menschen auf, um Nahrung zu stehlen. Als sie dann irgendwann auch damit begannen, kleine Kinder zu entführen, kam es zu einer Art Krieg zwischen den Nage und den Ebu Gogo, der mit der Auslöschung des Kleinen Volkes endete. All dies soll sich erst abgespielt haben, nachdem mit portugiesischen Seefahrern im 17. Jahrhundert die Nage erstmals Kontakt zu Europäern hatten.

Die Geschichte des Homo floresiensis stimmt mich froh und traurig zugleich. Froh, weil allein die bloße Existenz dieser Wesen die Wahrscheinlichkeit erhöht, eines Tages auch unumstößliche Beweise für die Existenz echter Hobbits zu finden, und traurig, da sie unter Umständen von niemand anderem ausgerottet wurden als uns selbst und wir uns damit wieder einmal den Vorwurf gefallen lassen müssen, den Frodo an uns Große Leute heranträgt: Wenn wir nicht dumm und groß sind, dann sind wir bösartig und groß. Trotz allem gebe ich die Hoffnung nicht auf, dass wir es entgegen allen Erwartungen besser machen werden, falls es uns denn je gelingt, die Hobbits davon zu überzeugen, sich uns wieder offen zu zeigen.

Der kleine Hobbitpartyalmanach

Ich kann nicht gut mit Abschieden umgehen, weshalb ich mir für den letzten Abschnitt unserer gemeinsamen Reise überlegt habe, unser nettes Beieinandersein ganz locker ausklingen zu lassen – ohne große Worte, ohne Tränen, aber mit viel Wissen, das für Sie alle noch nützlich werden könnte, sobald die Hobbits sich hoffentlich irgendwann dazu entschließen können, sich uns offen und ohne Scheu zu zeigen.

Wenn es so weit ist, wird viel von der weiteren Beziehung zwischen ihnen und uns davon abhängen, wie willkommen sie sich bei uns fühlen. Ich möchte mit diesem kleinen Almanach meinen bescheidenen Beitrag dazu leisten, dass jeder Hobbitfreund das nötige Rüstzeug besitzt, um unseren Freunden einen schönen, warmen Empfang zu bereiten.

Den wärmstmöglichen Empfang stellt natürlich eine Feier dar, die Sie bei sich zu Hause ausrichten, und an einem solchen Fest lässt sich hervorragend erläutern, wie wir im zukünftigen Umgang mit den Hobbits ihren besonderen kulturellen Gepflogenheiten gerecht werden können.

Der Termin

Sie beweisen sofort Ihre Gediegenheit in allen Hobbitbelangen, wenn Sie Ihre Begrüßungsparty am 22. *September* ansetzen. Das ist nämlich der Geburtstag sowohl von Bilbo als auch von Frodo Beutlin, und dieses Datum wird heute schon von allen Freunden der Halblinge als Hobbittag begangen.

Ein möglicher Ausweichtermin ist der *6. April*. Das ist der Geburtstag von Samweis Gamdschie, dem aufgrund seiner herausragenden Leistungen als siebenmaliger Bürgermeister von Michelbinge tiefe Verehrung unter den Hobbits zuteilwird. Diese Verehrung drückt sich dabei selbstverständlich nicht in irgendwelchen langwierigen, staatstragenden Akten aus, bei denen Fahnen gehisst, Hymnen gespielt und trockene Reden gehalten werden. Bereits im Vierten Zeitalter Mittelerdes wurde im Auenland Samweis vielmehr dadurch gedacht, dass man auf der großen Festwiese eine Veranstaltung abhielt, die eine Umtaufe der Location in Feierwiese voll gerechtfertigt hätte. Dementsprechend ist es natürlich günstig für Partys, die zu diesem Termin stattfinden, möglichst unter freiem Himmel zu feiern.

Speisen

Vergessen Sie alles, was Sie jemals darüber gehört haben, dass man bei ungezwungenen Partys am besten leichte, bekömmliche Kost reicht. Hielten Sie sich an diesen Ansatz, könnten Ihre Hobbitgäste nicht nur Hunger leiden, sondern außerdem auf den schlimmen Gedanken kommen, Sie wollten Ihnen vermitteln, es wäre unter Umständen besser, wenn sie mal eine Mahlzeit auslassen oder nur einen Salat zu sich nehmen.

Scheuen Sie also nicht davor zurück, bei Ihrer Party beispielsweise Gulasch, Kartoffelgratin und mehrstöckige Torten anzubieten. Es ist glücklicherweise auch relativ leicht, unsere herkömmlichen Rezepte in Windeseile so zu verfeinern, dass sie auch den Hobbits vorzüglich munden werden.

Die geheimen Zutaten sind:

- Pilze,
- Kartoffeln
- und Schmelzkäse.

Pilze

Es gibt keinen Hobbit, der Pilze verschmähen würde. Sie sind unter ihnen eine wahre Delikatesse. Pilze lassen sich vielseitig einsetzen: Man kann sie in Öl und Kräuter einlegen, mit Käse füllen und grillen, klein schneiden und in Eintöpfe geben, in Panade frittieren – die Möglichkeiten sind schier unerschöpflich.

Zudem sollten Sie nicht vergessen, dass es neben den allgegenwärtigen Champignons noch viele andere Pilzsorten gibt, mit denen Sie Hobbits prima verwöhnen können: Stockschwämmchen, Pfifferlinge, Steinpilze und so weiter und so fort.[341]

Kartoffeln

Kartoffeln stehen in ihrer Verwendungsvielfalt Pilzen in nichts nach. Sie können einen Hobbit durchaus zum Salatgenuss bewegen – solange Sie ihm eben einen Kartoffelsalat vorsetzen. Generell brauchen Sie keine großartigen kulinarischen Verrenkungen anzustellen und versuchen, bei der Zubereitung der Kartoffeln nun dringend Kreativitäts-

---

[341] Plischke: Ich wäre allerdings vorsichtig, was exotischere Sorten angeht. Denken Sie daran, was Kollege Wolf Ihnen vor Längerem schon einmal gesagt hat: Was der Hobbit nicht kennt, frisst er nicht. Servieren Sie zum Beispiel Mu-Err-Pilze, könnte es passieren, dass der eine oder andere Hobbit glaubt, Sie würden ihm Ohrmuscheln andrehen wollen.

preise zu gewinnen. Hobbits freuen sich über Back- und Bratkartoffeln oder den guten, alten Kartoffelbrei mehr, als wenn Sie ihnen ein Gericht präsentieren, bei dem erst auf den zweiten oder dritten Blick zu erkennen ist, dass Erdäpfel darin enthalten sind.

Schmelzkäse
Schmelzkäse ist die ideale Zutat, um Gerichte schön mächtig zu machen.[342] Der Trick dabei ist so simpel wie genial: Bei allen Rezepten, bei denen Sahne auf dem Zettel steht, verwenden Sie einfach Schmelzkäse. Ihre kleinen Freunde werden es Ihnen danken.[343]

Aus diesen Zutatenempfehlungen habe ich eine meiner Lieblingstheorien für eine gelungene Feier für Hobbits entwickelt: Das Essen, mit dem Sie nichts falsch machen können, sind junge Pellkartoffeln mit einer Schmelzkäsepilzsoße.

Es gibt noch zwei Sachen, auf die Sie achten sollten: Kommen Sie ja nicht auf die Idee, Ihre Gäste mit Fertiggerichten aus der Dose oder für die Mikrowelle abzuspeisen. Hobbits sind passionierte Gärtner und siedeln an fruchtbaren Orten, die leicht urbar zu machen sind. Folglich schwören Sie auf frische Zutaten und könnten beleidigt reagieren, wenn man ihnen Tiefkühlpizzen vorsetzt.

Des Weiteren sind die meisten Hobbits keine Vegetarier.

---

[342] Christiansen: Dass Sie Ihnen persönlich unter Umständen extrem schwer im Magen liegen, ist ein Opfer, das Sie bei der Ausrichtung einer zünftigen Party für Hobbits leider erbringen müssen.

[343] Plischke: Das gilt selbstredend nicht für Desserts! Ein Sahnepudding bleibt bitte schön ein Sahnepudding. Schmelzkäsepudding würde unter den Hobbits – genauso wie unter uns Menschen – nur blankes Entsetzen und vor Ekel verzogene Gesichter auslösen.

Andererseits zeigen sie großes Mitgefühl für andere Geschöpfe und hassen unnötige Grausamkeiten. Hierzu zählt auch, sich über das mit einer Schlachtung von Tieren verbundene Leid lustig zu machen oder bei der Weiterverarbeitung des Fleisches mangelnden Respekt davor zu zeigen, dass eine andere Kreatur ihr Leben lassen musste, damit wir sie verspeisen können. Wenn Sie also Ihre Gäste nicht schwer verstören wollen, nehmen Sie am besten Abstand von Perversionen wie Mettigeln.[344]

Grundsätzlich sollten Sie sich anstrengen, den Hobbits eine große Auswahl an Speisen zu offerieren – entweder in mehreren Gängen oder als Buffet, das keine Wünsche offenlässt. Damit stehlen Sie sich allerdings nicht aus der Pflicht, leckere Knabbereien für zwischendurch parat zu haben. Auf der süßen Seite empfehle ich hier Schüsselchen und Platten mit Müsliriegeln und Nugatstangen, darum gewickelt herzhaft kross gebratene Speckstreifen, die auch bei Feigen oder Datteln einsetzbar sind, wenn Sie es süß und würzig zugleich mögen.

Getränke

Trotz ihrer Wasserscheu hassen es Hobbits, auf dem Trockenen zu sitzen. Ihre Trinkfestigkeit kann sich außerdem sehr wohl mit ihrem Appetit messen. Die wichtigste Maßgabe ist demzufolge: Lassen Sie auf gar keinen Fall zu, dass Ihnen die Getränke ausgehen.[345] Mengenmäßig würde ich empfehlen, ungefähr das Vier- bis Fünffache dessen einzu-

---

[344] Christiansen: Es hilft auch nichts, wenn Sie ein wahrer Meister in der Formung von Hackfleischskulpturen jedweder Art sind.

[345] Plischke: Und nein, Leitungswasser ist in diesem Zusammenhang *kein* Getränk.

planen, was Sie für eine Party mit rein menschlichen Gästen veranschlagt hätten.[346]

Begehen Sie dabei nicht den Fehler, Lightgetränke irgendwelcher Art auszuschenken. Die Hobbits werden schnell bemerken, dass ihr Zuckerspiegel sinkt, und sie sind definitiv clever genug, um sich von verschleiernden Bezeichnungen wie Zero, Fit oder Fun nicht hinters Licht führen zu lassen. Ebenso merkwürdig werden Sie Ihren Gästen erscheinen, falls Sie alkoholfreies Bier anbieten – da nützt dann auch die beste Trinktemperatur und die schickste Zapfanlage nichts mehr.

Apropos Alkoholika: Mit Bier und Wein sind Sie auf der sicheren Seite, da wir schon von Tolkien wissen, dass die auenländischen Hobbits beide Getränkesorten gern und oft konsumierten. Auch gegen ein Gläschen Sekt zur Begrüßung spricht nicht das Geringste. Mit härteren Spirituosen wäre ich hingegen vorsichtig. Vergewissern Sie sich im Voraus, dass Ihre Möbel und Ihr Geschirr einer intensiven Belastungsprobe, wie sie eine Gruppe schwer angetrunkener Hobbits gewiss darstellt, auch tatsächlich standhalten können. Eventuell sind Sie aber ja auch mutig, spielen alles oder nichts und schaffen sich eigens für diese Feier ein paar preiswerte Bierbänke und -tische an, um die es nicht schade ist, wenn sie hinterher entsorgt werden müssen.

Also noch einmal zur Warnung: Hobbits sind Feierbiester, und wer sich Sorgen über den Zustand seines Gartens oder seiner Wohnung macht, lädt sie besser gar nicht erst zu sich ein.

Ich wollte ja eigentlich über Getränke reden. Was bei Hobbits durchaus gut ankommen dürfte, sind Cocktails –

---

[346] Christiansen: Über den dicken Daumen sollten Sie sich auch fürs Essen diese Formel zu Herzen nehmen.

vor allem bunte, bei denen man die Gläser mit einem Zuckerrand versieht. Auch größere Mengen Obst oder Fruchtstücke, die nicht nur zur Zierde dienen, erfreuen das Hobbitherz.[347] Getränke mit »Gimmick« heben die Stimmung. Falls Sie an Ihren Talenten als Barmixer zweifeln, greifen Sie auf den Kullerpfirsich zurück: Piken Sie den Pfirsich ringsum mit einer Gabel an, geben Sie ihn in ein großes, breites Glas – Cognacschwenker sind dafür hervorragend geeignet –, füllen Sie es mit Sekt, und schauen Sie dem Obst beim Kullern zu.

Was Heißgetränke anbelangt, sind Sie mit Tee besser bedient als mit Kaffee, weil Letzterer den Hobbits voraussichtlich zu bitter ist – es sei denn, Sie sind bereit, ein bisschen Aufwand zu betreiben und Spezialitäten wie White Chocolate Mochachinos mit süßem Sahnehäubchen und Zuckerstreuseln aufzutischen.[348]

Lungenfutter

Wenn Sie Hobbits empfangen, müssen Sie sich darauf einstellen, dass Ihre Gäste rauchen werden. Falls Sie das stört, müssen Sie eine ausreichende Belüftung herstellen oder verlegen die Feier gleich komplett nach draußen. So oder so kann man aus Hobbitsicht von Ihnen erwarten, Rauchwerk zur Verfügung zu stellen. In auenländischen Zeiten waren die Hobbits passionierte Pfeifenraucher, weshalb Sie auf

---

[347] Plischke: Probieren Sie es doch im Notfall einfach mit einer Bowle.
Christiansen: O ja, Melonenbowle mit ganzen Früchten ...

[348] Plischke: Ich bin ja überzeugt, dass Hobbits auch klassischem Eiskaffee nicht abgeneigt sind.
Christiansen: Ist ja auch ein klassisches *Heiß*getränk, so ein klassischer Eiskaffee ...
Plischke: Zehenhaarspalter!

jeden Fall losen Tabak brauchen (sowie ein paar hübsche Ersatzpfeifen nebst Pfeifenreiniger und Stopfwerkzeug für diejenigen, die vergessen haben, ihre eigene Pfeife mitzubringen). Ich gehe davon aus, dass Hobbits inzwischen auch selbst gedrehte oder fertige Zigaretten sowie Zigarren nicht verschmähen, also sollten Sie sich auch in dieser Hinsicht ausreichend bevorraten. Wasserpfeifen erfreuen sich in gewissen Teilen der Bevölkerung einer bemerkenswerten Beliebtheit, und ich könnte mir vorstellen, dass dieser Trend auch an den Hobbits nicht spurlos vorübergegangen ist. Nur zur Vorsicht können Sie ja eine entsprechende Sitzecke bereitstellen. Bedenken Sie auch, dass Sie Aschenbecher benötigen werden – Sie haben hier die Wahl zwischen bewährter Tradition (gläserne Wirtshausaschenbecher) und beeindruckender Eleganz (Designerstücke aus dem gut sortierten Fachhandel, gerne auch in der Variante, bei der durch Druck auf einen kleinen Drehstutzen Asche und ausgedrückte Zigaretten im Bauch des Aschenbechers verschwinden). Wer es ganz edel gestalten will, füllt die Zigaretten aus der Packung in strategisch geschickt platzierte Spender um.[349]

Sofern Sie keine entsprechenden Kontakte nach Osteuropa haben, um Bauern-Tabak heranzuschaffen, wappnen Sie sich bitte innerlich gegen eventuelle Kritik seitens der Hobbits, Ihr Angebot wäre ein bisschen schwach. Nehmen Sie es mit Humor, und besänftigen Sie die Nörgler mit Nachschub an Essen und Trinken.

---

[349] Plischke: Und wenn die Hobbits sich das Rauchen abgewöhnt haben, stehen Sie mit all diesen Tipps von Kollege Wolf am Ende ganz schön doof da.
Christiansen: Nicht übertreiben! Es ist ja nirgendwo die Rede davon, irgendjemanden zum Rauchen zu zwingen.

Geschenke

Wenn wir Menschen Partys veranstalten, ist es in der Regel eher so, dass die Gäste Geschenke mitbringen – sei es, weil der oder die Gastgeber ihren Geburtstag oder ein vergleichbar wichtiges Ereignis in ihrem Leben feiern wie eine Hochzeit oder eine bestandene Abschlussprüfung. Zwar hat sich mancherorts eingebürgert, dass auch die Gäste eine kleine Aufmerksamkeit erhalten, doch dies sind oft Erinnerungsstücke an den Anlass der Feier (wie etwa, dass jeder der Anwesenden ein Glas, in das sein Name und das Datum eingraviert sind, mit nach Hause nehmen kann). Bei den Hobbits hält sich Geben und Empfangen seit jeher die Waage.

Selbstverständlich wird der Ausrichter einer Feier beschenkt, und je mehr man ihn mag, desto mehr Gedanken macht man sich auch darüber, womit man ihm wohl die größte Freude bescheren könnte. Gleichzeitig jedoch wird auch vom Gastgeber ausdrücklich erwartet, dass er jeden, der mit ihm feiert, ebenfalls mit einem Geschenk bedenkt.

Was bedeutet das nun für Sie?

Überlegen Sie sich rechtzeitig genug, was Sie den Hobbits, die bei Ihnen zu Gast sind, angedeihen lassen wollen. Kaum etwas ist schlimmer, als ohne Idee auf den allerletzten Drücker loszuziehen, um noch rasch ein Geschenk für jemanden zu besorgen – daran sind schon Partnerschaften gescheitert und Freundschaften zerbrochen.

Sie brauchen nun aber nicht zu befürchten, dass Sie sich hoffnungslos verschulden müssen, um den Ansprüchen der Hobbits gerecht zu werden. Sie erwarten nicht, mit Geschmeide überschüttet zu werden oder den Schlüssel zu einem neuen Auto in die Hand gedrückt zu bekommen. Es ist nicht nur keine Schande, nicht eigens etwas zu kaufen, das man dann anschließend sofort weiterverschenkt, es ist sogar ausdrücklich erlaubt, sich unter seinen bereits vorhandenen Besitztümern umzusehen und dabei zu entscheiden, was sich gut als Geschenk für eine bestimmte Person eignen würde. Sie dürfen genauso verfahren, aber achten Sie bitte darauf, dass alles, was Sie weggeben, wenigstens die Chance auf eine sinnvolle Nutzung durch den Beschenkten aufweist – niemand freut sich über einen Sack Papiermüll, eine völlig verkratzte Schallplatte oder einen Stapel gebrauchter Joghurtbecher. Nicht einmal Hobbits.[350]

Womit Sie meiner Meinung nach nie falschliegen, sind folgende Dinge:

- Kämme fürs Zehenhaar,
- Aschenbecher und Feuerzeuge oder Streichhölzer,
- Zahnstocher aus Edelhölzern,
- intaktes Geschirr,
- gebrauchte Kleidung (solange sie nicht zu zerschlissen ist und die richtige Größe hat),
- Spielzeug und Sportgerät,
- sowie – natürlich – Nahrungsmittel.

Wie gesagt müssen Sie sich umgekehrt darauf einstellen, ebenfalls Geschenke zu erhalten. Wir haben ja ausführlich über Mathom gesprochen und insbesondere auch darüber, dass Feierlichkeiten von Hobbits immer auch dazu genutzt werden, ihre Sammlung ein wenig auszumisten. Es kann

---

[350] Plischke: Aber wenn man die Joghurtbecher ausspült, sieht die Sache womöglich schon wieder etwas anders aus. Die könnte man als exzentrische Trinkgefäße oder Blumentöpfe oder so verwenden…

also gut sein, dass Sie mehr als einmal Ihr bestes Pokerface aufsetzen müssen, sobald die Gäste Ihnen ihre Mitbringsel überreichen. Wer Waffen sammelt, hat womöglich Glück und wird zum neuen Besitzer eines antiken Hobbitbogens oder -schwertes. Leider stehen die Vorzeichen eher darauf, mit einem ausrangierten Käsemesser (fast wie neu!), einer schönen Feder (zum An-den-Hut-Stecken) oder einem aussortierten Füller (da müsste man nur die Feder wechseln) bedacht zu werden. Tragen Sie es mit Fassung, und täuschen Sie helle Begeisterung vor. Sie wollen Ihre Gäste nicht durch eine miesepetrige Miene beleidigen!

Musik

Hobbits singen und tanzen für ihr Leben gern. Eine Feier ohne Musik muss ihnen daher wie eine ungeheuer triste Angelegenheit vorkommen, und wenn Sie eines unbedingt vermeiden wollen, dann ist es, Ihre Gäste zu langweilen. Will meinen: Sie werden nicht vermeiden können, bei Ihrer Party Musik zu spielen. Im Optimalfall ist das Livemusik, weil dadurch die Stimmung am besten angeheizt wird. Falls Sie selbst ein Instrument beherrschen, dann nur ran an die Tasten oder die Saiten oder die Klöppel! Auch wer eine passable Stimme hat, braucht damit nicht hinter dem Berg zu halten.

Wichtig ist nur, dass es nicht einfach irgendeine Musik ist – ganz egal, ob sie nun vom Band, von der Festplatte oder aus vor Ort gespielten Instrumenten kommt. Das oberste Gebot ist: Es muss Musik sein, zu der man auch tanzen kann – und zwar ausgelassen. Damit fallen die meisten Spielarten der Klassik und des Jazz sowie moderne Musik à la Stockhausen schon mal aus dem Repertoire. Selbst wenn diese Gattungen Ihrem persönlichen Geschmack entsprechen, sollten Sie Ihren inneren Schweinehund überwinden und sich voll und ganz auf die Bedürfnisse Ihrer Gäste einstellen.

Das ist keine allzu gewaltige Herausforderung. Bei der Erstellung der Playlist gibt es nur einige wenige Klippen zu umschiffen, um einem Fauxpas vorzubeugen.

Ich setze im Folgenden voraus, dass Sie Ihre ersten Hobbitgäste nun nicht unbedingt gleich zu einer Trauerfeier einladen, weshalb Sie prinzipiell fröhlichen Liedern in Dur den Vorzug vor traurigen Weisen in Moll geben sollten.[351]

Vorsicht ist vor allem auf der textlichen Ebene geboten. Hobbits haben buchstäblich spitze Ohren, und Titel wie *Tiny Dancer* und *All The Small Things* könnten sie als Kränkung auffassen, weil sie ihnen das Gefühl vermitteln, nicht ganz ernst genommen zu werden. Das absolute No-Go in dieser Hinsicht ist Randy Newmans *Small People*, wo es im Text sinngemäß heißt, kleine Menschen seien pathologische Lügner, hätten Grabschefinger und trügen sich ständig mit schmutzigen Hintergedanken.[352]

Weniger verletzend, aber nicht minder verwirrend sind für Hobbits Stücke, in denen Schuhwerk eine erkennbare Rolle spielt. Verzichten Sie deshalb also beispielsweise auf *Blue Suede Shoes* oder *Those Boots Were Made For Walking*.

Womit Hobbits üblicherweise kein Problem haben, sind spaßige Nonsenslieder, deren Text nur darauf abzielt, die Hörerschaft zum Lachen zu bringen. *Meine Oma fährt im Hühnerstall Motorrad* ist eine gute Referenz, aber es ist nicht damit getan, sich auf Fremdzusammenstellungen wie etwa

---

[351] Plischke: Ups! Schlechte Karten für Goths und Emos…

[352] Christiansen: Dass dieses Lied im Zwischenstück für allgemeine Toleranz plädiert und damit den Rest des Textes als ironisch entlarvt, kriegen schon viele menschliche Zuhörer nicht auf die Kette. Wie sollte man das denn da von den Hobbits erwarten?

einen billig erstandenen Sampler zu verlassen. Wenn auf die im Hühnerstall Motorrad fahrende Oma nämlich in geradezu heimtückischer Weise *Eine Seefahrt, die ist lustig* oder *Alle, die mit uns auf Kaperfahrt fahren* folgt, könnten das die Hobbits alles andere als unterhaltsam finden.[353]

Unter den genannten Voraussetzungen unproblematisch sind des Weiteren Trinklieder. Das berühmte *Sieben Tage lang* von den Bots ist dabei ein Lied, das gut aus der Feder eines Hobbits stammen könnte: Es betont schließlich gemeinschaftlichen Zusammenhalt bei allen Unternehungen vom Trinken über das Arbeiten bis hin zum Widerstand gegen Zwänge und Unterdrückung. Wem das politisch zu heikel ist, kann auf *Einer geht noch rein*[354] oder *Eisgekühlter Bommerlunder* als echte Stimmungsmacher bauen. (Wobei er bei letzterem Lied dann auch besser das besungene Getränk parat hat, um keine bittere Enttäuschung bei den Hobbits auszulösen, dass man ihnen vollkommen umsonst den Mund wässrig macht).

Was natürlich auch unter Hobbits gern genommen wird, sind fetzige Songs, die sich um das Thema Essen drehen. Von *Himbeereis zum Frühstück* über *Aber bitte mit Sahne* und *Currywurst* bis hin zu *Theo, mach mir ein Bananenbrot* – um nur einige zu nennen – können Sie hier aus einer erstaunlich großen Bandbreite frei wählen. Aber auch hier gilt: Versprochen ist versprochen. Erst Eis, Torte, Currywurst oder Bananenbrot musikalisch anzukündigen und dann mit leeren Händen dazustehen, ist schlicht und ergreifend schlechter Stil.

---

[353] Plischke: Spätestens in der zweiten Zeile des Kaperfahrt-Lieds »müssen Männer mit Bärten sein«.

[354] Plischke: Das von seinem Ursprung her nicht mit dem Erzielen von Toren bei Mannschaftsballsportarten in Verbindung steht.

Spiele

Wo wir gerade über schlechten Stil sprechen: Viele von uns Großen Leuten sind ja insgeheim oder ganz offen der Ansicht, Partyspiele wären ein Verbrechen, für das man sich zutiefst schämen müsste. Hobbits sind da unverkrampfter. Das heißt: Auch wenn Ihnen solche Spiele ein Gräuel sind, müssen Sie da durch. Sie müssen wenigstens welche anbieten, und als Gastgeber haben Sie auch daran teilzunehmen. Ohne Wenn und Aber. Bei etwaigen anderen menschlichen Gästen sind die Hobbits vielleicht ein bisschen nachsichtiger, weil sie nicht viel für Zwangsmaßnahmen übrig haben, sondern eher dem Motto »Alles kann, nichts muss« anhängen.

Fürchten Sie sich dabei nicht vor Peinlichkeiten. Da es unter den Hobbits keine echte Bürgerschicht gibt, grassieren unter ihnen auch keine echten bürgerlichen Hemmungen.

Worauf Sie achten müssen, wenn Sie diese Spiele planen, sind die möglichen Größenunterschiede zwischen Ihren Gästen. Ein Beispiel: Wenn Sie Pärchen auslosen möchten, die dann beim Tanzen über eine bestimmte Zeit hinweg eine Orange oder einen Luftballon zwischen den Nasen balancieren müssen, ist es ein wenig ungünstig, wenn Tante Hiltrud aus Husum mit ihren 1,85 Metern diese Aufgabe zusammen mit Baldo Grubengraber bewältigen soll, der mehrere Köpfe kleiner ist.

Am besten orientieren Sie sich deshalb an Spielen, wie man sie von Kindergeburtstagen kennt: Von Eierlauf bis Topfschlagen ist alles erlaubt, wobei ich mir vorstellen könnte, dass man mit Schokoladenwettessen die größten Erfolge erzielt. Peinlich wird es nur, wenn Ihnen mittendrin die Schokolade ausgeht. Rechnen Sie auch bitte hier immer mit dem legendären Hobbithunger.

Wenn Sie irgendwo eine Piñata auftreiben können – super! Um die Verletzungsgefahr zu minimieren, sollten Sie dann aber entweder nur die Hobbits oder nur die Großen Leute mit verbundenen Augen darauf einhauen lassen, bis das Ding seine Süßigkeiten ausspuckt. Hobbits sind keine Barbaren, bei denen grobe Verletzungen oder gar Todesfälle bei Festivitäten zum guten Ton gehören.

Noch ein kleiner Nachsatz zu den Größenunterschieden: Daran sollten Sie schon in der Frühphase Ihrer Partyplanung denken. Stellen Sie den Hobbits Stühle und Tische bereit, die auch auf ihre Statur zugeschnitten sind. Sie werden sich unwohl fühlen, wenn sie nur über eine Trittleiter ans Buffet gelangen können oder befürchten müssen, sich den Hals zu brechen, wenn sie mal vom Stuhl fallen.[355]

Kleidung

Nun arbeiten wir uns langsam in solche Bereiche vor, in denen meine Vorschläge und Empfehlungen auch dann greifen, wenn Sie selbst die Ehre erfahren, bei Hobbits zu Gast zu sein, anstatt nur den Gastgeber spielen zu müssen.

In Sachen Kleidung sind Hobbits wie in so vielen anderen Belangen auch verhältnismäßig locker. Abendgarderobe, wie wir Sie kennen, ist ihnen fremd. Also lassen Sie das kleine Schwarze respektive den Smoking ruhig im Schrank. Als Herr ist man in Hemd und Weste immer adrett gekleidet, wobei man es mit den Knöpfen nicht übertreiben darf. Wenn Sie am Ende aussehen wie ein zu lang geratener Hobbit, wird das nur für Stirnrunzeln sor-

---

[355] Christiansen: Und das *wird* früher oder später passieren, je nachdem, wie viel Umdrehungen die alkoholischen Getränke haben, die Sie anbieten!

gen. Bei der Beinbekleidung sind Dreiviertelhosen schon erlaubt, barfuß zu erscheinen wirkt hingegen wie eine übertriebene Anbiederung. Der Dame empfehle ich ein hübsches Dirndl. Ganz allgemein kann man wohl sagen: Wenn man sich ein Beispiel daran nimmt, in welcher Kleidung Menschen, die sich den traditionellen Sitten und Gebräuchen der Bajuwaren beugen, einen Besuch beim Münchner Oktoberfest machen, fällt man auch bei einer Hobbitfeier nicht unangenehm auf. Überhaupt spricht für alle Geschlechter nichts dagegen, in die für sie übliche Landestracht zu schlüpfen.[356]

Ganz wichtig: Auffälliges Schuhwerk – knallbunte Sneaker, 20-Zentimeter-High-Heels, Springerstiefel, holzperlenbestickte Mokassins – ist zwingend zu vermeiden!

Gepflegte Konversation

Small Talk ist unabhängig davon, ob die Gesprächspartner sich nun durch haarige Füße auszeichnen oder nicht, immer ein potenzielles Minenfeld, doch ich will versuchen, Sie dort einigermaßen sicher hindurchzugeleiten. Kommen wir zunächst zu den Themen, die Sie gefahrlos ansprechen können. Dies wären unter anderem:

- das Wetter,
- vorsichtige Erkundigungen nach dem persönlichen Befinden,
- die Qualität der gereichten Speisen und Getränke (solange es lobend bleibt) sowie
- Kunst und Kultur.

---

[356] Plischke: Das ist nicht sein Ernst!
Christiansen: Ich fürchte schon …

Dinge, die Sie lieber nicht ansprechen, falls Sie Ihr Gegenüber nicht vor den Kopf stoßen wollen, sind:

Religion und Glaube
Die metaphysischen Vorstellungen der Hobbits unterscheiden sich von den unseren in vielen wichtigen Punkten, und falls ein Hobbit nicht ausdrücklich selbst danach fragt, hat er wahrscheinlich kein Interesse daran, mehr über Ihre persönliche Weltanschauung zu erfahren. Dies schließt ausdrücklich alle Modelle ein, die sich nicht auf irgendeiner Form von organisierter Religion gründen – belästigen Sie einen Hobbit also auch nicht mit Fragen nach seinem Sternzeichen, seinen Chakren, seiner Aura oder seiner Haltung zu Verschwörungstheorien.

Gewicht
Hobbits wissen, wie sie aussehen, und sie fühlen sich damit in der Regel auch sehr wohl. Es ist eher so, dass sie sich mehr Sorgen darüber machen, warum die meisten von uns so furchtbar dürr sind und ob das auch nur ansatzweise gesund sein kann. Behalten Sie Ihre Diättipps also tunlichst für sich.

Geld und Statussymbole
Die Hobbits schert es nicht sonderlich, welches Auto Sie fahren, in welchem Hafen Ihre Jacht liegt und wo Sie sich die Stirn straffen lassen. Sie gehen davon aus, dass Sie schon wissen werden, was Sie tun, und dass Sie damit glücklich sind. Alles andere wäre ja auch unvernünftig. Auch Themen wie Finanzkrisen schrecken Hobbits ab, weil Debatten darüber aus ihrer Warte üblicherweise einen grässlich pessimistischen Unterton besitzen.

Wo die kleinen Hobbits herkommen

Das wissen die Hobbits schon selbst. Auch »spaßige« Zoten in Form von Fragen wie »Ist an Ihnen *alles* so klein?« oder »Wissen Sie eigentlich, was man über Männer mit großen Füßen sagt?« sind einfach nur deplatziert.[357]

Ich habe mir die Mühe gemacht, hier einige Sprichwörter zu sammeln, an denen kein Hobbit Anstoß nehmen wird und die sich auf eine Vielzahl von Situationen anwenden lassen:

Abwarten und Tee trinken
Hobbits sind von Natur aus beschaulich und alles andere als Hektiker. Dass hier auch noch ihr Lieblingsheißgetränk erwähnt wird, schmeichelt ihnen doppelt.

Auf Regen folgt Sonnenschein
Das ist bisher immer so gewesen, ist angenehm hoffnungsfroh und ein ausgezeichneter Trost, wenn eine Party im Freien von einem Schauer heimgesucht wird.

Der Mensch lebt nicht vom Brot allein
Natürlich nicht, obwohl die Hobbits diesen Sinnspruch weniger darauf beziehen, dass man als Mensch auch allerlei Immaterielles braucht, um glücklich zu sein. Sie denken da sofort an Käse, Wurst, Kuchen, Kartoffeln…

---

[357] Plischke: Kollege Wolf ist aber auch ein prüder Knochen, finden Sie nicht?
Christiansen: Absolut. Hobbits sind Genusswesen, und sie sind in Liebesdingen sicher keine Kinder von Traurigkeit.

Die Hoffnung stirbt zuletzt
Sollten wir uns nicht einmal alle fragen, warum bei uns Hoffnung und Tod und bei den Hobbits Hoffnung, Leben und Genuss miteinander symbolisch verknüpft sind?

Die Suppe wird nicht so heiß gegessen, wie sie gekocht wird
Zum Glück. Alle unsere Sinnsprüche, in denen Essen auftaucht, sind üblicherweise hobbittauglich.

Eigener Herd ist Goldes wert
Das Gleiche gilt für solche, in denen die Rede vom Kochen ist.

Geteilte Freude ist doppelte Freude
»Selbstverständlich«, würde ein Hobbit sagen. »Oder dreifache oder vierfache oder fünffache. Je nachdem, wie viele man gefunden hat, mit denen man sie teilen kann.«

Gut Ding will Weile haben
Es nützt aus der Perspektive eines Hobbits nie etwas, die Dinge zu überstürzen, sobald er erst einmal aus seinen wilden Zwiens herausgewachsen ist. Jüngere Hobbits könnten Ihnen widersprechen, wenn es zum Beispiel darum geht, dass sie jetzt sofort unbedingt in die Pilze gehen wollen, obwohl es draußen stürmt und regnet.

Im Becher ersaufen mehr Leute als im Bach
Auch hier ernten Sie volle Zustimmung, obwohl die Hobbits diesen Satz nicht als Warnung vor den Gefahren von Alkohol, sondern als Warnung vor den Gefahren von Bächen verstehen werden.

In der Kürze liegt die Würze
Eine schöne Art, einem Hobbit zu schmeicheln. Man muss nur aufpassen, dass er oder sie es nicht als Annäherungsversuch begreift, sofern es nicht so gemeint ist.[358]

Keiner ist zu klein, ein Meister zu sein
Die sicherere Variante des obigen Sprüchleins.

Klein, aber fein
Die leicht riskantere Spielart dazu.

Kleine Geschenke erhalten die Freundschaft
Das braucht man einem Hobbit nicht zu erzählen, aber er wird sich freuen, dass es unter uns Großen Leuten genauso ist.

Liebe geht durch den Magen
Wodurch sollte sie bei einem Volk von so hungrigen Geschöpfen denn auch sonst gehen?

Man muss die Feste feiern, wie sie fallen
Gut möglich, dass ein Hobbit ergänzt: »Und wenn sie nicht von allein fallen wollen, müssen wir sie eben umstoßen.«

Vorsicht ist die Mutter der Porzellankiste
Da wird jeder vernünftige Hobbit zustimmen. Falls er nach dem Vater der Porzellankiste fragen sollte, antworten Sie: der gesunde Menschenverstand.

---

[358] Plischke: Ha! Erst so tun, als wären Hobbits genauso prüde wie er, und dann doch durch die Hintertür irgendetwas von Annäherungsversuchen erzählen.

Wasser hat keine Balken
Auch hier dürfte kein Widerspruch kommen, denn genau diese Balkenlosigkeit ist es ja, die Wasser so ungemein gefährlich macht.

Sprache ist und bleibt ein tückisches Kommunikationsinstrument. Einige unserer Sprichwörter sind mit Vorsicht zu genießen, denn sie können einen Hobbit schwer verwirren oder gar verstören. Zu diesen gefährlichen Vertretern ihrer Art gehören:

Angst verleiht Flügel
Ein abstruses Konzept für die Hobbits. Flügel würden ja bedeuten, dass man fliegen könnte, und dafür entfernt man sich vom Boden, was zu nichts anderem führen kann als noch größerer Angst.

Der Mensch denkt, Gott lenkt
Die Hobbits kennen keinen personifizierten Gott, und die Idee, wir Großen Leute könnten nur die Marionetten einer unsichtbaren und unbegreifbaren höheren Macht sein, muss sie mit Misstrauen und Furcht erfüllen, wenn man ihre generelle Abneigung gegen Dinge bedenkt, die ihnen unbekannt sind.

Der Schuster hat die schlechtesten Schuhe
Das hört sich für einen Hobbit vermutlich nur nach Kauderwelsch an. Sie haben keine Schuhe und damit auch keine Schuster. Was sollte ihnen dieser Satz dann sagen?[359]

---

[359] Plischke: Kollege Wolf traut den Hobbits keinerlei Transferleistungen zu, wie es scheint. Schuhe sind für sie ja kein völliges Faszinosum oder ein Ding aus einer anderen Welt, und von Schuh zu Schuster ist es doch nun wirklich nicht sehr weit.

Ein voller Bauch studiert nicht gern
Noch so eine Angelegenheit, die Hobbits völlig anders sehen. Sie würden jederzeit dafür plädieren, dass das genaue Gegenteil wahr ist: Mit knurrendem Magen lässt sich nichts lernen, weil man sich dann doch unmöglich konzentrieren kann.

Erst die Arbeit, dann das Vergnügen
Es ist zwar ganz und gar nicht so, dass Hobbits nie etwas arbeiten würden, aber sie sind gewiss der Auffassung, dass jemand, der an seiner Arbeit kein Vergnügen hat, irgendwie etwas falsch macht. Wahrscheinlich singt oder trinkt er dabei zu wenig.

Fünf sind geladen, zehn sind gekommen.
Tu Wasser zur Suppe, heiß alle willkommen
Für einen Hobbit ist dieser Ratschlag eine Anleitung zum Betrug. Nicht wegen des Willkommenheißens, aber Suppe absichtlich zu verwässern, grenzt an unverzeihlichen Frevel!

Hilf dir selbst, so hilft dir Gott
Noch eine gruselige Vorstellung für Hobbits, die sich traditionell darauf verlassen, dass ihnen ihre Freunde helfen, wenn sie einmal in Schwierigkeiten stecken.

Lügen haben kurze Beine
Dieser Spruch ist gegenüber einem Hobbit deshalb riskant, weil er dadurch zu dem Schluss kommen könnte, Sie würden ihn gerade bezichtigen, absichtlich eine Unwahrheit zu erzählen.

Müßiggang ist aller Laster Anfang
Hier würde ein Hobbit entgegnen, dass Müßiggang eher der Anfang aller vernünftigen Ideen ist. Vom protestantischen Leistungsethos haben sie nämlich zum Glück noch nie etwas gehört.

Schuster, bleib bei deinen Leisten
Siehe oben. Ein Hobbit hat keine Ahnung, was ein Schuster treibt, und Leisten sind für ihn in erster Linie eine Körperregion.

Wenn es am besten schmeckt, soll man aufhören
Das ergibt für einen Hobbit ungefähr so viel Sinn, wie wenn man ihm anraten würde, mit dem Singen aufzuhören, sobald er bei der schönsten Zeile seines Liedes angekommen ist.

Wer nicht wagt, der nicht gewinnt
Und darauf würde ein vernünftiger Hobbit antworten, dass man dann aber auch eben nicht das Geringste verlieren kann, und es eine gesunde Einstellung ist, mit dem zufrieden zu sein, was man schon hat.

Besonderes Augenmerk ist auch bei allen kürzeren Redewendungen geboten, die Bezug auf Schuhwerk und Bärte nehmen, wie beispielsweise:

Den Schuh muss ich mir nicht anziehen
Die meisten Hobbits haben kein Verständnis dafür, warum man sich überhaupt irgendwelche Schuhe anziehen sollte.

Umgekehrt wird ein Schuh draus
Ein Satz, der für einen Hobbit ein echtes Mysterium darstellt. Welcher geheimnisvolle Gegenstand muss in welche Richtung gedreht werden, damit er sich plötzlich in einen Schuh verwandelt?

Das steckt noch in den Kinderschuhen
Das heißt für einen Hobbit, dass dieses »Das« wahrscheinlich große Schmerzen hat.

Das sind zwei Paar Stiefel
Ja, das sind insgesamt vier Schuhe mit hohem Schaft. Und weiter?

Wo der Schuh drückt
Hobbits würden sagen, dass jeder Schuh immer drückt.

Jemandem etwas in die Schuhe schieben
Hobbits würden damit nicht automatisch etwas Negatives verbinden. Dieses Etwas könnte ja auch ein Liebesbrief oder eine kleine Leckerei sein.

Seinen Stiefel durchziehen
Wodurch muss dieser Stiefel denn gezogen werden?

Auf Schusters Rappen
Darunter würde ein Hobbit nur verstehen, dass ein gewisser Herr Schuster zwei schwarze Pferde im Stall stehen hat, die er offenbar bereitwillig an sehr viele Leute verleiht, wenn sie sie brauchen.

Sich auf die Socken machen
Dieser Ausdruck wiederum würde für Hobbits die Frage aufwerfen, welchen Sinn es hat, Strümpfe einzunässen.

Honig um den Bart schmieren
Auch das hört sich für Hobbits mehr unappetitlich als angenehm an.

Einen langen Bart haben
Für einen Hobbit ist nicht eindeutig bestimmbar, ob das etwas Gutes oder etwas Schlechtes ist. Gandalf zum Beispiel hatte einen langen Bart, und der erwies sich zwar als Störenfried, aber er hatte immerhin gute Absichten ...

Um des Kaisers Bart streiten
Ein Hobbit wüsste nicht, was es da zu streiten gibt. Entweder dieser Kaiser – wer immer das auch sein mag – hat Gesichtsbehaarung, oder er hat keine.

Jetzt ist der Bart ab
Und darin würde ein Hobbit nie etwas Verkehrtes sehen.

Wie Sie sicher merken, ist es gar nicht so schwer, mögliche Missverständnisse zwischen uns und den Hobbits zu vermeiden, wenn man sich ein bisschen anstrengt, die kulturellen Differenzen zu ihnen zu berücksichtigen. Und das ist nun wirklich nicht zu viel verlangt, um peinlichen Zwischenfällen vorzubeugen, oder nicht?

Übernachtungsmöglichkeiten

Sobald die Party vorüber ist und einige Ihrer Gäste bei Ihnen übernachten, stellt Sie das bei Hobbits vor keine größeren Probleme. Sie haben absolut nichts dagegen, zu mehreren in einem Zimmer einquartiert zu werden, und in ein Bett in Menschengröße passen locker drei bis fünf von ihnen, wenn sie sich ein bisschen aneinanderkuscheln.[360] Nur eines müssen Sie dringend berücksichtigen: Hobbits schlafen nicht gern in Obergeschossen. Richten Sie für sie also lieber ebenerdige oder im Keller befindliche Schlafstätten ein. So findet Ihre Feier auch in dieser Hinsicht einen voll zufriedenstellenden Abschluss.

---

[360] Plischke: Wobei sich die Hobbits im Gegensatz zu uns kein Stück anstellen, wenn sich zwei oder mehr Hobbitmänner ein Bett teilen müssen.

Der Hobbittest

Vielleicht erinnern Sie sich noch, dass ich Ihnen ganz zu Beginn davon berichtet habe, wo ich unsere Reisebegleitung – die Kollegen Christiansen und Plischke – kennengelernt habe. Bei jenem Kongress – *Wie viel Hobbit braucht der Mensch?* – wurde an Teilnehmer auch ein Fragebogen ausgeteilt, den sie doch bitte ausfüllen sollten, um anschließend das Ergebnis im großen Plenum vorzutragen. Angeblich nur zu Zwecken der allgemeinen Erheiterung, doch ich werde den Verdacht nicht los, es könnte sich hierbei um eine perfide Aktion von Vermischungstheoretikern gehandelt haben. Wie immer dem auch sei: Ich habe mich dazu entschlossen, Ihnen diesen Test zugänglich zu machen. Vielleicht lernen Sie ja etwas über sich selbst.[361]

Ehrlichkeit beim Ausfüllen ist selbstverständlich Pflicht, und weil ich davon ausgehe, dass Sie alle aufrichtige Menschen sind, habe ich darauf verzichtet, die Punktzahl für jede der angegebenen Antwortmöglichkeiten irgendwie zu verschleiern.

1. Wie groß sind Sie?
- Ich höre auf mich bezogen regelmäßig Worte wie »Lulatsch« oder »Bohnenstange«   (1 Punkt)

---

[361] Plischke: Ich bin weg. Das tue ich mir nicht noch mal an. Es war sehr schön mit Ihnen allen. Tschüss und auf Wiedersehen.
Christiansen: Flieht, ihr Narren!

- Ich spiele voll professionell Basketball (0 Punkte)
- Wenn es früher beim Sportunterricht hieß, die Klasse soll sich der Größe nach aufstellen, stand ich immer in der Mitte (2 Punkte)
- Ich bin voll ausgewachsen und kann im Freizeitpark trotzdem nicht mit jeder Achterbahn fahren (3 Punkte)
- Eine Handbreit höher als ein Hausschwein (4 Punkte)
- Ungefähr halb so groß wie die Leute um mich herum (5 Punkte)

2. Was sind Sie laut Ihres Body-Mass-Index?
- Angeblich übergewichtig, aber ich muss mich verrechnet haben (3 Punkte)
- Body-was? (2 Punkte)
- Normalgewichtig (1 Punkt)
- Untergewichtig (0 Punkte)
- Übergewichtig (5 Punkte)
- Fettleibig (4 Punkte)

3. Wie leicht haben Sie es, Schuhe in Ihrer Größe zu finden?
- Ich trage prinzipiell keine Schuhe (5 Punkte)
- Sehr schwer, denn ich habe wirklich sehr große Füße (3 Punkte)
- Sehr schwer, denn ich habe wirklich sehr große und sehr breite Füße (4 Punkte)
- Ich probiere zwei Paar an, und das dritte passt dann schon (2 Punkte)
- Mir passt jeder Schuh, den ich aus dem Internet bestelle (1 Punkt)
- Sehr schwer, denn ich habe wirklich sehr kleine Füße (0 Punkte)

4. *Wie haarig sind Ihre Füße?*
   - Meine Füße sind glatt wie ein Babypopo (0 Punkte)
   - Hier und da sprießt ein einzelnes feines Härchen (1 Punkt)
   - Da ist nur so ein langer Strich auf meinem Rist (2 Punkte)
   - Da ist so ein langer Strich auf meinem Rist, und auf meinen Zehen wächst es auch ganz ordentlich (3 Punkte)
   - Wenn man nicht genau hinsieht, könnte man meinen, ich hätte Socken aus kratziger Wolle an (4 Punkte)
   - Wenn man nicht genau hinsieht, könnte man meinen, ich hätte Socken aus schön flauschiger Wolle an, weil ich mein Haar da unten intensiv pflege (5 Punkte)

5. *Wie oft gehen Sie barfuß?*
   - So gut wie nie, denn ich schlafe sogar in Socken (0 Punkte)
   - Nur die kurze Strecke vom Bett zum Sockenschrank (1 Punkt)
   - Beim Duschen und Baden und am Strand (2 Punkte)
   - Bei gutem Wetter im eigenen Garten (3 Punkte)
   - Bei gutem Wetter überall, wo ich hingehe (4 Punkte)
   - Immer, und ich besitze nicht mal Gummistiefel (5 Punkte)

6. *Wann haben Sie Ihre letzte Diät gemacht?*
   - Irgendwann letztes Jahr, weil mich jemand dazu überredet hat, aber sie hat nicht angeschlagen (4 Punkte)
   - Ich lebe durchgängig in strengster Askese (0 Punkte)

- Ich bin gerade mittendrin (1 Punkt)
- Ich probiere immer mal wieder kurzfristig eine aus, sehe die Sache aber nicht zu eng (3 Punkte)
- Irgendwann letztes Jahr, und ich zähle immer noch Kalorien und Punkte (2 Punkte)
- Noch nie, und ich stehe zu meinen Pfunden (5 Punkte)

7. Wie würden Sie den Faltigkeitsgrad Ihrer Haut einschätzen?

- Meine Haut sieht richtig toll wettergegerbt aus, so wie ein alter Sattel (1 Punkt)
- Jugendliche Frische liegt bei mir in der Familie (3 Punkte)
- Hier und da bin ich schon ein Tickchen knitterig (2 Punkte)
- Ich habe nur ein paar Lachfältchen um die Augen (4 Punkte)
- Wie den eines alten chinesischen Faltenhunds (0 Punkte)
- Straffer geht es ohne Liften nicht, aber gesunder Speck wirft eben keine Falten (5 Punkte)

8. Wie würden Sie Ihre Ohren am ehesten beschreiben?

- Knubbelig (1 Punkt)
- Lang (0 Punkte)
- So ein bisschen spitz wie bei einem Langzungenflughund (5 Punkte)
- Schön (4 Punkte)
- Doof (2 Punkte)
- Meine Ohren gehen Sie gar nichts an! (3 Punkte)

9. *Welche Bezeichnung Ihrer Figur trifft am ehesten zu?*
- Athletisch (2 Punkte)
- Gertenschlank (1 Punkt)
- Nicht zu dick und nicht zu dünn (3 Punkte)
- Man könnte vermuten, ich wäre als Kind in einen Kessel Zaubertrank gefallen (5 Punkte)
- Da hat man an den richtigen Stellen was zum Anfassen (4 Punkte)
- So dünn, dass man die Rippen und die Rückenwirbel zählen kann (0 Punkte)

10. Wie oft sind Sie krank?
- Mit einem kleinen Schnupfen kann ich eigentlich immer dienen (0 Punkte)
- Immer dann, wenn es fast alle anderen auch mit der Grippe erwischt (1 Punkt)
- Ich war noch nie ernsthaft krank (4 Punkte)
- Früher öfter, aber inzwischen habe ich anscheinend alle gängigen Erreger durch (3 Punkte)
- So etwa einmal im Jahr legt mich ein Magen-Darm-Virus oder etwas ähnlich Unerfreuliches ein paar Tage flach (2 Punkte)
- Ich werde nur dann länger krank, wenn mir magische Waffen schwere Verletzungen zufügen oder ich auf einem Fass reitend einen Fluss hinuntergefahren bin (5 Punkte)

11. Wie oft werden Sie im Kino oder beim Kauf von Alkoholika nach Ihrem Personalausweis gefragt?
- Das ist mir das letzte Mal passiert, als ich noch in die Grundschule ging (0 Punkte)
- Das kommt nur noch vor, wenn ich frech bin und der Mensch an der Kasse mich ärgern will (2 Punkte)

- Das ist mir das letzte Mal passiert, als ich noch keinen Personalausweis hatte (1 Punkt)
- Häufig genug, dass mich meine Freunde aus der Seniorenmannschaft damit aufziehen (3 Punkte)
- Wenn ich das Gesicht absichtlich in Falten lege, komme ich manchmal ohne Kontrolle durch (4 Punkte)
- Ständig, weshalb ich meinen Ausweis an einer schicken Kette um den Hals trage (5 Punkte)

12. Wie viele Mahlzeiten nehmen Sie pro Tag zu sich?
- Drei. Frühstück, Mittagessen, Abendbrot (3 Punkte)
- Ich lege regelmäßige Fastentage ein (0 Punkte)
- Fünf; Frühstück, Mittagessen, Abendbrot, plus ein zweites Frühstück um halb zehn und nachmittags Kaffee und Kuchen, weil ich mir sonst immer gleich schlapp und ausgepowert vorkomme (4 Punkte)
- Zwei, weil es oft vorkommt, dass ich das Frühstück oder das Mittagessen ausfallen lasse (2 Punkte)
- Drei, aber da esse ich insgesamt so wenig, dass das höchstens als eine zählt (1 Punkt)
- So viele, bis ich satt bin, aber sicher mehr als fünf, denn drunter würde ich ja verhungern (5 Punkte)

13. Wie oft gehen Sie schwimmen?
- Täglich, in meinem hauseigenen Pool (0 Punkte)
- Ich besitze eine Dauerkarte fürs Hallenbad (1 Punkt)
- Nur im Urlaub, aber dann am liebsten im Meer (2 Punkte)
- Nur im Urlaub, aber dann ausschließlich im Hotelpool (3 Punkte)
- Nur dann, wenn ich betrunken irgendwo ins Wasser falle (4 Punkte)
- Ich kann nicht schwimmen (5 Punkte)

14. *Welches der folgenden Gerichte finden Sie am leckersten?*
   - Einen kleinen Blattsalat mit leckerem Zitronendressing (0 Punkte)
   - Einen knackigen süßen Apfel (1 Punkt)
   - Eine Portion Pommes rot-weiß (2 Punkte)
   - Kaninchenpfeffer à la Gamdschie (3 Punkte)
   - Junge Pellkartoffeln mit einer Schmelzkäsepilzsoße (4 Punkte)
   - Ich nehme die gern alle in beliebiger Reihenfolge, aber wenn jemand anders den Salat haben will, bin ich ihm nicht gram (5 Punkte)

15. *Wie gut sehen Sie im Dunkeln?*
   - Ich vermeide Nachtfahrten weitestgehend (1 Punkt)
   - Man will mir nicht im Dunkeln begegnen, weil dann akute Kollisionsgefahr besteht (0 Punkte)
   - Ich kann problemlos noch Zeitung lesen, wo andere schon das Licht einschalten (4 Punkte)
   - Ich finde in einem schummrigen Club meine Freunde sofort wieder, wenn ich an der Bar etwas zu trinken geholt habe (3 Punkte)
   - Nachts sind zwar alle Katzen grau, aber ich merke schon, für welche das auch tagsüber gilt und für welche nicht (2 Punkte)
   - Fast besser als im Hellen (5 Punkte)

16. *Was sind Ihre Lieblingsfarben?*
   - Schwarz und Grau (0 Punkte)
   - Schwarz und Weiß (1 Punkt)
   - Rosa und Türkis (4 Punkte)
   - Mauve und Aubergine (3 Punkte)

- Blau und Rot (2 Punkte)
- Gelb und Grün (5 Punkte)

17. Was ist Ihre übliche Empfindung, wenn Sie in ein Flugzeug steigen?
- Vorfreude darauf, die Welt von ganz oben zu sehen (0 Punkte)
- Vorfreude darauf, gleich ganz entspannt ein paar Stunden zu dösen (1 Punkt)
- Vorfreude darauf, mir gleich einen netten Film anzusehen (2 Punkte)
- Vorfreude darauf, binnen kürzester Zeit so viel Tomatensaft zu trinken, wie nur irgendwie geht (3 Punkte)
- Vorfreude darauf, binnen kürzester Zeit so viel Sekt zu trinken, wie nur irgendwie geht (4 Punkte)
- In ein Flugzeug steigen? Nur über meine Leiche! (5 Punkte)

18. Wie reagieren Sie auf eine Einladung zu einer kleinen Bootsfahrt?
- Eine Bootsfahrt, die ist lustig (0 Punkte)
- Ich fahre nur mit, wenn ich nicht selbst rudern muss (1 Punkt)
- Mit einem irren Lachen und dem Zahlen von Fersengeld (5 Punkte)
- Wenn ich nichts Dringenderes vorhabe, bin ich dabei (2 Punkte)
- Wenn mein Leben nicht davon abhängt, bin ich weg (4 Punkte)
- Ich frage sofort nach, ob genügend Schwimmwesten an Bord sind (3 Punkte)

19. *Wie viele Freunde haben Sie, die Sie mitten in der Nacht anrufen könnten, um ihnen mitzuteilen, dass sie sich für die nächsten sechs Monate nichts vornehmen sollten, weil sie gemeinsam die Welt retten müssen?*
- Ich habe keine Freunde (0 Punkte)
- Einen, und der würde fragen, ob es wirklich dringend ist oder die Sache nicht noch eine Weile warten kann (1 Punkt)
- Mehr als ein halbes Dutzend, die auch schon längst wissen, dass ich vorhabe, die Welt zu retten, obwohl ich versucht habe, es vor ihnen zu verheimlichen (5 Punkte)
- Ungefähr zwei, von denen der eine aber am Ende nicht mitkäme, weil seine Mutter etwas dagegen hat, und der andere mir unterwegs ständig Vorwürfe machen würde, in was ich ihn da nur reingezogen habe (2 Punkte)
- Einen, aber auf den könnte ich mich absolut verlassen, solange ich die Reisekosten übernehme (3 Punkte)
- Zwei oder drei, die mit mir wirklich durch dick und dünn gehen würden und fragen, wann es losgehen soll (4 Punkte)

20. *Welches der folgenden Lieder gefällt Ihnen am besten?*
- *Reign in Blood*, Slayer (1 Punkt)
- *Small People*, Randy Newman (0 Punkte)
- *Fight for Your Right*, Beastie Boys (3 Punkte)
- *Remmidemmi*, Deichkind (5 Punkte)
- *Let's Get This Party Started*, Pink (4 Punkte)
- *Whiskey in the Jar*, Metallica (2 Punkte)

21. **Wie viele Konzerte haben Sie in den letzten zwölf Monaten besucht?**
- Ich interessiere mich nicht für Musik und schon gar nicht an Orten, wo noch andere Leute dabei sind (0 Punkte)
- Mein letztes Konzert liegt länger als ein Jahr zurück (1 Punkt)
- Es gibt da eine Band, die ich fünfmal gesehen habe, weil ich die Karten vom Fanclub verbilligt gekriegt habe (3 Punkte)
- Im Grunde jeden Monat mindestens eins (4 Punkte)
- Zählt bei den sechs Festivals, auf denen ich diesen Sommer mit meinen Freunden war, der Auftritt jeder Band einzeln oder nicht? (5 Punkte)
- Zwei oder drei, glaube ich, aber da müsste ich noch mal genauer überlegen (2 Punkte)

22. **Wann sind Sie zum letzten Mal auf einer Party mit 50 Personen in einer Zweizimmerwohnung oder in einer zum Bersten gefüllten Kneipe gewesen und haben sich dabei prächtig amüsiert?**
- Weiß ich nicht mehr so genau, weil ich nach zehn Minuten wieder rückwärts zur Tür raus bin (1 Punkt)
- Während meiner Schul- oder Studienzeit, aber das ist schon ein paar Jährchen her (2 Punkte)
- Mich kriegen keine zehn Pferde weder auf eine Party noch in eine Kneipe (0 Punkte)
- Irgendwann letzte Woche, aber nageln Sie mich da bitte nicht auf das genaue Datum fest (4 Punkte)
- Das liegt schon ein bisschen länger zurück, aber es war irgendwann letztes Jahr oder so (3 Punkte)
- Ich komme gerade von daher. Merkt man das nicht? (5 Punkte)

23. Wie oft trinken Sie Alkohol?
- Nie, und ich habe auch noch nie welchen getrunken (0 Punkte)
- Nie, weil mir das Zeug nicht (mehr) schmeckt (1 Punkt)
- Nicht öfter, als es absolut nötig ist, weil ich mir unhöflich vorkäme, bei einer Hochzeit nicht auf das Brautpaar anzustoßen (2 Punkte)
- Ich gönne mir jeden Abend ein gutes Gläschen Wein oder ein Bier (3 Punkte)
- Immer dann, wenn ich unterwegs auf Piste Lust darauf habe und mich darauf verlassen kann, dass mich meine Freunde schon irgendwie nach Hause bringen (5 Punkte)
- Ein Wochenende ohne schönen Schwips in heiterer Gesellschaft ist ein vergeudetes Wochenende (4 Punkte)

24. Was ist Ihre Meinung zu Feuerwerken?
- Laute, unnötige Geldverschwendung (0 Punkte)
- An Silvester zünde ich schon mal eine Wunderkerze an (1 Punkt)
- An Silvester verballere ich locker ein halbes Monatsgehalt (3 Punkte)
- Ich bin ausgebildeter Pyrotechniker (5 Punkte)
- Ich studiere die Lokalnachrichten jeden Tag sorgfältig, damit mir kein Feuerwerk in der näheren Umgebung entgeht (4 Punkte)
- Ich freue mich immer, wenn ich irgendwo ein Feuerwerk miterleben darf (2 Punkte)

25. Wie würden Sie Ihre eigene Einstellung zum Tanzen am ehesten beschreiben?
- Tanzen und ich werden keine Freunde mehr (2 Punkte)

- Tanzen und ich waren noch nie Freunde (1 Punkt)
- Tanzen und ich sind schon immer Todfeinde gewesen (0 Punkte)
- Tanzen und ich sind die besten Freunde (3 Punkte)
- Ich tanze, sobald ich irgendwo auch nur einen Takt fröhliche Musik höre (4 Punkte)
- Ohne Tanzen wäre mein Leben sinnlos (5 Punkte)

26. Wie wohnen Sie?

- Hoch droben über der Stadt in meinem Penthouse (0 Punkte)
- In einer ganz normalen Wohnung oder einem vollkommen gewöhnlichen Haus (1 Punkt)
- In einem Haus mit einem großen Garten (2 Punkte)
- In einem Einfamilienhaus in Hanglage (3 Punkte)
- In einer Souterrainwohnung (4 Punkte)
- In einer Souterrainwohnung mit einem oder mehreren runden Fenstern (5 Punkte)

27. Mit wem wohnen Sie zusammen?

- Ich wohne allein (0 Punkte)
- Mit meinen Eltern (1 Punkt)
- Mit meinem ganzen Familienclan und sämtlichen Freunden, die gerade unsere Gästezimmer belegt haben, oder allein nur mit meinem Neffen, den ich nach dem tragischen Tod seiner Eltern an Kindes statt angenommen habe (5 Punkte)
- In einer WG, die aber mehr eine Schicksalsgemeinschaft ist, weil der Wohnungsmarkt uns dazu zwingt (2 Punkte)
- Mit einem geliebten Menschen (und unserem Nachwuchs) (3 Punkte)

- In einer WG zusammen mit meinen besten
  Freunden (4 Punkte)

28. *Was ist Ihre typische Reaktion auf unangekündigten Besuch?*
- Ich gehe gar nicht erst an die Tür und tue so, als wäre ich nicht da (0 Punkte)
- Ich mache zwar auf, hoffe aber, dass der Besuch nicht so furchtbar lange bleibt (1 Punkt)
- Ich bin anfangs nicht unbedingt begeistert, weiß aber schon, dass ich am Ende trotzdem viel Spaß mit meinen Gästen haben werde (2 Punkte)
- Ich öffne freudestrahlend die Tür und flitze gleich in die Küche, um nachzusehen, womit ich meinen Besuch bewirten kann (4 Punkte)
- Ich schaue mich sofort um, was ich meinen lieben Gästen schenken könnte, damit sie sich richtig willkommen fühlen (5 Punkte)
- Ich freue mich, dass jemand an mich gedacht hat, und bin dankbar für die Abwechslung (3 Punkte)

29. *Wie wichtig ist Ihnen Umweltschutz?*
- Arbeitsplätze sind wichtiger als ein paar olle Kröten oder Hamster (0 Punkte)
- Umweltschutz darf dem Fortschritt nicht im Weg stehen (1 Punkt)
- Wenn mich das schlechte Gewissen packt, spende ich mal eine kleinere Summe für einen entsprechenden Zweck (2 Punkte)
- Wichtig, denn wir dürfen auf keinen Fall weiteren Raubbau an der Natur betreiben (3 Punkte)
- Wenn mir jemand eine Fabrik ins örtliche Natur-

schutzgebiet stellen wollen würde, wäre das
Transparent ruck, zuck bemalt (4 Punkte)
- So wichtig, dass ich mich, ohne zu zögern, der Widerstandsbewegung gegen Lotho Sackheim-Beutlin angeschlossen hätte (5 Punkte)

30. *Ab welchem Alter ist Ihrem Empfinden nach eine Person in allen Belangen mündig?*
- Überhaupt nie und nimmer (0 Punkte)
- Sobald man ihr erlaubt, sich hinter das Steuer eines Autos zu setzen (1 Punkt)
- Sobald man ihr erlaubt, ohne Einwilligung der Eltern eine Ehe zu schließen (2 Punkte)
- Sobald man ihr erlaubt, ohne Begleitung eines Erwachsenen eine Spielbank aufzusuchen (3 Punkte)
- Das Alter ist nicht so wichtig wie die jeweilige persönliche Reife, aber das dauert manchmal schon länger, als man denkt (4 Punkte)
- Mit 33 (5 Punkte)

31. *Haben Sie eine Sammelleidenschaft, die Ihr Umfeld schon einmal für bedenklich gehalten hat?*
- Ich finde Sammeln albern (0 Punkte)
- Ich bin zwar Sammler, aber das hält sich noch so weit im Rahmen, dass mich niemand für sonderbar hält (1 Punkt)
- Ja, ich bin Sammler, doch es gibt da nur so zwei, drei Leutchen, die dafür kein Verständnis aufbringen können (2 Punkte)
- Ich bin passionierter Sammler, aber alle halten mich für verrückt, weil ich so viel Geld in mein Hobby stecke (3 Punkte)
- Ist es wirklich bedenklich, wenn man jedes

Wochenende auf Sammlermessen verbringt
und eigens zwei Computer hat, damit man auf
einem ständig in Online-Auktionshäusern die
Schnäppchen im Auge behalten kann? (4 Punkte)
- Welche meiner Sammlungen, deretwegen mich
alle für hoffnungslos bekloppt halten, würden
Sie denn gerne sehen? (5 Punkte)

32. Wohin gehören Ihrer Meinung nach Waffen?

- Allein in meine Hand, damit ich eine gerechtere
Welt damit schaffen kann (0 Punkte)
- Jeder freie Bürger sollte das Recht haben, eine
Waffe zu tragen (1 Punkt)
- Waffen sollten nur von staatlichen Ordnungs-
hütern getragen werden dürfen (2 Punkte)
- Über meinen Kamin, wenn sie sich da hübsch
machen (4 Punkte)
- Wenn es der Brauchtumspflege dient wie im
Schützenverein, sollte Waffenbesitz schon
erlaubt sein (3 Punkte)
- In ein Museum (5 Punkte)

33. Wie wird es der Welt Ihrer Meinung nach in zehn Jahren gehen?

- In zehn Jahren ist der Killerasteroid schon vor fast
zehn Jahren auf der Erde eingeschlagen (0 Punkte)
- Nicht viel besser, aber auch nicht viel schlechter
als jetzt (2 Punkte)
- Wenn alle an einem Strang ziehen, kann es in
der Welt in zehn Jahren so harmonisch zugehen
wie im Auenland (5 Punkte)
- Wir können froh sein, wenn wir in zehn Jahren
noch etwas zu essen haben (1 Punkt)

- Es wird in kleinen Schritten ganz gut vorangegangen sein (3 Punkte)
- Wir haben die Energieversorgungsfrage nachhaltig gelöst, und alle Nationen halten sich an Atomwaffensperrverträge (4 Punkte)

34. Wie offen sind Sie für persönliche Veränderungen?

- Ich werd' mich nie verändern, ich werd' immer derselbe sein! (0 Punkte)
- Ich spiele manchmal mit dem Gedanken, etwas Wichtiges in meinem Leben zu ändern, um glücklicher zu sein (1 Punkt)
- Ich versuche, mich regelmäßig neu zu erfinden, was manchmal klappt und manchmal eben nicht (2 Punkte)
- Ich nehme die Dinge, wie sie kommen, weil es sich nie lohnt, irgendetwas erzwingen zu wollen (4 Punkte)
- Ich probiere nicht so gern neue Dinge aus, aber wenn mich ein Freund dazu bringt, überwinde ich schon ab und zu meinen inneren Schweinehund (3 Punkte)
- Ich mache mir da nicht sehr viele Gedanken, weil ich mich schon von allein ändere, wenn es an der Zeit ist, und mich damit sicher selbst total überraschen werde (5 Punkte)

35. Wie offen sind Sie für gesellschaftliche Veränderungen?

- Ich bin für jede Revolution zu haben (0 Punkte)
- Ich bin mit der derzeitigen Gesamtsituation unzufrieden (1 Punkt)
- Ich finde, man müsste in einigen bestimmten Bereichen wirksame Einschnitte durchsetzen (2 Punkte)

- Die nötigen Veränderungen kommen von ganz allein, weil sich am Ende immer die Vernunft durchsetzt, solange es niemand übertreibt und keiner Dummheiten macht (3 Punkte)
- Solange es für die Mehrzahl der Leute doch eigentlich ganz gut läuft, sehe ich keinen Bedarf, jetzt irgendetwas zu überstürzen (4 Punkte)
- Stabilität und geordnete Verhältnisse sind die Grundlage für ein funktionierendes Gemeinwesen, weshalb einen radikale Forderungen nicht weiterbringen (5 Punkte)

36. Wie leicht fällt es Ihnen, Dinge wegzuwerfen, die Sie nicht mehr brauchen?

- Bei mir wandert alles wirklich Überflüssige direkt in die Tonne (1 Punkt)
- Ich werfe regelmäßig Dinge weg, die ich eigentlich noch brauchen könnte, aber das fällt mir leider immer erst zu spät ein (0 Punkte)
- Es gibt bei mir zu Hause nichts, was ich nicht noch irgendwie irgendwann mal für irgendwas brauchen könnte, also muss ich auch nie etwas wegwerfen (5 Punkte)
- Es geht so, weil ich mich manchmal von Sachen trennen muss, die ich eigentlich ganz schön finde (3 Punkte)
- Das klappt im Grunde ganz gut, da ich strenge Kriterien anlege, was in die große Kiste mit meinen kleinen Schätzen kommt und was aus Platzgründen einfach rausmuss (2 Punkte)
- Das fällt mir sehr, sehr schwer, und ich bewahre tatsächlich vieles auf, was nach Meinung anderer einfach nur schrecklich viel Platz wegnimmt (4 Punkte)

37. *Wie gern arbeiten Sie im Garten?*
- Ich hasse Gartenarbeit! (0 Punkte)
- Na ja, es ist halt Arbeit, die gemacht werden muss, und es ist ja nicht so, dass sie überhaupt keinen Spaß machen würde (2 Punkte)
- Wenn ich vor Unkraut keine Beete mehr sehe, raffe ich mich schweren Herzens dazu auf (1 Punkt)
- Nicht sehr gern, aber ich liebe alles, was wächst, und ich habe einen Gärtner, der alles für mich schön herrichtet (3 Punkte)
- Ich bin gelernter Gärtner und liebe meinen Beruf (5 Punkte)
- Bei schönem Wetter verbringe ich jede freie Minute bei meinen Pflanzen (4 Punkte)

38. *Was ist für Sie die wichtigste Eigenschaft eines guten Politikers?*
- Sein Adelstitel (0 Punkte)
- Ehrlichkeit (4 Punkte)
- Kompetenz (2 Punkte)
- Charme und gute Manieren (3 Punkte)
- Für ordentliche Unterhaltung für alle zu sorgen (5 Punkte)
- Attraktivität (1 Punkt)

39. *Wie viele Stunden pro Woche sollte man arbeiten, um sich wohlzufühlen?*
- Tut mir leid, ich verstehe diese Frage nicht, weil ich da keinen direkten Zusammenhang sehe (5 Punkte)
- Wie viele Stunden hat eine Woche noch mal? (0 Punkte)
- Also jeden Tag acht Stunden sollten es schon sein, sonst fühlt man sich nicht ausgelastet (1 Punkt)

- Exakt so viele, wie man dafür braucht (4 Punkte)
- So viele, wie der Chef dafür vorgesehen hat (2 Punkte)
- Das hängt davon ab, wie die Woche jeweils so läuft (3 Punkte)

40. Wie oft wird Ihnen gesagt, dass Sie faul sind?
- Das kommt sehr selten vor, und auch nur dann, wenn ich wirklich mal richtig faul bin (1 Punkt)
- So was Unverschämtes hat noch nie jemand zu mir gesagt (0 Punkte)
- Auch nicht öfter als den meisten anderen Leuten, die ich kenne (2 Punkte)
- Eigentlich jedes Mal, wenn ich eine meiner berühmten Raucherpausen einlege (4 Punkte)
- Ich zähle da nicht mehr mit, weil es mich nicht die Bohne interessiert (5 Punkte)
- In schöner Regelmäßigkeit, weil ich mich eben nicht totarbeite (3 Punkte)

41. Rauchen Sie?
- Nein, und ich habe auch nie geraucht (0 Punkte)
- Ich habe es ausprobiert, aber es war nichts für mich (1 Punkt)
- Ich habe das Rauchen aufgegeben (2 Punkte)
- Ich rauche eigentlich in Maßen, aber auf Partys kann ich mich schwer zügeln (3 Punkte)
- Im Moment nicht, aber ich habe die nächste Zigarette schon im Mund (4 Punkte)
- Ja, sonst wäre meine Pfeifensammlung ja schön überflüssig (5 Punkte)

42. Wo würden Sie am liebsten Urlaub machen?
- Ich finde es daheim am schönsten (5 Punkte)

- Bei alten Freunden, die nicht zu weit weggezogen sind (4 Punkte)
- Nur dort, wo das Essen nicht zu exotisch ist und ich im Notfall in ein paar Stunden wieder zu Hause wäre (3 Punkte)
- Auf einem anderen Kontinent sollte mein Ziel schon liegen (1 Punkt)
- Am besten irgendwo, wo ich die Sprache verstehe und schon Landsleute von mir leben (2 Punkte)
- Eine kleine Weltreise wäre schon ganz nett (0 Punkte)

43. Wie oft träumen Sie von Reisen in ferne Länder?

- Das hatte ich früher, als ich jünger war, noch öfter, aber ich habe mir das inzwischen abgewöhnt (4 Punkte)
- Nur sehr selten, wenn mir jemand glaubhaft davon vorschwärmt, dass man in einem bestimmten Land so lecker essen kann (3 Punkte)
- Immer wenn mir ein entsprechender Reiseprospekt unterkommt (2 Punkte)
- Gerade in diesem Augenblick, also so wie immer (0 Punkte)
- Fast jede Nacht (1 Punkt)
- Nur in Albträumen (5 Punkte)

44. Welche Art von Büchern lesen Sie am liebsten?

- Sach- und Kochbücher (5 Punkte)
- Fantasy, Horror und Science-Fiction (0 Punkte)
- Reiseliteratur (1 Punkt)
- Gegenwartsliteratur (3 Punkte)
- Gut recherchierte historische Romane (2 Punkte)
- Krimis, bei denen am Ende der Mörder seine gerechte Strafe erhält (4 Punkte)

45. Wie oft gehen Sie über rote Ampeln?

- Über eine rote Ampel gehen? Ja, sind Sie denn von allen guten Geistern verlassen? (5 Punkte)
- Nur nachts und wenn weit und breit kein Auto zu sehen oder zu hören ist (2 Punkte)
- Immer wenn kein Auto in Sicht ist (1 Punkt)
- Also ich verstehe Ampeln sowieso mehr als Zierelemente im Straßenbild ohne weitere Bedeutung für mein persönliches Verhalten (0 Punkte)
- Gar nicht, weil die Straßenverkehrsordnung nicht ohne Grund geschrieben wurde (3 Punkte)
- Ich würde das nur tun, wenn das der einzige mögliche Ausweg ist, um einem Auto aus dem Weg zu gehen, das direkt auf die Stelle zurast, auf der ich auf dem Bürgersteig stehe (4 Punkte)

46. Wie wichtig sind Ihnen feste Regeln?

- Wahrscheinlich nicht wichtiger als den meisten meiner Mitmenschen auch (2 Punkte)
- Wichtig genug, dass ich andere darauf hinweise, wenn sie dagegen verstoßen (3 Punkte)
- Regeln sind was für Feiglinge und Weicheier (0 Punkte)
- An ein paar Grundsätze halte ich mich schon, zum Beispiel an den, dass man die Regeln beugen kann, wenn man daraus einen kleinen Vorteil für sich ziehen kann (1 Punkt)
- Feste Regeln und Abläufe, die man zu festen Zeiten auf ihre Sinnhaftigkeit überprüft, geben einem Leben überhaupt erst eine vernünftige Richtung (4 Punkte)
- Die Regeln sind Die Regeln (5 Punkte)

47. Wie sollte ein Dokument unterschrieben sein, damit es für Sie ein akzeptables Maß an juristischer Verbindlichkeit besitzt?
- Ich glaube prinzipiell nicht an die juristische
  Verbindlichkeit von Dokumenten (0 Punkte)
- Drei Kreuze reichen völlig (1 Punkt)
- Mit dem richtigen Namen aller Betreffenden (2 Punkte)
- Mit ausgeschriebenem Vor- und Nachnamen
  aller Beteiligten (3 Punkte)
- Von mir und einem Zeugen (4 Punkte)
- Von mir und sieben Zeugen, und zwar in roter
  Tinte (5 Punkte)

48. Welcher Name würde Ihnen für Ihren Nachwuchs am besten gefallen?
- Finn-Ole/Anna-Marie (1 Punkt)
- Loki/Thalia (2 Punkte)
- Albo/Willow (4 Punkte)
- Fredegar/Rubinella (5 Punkte)
- Kevin/Jacqueline (0 Punkte)
- Tyrion/Daenerys (3 Punkte)

49. Wie hoch schätzen Sie Ihre eigene Risikobereitschaft ein?
- Tollkühn ist mein zweiter Vorname (0 Punkte)
- Risiko ist nur ein anderes Wort für Todesgefahr, das
  von unvorsichtigen Leuten erfunden wurde (4 Punkte)
- Ich bin Extremsportler, aber ich achte immer
  auf alle Sicherheitsvorkehrungen (1 Punkt)
- Ich bin bestimmt nicht tapfer, aber wenn es für
  eine gute Sache ist oder um das Leben eines
  Freundes geht, würde ich es mit jeder
  Riesenspinne aufnehmen (5 Punkte)

- Ich würde mich nie auf ein Motorrad setzen (2 Punkte)
- Ich bin noch nie vom Drei-Meter-Brett gesprungen (3 Punkte)

50. Wie leicht fällt es Ihnen, auf Fremde zuzugehen?

- Ich bin in meinem ganzen Leben noch nie auf Fremde zugegangen und sehe auch keine Veranlassung, das zu ändern – wenn die etwas von mir wollen, sollen sie gefälligst auf mich zugehen (5 Punkte)
- Es geht so, aber ich arbeite daran (2 Punkte)
- Ich habe kein Problem, mit Fremden zu reden, die mir persönlich auf den ersten Blick sympathisch sind (1 Punkt)
- Ich nehme mir die Zeit, einen Fremden erst eine Weile ganz genau zu beobachten, ehe ich mich dazu entscheide, ob ich ihn anspreche oder nicht (3 Punkte)
- Ein-, zweimal konnte ich mich schon dazu überwinden, jemanden einfach anzusprechen, den ich bis zu diesem Moment höchstens fünf Minuten kannte (4 Punkte)
- Fremde sind für mich nur Freunde, die ich vorher noch nie getroffen habe (0 Punkte)

Auswertung

Zählen Sie Ihre Punkte zusammen, und schauen Sie nach, wie viel Hobbit in Ihnen steckt!

0 bis 50 Punkte:
Sie haben ungefähr so viel von einem Hobbit wie ein Backstein.

51 bis 100 Punkte:
Sie kämen bei Verhandlungen mit Hobbits als Diplomat leider nicht infrage, weil es für eine solche verantwortungsvolle Aufgabe mehr als nur die eine oder andere Grundübereinstimmung in der Mentalität bräuchte.

101 bis 150 Punkte:
Mit ein bisschen Übung und gutem Willen könnten Sie bestimmt lernen, wie ein Hobbit zu denken, doch dazu müssten Sie das wirklich wollen.

151 bis 200 Punkte:
Wenn Sie die körperlichen Voraussetzungen dafür mitbringen, könnten Sie unter Hobbits leben und würden nur in einigen Punkten als hoffnungsloser Exzentriker gelten.

201 bis 250 Punkte:
Sind Sie sich ganz sicher, dass Sie kein Hobbit sind?

Nachwort

Ich hoffe sehr, unsere kleine Reise hat Ihnen gefallen. Ich jedenfalls würde sie jederzeit wieder mit Ihnen antreten. Sollte ich Sie enttäuscht haben, weil in Ihnen das Gefühl aufgekommen ist, Sie hätten nicht die ganze Wahrheit über Hobbits erfahren, möchte ich Sie bitten, Milde walten zu lassen und sich ins Gedächtnis zu rufen, dass selbst Gandalf höchstpersönlich nach eigenem Bekunden nicht alles über Hobbits wusste.

In diesem Buch steht also tatsächlich nicht *Alles über Hobbits*. Aber *Alles, was Jonas Wolf über Hobbits weiß, was nicht alles ist, das man über Hobbits wissen kann, weil wirklich niemand alles über Hobbits weiß* ist erstens ein etwas sperriger Titel und zweitens viel zu lang, um auf einem Cover ordentlich Platz zu finden.

Ihnen dürfte aufgefallen sein, dass ich kein Mann für Ausflüchte bin. Falls ich mich also an irgendeinem Punkt geirrt habe und Sie mir aus meiner Unwissenheit helfen können, würde ich mich freuen, wenn Sie mir ein paar Zeilen schreiben: entweder als E-Mail: jonas@im-plischke.de oder auf facebook.com/JonasWolfAuthor. Wissenschaft lebt schließlich von einer lebendigen Diskussion, und welches Thema hätte es mehr verdient, ausgiebigst diskutiert zu werden, als das faszinierende Feld der Hobbitkunde.

Jonas Wolf (und seine beiden Kommentatoren)
Hamburg im Frühjahr 2012